マーガレット・マロリー／著
柚木千穂／訳

月光のプロローグ
Knight of Desire

KNIGHT OF DESIRE
by Margaret Mallory

初めの部分を読んで、これを続けて書いてと言ってくれた優秀な司書であり我が姉妹キャシー・カーターと、一読もせずに、わたしを信じ支持してくれた我が夫ボブ・シーダーバウムへ

謝辞

第一作を発表するにあたって、多くの方に謝辞を申し上げなければなりません。わたしのエージェント、ケーバン・ライアンの厚意と見識に満ちた、たゆまぬ支援に、深く感謝します。新人作家にチャンスをくださったグランド・セントラル社の方々にもお礼を申し上げます。出版の段取りのすべてについてご指導くださったのは、アレックス・ローガンです。彼女とエイミー・ピアポントから思慮深いご意見をいただいたおかげで、本書は一段とよくなりました。魅力的な表紙を描いてくださったクレア・ブラウンにもお礼を申し上げます。さらに、ロマンス小説家のみなさまのご指導や支えがなかったなら、この本を出すことはできなかったでしょう。〈オリンピア〉及び〈グレイター・シアトル・アメリカロマンス小説作家協会〉支部の方々、コンテストの有志審査員の方々、〈エメラルドシティ会議〉のプレゼンターの方々、そしてわたしの作品を批評してくださった方々に、感謝いたします。

歴史上の英雄たちのことを語り、その英雄たるゆえんについて教えてくれた父にも感謝しています。男たちの中には、そのような英雄の条件を備えた立派な人々がいますが、父や本書の男性主人公のように英雄ではなくても、立派な人々がいます。女性の登場人物がみな強いのは、おそらく母のおかげだろうと、彼女にも感謝しています。

わたしが転職して、作家という不安定な人生を選んだとき、献身的に支えてくれた家族や友人すべてに感謝します。小説の下書きを読んで、推敲《すいこう》すべきところを示唆してくれた、キャシー、シャロン、ナンシー、ローリー、ジニーにはとくにお礼を申し上げたいと思います。中でも、夫には感謝しています。最初の大学授業料の納期が迫る際に、わたしが仕事をやめて作家になりたいと伝えたところ、彼は、やりたいことをなんでもやれよ、と言ってくれました。これ以上の言葉はないでしょう。

月光のプロローグ

登場人物

キャサリン――――ロス城の女主人

ウイリアム・フィッツアラン――――ヘンリー四世の騎士

レイバーン――――キャサリンの前の夫

ジェイミー――――キャサリンの息子

ハリー――――ヘンリー四世の王子

スティーブン・カールトン――――ウイリアムの弟

エドマンド・フォレスター――――ウイリアムの副官

タルコット――――尼僧院長

ロバート・ファス――――吟遊詩人

メアダッド・チューダー――――ウェールズ人の将

リース・ゲシン――――ウェールズ人の将

オーウェン・グレンダワー――――反乱軍のリーダー

レディ・エレノア――――ウイリアムの母

プロローグ

一四〇〇年十月、イングランド、ウェールズの境界にほど近いモンマス城

厩舎《きゅうしゃ》の戸のきしむ音に、ウイリアムは目覚めた。

剣の柄《つか》に手をかけ、干し藁《わら》から頭を起こして耳をすます。床を横切るかすかな足音が聞こえる。彼は静かに立ち上がった。こんな夜更けに厩舎に入ってくるとは、よからぬ魂胆を抱く者にちがいない。

頭巾《ずきん》をかぶり蠟燭《ろうそく》を手にした人影が柵《さく》の前を通ると、馬たちは鼻を鳴らし首をもたげた。その人物が柱に下がった角灯の明かりをつけるのを、ウイリアムは待った。侵入者の目的が何にせよ、火を手にしているとき、下手に飛びかかって火が厩舎に燃えうつるともっと危険だ。蠟燭の火が吹き消されるやいなや、ウイリアムは一気に駆け寄った。

飛びかかったとたん、相手が振り向いた。

　彼の目に、ひるがえるスカートと驚いて目を見開いた少女の顔が飛び込んできた。二人が地面にたたきつけられる寸前、反射的に彼女の体に両腕をまわして抱きとめた。「すまない！」ウイリアムは少女から手足をほどいてすばやく立ち上がった。「怪我をさせなかったかな？」

　立ち上がるのに手を貸そうとしたが、少女は彼に劣らずすばやく立った。頭巾が脱げ、波打つ金髪がこぼれる。彼女は警戒の目でウイリアムを見つめ、身構えた。

　ウイリアムも彼女をまじまじと見た。こんなに美しく華奢《きゃしゃ》な少女をどうして男と見間違えたのだろう？　マントの隙間《すきま》からのぞくドレスは上質なシルクで、どうやら身分の高い令嬢のようだ。繊細な顔立ちで、ふっくらした唇はうっすら開いている。

　薄暗い中で、彼女の目は何色なのか見極めようとウイリアムは目を細めた。そして無意識に手を伸ばし、その髪についた一本の藁を取り除こうとした。だが、彼女の手に短剣の刃が光るのを見て身を引いた。短剣をもぎ取るのはたやすかったが、自分が少女を怯《おび》えさせているのに気づいて不安になった。

「あなたは何者なの？　ここで何をしているのですか？」少女は刃先をウイリアムの胸に向け、息を弾ませながら聞いた。「すぐに答えなければ、声をあげて番兵を呼びますよ」

「わたしはノーサンバーランド伯爵に仕える騎士です」ウイリアムは落ち着いた声で

答えた。「遅く到着したので広間は客人でいっぱいでしたから、ここで寝ることにしたのです」

実は厩舎に身を隠しているのだと、彼女に告げる気はなかった。今夜ノーサンバーランド伯からの伝言を届けに城中に入ったとき、宮廷で知り合ったある未亡人の姿を見かけた。だが一人で眠りたいと思っていた彼は、声をかけられる前に早々に逃げ出してきたのだった。

「わたしがここにいる理由はお話ししました。同じことをあなたにもお尋ねしていいですか？」ウイリアムは毅然《きぜん》と頭を上げて言った。「こんな時間に、あなたのような方が一人でいらっしゃるべきではないと思いますが」

少女は答えなかったが、薄暗がりでもその頰《ほお》が赤らむのがわかった。

「夜更けに若い令嬢が一人で歩き回るのは危険だとおわかりのはずです。とくに城に大勢の男がいて、ワインがふんだんにふるまわれているときに」

「眠れなかったのよ」鋭く反抗的な声で、少女は言った。「だから、馬で出かけようと思ったのです」

「真夜中に一人で出かけるなんてとんでもない！」ウイリアムは声を落として言い添えた。「そんな馬鹿《ばか》な真似《まね》はなさらないでしょう」

少女の目がきらりと光り、唇がぎゅっと結ばれる。そのとき、彼女の行動を説明する好ましくない理由が彼の頭にひらめいた。「もし男に会おうとしているなら、こんなふうに一人で外出するように頼む男はあなたを大切に思っているわけがない」彼女は俺より五、六歳若そうだ、十六歳ぐらいか、とウイリアムは思った。とにかく、そんな男に惑わされるほどうら若いのだろう。

「わたしが男の人のもとに駆けつけるとでも？」彼女は目を上に向けてくるりと回した。「それこそ馬鹿な真似だわ」

ようやくこの男は安全だと考えたらしく、少女はベルトにつけた鞘《さや》に短剣をしまった。それを見てウイリアムが安堵《あんど》する間もなく、彼女は向きを変え、かたわらの柱に下がった馬具に手を伸ばした。

「これから出かけます」彼女は馬具を持って告げた。

「行かせるわけにはまいりません」どうやって止めたらいいか考えながら、ウイリアムは説得した。こんな夜中に大声をあげてあらがう少女を彼女の部屋まで運んだりすれば、双方にとってまずい事態になるだろう。「明朝まで待てるはずです」

少女に必死の面持ちで見つめられ、どんな手を使って俺をやり過ごそうと思案しているのだろうとウイリアムは訝《いぶか》った。

少女はようやく口を開いた。「待てない理由を話したら、わたしを行かせてくれますか？」

行かせる気などこれっぽっちもなかったが、ウイリアムは頷《うなず》いた。

「明日、わたしは結婚します」

それを聞いて大きな失望に襲われ、そんな自分の反応にウイリアムは驚かされた。結婚式のために城に人が集まっていることは聞いていたが、この絶世の美少女こそが当の花嫁だとは思ってもいなかったのだ。

ウイリアムが何も言えずにいると、彼を納得させるにはもっと説明が必要だと考えたらしい。「わたしにとって幸せな結婚になるとは思っていません」少女は顎《あご》を上げてきっぱりと言った。「婚約者は、好きになることも尊敬することもできない人ですから」

「それなら、父上にそうおっしゃるべきです。考えを変えられるかもしれませんよ」

ウイリアムはそうは言ったものの、式を明日に控えた今となってはもう手遅れだと承知していた。

「わたしは国王にとって重要な城の、ただ一人の跡継ぎなのです」少女はもどかしげに続けた。「その城主を決めるのに、父や国王がわたしの願いを聞いてくれるとは思えませんでした」

「お相手のどこが不服なのですか？」そんなことを尋ねる権利はないとわかっていたが、ウイリアムは知りたかった。この生娘は祖父ほどの年齢の好色男に嫁がされるのだろうか。よくある話だが。

「あの人の卑劣な面を見たことがあるのです」少女は瞬きもせず冷静なまなざしで言った。「信頼できる人間ではありません」

彼女の答えはまたもやウイリアムを驚かせた。それでも、彼女が感じたとおりの真実を告げていることは疑わなかった。

「明日わたしは父や国王の要求どおり、その方と結婚します。その後は夫の命じるまま、どんなことにも従わなければならないでしょう」

ウイリアムはその男が少女を寝室に連れていくことを思った。彼女は自分の言っていることが何を意味するのか、すべて理解しているのだろうか。

「今夜、わたしに最後の自由な時間を過ごさせてください」少女の声には決然とした響きがあった。「そんなにだいそれた頼みではないでしょう」

ウイリアムは、父上や国王があなたにふさわしくない相手に嫁がせるはずはない、お二人の判断を信頼するべきです、と言うこともできた。だが、そんなことは彼自身も信じていなかった。

「わたしがお供します」ウイリアムは言い渡した。「さもなければ、行かせるわけにはまいりません」

少女は目を細め、本性を見定めるように、しばし彼を見つめた。ランプはウイリアムの背後にあり、彼の顔は陰になってよく見えないはずだ。それは彼にとって二重の意味で都合がよかった。顔がよく見えなければ、表情を読まれず、少女を怯えさせることもない。まだ年若いにもかかわらず、彼の力強い目鼻立ちと重々しい表情には闘い慣れた戦士でさえ怖気づかせるものがあり、彼自身それに気づいていた。

「あなたのためにそうさせてください」ウイリアムは少女の持っている馬具に手を伸ばした。ついに彼女が頷いて馬具を渡したとき、彼はほっとしてため息をもらしそうになった。

ウイリアムは二頭の馬に鞍《くら》をつけながら、こんな真似をするなんてどうかしていると頭の奥でささやく声を聞くまいとした。神の代理ともいうべき国王が自らこの結婚を取り決めたのだ。式の前夜、花嫁一人を連れ出すところを見つかりでもしたら、俺は鞭《むち》打ちの刑に処せられるだろうな。

「下を向いていてください」城門に向かって外郭を進みつつ、ウイリアムは指示した。「ドレスも髪の毛もマントからいっさいのぞかせないように」

番兵たちは、ウイリアムが国王擁立派であるノーサンバーランド伯の伝言を運んできたことを覚えていたので、二人の行く手を阻まなかった。

ウイリアムと少女は城を出て、寒々とした星夜の中を進んだ。川沿いの小道まで来たところで、少女は先頭になり、まるで悪魔に追いかけられてでもいるかのように全速力で馬を走らせた。ようやく彼女が手綱を引いて止まると、ウイリアムも馬を止め横に並んだ。馬の脇腹《わきばら》は波打っている。

「ありがとう」少女は礼を言ってほほ笑んだ。ウイリアムの心臓はぎゅっと締めつけられた。

少女を見つめ、彼の息遣いは速くなる。幸せそうに輝く顔、月光の下彼女のまわりできらめく金色の髪。少女は息をのむほど美しかった。彼女が両腕を広げ頭をのけぞらせ、星空に向かって笑い声をあげたとき、ウイリアムは息ができなくなった。

彼の胸の動悸《どうき》が静まらないうちに、少女は馬を降り土手まで走っていった。馬たちの手綱を木に結わえてから、彼もあとを追った。ここに二人でいるのは危険だと思いつつも、そんな懸念を押しのけて、木陰の湿った地面に座れるように自分のマントを広げた。

少女は無言のまま彼の横に腰を下ろして、流れる川の黒い水面《みなも》に映る月光の帯をじっと見下ろした。ウイリアムは川を眺める少女の横顔を見つめ、彼女の香りをかいだ。自分の存在は忘れられたのではないかと彼が思い始めた頃、ようやく少女は口を開いた。

「今夜のことはずっと忘れないでしょう」彼女はウイリアムの手をさっと握った。「辛いときに思い出せるように、幸せな記憶として胸にとどめておきます」

彼は触れてきた少女の手を握って放さなかった。

少女は再び沈黙し、彼の思いをよそに、また彼方へ思いを馳せているのをウイリアムは感じた。女性経験は少ないのに、この少女に対して自分が強烈に反応することに驚いていた。彼女のそばにいると、彼の五感はすべて息づき、肌は震えんばかりに反応する。それでも冷え冷えとした秋の夜、彼女の隣にただ腰を下ろして川面《かわも》を眺めているだけでも深い幸福感を味わっていた。この場を去りたくなかった。

少女が身を震わせたので、ウイリアムは思いきって沈黙を破った。「寒いのでしょう。あまりにも遠くまで来てしまいました。あなたの姿が見えないことに気づかれたなら……」

彼は最後まで言わなかった。もしも見つかったなら、とんでもない騒ぎになることは彼女もわかっているはずだ。少女は逆らおうとせず、彼の手を借りて立ち上がった。

帰途は行きよりゆっくりと、二人並んでほとんど無言のまま進んだ。今夜のことをすべて記憶に刻もうとした。月の光、黒く流れる川、かすかな馬の鼻息。そしてこの少女を、忘れることはできないだろう。

番兵は何も言わずに二人を中に入れた。厩舎に着くと、ウイリアムは少女が馬から降りるのに手を貸した。彼女を降ろすとき互いの体が接近し、ほっそりした腰にかけた両手に伝わる感触に、彼の胸は騒ぎ頭はくらくらした。

少女を見下ろし、熱い思いに駆られて息ができなくなる。ウイリアムの視線は彼女の唇に落ちた。少女が一歩あとずさってから、自分が彼女にキスしようとしていたことに気がついた。そんな真似は決してすべきではないのに、いっそ口づけすればよかったと心から残念に思った。彼はため息をつき、彼女を戸口の内側に残して、馬を真っ暗な厩舎の奥へ連れていった。

彼が戻ってくると、少女はささやいた。「あなたにはとても感謝しています」

「わたしにその力さえあれば、あなたをこの結婚からお救いするのですが」

思わず、ウイリアムは胸の内の愚かしい思いを口にした。彼はすぐれた剣士だったが、このような闘いでは使える武器がなかった。いつの日か、自分は領土と権力を備えたひとかどの男になるだろう。しかし今は領土を持たない一騎士にすぎず、国王の計画を妨げることは彼女を危地に追い込むだけだ。

「わたしは自分の義務を果たし、国王と父の意志に従います」少女は力強く言った。「でも、結婚から逃れることを願ってくれたあなたのお気持ちをありがたく思います」

彼女がもっとよく見えたらと、ウイリアムは思った。衝動的に手を伸ばし、指で少女の頬をたどった。そして自分が何をしているか気づかないうちに、彼女の顔を両手で包んだ。彼女が上体を寄せるのを感じると、今度は自分を抑えられなかった。

そっと彼の唇が少女の唇をかすめる。初めて彼女の唇に触れたとたん欲望が全身を貫いて、その強烈な感覚にめまいを覚え、膝《ひざ》から力が抜けるのを感じた。そしてもっと強く唇を押しつけた。欲情に燃え上がりながらも、少女にとってこれが初めてのキスであることをうすうす感じた。両手を今あるところにとどめろ、彼女の体に伸ばしたいという欲望に打ち勝つのだ。ウイリアムは自分を制した。小道を戻ってくるとき少女が少しでも気のある素振りを示していたなら、足元の干し藁に押し倒してしまっただろう。

ウイリアムはキスをやめて、少女を抱き寄せた。目を閉じて彼女を胸に抱き、心臓のとどろきが静まるのを待った。ああ、神よ、ご慈悲を！　俺はどうしてしまったんだ！　彼女はひたすら俺を信じて、この危険な状況に気づいていないというのに。

ウイリアムはごくりと喉《のど》を鳴らして、抱擁を解いた。何を言ったらいいのかわからず、話すこともできなかった。注意深く少女の頭に頭巾をかぶせ、長い髪をたくし込んだ。そして重いおもりのように両腕をだらりと脇に垂らした。

「初めてのキスがあの人とだなんていやだったの」キスを許した言い訳がいるかのように少女は言った。

他の男が彼女と数々の初体験をするのかと思うと、ウイリアムの胃はよじれた。

少女はすばやく一歩踏み出して爪先《つまさき》立ちになり、彼の唇にそっと口づけた。そして次の瞬間には、マントを体に巻きつけ中庭を走り去った。

その後何年も、ウイリアムはこの夜のことを夢に見た。だが現実とは違って、夢の中の彼は月明かりの川辺で少女を抱いた。彼がキスをすると、少女の顔から不安や恐怖は消えた。そして不幸な運命から彼女を救い出した。

夢の中では、少女は彼のものだった。

1

一四〇五年六月、イングランド、ウェールズとの境界にほど近いロス城

レディ・メアリー・キャサリン・レイバーンは寝室の長椅子《ながいす》に座って、知らせを待っていた。彼女が王子に送った最新の伝言が間に合ったなら、もう今頃には反乱軍とともにいる夫は王の軍隊に捕らえられているはずだった。

キャサリンはチュニックのゆったりした袖《そで》の片方を引き上げ、狭い窓から差し込む日光に照らして腕を調べた。夫につけられたあざは薄れている。レイバーンが城を発ってからすでに二週間が過ぎていた。彼女は袖を下ろすと、背後の石壁に頭をもたせかけた。

レイバーンはこれまで一度でも妻に裏切られると思ったことなどないだろう。しかし今、思い知るはずだ。彼が、ウェールズの反乱軍と集結する日と場所を伝えたとき、広間には彼に同行する家臣以外にキャサリンしかいなかったからだ。

キャサリンは震える両手に顔を埋め、自分のしたことが間違いでなかったことを祈った。他に何ができただろう？　レイバーンが反乱軍といるところを目撃させる、国王に彼の背信を確信させるには、それ以上の手立てはない。

万一レイバーンが王兵の目をすり抜けて逃げおおせたとしたら、城に戻ってわたしを殺すにちがいない。わたしが死んだら、息子は、ジェイミーはどうなるの？　息子がこの世にあの男と二人きりで残されることなど考えられない。

石壁の冷たさが背後の分厚いタペストリーを突き抜けて伝わり、キャサリンは震えた。城中を襲った病に最後にかかり、つい昨晩高熱が下がったばかりだった。

疲労を覚えて、キャサリンは目を閉じた。どうしてこんなことになってしまったのか？　思いはこの悲劇の始まりに戻っていった。レイバーンが国王を裏切る前、彼女がレイバーンを裏切る前の日々に。

国王は彼女の夫にレイバーンを選んだ際、彼の忠誠を信じて疑わなかった。当時十六歳のキャサリンは最高の結婚相手、魅力的な条件を備えた数少ない貴族令嬢だった。病弱な父を持つただ一人の跡取りであり、その上イングランドのウェールズに対する戦略の拠点、ウェールズとの境界地方にある大きな城の相続人でもあった。国王が目をつけ彼女の縁組を決めるだけの条件がそろっていたのだ。

一度キャサリンは十歳の年に、彼女の家と同じくリチャード二世と固い同盟関係にある一族の若者と婚約したことがあった。しかし、ヘンリー・ボリングブルックが王座を奪いヘンリー四世として即位すると、この縁組のうまみは色褪《いろあ》せた。その後ほどなくして婚約者の若者が落馬し首の骨を折ったとの報が届き、キャサリンの父は内心ほっとしたのだった。ヘンリーに娘の夫を選んでやろうと言われて、父は新王に忠誠を示す機会が与えられたことを喜んだ。

ヘンリー四世は、貸しを作りたい強力な男たちの前にキャサリンをかっこうの餌《えさ》としてぶら下げ、慎重に夫候補の人選を進めた。そんな折、彼女の父が重病に倒れ、まさにときを同じくしてウェールズ軍が反乱を起こした。だが、国王は迅速に動いた。もはやロス城や周辺の境界地を、屈強な城主がいない無防備な状態のままにしてはおけなかった。父が死の床に就くや、キャサリンは結婚式を挙げるため、近くにある王の城モンマスまで王兵に連れて行かれたのだった。

キャサリンは自らの体を抱いて静かに揺すりながら、過去を思い出した。レイバーンが冷酷な男だと知っていたから、優しさは期待していなかった。それでも予想以上に、結婚初夜は悲惨なものだった。彼は文字どおり花嫁の処女を奪っただけだった。

おそらく初夜は、初めての女を抱くという目新しさのおかげでうまくいったのだろう。彼はキャサリンに蠟燭《ろうそく》をすべて消して、静かに床の中で待てと命じた。あのとき暗闇《くらやみ》の中で耳にした音は、営みができるように夫が自慰行為をしていたのだと、彼女はあとになってから知った。

キスも愛撫《あいぶ》もいっさいなかった。ただ少なくとも短時間で終わったのは幸いだった。性交を終えるとすぐに、彼は花嫁の部屋を出ていった。人生はこれ以上悪くはならないだろうと思って、キャサリンは一晩中泣き明かした。

あの頃のわたしはなんとうぶだったことか。

レイバーンは妻をはらませたい一心で、毎週キャサリンの寝室を訪れた。キャサリンは耳元でささやかれる卑猥《ひわい》な言葉を聞かないように、腿《もも》や尻《しり》をなでるがさつな手を感じないように努めた。交わりがうまくいって、体の上で彼がうめき動く間、キャサリンは必死に意識を他へ向けようとした。

しかし日ごとに、レイバーンが男の役目を果たすのはむずかしくなった。そしてうまくいかないと、キャサリンをたたいた。時に暴力は彼を性的に興奮させ、営みを可能にした。妻の寝室に来る前には大酒を飲むようになったが、酒は彼をいっそう暴力的にしただけだった。

奇跡的にキャサリンは身ごもり、妊娠は彼女の人生を救った。レイバーンにはなんの取柄もなかったとしても、少なくとも以後妻の寝室を訪れなくなったことで、キャサリンは恐怖から解放された。

しかし二、三週間前になって、彼は〝跡継ぎをもう一人〟残すべきだと決めたのだった。

キャサリンは今回我が身を救うために、そしてハリー王子の王座を守るためにしたことを悔いていなかった。いつか、ハリーはイングランドにふさわしい立派な国王になるだろう……。それでも、夫を裏切ったあと、ずっと神経を張り詰めていたので、疲れ切っていた。

モンマスでハリーと遊んだ子どもの頃の心和む思い出に身をゆだね、彼女のまぶたは重くなった。まだ母が生きていて、遊び友達のハリーが王子となり王位継承者になる前の幸せな時代。キャサリンは硬い長椅子に体をまるめて目を閉じた。

「奥さま、ベッドを出て何をしていらっしゃるんですか？」女中の声で、キャサリンは重苦しい眠りから覚めた。

「どうしたの？」キャサリンは上体を起こして尋ねた。

「武装した男たちが城に向かってきます」女中は不安に駆られ、甲高い声で言った。

「どこの旗を掲げているの？」

「国王の旗です、奥さま」

体中に安堵《あんど》の波がどっと押し寄せ、キャサリンは上体を支えるために長椅子を強く摑《つか》まなければならなかった。

「どういうことでしょう？」女中は前掛けを両手でねじりながら聞いた。

「わからないわ」キャサリンは努めて女中を安心させるような声で言った。「でも、国王の使者なら恐れることは何もないはずです」

それにしてもレイバーンが捕らえられたなら、なぜ国王は兵士をロス城に派遣したのだろう？　逃亡したレイバーンを捜しにきたのだろうか？　彼がこの城に身を隠そうと戻ってくるの？　恐怖が喉《のど》にこみ上げる。キャサリンは気持ちを静めようと努力した。

いいえ、裏切りが発覚したなら、レイバーンが城に戻ってくるとは考えられないわ。処刑されるか投獄されるかという危機に直面した場合、夫は欧州大陸に逃げるはずだと、キャサリンはほぼ確信していた。

「王さまの兵士たちは城門のそばまで来ております。皆はどうしたらいいか、奥さまのご指示を待っております」

「国王の旗を掲げているなら、城門を開ける他ないでしょう。ただし、わたしが行くまで待つように伝えましょう」

「でも、奥さま、お体が弱っていらっしゃるのに。そんなことをなさっては……」

キャサリンは片手を上げて、女中の言葉を押しとどめた。「身支度を手伝ってちょうだい。彼らがどんな知らせを持ってきたか確かめなくてはならないわ」

女中の腕に支えられて、キャサリンは立ち上がった。一瞬頭がふらついたが、すぐに目まいは消えた。女中が最初に取り出したドレスにこれでいいと頷《うなず》き、手伝ってもらって服を着た。そのとき、一つの疑念が頭に浮かんだ。反乱軍との戦いは終わったはずなのに、なぜ国王は兵士をよこしたのだろう？

「そんなものを着ける時間はないわ」女中が青い紋織りの手の込んだ頭飾りを取り出すと、キャサリンは言った。「宝石のついたヘアネットでいいでしょう」

女中が反対するのも聞かずに、キャサリンは髪をまとめ、ねじってネットの中に押し込んだ。崩れないようにネットを飾り輪で留めてもらってから、さっそく急ぎの使いに伝言を託して城門に向かわせた。

部屋の外で、老臣のジェイコブが待機しているのを見つけ、キャサリンはほっとした。感謝を込めて老人の差し出した腕を取り、しわの刻まれた顔にほほ笑んだ。

「使者への謝罪のお言葉をわたしに託してください」心配そうに眉《まゆ》を寄せてジェイコブは言った。「奥さまはご病気でお出迎えできないと伝えます」

「ありがとう、ジェイコブ。でも、これはわたしの仕事です。彼らが本当に国王の臣下であるとわたしが確信するまでは、城壁の中には入れさせません」そして彼らの目的が何か知るまでは。

キャサリンは何日も暗い寝室の中にいたので、主塔《キープ》の外に足を踏み出すと、明るい太陽が目に沁《し》みた。体が弱っているのを感じたが、内郭そして外郭へと歩いていくうち、さわやかな外気が頭をはっきりさせてくれた。城門のそばには城の人間の半分ほどが、堀の向こうにいる兵士たちを気にしながら待機している。

息子のジェイミーはキャサリンの姿を見るとすぐに、女中頭のエイリスの腕から飛び出して母の両脚に抱きついた。彼女はひざまずいて息子にキスした。

「ジェイミー、お母さまがあの方たちと話しに行く間、エイリスとここにいてちょうだい」キャサリンは息子にきっぱり言い渡した。「門の外に出てはいけませんよ」そして彼の頭越しに、エイリスに向かって息子を頼みますと目で伝え、女中頭もすばやく頷いた。

立ち上がったとたん、キャサリンの眼前を閃光《せんこう》がよぎった。これまで失神したことはなかったし、とくに今、失神するわけにはいかなかった。この城の者たちを守るために、わたしは自分の義務をやり遂げるのだ。

キャサリンは一同に下がるよう手で合図し、一人で進んで城門の前に立った。彼女が頷くと、水のない堀の上に重い音を響かせて吊《つ》り上げ橋が下ろされた。

鉄の落とし格子を通して、堀の向こうにいる馬上の兵士たちが見えた。彼らは多くの戦いを経験し、さらなる戦闘に備えているかのように、鋭い視線をこちらに向けている。

キャサリンは門番のほうを向いて命じた。「落とし格子を上げなさい。でも、わたしの合図ですぐ下ろせるように」

男たちの手で鉄の鎖がぎりぎりと巻き上げられ、徐々に落とし格子が上がった。下を通れるほど上がると、キャサリンは橋に足を踏み出した。待機している兵士たちが息をのむのを感じる。彼らはキャサリンを見つめたが、彼女の意図したとおり、その場を動かなかった。

ロス城に向かう道々、ウイリアム・ネビル・フィッツアランの思いは終始、今や未亡人となった謀反者《むほんもの》の妻のことに戻った。レディ・レイバーンが王子に密告したせいで、彼女の夫は捕らえられ処刑された。レイバーンには当然の運命だろう。しかし、長年ベッドをともにした男を敵に売り渡すとは、いったいどんな女なのだ？

彼女は貞操に関しても不実だったのだろうかと、ウイリアムは苦々しく思った。おおいにありそうなことだ。今までの経験からすると、上流階級の女性で貞節な者はめったにいない。忠誠と名誉を重んじる騎士の理想に女たちが導かれることなどないらしい。おそらく彼女が夫の謀反を暴露したのはランカスター家への忠誠というより、他の男への欲望がなせる所業なのだろう。

レディ・レイバーンの動機が何にせよ、王とウイリアムにとっては感謝すべきことだった。しかしこのような事態になった今、夫人は国王に政治的な問題さえももたらしたのだ。

不安定な王座を守るために、ヘンリー四世は謀反者とその家族を厳しく処罰して、強硬な態度を示さなければならなかった。とりわけ勢力のある一族たちに示すことが必要だった。王の考えでは、謀反したイングランド辺境地領主の妻として、レディ・レイバーンはロンドン塔に送られるべきだった。そこでは〝事故死〟がよく起きた。

一方ハリー王子は、これまで反逆軍の数々の情報を自分に伝えてくれた匿名の密告者はレディ・レイバーンだと主張した。しかし国王の臣下にその言葉を信じる者は少なく、密書を運んできた使者の行方もわからなかった。

国王は自分の信じる方針を貫こうとしていた。いかなる場合も、事実は重要ではない。ウェールズの反乱のさなか、辺境の城を一人の女性の手にゆだねるわけにはいかなかった。辺境地の領主たちは忠義なように見えても、反乱軍と同じほど心配の種であった。そのうちの誰かに武力か結婚でロス城を奪われたなら、国王が取り戻すことは困難になるだろう。彼は自分の選んだ男にロス城をゆだねたいと考えた。

そしてウイリアムこそ、国王の選んだ男だった。過酷な試練を経て、彼の忠誠は証明されてきた。その上領地を持ちたいという願望が強く、いったん領地を手にしたなら何者にも奪わせないと、国王にはわかっていた。彼の手にあればロス城は安全だった。

今朝、ウイリアムは不意を襲って反乱軍を捕らえた。王命に従い、その場でレイバーンは処刑された。国王がレイバーンの領土と称号を剥奪《はくだつ》し、正式にウイリアムに授与する前に、裏切り者の首は肩から落とされたのだった。

ウイリアムは鎧《よろい》の上の外衣を敵の血で染めたまま、自らの領地を確保するために戦場からまっすぐロス城に向かった。だが、彼には最後に課題が一つ残されていた。国王から謀反者の妻の運命を一任されたのだ。

夫の反逆により、未亡人をロンドンに送ってロンドン塔に投獄するか、あるいは自分の妻にすることで彼女を救うか、選択はウイリアムに任されていた。彼が結婚を選んだ場合、結婚予告の公示に特別許可を与えるため、国王は司教を送り込んだ。国王はウイリアムの立場も人となりも、よくのみこんでいた。

もしもレディ・レイバーンが投獄されたなら、ハリー王子は激怒するだろう。王には王子の気持ちを無視できても、ウイリアムにはできなかった。若いハリーはいつか彼の主君になるのだ。だがいずれにせよ、ウイリアムは未亡人と結婚しただろう。自分に阻止できる力があるなら、女、子供に危害が及ぶのを見過ごせるような男ではなかったからだ。

次の丘の頂上まで来ると、ウイリアムの思考はレディ・レイバーンから離れた。馬の手綱を引いて立ち止まり、初めて新しい自分の領地を眺めた。青々と茂る丘陵の向こうには、新たに実った作物の畑が城の周辺に広がっていた。城は丘の上に建ち、そばには曲がりくねった川が流れている。古く四角い主塔《キープ》のまわりの壁と同心円状に城壁を巡らせた立派な要塞《ようさい》だった。

副官のエドマンド・フォレスターがウイリアムのそばに来て馬を止めた。「川のおかげで防御しやすいですね」エドマンドは満足げに言った。

ウイリアムは城から目を離さずに頷いた。これまでずっとこのような城を欲しいと思ってきた。彼は父親の館で暮らしていたが、息子として正式に認められていたわけではなかったので、その立場は常に不確かで不安定なものだった。だがようやく今、自分の領地を持ち、世間に名乗れる称号を手に入れたのだ。

とりわけ今日というこの日に、ジョンがそばにいてくれさえしたら！　四年前弟のジョンは亡くなった。ウイリアムは弟を思うと、今も喪失感に胸を突かれた。ジョンは彼と真の絆《きずな》で結ばれたたった一人の人間だったのだ。それでも、エドマンドがかたわらにいてくれるのをありがたく思った。二人は長年ともに北部で闘ってきた。ウイリアムが信頼する人間はわずかだが、エドマンドはその一人だった。

ウイリアムは期待に胸を弾ませて馬に拍車をあて、一同は城への小道を疾駆した。彼らが近づいてくるとき、城の見張りは国王の旗を見たはずだが、なかなか城門を開けなかった。ウイリアムがいらだちを覚えるほど待たされてから、ようやく吊り上げ橋が下ろされた。

落とし格子が上がり、その下をほっそりした女性一人がくぐって、橋の上を進んできた。

彼女を見ようと、ウイリアムは日差しを避けて目を細めた。兵士たちは、落ち着き払った様子で彼らを眺める若い女性の姿に戸惑い、居心地悪そうに鞍《くら》の上で体の位置をずらした。

彼女の大胆不敵な行動に、ウイリアムはにやりとした。万一ウイリアムたちが敵だとわかったなら、背後で格子を下ろさせようと彼女が考えているのは明らかだった。しかし、その作戦には一つ欠陥がある。城は救われるだろうが、彼女自身はそうはいかないことが確実なのだ。

2

キャサリンは誰かが前に出てくるのを待つ間、から堀の対岸にいる兵士たちに視線を向けた。彼らは甲冑《かっちゅう》と鎖かたびらを着け、軍馬の息は荒く、腹は波打っている。馬上には聖職者が一人おり、その白い法衣は鈍く光る金属の集団の中で際立っている。

彼女は聖職者が馬を降りて、吊《つ》り上げ橋を渡ってくるのを見つめた。

「ファザー・ホワイトフィールド！」思わずキャサリンは声をあげたが、幸いにも父の古い友人には聞こえなかったらしい。ヘンリー四世が王座についてからホワイトフィールド師がめざましく昇進したことを思い出し、彼女は膝《ひざ》を折ってお辞儀した。

「またお目にかかれて嬉《うれ》しいですよ」司教は彼女に両手を差し伸べた。

「これはどういうことでしょう、司教さま？」キャサリンは小声で尋ねた。「なぜ国王は兵士をここにおよこしになったのですか？」

「国王陛下の勅命を持参いたしました」司教は城壁に響き渡る声で告げた。

司教と兵士をともなうとは、どんな勅命なのだろう？

「このようなことをあなたに告げるのは遺憾ですが」司教はキャサリンの手をなでた。「本日ご主人は処刑されました」

「神を褒め称えよ！」キャサリンはそう叫んでひざまずいた。目をぎゅっと閉じ、顔の前で両手を握り締める。「神を称えよ！　神を称えよ！」

「レディ・キャサリン！」司教が彼女の頭上でどなった。「そのように罪深いことは口にされないように。神に許しを請うべきです」

夫の死を願うのは罪深いことだとキャサリンも承知している。それでも神ははかり知れない英断でわたしの祈りに応え、レイバーンをこの世から葬り去ったのだ。

神を褒め称えよ、神を称えよ、神を称えよ……。

「……恥ずべき行いで……女らしくない……」

司教が話し続けているのをキャサリンはぼんやりと感じた。だが彼の言葉を聞かずに祈り続けた。

「メアリー・キャサリン！」

司教に大声で名前を呼ばれて、キャサリンは目を開けた。

「立ちなさい、立つのだ」司教は彼女の腕を持って引っ張りあげた。「まだあなたに伝えることがあるのです」

司教は法衣から羊皮紙を取り出すと、封を切って巻紙を広げた。腕を伸ばして用紙を掲げ、厳粛なまなざしでキャサリンを見下ろした。そして読み上げ始めた。「全領地……国王に没収され……これらのものを認める……忠義な奉公により……」

司教の言葉はキャサリンの頭には入らなかった。彼が長々と読み続ける間、たえずめまいが彼女を襲った。

「要するに」司教は羊皮紙を巻き戻して言った。「レイバーンの称号とロス城を含む彼の全財産を没収するという国王のお言葉である。それらは、本日謀反《むほん》者の夫君を討ち取った男に与えられる」

キャサリンは腹を殴られたかのように息を止めた。

「どうして陛下はわたしにそのような仕打ちをなさるのですか?」キャサリンはささやいた。「陛下のためにこれほどの危険を冒したわたしに?」

司教は身を乗り出し、彼女に向かって目を細めた。「夫君が国王にはむかったときに、あなたはこの事態を予測されるべきでした」

「でも、わたしは国王にはむかっておりません!」キャサリンは抗議した。「わたしがレイバーンと結婚したのは自分の意志ではなく、陛下がお決めになったことです。司教さまもよくご存じでしょう」

「言葉に気をつけなさい」司教は顔を怒りで染めた。「君主を批判するのは賢明ではありませんよ」

「陛下はわたしにどうせよとおっしゃるのですか？」不安に駆られてキャサリンは尋ねた。「ジェイミーとわたしはどこに住むことに？」

司教は咳払《せきばら》いをした。「すべて失うわけではありません」これから言おうとすることに重みを持たせようと、間を置いてから続ける。「国王の恩恵により、ロス城の新しい城主はあなたを妻に迎えることに同意したのです」

「陛下はわたしの再婚をお望みなのですか？」キャサリンは思わず声が高くなるのを抑えることができなかった。

司教の揺るぎないまなざしはそのとおりだと告げていた。

「まさか、そんなこと！」キャサリンは頭を振りながらあとずさった。「またわたしに結婚しろとおっしゃるはずはないわ！」

司教は彼女の腕を摑《つか》んで、耳元に強い口調でささやいた。「国王があなたを救うためにはこれしか方法がないのだ」

キャサリンは顔を両手でおおった。「そんなことはできません！　無理です！」

「キャサリン！」司教は声をあげた。「落ち着きなさい！」

「結婚しないですむよう陛下に頼んでください」キャサリンは彼の袖《そで》を摑んで懇願した。「お願いです、閣下」

「冷静になるのです」司教は彼女の両肩を抱いて諭した。「あなたに選択の余地はありません」

「もしお断りしたら？」キャサリンは胸に怒りがこみ上げるのを感じた。

「それは決して賢明な判断ではないでしょうな」司教は声を震わせた。

「お教えください、閣下」

「国王はあなたを投獄するでしょう」

ようやく事態を理解して、キャサリンの顔から血の気がひいた。なぜこうなることを予測しなかったのか？　ヘンリー王は二つの境界地で反乱軍と戦闘中で、その王座は強固なものではない。迅速にわたしの領地を臣下の手にゆだねないなら、辺境地の領主のいずれかに奪われてしまうにちがいないのだ。

「フィッツアランがあなたをめとることに感謝すべきです」司教は吐き出すように言った。「国王に命じられたわけではないのだから」

キャサリンは歯を食いしばった。「わたしにとって、ロンドン塔のほうがましかもしれません」

「ご子息のことを考えなさい。あなたが投獄されたら、彼はどうなるのです？」

司教の言葉はまさに核心を突いていた。キャサリンは息子を救うためなら、なんでも耐え忍ぶだろう。

「どのくらい猶予をいただけるのですか？」キャサリンは弱弱しく尋ねた。「牢獄《ろうごく》を選ぶ他なくなるまでに」

頭がはっきりし気分もよくなれば、結婚から逃れる道を見出せるかもしれない。

司教の鼻孔がふくらむ。「結婚はただちに執り行われる予定です」

「ただちに？」キャサリンは呆然《ぼうぜん》とした。「なんの猶予もなく、また別の地獄へ行かなければならないのですか？」

怒りに駆られたせいで彼女は力尽き、頭もふらふらしていた。

「いつ？」足元の吊り上げ橋の厚板を見下ろしたまま、キャサリンは聞いた。「いつその方はいらっしゃるのですか？」

神さま、お願いです、それまでに数日ではなく数週間ありますように。

「その方はここにいらっしゃる」

キャサリンは目を上げて、司教が肩越しに一瞥《いちべつ》するのを見た。苦悩のあまり、司教以外の人間のことを忘れていたのだった。

正面にいた兵士たちは脇《わき》にどき、大きな黒い軍馬に乗った男が進み出た。恐怖に身動きできず、キャサリンは巨大な馬が迫ってくるのを見つめた。馬の熱い息が彼女の顔にかかると、彼は手綱を引いて馬を止めた。

その男を見ざるをえなくて、キャサリンはごくりと唾《つば》をのみ、そろそろと目を上げた。まず彼の手に目を留めた。危険を感じ、それに立ち向かおうとしているかのように剣の柄《つか》を握っている。視線が腕を上がって胸まで来たとき、彼女の冑はぎゅっと締めつけられた。彼の外衣には血の筋がついている。敵の血、敗者の血が。

彼女は視線をそらすこともできず、男の顔へと上げていった。汚れて血がつき乱れた髪が目に入る。そして激しい怒りをおびた残忍な目と、目が合った。キャサリンの意識がふっと遠のいた。

吊り上げ橋の上で司教が大胆な若い女性に挨拶《あいさつ》するのを見て、ウイリアムはそれがレディ・レイバーンその人だとわかった。司教が彼女に何を告げるかを知っていたので、彼の注意は夫人にのみ向けられていた。

結婚という決意は変わらないにしても、夫人が魅力的であることを当然ながら願っていた。そして運命はウイリアムに味方した。レディ・レイバーンは陰険な心の持ち主かもしれないが、少なくとも遠目には、若く非常に美しく、しなやかですらりとした姿のように見える。

夫人がひざまずいて、「神を褒め称えよ！」と叫んだとき、ウイリアムはぎょっとして彼女を見つめた。彼女が夫の死を神に感謝しているのだと理解するのに、しばらくかかった。夫が亡くなったと知らされて、くずおれて嬉し涙を流すとは、いったいどんな女なのだ？　俺の母だってここまで薄情ではない。

夫人が彼との結婚を牢獄にたとえたのを聞いて、ウイリアムの受けたショックは怒りに変わった。自分を救ってくれる男に感謝すべきなのに、侮蔑《ぶべつ》するとは！　エドマンドに腕を摑まれたが、ウイリアムはその手を払いのけ馬を橋へ進ませた。

彼の馬が近づくと、司教は五、六歩あとずさった。しかし夫人は、馬が彼女の頭上で荒い鼻息を吐いたときも動こうとしなかった。馬と馬上の男を一部もらさず見るかのように、彼女は少しずつ視線を上げた。ようやく視線が彼の顔に達すると、二人の目と目は釘付《くぎづ》けになった。

そしてウイリアムの心臓は止まった。

あの少女だ。彼はほぼ確信した。

そのとたん彼女の目は焦点を失い、体は足元から揺らいだ。戦地で身につけた俊敏さでウイリアムは馬を飛び降り、彼女が厚板に頭を打ちつける前に、かがんでその体を抱きとめた。メッシュのネットから金髪がこぼれ、シルクのような波打つ髪が彼の腕に、そして橋の目の粗い板に広がる。

一同はどよめいた。しかしウイリアムには、腕の中の若い女性しか目に入らなかった。彼女だ。夢に見てきたあの娘だ。

ウイリアムが夫人を抱え上げようとすると、背中をたたかれた。小さなこぶしを打ちつけて、泣き叫ぶ声が耳に入る。「お母さまを放せ！　放せ！」

「小僧をどかしてくれ！」ウイリアムはそばにいる兵士に声をかけた。

兵士は少年を引き離し、両脚で激しく虚空を蹴《け》るので、小さな体を腕を伸ばしたまま抱えた。黒っぽい髪の少年はまだほんの三、四歳に見える。

ウイリアムは少年の目を見つめて言った。「母上を傷つけたりはしない。約束する」

だが、近づけた顔を少年に蹴られそうになる。

少年が運び去られるや、太った修道士のようなピンク色の丸い顔をした者がウイリアムの前に現れて、叫んだ。「奥方さまはこの五日間ほど高熱で寝つかれていたのですよ！」

ウイリアムは自分を強く叱責《しっせき》する人間を見上げた。それは明らかに使用人と思われる年長の女だった。

彼女はウイリアムに抱かれた夫人の青ざめた頬《ほお》に手を触れ、泣き叫んだ。「奥さまに何をされたのです？　おかわいそうに。ああ、なんてことでしょう」

ウイリアムは毒づきたいのをこらえ、歯を食いしばって言った。「わたしは彼女を救いに来たのだ。危害を加えに来たのではない」

彼の鋭い口調に、女は逃げ出すはずだった。だが彼女はその場を動かず、ただ泣き叫ぶのはやめた。

「奥方をどこへ運べばいいか案内してくれ」彼は穏やかな声を出そうと努めた。「橋の真ん中に置いたままにはできない」

彼女はウイリアムに向かって瞬きしてから、驚くべき機敏さで立ち上がった。そしてスカートの裾《すそ》を持ち、彼の横を速足で通り過ぎた。「こちらへ、こちらです」

ウイリアムは夫人を腕に抱き上げ、城門を通り抜けた。太った使用人は二、三歩進むたびに、ついてくるウイリアムを肩越しに振り返って手招きした。ざわざわと低い話し声が聞こえ、彼が進んでいくと、使用人たちが頭を下げあとずさるのを目にした。しかし実際のところ、彼の目は何者も見ていなかった。

全神経は腕に抱いた夫人の体の温もりと、なびくシルクのドレスのなめらかな感触に向けられていた。彼女の体の重みはほとんど感じられなかった。その髪が微風にそよいで、野の花の香が彼の鼻腔《びこう》を満たし、思いは川辺で過ごしたあの月明かりの夜に戻っていった。

いつの間にかウイリアムは主塔《キープ》の階段を上っていた。そのとき少年が、捕まえていた兵士の腕を飛び出して、ウイリアムの片脚にしがみついた。

「困った子だ、母上を落としてもいいのか」彼の部下が動く前に、あの太った使用人が駆け寄って少年の首筋を掴んだ。

「わたしがお母さまの面倒を見ますから、お坊ちゃま」彼女は少年をもう一人の使用人の腕に押しやった。「いい子にしていたら、メアリーが台所で甘いパンをくれますよ」

ウイリアムは部下に向かって広間に残るように合図し、女のあとから城主家族の居住部分に向かって環状の階段を上がった。

「わたしは女中頭のエイリスと申します」彼女はウイリアムの先に立って上り、息を切らせながら名乗った。「レディ・キャサリンを赤ん坊の頃から存じ上げています」

彼の腕の中で夫人が身動きした。ウイリアムは静かにさせようと、思わず彼女の額にキスしそうになった。頭を強く振って、この女は腕の中ではもろく見えても、司教と口論した、いやもっと手に負えない女なのだと自分に思い出させた。

階上室の入り口まで来たとき、ウイリアムは足を止め優雅に整えられた居間を見回した。黒っぽい木製の家具、豪華なタペストリー、川を見下ろせる窓辺には美しい椅《い》子《す》が置かれている。これは俺のものなのだ。もはや他の男をくつろがせる場ではない。これからはここで俺の子供たちが城主の子女として育てられることになるのだ。

今抱えている女性がその子供たちを産むのだと気づいて、ウイリアムははっとした。

彼は夫人を見下ろした。目は閉じられているが、眉《まゆ》は苦しそうに寄せられている。

彼女はいつ気づくだろうか？

「こちらです」女中頭が居間に隣接する寝室の一つから声をかけた。

ウイリアムは夫人をそこに運んで、高脚の寝台に注意深く寝かせた。あとずさってから、血に染まった外衣に目を留めた。俺はいかにも戦場から駆けつけたように見える。どうりで彼女が失神するはずだ。

ウイリアムはエイリスの腕に手をかけた。「汚れを洗い流したい」彼女を部屋の外に連れ出して言った。「それから部下たちに飲み物と食べ物を出してほしい」

「すぐに用意いたします」行こうとするエイリスの腕を、彼はがっしりと抑えた。

「おまえが女主人を大事に思っていることは承知している」エイリスの目がきらりと光るのを見て、彼がそれに気づいたことを喜んでいるのがわかった。「それで夫人にわかってもらうのに手を貸してほしい」

エイリスは真剣な顔でウイリアムを見上げた。「何をわかってほしいのですか？」

「まさに今日、彼女とわたしが結婚することを国王はお望みだ」エイリスが鋭く息をのむのを気にせずに、ウイリアムは続けた。「結婚しなければ、彼女の身は安全ではない。そのことを夫人にわからせてほしい」

エイリスは固く唇を結んで頷《うなず》いた。

「わたしは一時間ほどで戻って、段取りを彼女に説明する」ウイリアムは尋ねた。

「さて、風呂はどこだ？」

3

戦闘の汚れを洗い落としてきれいになると、ウイリアムは平静を取り戻した。そしてこれから結婚する女性について知ったことを、何度も思い出そうと努めた。彼女は夫の言動を密かに探って、死に追いやったのだ。後悔も憐《あわ》れみの情もいっさいなく、子供の父親を、五年間ベッドをともにした男を裏切ったのだ。

これはまぎれもない事実だ。この事実にはどんな夢想も入り込みようがない。

彼女は厩舎《きゆうしや》で出会った少女の頃とは変わってしまったのか。それともあのときも、俺が彼女の人となりを見誤っていただけなのか。あの夜、どのくらいの間一緒にいただろう？　一時間？　それとも二時間？　そんな短時間で何がわかる？　とくに月光の中で美しい少女のそばにいたら、若い男なら心を乱されるにちがいない。

ウイリアムは母のそばで、女とはどういうものか学んできた。その教訓を忘れたのは、厩舎であの少女と過ごしたときだけだった。

彼女は今も変わらず美しい。用心しなければならない。

最上の服を着て私室に戻る頃には、ウイリアムは冷静になり、義務を果たそうとする心境になっていた。発つ前に、司教に荷の中から最上の服を取り出しておくように言われたのは幸いだった。彼はノックをしようと上げた手を止めた。自分の私室に入るのに、誰の許可もいらないはずだ。

ドアを開けると、窓のそばの小さなテーブルにレディ・キャサリンとエイリスが座っているのが見えた。エイリスはスツールを倒さんばかりに、慌てて立ち上がった。しかしキャサリンは、口に運んだカップから上がる湯気越しに、冷静なまなざしで彼を見て、眉《まゆ》一つ動かさなかった。

彼女はウイリアムの目を見つめたままカップをテーブルに置いて、はっきりした声で命じた。「エイリス、司教さまにわたしたちのところへいらっしゃるように言って」

彼女は何を企んでいるのだろう。ウイリアムは訝《いぶか》ったが、じきにわかることだと思い直した。

エイリスは、この男と二人きりになるのは感心しないといった顔を、女主人に向けた。だがキャサリンが頷《うなず》くのを見て、言われたとおり出ていった。

初めて二人だけになって、ウイリアムと未来の妻はしばし互いを値踏みした。彼女の生き生きとした青い目には、彼があの夜の騎士だと気づいたひらめきはなかった。いくつもの記憶のかけらがウイリアムの脳裏をかすめる。短くも鮮烈なあの少女の記憶と、目の前にいる女性が夫を裏切った妻だという事実は、彼の中でどうしても一致しなかった。その上彼女があまりにも美しかったので、冷静に考えることはむずかしかった。

キャサリンの磁器のようになめらかな肌に、今ではほんのり赤味がさしている。ウイリアムは口を開いた。「先ほどより顔色がよくなっている」

「普段なら、失神したりしません」彼を安心させようと、キャサリンは急いで言った。「でも、ずっと具合が悪かったので」

「気分がよくなればいいが。今、二人で話し合わなければならないことがあるのだ」

キャサリンが顎《あご》を引き締めたのを見て、結婚までに残されたわずかな時間に、彼女が自分の立場を検討し作戦を練ったことを、ウイリアムは知った。ノーサンバーランド伯爵のもとで交渉術を学んできてよかったと思った。

「わたしとの結婚に同意してくださるなんて、お優しい方なのですね」キャサリンは切り出した。

ほう、まずは俺の気持ちをなだめようと、見え透いた言葉で先制するのか。

「結婚話を聞いたとき、初めはそうは思っていなかったようだが」ウイリアムは愉快そうに言うつもりだったが、声はかすかに怒りをおびた。

彼の言葉を気にせず、キャサリンは続けた。「陛下はあなたに選択を任せたと聞きました」

〝あなた〟をわずかに強調したのを、ウイリアムは聞き逃さなかった。

「わたしには選択の余地がなかった」彼は肩をすくめた。「一人の貴婦人が不当に投獄されるのをほうっておくのは、わたしの良心が許さなかったのだ」

「あなたのような立場で、同じ選択をされる方は多くはないでしょう」

彼女を見ていなかったらな。この美しい顔を見たなら、どの男もむずかしい選択だとは思わないだろう。今宵キャサリンとベッドをともにするのだと思うと、ウイリアムの身内は欲望に熱く駆り立てられた。彼女が最初の夫を裏切り、自分との結婚をいやがったとわかっていても、その熱情は冷めなかった。

彼女を欲することと、彼女を信頼することは別問題だった。

「あなたは牢獄《ろうごく》より結婚を選んだと言って、わたしを喜ばせるのか？　それとも今でも二つは同じだと？」またもや棘《とげ》を含んだ声になるのを止められなかった。

キャサリンは赤くなるだけのたしなみを持ち合わせていた。「わたしが反対したのは、あまりにもすぐに再婚することに対してです」そして視線を落として、つぶやいた。「あなたと結婚することにではなくて」

「わたし自身についてはどうなのかな？」ウイリアムは鋭く聞いた。

彼は幼い頃から、本能的に自分の感情を隠すことを修練してきた。それなのに今はどうしてうまくいかないのか？　自分自身にいらだって、彼はテーブルを離れ、キャサリンに背を向けて窓の外を眺めた。くそ、俺は欲望に関係なく彼女と結婚するつもりだった。それなのに今は、彼女が欲しい。たまらなく欲しい。ウイリアムは、自分の欲情が相手に気づかれないことを願った。

キャサリンの次の言葉を聞いて、彼は一気に会話に引き戻された。

「あなたとの結婚に同意するには、一つ条件があります」

ウイリアムは振り向くと、彼女に向かって片方の眉を上げた。「あなたは自分が交渉できる立場にあると考えているのか？」

「ええ」

キャサリンの揺るぎない声から、彼女がウイリアムの目にむきだしの欲情を見て、それを利用しようと考えたことが察せられた。

「あなたの身の安全、居城と立場の安泰、それだけでは十分でないというのか？」

「これから言うことを約束していただけないなら」キャサリンはびくともせずに続けた。「あなたとの結婚よりも流罪や投獄を選びます」

ウイリアムは耳を疑った。俺との結婚より牢獄を選ぶだと？　「では、わたしに求める条件とは何だ？」

キャサリンが震える息を吐いたので、冷静な外見の下では、ひどく緊張していることが露見した。それでも、彼の目をまっすぐ見て要求を口にした。

「わたしの息子の身を保証してもらわなければなりません。息子に危害を加えないと約束してください。さらに彼の身と彼の利益を守ることを」彼女は咳払《せきばら》いして、言葉を結んだ。「それが、わたしにとって重要なことです」

彼女は俺がどんな人間か知らないし、今の言葉でどれほど傷ついたか、わかるはずもないのだ。ウイリアムはそう自分に言い聞かせた。深く息を吸い込んで、キャサリンの横に腰を下ろし、テーブルの上に置かれた彼女の両手に片手を重ねた。キャサリンはびくりとしたが、手を引き抜こうとはしなかった。

「今言われたことを実行しよう」ウイリアムは彼女の目を見つめて言った。「あなたに言われなくても、するつもりだったことだが」

キャサリンはためらいがちに、彼に向かってかすかな笑みを浮かべた。

そのとき、話題の主本人が部屋に飛び込んできた。キャサリンは話の邪魔をした息子を叱《しか》らずに、両腕で抱いて、黒っぽいちぢれ毛の頭のてっぺんにキスした。母と息子の愛情を目《ま》の当たりにして、ウイリアムは心が温かくなるのを感じた。喉《のど》が締めつけられ、自分の子供もこのように愛してもらいたいと願っていることに気づいた。

そこへ司教が、少年よりゆっくりした足取りで入ってきた。

「わたしが来てくださるようお願いしました、閣下」キャサリンが声をかけた。「実は、結婚の契約に入れなければならない項目があるのです」

彼女が司教を呼んだのは、それが目的だったのか、とウイリアムは思った。二人だけのときにした口約束では、不十分と言うわけか。

だが、ウイリアムは気分を害することはなかった。むしろキャサリンの固い決意と、誓約を守らせるために対策を講じた賢さに感心した。そして彼女が第一子と同じように、彼との子供も懸命に守ってくれることを願った。

「契約文書はすでに作成されている」司教は両手の指先を合わせ、ウイリアムに視線を移した。「肝心な事柄はすべて書かれているはずだが」

ウイリアムは片手を上げて言った。「わたしが閣下の書記に、必要な変更を伝えましょう。時間を無駄にする余裕はないので、すぐにかたづけましょう」

司教は渋い顔で答えた。「お好きなように」そして音を立ててドアを閉め、立ち去った。

「おいで、ジェイミー」今や疲れきった声になって、キャサリンは言った。「お母さまはもう休みたいの」

ジェイミーは差し出された母の頰《ほお》にキスをして、部屋を飛び出していった。息子がいなくなるとすぐに、キャサリンは椅子《いす》の背にぐったり寄りかかった。

「もうあなたと話す時間はない」ウイリアムはキャサリンの青ざめた顔を見て、後ろめたく感じながら言った。「式は、今日挙げなくてはならないのだ」

キャサリンは言葉を返さず、ただ、驚くほど青い目を彼に向けた。

ウイリアムは言った。「わたしは戦闘に強い指揮官として名を馳せている。わたしの庇護《ひご》下にいれば、あなたの身は安全だ。陛下でさえ、今のようにあなたを脅かすことはできなくなる」

そして揺るぎないまなざしで、キャサリンを見すえた。「わたしの子を身ごもったなら、あなたを傷つけようとする者はいないだろう」彼の口調は強く激しくなった。「そんなことをすれば、わたしがその者を地獄まで追いかけて報復することが、わかっているからだ」

キャサリンは湯気の立つ浴槽に入って、メアリーに無理に勧められた温かいスープの二杯目を飲み、頭がはっきりしてきたのを感じた。フィッツアランが部屋からいなくなったあと、意外にもぐっすり眠れた。おかげで気分がよくなったように思われた。

彼女はフィッツアランと話し合ったときのことを詳細に思い返した。彼のブロンズ色の短髪は湿っており、髭《ひげ》はきれいに剃《そ》られていた。血や汚れを落とすと、なかなかの美男子だった。広い頬骨、大きな口、琥珀《こはく》色の厳しい目をした、力強い顔立ち。長身で体格はたくましく、指揮官としての立場が彼を実際よりはるかに年長に見せているようだ。

そう、彼は美男子だわ。とても美男子だ、とキャサリンは思った。

フィッツアランはくすんだ金色のシャツの上に、深緑色で膝丈《ひざたけ》の上等なチュニックを身につけ、腰のあたりに宝石のついたベルトをしていた。その立派な装束も、戦士の体を隠しおおせてはいなかった。自ら言ったように、彼は人々に恐れられる戦士であり、指揮官なのだ。

自分の子を身ごもったなら、あなたの身は安全だと言い切ったフィッツアランの大胆な言葉を、キャサリンは思い出したが、すぐに頭の隅に追いやった。息子を守るためにこの知らない男と結婚はするが、彼とベッドをともにすることなど、今は考えられない。

そして吊《つ》り上げ橋の上で、自分の上にそびえるように立ったフィッツアランの姿が目に浮かんだ。温かい湯の中にいるのに、キャサリンは身震いした。彼を相手にするときには、血を浴びた怒れる獅子《しし》を想像してのぞんだほうがうまくいくかもしれない。

突然、エイリスが冷たい外気とともに浴室に飛び込んできた。

「まだ着付けをしていないの？」エイリスは目を見張った。「メアリー、どうしたっていうの？　広間では、フィッツアランさまが檻《おり》の中の熊《くま》のように歩き回っているというのに」

「式の準備にかけられる時間は二時間だそうです」メアリーはつぶやいて、キャサリンにローブを差し出した。

たった二時間しかないの？　キャサリンが急いで浴槽から出ると、両脚から湯が流れ落ちた。

「ベッドの上に、一番いいドレスを並べておきました」キャサリンの濡《ぬ》れた髪を絞りながら、メアリーは告げた。

「このドレスが今でも最上のものですよ」エイリスはそれを着てほしいかのように、キャサリンが最初の結婚式で着たドレスの繊細なビーズ刺繍《ししゅう》をなでた。

「ドレスを手直しする暇はありません」キャサリンは言った。彼女の体は今でもほっそりしていたが、十六歳当時の華奢《きゃしゃ》なところはほとんどなかった。「ブルーのドレスでいいわ」

「これはよくお似合いですよ」メアリーはブルーのドレスと、そろいの金糸で縁取りされた濃いブルーシルクの頭飾りを取り上げた。「お召しになると、瞳《ひとみ》が青い釣り鐘草のように輝いて見えますもの」

二人の女中はせわしく働いて、女主人の髪を編み、ピンで留め、コルセットのひもを締めて、急《せ》かしながらドレスを着せた。ようやく身支度が完成すると、女中たちはドレスを眺めて嘆声をもらした。青いドレスは、胴着《ボディス》から腰の低い位置につけられた装飾的なベルトまで、ぴったりとキャサリンの体を包み、その下は柔らかな襞《ひだ》になって床に流れ落ちている。

髪はまだ湿っていて、重い頭飾りの下がむずがゆかった。メアリーが掲げる鉄製の鏡をのぞき、サファイヤのイヤリングとネックレスをつけているのを見てキャサリンは喜んだ。それらは亡き母のお気に入りの装身具だった。

キャサリンが階段を下りていくと、男たちの低いざわめき声が聞こえてきた。彼女は首元のネックレスに触れて、自分を励ました。わたしはこの事態を乗り越えられる。乗り越えなければならない。

キャサリンが広間に入ったとたん、フィッツアランの部下たちはいっせいに彼女に顔を向けたらしい。広大な広間がしんと静まり返った。

部屋の奥にはフィッツアランがいた。琥珀色の目でじっと見つめられ、キャサリンはその場から動けなくなった。彼が強い決意に満ちた顔で近づいてくると、心臓は早鐘を打った。キャサリンは、戦《いくさ》で彼と対峙《たいじ》する兵士に心から同情した。もしも動けたなら、私室に逃げ帰っていただろう。彼に会釈され腕を取られて、動悸《どうき》を静め平静になろうと努力した。

いつの間にか、キャサリンはフィッツアランとともに結婚の契約書に署名して、誓いの言葉を交わし、司教のあとから中庭を通ってイーストタワーにあるチャペルに向かっていた。司教が祝福の言葉を唱え、ミサを挙げたはずだが、彼女の耳には一言も入らなかった。頭がしびれたまま新しい夫の腕に手をかけ、チャペルの外に出た。思いがけない寒さに震え目を上げると、太陽は城壁の向こうに沈んでいる。

　これで終わった。たった一日で、わたしは人妻から未亡人になり、また人妻になったのだ。そのときずっと息子と話していないことに気づいて不安に襲われ、キャサリンの心臓は止まった。次には何が待ち受けているのだろう。彼女はフィッツアランを盗み見たが、その厳しい表情からは何も読み取れなかった。

　広間に戻ったとき、エイリスがキャサリンのところにやって来た。「結婚の宴《うたげ》の準備が整っております」彼女は目をくるりと回して言い添えた。「たいしたものではありませんけれど」

「ジェイミーは？」喉を締めつけられる思いで、キャサリンはささやいた。

「坊ちゃまのことは心配ありませんよ、奥さま。子守が早めに寝かせました」

　それを聞いて、キャサリンはほっとした。これまでジェイミーには、父親のレイバーンが留守のときは、城の中で自由にさせてきた。だが、息子のことではフィッツアランの方針に従わなければならないだろう。

　キャサリンはエイリスに無理に笑顔を見せ、フィッツアランに導かれるままテーブルに向かった。料理人や厨房《ちゅうぼう》係たちは、急な結婚にもかかわらず宴席を整えるという、ささやかな奇跡を起こしてくれていた。わたしのために頑張ってくれたのだわ。キャサリンは彼らの思いやりに感謝したが、緊張のあまり一口も食べられそうもなかった。

彼女はパンを一切れ取って、装飾に乏しいテーブルを見下ろした。どうしてもモンマス城での結婚式のことが思い出されてしまう。いくら使用人たちが努力しても、今回の祝宴がもっと豪華なものになるはずはなかった。

モンマス城は、今や王子となった幼なじみのハリーが子供時代のほとんどを過ごした城であり、キャサリンも結婚前にはいく度となく訪れていた。それでもその城に、最初の結婚のときほど、高価なシルクやベルベットを装った客人が大勢集まったことはなかった。ミサは長い時間をかけて行われ、宴席は手の込んだ豪華なもので、宴会は延々と続いたのだった。

キャサリンは花嫁の役を堂々と務めたいと思うあまり、その夜寝室で待ち受けていることにまで考えが至らなかった。おそらく、忠告してくれる母親がいたなら、事情は違っていたかもしれない。

結婚前夜遠乗りに出たことが、ふと思い出された。レイバーンとの結婚生活がどのようなものかわかっていたなら、わたしはあのまま馬で走り続け、城に戻らなかっただろうか？

あの夜ついてきてくれた青年のことを、キャサリンは思った。彼を思い出しても、恩知らずなことに、その顔は思い出せなかった。厩舎で出くわして、青年に押し倒されたとき、恐ろしくて彼の体の大きさにしか気づかなかった。そのあと肩まである髪の輪郭は見えたが、顎髭におおわれた顔は常に陰になっていた。

実際、青年の顔は髪と髭ばかりのように見えた。

その晩青年のことを思うと、キャサリンの心は乱れ、動揺したままで、レイバーンとの悲惨な初夜を迎えた。その後の辛い記憶の層の下に、あの青年の記憶が少しも薄れず残っていたのは驚くべきことだった。

二人で川を眺めながら、わたしの手を包んでくれた青年の大きな手の温もり。短いキスをされたとき、肌を刺した髭の感触。別れ際に抱擁されて、思いがけなく心地よかった彼の腕の中……。

とりわけ鮮明に記憶し胸にとどめているのは、青年の優しさと献身的なふるまいだった。人生がどん底まで落ちても、この記憶がわたしを救ってくれる。

食事の間、ウイリアムは美しい新妻を見たくてたまらなかったが、そっと盗み見るにとどめた。正装した彼女が広間に入ってきたとき、彼の心臓は止まるかと思われた。ドレスは彼女の体にぴったりまといついて下方に流れ、女らしい曲線を余すことなく見せていた。このように青い目があるだろうか？　彼女のところに迎えにいくまで、どのくらいの間見とれて立ち尽くしていたか、自分でもわからなかった。

キャサリンは今、パンを細かくちぎっていた。彼女がひどく緊張し、どれだけみじめな思いを味わっているかを知って、ウイリアムのプライドは傷つけられた。彼女は未経験ゆえに不安を抱く処女ではないのだ。何年も男と褥《しとね》をともにし、子も一人産んでいる。確かに俺のことを何も知らないのだから、多少不安は覚えるだろう。だが、彼女の反応は度を越えている。俺を嫌っているのだろうか。

寝室の戸が閉められたとたん、力ずくで床に押し倒したら、彼女はどう思うだろう？

ああ、実際そのように犯したいと思うほど、彼女を欲している。ウイリアムにはキャサリンを裸にして体を重ねること以外、ほとんど考えられなかった。しかし、彼が強く欲していることを、新妻が明らかに恐れているのを見て動揺した。ただ、二人きりになれば、彼女の恐怖心を変えられる自信もあった。富も地位も持たない男のベッドに、なぜ女たちが来るのか、そして去っていくのか、ウイリアムは承知していた。

これほど強く妻を欲することは、男にとって望ましいことではない。何度か彼女を抱いたなら、この強い欲望からも解放されるはずだ。いや、それではすまず、しばらくは欲望にさいなまれるかもしれない。キャサリンと交わることを思って、彼の手は汗ばみ息は荒くなった。

彼が何年も前のあの夜出会った騎士だとキャサリンに気づいてもらえなかったことに、ウイリアムは愚かしくも落胆していた。もっとも俺はあの頃より肉がついたし、顎鬚も今ははやしていないのだ。むしろ、俺が彼女に幻惑されて分別を失い、彼女の気まぐれに付き合った若造だと知られないほうが幸運だと、感謝すべきなのかもしれない。

ウイリアムは再びキャサリンに目を向けた。彼女は口元にかすかな笑みを浮かべ、あらぬ方を見つめている。彼の胸に、強い切望の波が押し寄せた。神が味方して今回の幸運を手に入れはしたが、妻が心から彼のことを思い、このような夢見る微笑を浮かべてくれる日がいつか来ることを、ウイリアムは願った。たとえあの晩のことを思い出してくれなくても、すでに彼女は俺にあまりに大きな影響を及ぼしている。

だが今宵が結婚式の夜であることを忘れさせてはならない。

ウイリアムはキャサリンの腕に手を触れた。彼女はぎくりと背を伸ばして、大きく見開いた目を彼に向けた。

「皆、待っているんだ」彼はささやいた。「我々が寝室に向かうのを」

客人が見守る中でテーブルの上に押し倒すとでも言われたかのように、キャサリンの顔は恐怖でこわばった。ウイリアムは彼女の腕を取り、席を立たせた。広間を横切って階段に向かう二人のあとから、城中の者たちが拍手し歓声をあげて続いた。

なんてことだ、花嫁は震えている！　つい二、三時間前、城門で俺を迎えた大胆な女はどこに行ってしまったのだ？

今回の急な結婚では儀式を簡略にしたので、新婚の寝室の前まで見送られる慣わしを破って人々を追い返しても、ウイリアムはやましさを覚えなかった。私室の戸のかんぬきを掛けてから、彼は花嫁のほうを向いた。

頭と顎を昂然《こうぜん》ともたげたキャサリンは女神のように見えたが、その目は内心を暴露していた。彼女の目に浮かぶ恐怖をぬぐい去ることができるなら、彼はなんでもしただろう。

新妻にどうやって近づいたものか、ウイリアムは途方にくれた。見回して、誰か気の利く者が用意したワインとチーズとパンを見つけ、ほっとした。軽食は新婚夫婦が交わったあと元気を回復させるためのものだが、今、場を和ませるのに役立ちそうだった。

「一緒に座ってワインを飲まないか」ウイリアムは小テーブルを指して誘った。

キャサリンの肩からわずかに力が抜けたように見えた。「ありがとうございます、フィッツアランさま」

「もう夫婦なのだから、ウイリアムと呼んでくれ」テーブルのそばにある二つの椅子の一つに、キャサリンが優雅な物腰で座るのを見て、ウイリアムは言った。「わたしもおまえをキャサリンと呼ぼう」

両手で彼女の肩を抱き、そのなだらかな首筋を親指でたどりたいと思いながら、彼はキャサリンの背後に立ったままでいた。その夜ずっと、彼女のうなじに触れたいと願っていた。キャサリンは肩越しに、夫を盗み見た。彼が動きの見えない位置に立っていることが、落ち着かないらしい。

「飲んだらどうだ?」ウイリアムは勧めた。

キャサリンは言われたとおりに、ゆっくりとワインを飲み下した。

「頭飾りをはずさせてくれ」ウイリアムは前かがみになってささやいた。「おまえの髪を見たいんだ、キャサリン」

「女中がやります」彼に触れさせまいとするかのように、キャサリンは急いで頭に手を伸ばした。「女中を呼びましょう」

「呼ぶな」

キャサリンは頭飾りをはずし始めたが、その手はひどく震えていた。ウイリアムが代わってヘアピンをすべて抜き頭飾りを取って、かたわらのスツールに置いた。そして頭に巻かれた太い三つ編みをはずし、編み込みを解いた。

彼女の髪はまだ湿っていたので、解いたままの状態を保っていた。彼が指先を波打つ髪の中に深く入れてほぐすと、野の花の香が漂った。ウイリアムは目を閉じて彼女の髪に顔を埋め、その香りをかいで陶然とした。

そして髪を押しやって、彼女の繊細でなだらかな首筋に口づけた。他の女性なら吐息をもらして彼に寄りかかるか、振り向いて、彼を抱き寄せ深い口づけをしただろう。だが、新妻は体を固くしたままだった。

触れる前に、言葉を交わして花嫁をくつろがせようとしたが、もう欲望を抑えられなかった。ウイリアムはこんなふうに我を忘れるべきではないと思って、ため息をついた。キャサリンの隣の椅子に深く腰を下ろすと、彼女の手を取った。たとえわずかでも、彼女と肌を合わせることが嬉《うれ》しかった。

キャサリンはもう一方の手で目をおおった。彼女の肩が震えているのを見て、ウイリアムは困惑した。泣いている！　彼には永遠にも感じられた時間が過ぎてから、彼女は多少落ち着きを取り戻したようだった。

「すみません」キャサリンは震える声で言った。「あなたを困らせるつもりはないのです」

俺が彼女に何をしたというのだ？　ウイリアムは自分の手の中でひどく小さく見える彼女の手をなでて、落ち着くのを待った。絶望的な気分になったが、他に何をしていいのかわからなかった。ようやくキャサリンは呼吸を整え、顔から手を離した。縁の赤くなった目でウイリアムを用心深く見て、ほほ笑もうとした。

このかすかな変化は、ウイリアムの胸に希望の火を灯した。

「わたしが怖がらせたのでなければいいが」

「あなたのせいではありません」キャサリンの声があまりに小さかったので、彼はかがんで耳を近づけなければならなかった。「わたしの夫は……ロード・レイバーンは」

彼女は咳払いして言葉を続けようとした。「優しい人ではありませんでした。彼を恐れる理由もありましたし」

「本当に恐れていたなら、どうしてあのように夫を裏切ることができたんだ?」ぶしつけな質問だとわかっていたが、ウイリアムには彼女の言葉が信じられなかった。

「そうしなければならなかったのです」それだけ言って口を結んだキャサリンの様子を見て、これ以上語るつもりはないことがわかった。

「彼はどんなふうに優しくなかったのかな?」

「そのことをお話しするのは辛いわ」

ウイリアムは自分の好奇心を満足させるために、彼女を困惑させたくなかった。

「それなら、話さなくていい。ただわたしを恐れる必要はないことを知ってほしい」

キャサリンの緊張を解くのにできることは他にないように思われて、ウイリアムは再び彼女の手をなでた。

今、何ができるというのか？　かたわらにいる花嫁がこんなにみじめそうに青ざめていれば、初夜が楽しいものになるとは思えない。ウイリアムは女性に無理強いしたくなかったので、今夜床入りするのはやめようと思った。若い頃、兵士たちが農民の女たちを犯すのを目にしてきた。やがて自分が指揮官になったとき、部下にそのような蛮行を禁じた。強姦《ごうかん》という行為は騎士の精神を踏みにじるものだと考えたのだった。

ウイリアムは両手で顔をこすって、深いため息をついた。「たぶん病み上がりのおまえには、夫婦の契りを結ぶのはまだ早すぎるのかもしれない」そう言いながら、ほつれ毛をキャサリンの耳にかけた。彼女が異を唱えられるように、いったん言葉を切ってから、最終的な許可を与えた。「神のご意志により、我々はこれから先、長い結婚生活を送ることになった。今夜はゆっくり眠りなさい」

キャサリンの目に浮かんだ安堵《あんど》の色は、ウイリアムのプライドを傷つけた。

「ありがとうございます。とても疲れていますの」彼女はそう言って、席を立った。

ウイリアムは彼女の手首を摑《つか》んだ。「キャサリン、今夜床入りをして我々の結婚が成立したと、皆に思わせることが肝心なのだ。夫婦の結びつきが不十分なことを誰にも悟られてはならない」

「ええ、もちろんですわ」キャサリンは身を引いた。

やれやれ、彼女は俺の気持ちが変わらないうちに逃げ出そうとしているように見える。ウイリアムは立ち上がって、キャサリンの両肩をしっかり摑んだ。「わたしには夫としての権利がある」彼女の身を焼き尽くさんばかりのまなざしで、キャサリンを見つめた。「わたしは子供が欲しい。妻との間にだけ子供をもうけるつもりだ」

間を置いて、キャサリンも小声で言った。「わたしももっと子供が欲しいです」

その言葉はウイリアムの身内に激しい欲望を搔《か》き立て、彼女を抱き寄せないように必死でこらえなければならなかった。キャサリンは彼の自制心が弱まるのを感じたにちがいない。身を引こうとした彼女の肩を、ウイリアムはいっそう強く摑んで言った。

「おまえを床に迎えたい。長く待つ気はない」

自分の決意を脅かす熱情を抑えながら、彼はキャサリンに軽く口づけた。キスに少しでも反応したなら、抱き締められ、くまなく触れられて、もう後戻りができなくなると考えているかのように、彼女はじっとしたままでいた。

それでも、キャサリンの魅力は彼を圧倒した。キスをやめたとき、ウイリアムの心臓は乱打していた。無言のまま、キャサリンを彼女の寝室の前まで連れていった。彼女は部屋に入ると、すぐに戸を閉めた。

何年も彼女を待ったのだ。もう一晩くらい待てるはずだ。ウイリアムはそう自分に言い聞かせた。だが、なかなか寝つけないだろう。彼女がすぐそばにいて、体が彼女を痛いほど求めているのだから。

4

キャサリンは広間の入り口で足を止めて、室内を見回した。フィッツアランの部下が二、三人暖炉のそばに座って武器を手入れしている以外は、誰もいなかった。ありがたいことに、フィッツアランの姿も見えない。

城の者たちは、もう何時間も前に朝食をすませたはずだった。どうしてわたしはこんなに寝過ごしてしまったのだろう？　フィッツアランのすぐそばで、これほどよく眠れたとは驚くべきことだった。今朝、キャサリンはほぼ元気を取り戻して目覚めた。何日もろくに食べていなかったので、ひどく空腹だった。

男たちに軽く会釈して、彼女は朝食をとるためにテーブルへ向かった。あまりにも腹が空いていたので、しばらくは目の前にある食物以外のことは考えられなかった。淑女らしからぬ量を食べ終わって顔を上げたとき、男たちがおかしそうに目配せし頷《うなず》き合っているのが、目に入った。彼らが仕事の手を止めて、キャサリンの食べっぷりを見守っていたのは明らかだった。

この北部の人間たちときたら、礼儀を知らないのだろうか？　キャサリンは男たちをにらんだ。彼らは笑いをこらえて、くすりと鼻を鳴らしはしたが、武器の手入れに戻ったのを見て、彼女は満足した。

そこにエイリスが速足で入ってきて、元気よく声をかけた。「おはようございます、奥さま」

まあ、どうして今朝は、誰もがひどく陽気なの？　まずこの男たちがいたずらな少年のようにふるまい、今度は、エイリスが金貨の袋でも見つけたかのような笑顔をしている。

「ジェイミーはどこ？」キャサリンは尋ねた。

「ジェイミーさまですか？　坊ちゃまはフィッツアランさまとお出かけです」

キャサリンはさっと立ち上がった。「なんですって？　あの人がジェイミーを連れていった？」心配のあまり、喉《のど》が締めつけられる。「どこに行ったの、エイリス？　あの人はジェイミーをどこに連れていったの？」

「まあ、ご心配なさらないで、奥さま。ご主人さまは坊ちゃまにせがまれて、ご自分の大きな馬を見せに一緒に厩舎《きゅうしゃ》へ行かれただけです」エイリスはキャサリンの腕に手をかけて言い添えた。「何かまずいことがあったなら、奥さまを呼びにまいりましたよ」

キャサリンは目を閉じて、心を静めようと努めた。ジェイミーは大丈夫だ。大丈夫なはずだ。

入り口のほうが騒がしくなった。キャサリンは目を開けて、フィッツアランが広間に大またで入ってくるのを見た。ジェイミーは彼に肩車をされて、満面の笑みを浮かべている。安堵《あんど》の波が全身に押し寄せ、キャサリンの膝《ひざ》から力が抜けた。彼女は半歩下がって、背後のテーブルを掴《つか》み体を支えた。

ジェイミーは母に向かってしきりに手を振り、大声で呼んだ。「お母さま！　お母さま！」

フィッツアランに勢いよく肩から振り下ろされ、ジェイミーは甲高い声でくすくす笑った。足が床に触れるやいなや、興奮で顔を輝かせて母のもとに走ってきた。キャサリンは片膝をついて息子を受け止め、胸に強く抱き締めた。ああ、よかった、無事だった。彼女は心ならずも抱擁を解いて上体を後ろにそらし、楽しそうな笑顔に見えればいいと願いながらほほ笑んだ。

「ウイリアムは彼の馬に一緒に乗せてくれるって言うんだ」ジェイミーは目を躍らせて言った。「ねえ、いいでしょう？」

「もちろんよ」キャサリンはフィッツアランを見上げて、付け加えた。「そのときは、わたしもご一緒したいですわ」

息子だけを城外に連れ出すことなど、フィッツアランにさせるつもりはなかった。そんなことをさせれば、何が起こるかわからない。

「馬に乗れるほど元気になったなら、城の周辺の領地を案内してほしい」フィッツアランにしげしげと観察するように見られて、キャサリンは顔が赤くなるのを感じた。彼はかすかに片方の眉《まゆ》を上げて言った。「今日は元気そうに見える。けっこうなことだ」

キャサリンはますます赤くなった。彼が何をほのめかしているのか、間違えようがなかった。

「残してきた部下たちも、この城に到着したところだ。わたしはホワイトフィールド司教をロンドンにお送りするために、護衛隊を準備しなければならない」フィッツアランは尋ねた。「一時間後、遠乗りに出かけられそうか？」

フィッツアランの馬に同乗した息子を一瞥《いちべつ》して、すっかりくつろいでいる様子にキャサリンは驚かされた。彼は小さな手をフィッツアランの腕に置き、もう一方の手であちこちを指さしている。

ジェイミーの興奮した話し声を聞いていると、意外にも、三人での遠乗りがごく日常的なことのように思えた。青々とした畑を横切りながら、キャサリンは自分も楽しんでいると言ってもいいのに気づいた。彼女は鞍《くら》に寄りかかり、目を閉じた。何日も室内で過ごしたあとなので、温かい夏の日差しが顔に心地よく感じられる。

「お父上が留守の間、おまえが領地を管理していたと、エイリスとジェイコブから聞いたよ」

フィッツアランの言葉に、キャサリンはぱっと目を開けた。情報を得るには、レイバーンが家令にした無能な男よりも、エイリスやジェイコブに聞いたほうがいいと、もうすでに彼は心得ているのだ。油断してはならない。この男を侮るべきではない。

フィッツアランは顎《あご》を引き締めて、さらに言った。「もちろん、レイバーンのときも同じだったはずだ」

「母を亡くした十二のときから、わたしはロス城の女主人になりました。城主が戦《いくさ》に出ている間、他の女主人たちもしていることをしてきただけです。ただわたしのほうが、若い頃から留守を任されていましたが」

「それなら、わたしが知りたいことを教えてもらえるにちがいない」

小作人のこと、領地の管理でもっとも注意すべきことなど、フィッツアランはキャサリンに数々の質問をした。初めのうちは、ただの会話にすぎないと彼女は思っていた。しかし、しきりに意見を求め、熱心に耳を傾ける様子から、フィッツアランは本当に彼女の意見を聞きたがっているように見えた。レイバーンも、そして父親も、キャサリンに助言を求めたことなど一度もなかった。

「行ってもいい？」ジェイミーが口をはさんだ。彼は、近くの畑で働いている男と少年の小さな群れを指さした。

フィッツアランは眉を上げて、無言でキャサリンの意見を求めた。自分に決定を任せてくれたことを嬉《うれ》しく思いながら、彼女は頷いた。ジェイミーはフィッツアランに地面に降ろしてもらったとたん、小作人たちに声をかけようと畑へ走っていった。

キャサリンが馬を降りようとしたとき、かたわらにフィッツアランが立った。体の重みなどまるでないかのように、彼女を軽々と抱いて降ろしたあとも、彼は手を離そうとしなかった。大きな両手で腰を抱かれ、キャサリンは罠《わな》にかかった野うさぎのような気分で、彼に見つめられるままになった。骨までしゃぶりたいと思っているかのようなまなざしだった。

キャサリンは体をよじって離れ、ジェイミーを追って畑の中を急いだ。だがすぐにフィッツアランは追いつき、並んで歩いた。接近した彼の体から発せられる熱が、二人の衣服を通して、彼女の肌に伝わってくるように感じられる。彼の腕が腕をかすめるたびに、キャサリンの全身はぞくぞくした。

「あの二人は小作人のスミスとジェニングズ、そしてその子供たちです。スミスはいつも余分な仕事を喜んでやってくれますの」

ああ、なんてつまらないことをしゃべるの？　だがフィッツアランに頭から爪先《つまさき》まで見られると、キャサリンは落ち着きを失った。

「なぜスミスは余分な仕事を引き受けるのかな？」

「スミスですか？」キャサリンはぼんやりとフィッツアランを見てから、自分が何を言ったか思い出した。そしてろくに考えもせずに、本当のことを言ってしまった。「奥さんが口やかましいので、自分の小屋から離れていられる口実があれば、なんでも喜んでやるのです」

フィッツアランはそれを聞いてにやりとした。彼の目も笑っている。まあ、この人はユーモアのセンスがあるのね、とキャサリンは思った。次は、彼の何を知るのだろう？

「ジェニングズはどんな男だ？」

「家から遠くへ運びたいものがあるときは、ジェニングズに任せるのが一番です」

「責任感が強いということか？」

「実を言うと、そういうわけではありません。よく働いてはくれますが。でも、他の男たちは、彼を残して家を留守にしたくないのです。もしも妻だけにして出たら、次の子供はジェニングズの緑色の目をしているかもしれないと恐れているからですわ」

まあ、わたしときたら、なんてことを話したの？

フィッツアランの低い笑い声が畑に響き渡って、キャサリンをびっくりさせた。彼の生真面目な人柄にはそぐわない笑い声だった。笑った彼はいかめしさが薄れ、若々しく、いっそう美男子に見える。そしてもっと厄介なことだが、美男子のご主人に、女中たちは皆、胸をときめかせることになりそうだった。

フィッツアランは、他の者たちと離れて働いている三人目の男に向かって頷いた。

「あれはなんという男だ？」

「タイラーです。あの人だけがわたしの悩みの種なのです」キャサリンは目を細めて、畑にいるその男を見た。「タイラーは正直さに欠けています」

フィッツアランは小作人たちのところに行き、作物の収穫や天気について言葉を交わした。夫妻が立ち去ろうとしたとき、ここにいてジェニングズの子供たちの仕事を手伝いたいと、ジェイミーにせがまれた。

「俺が坊ちゃまの面倒を見ますよ、奥さま」ジェニングズがキャサリンに請け合った。

「夕飯前には城にお送りします」

キャサリンは彼に礼を言って、任せることにした。しかしそうなれば、フィッツアランと二人だけになると気づいたが、手遅れだった。

この日は抜けるような晴天で、ウェールズとの境界をまたいでそびえるブラックマウンテンズが、馬上からよく見えた。暖かな日差しと優しい微風がキャサリンの顔をなで、気持ちを和ませた。この地域の貴族たちについてフィッツアランから聞かれているうちに、また、三人のときのようにくつろぐのを感じた。

しばらくしてから、キャサリンは思いきって尋ねた。「あなたは北部からいらしたとか。ノーサンバーランド伯と、その息子で〝炎の拍車《ホットスパー》〟と呼ばれたヘンリー・パーシーのことはご存じですか？」

「北部に住めば、いやでもパーシー一族のことは耳に入ってくる」フィッツアランは彼女を鋭い目で見た。「どうして彼らのことを知りたいのだ？」

国王を退ける陰謀を二度も企てた北部の有力貴族について尋ねたのは、明らかに間違いだったと、キャサリンは後悔した。どうして黙っていられないの？

「ただ知りたかっただけです」キャサリンはつぶやいた。「彼らのことは、とくにホットスパーについてはいろいろ聞いていますから」

「ホットスパーは噂《うわさ》どおり、大胆で向こう見ずな男だった」フィッツアランは淡々と答えた。それ以上語らないので、この話題は終わったものとキャサリンは思った。ぎこちない沈黙を埋めるつもりで彼女が何か言い出す前に、彼は再び口を開いた。

「ホットスパーは十六のとき、マクドナルド一族との小戦後、怒りに燃えて単身、スコットランドの丘陵地帯まで彼らを追いかけた」フィッツアランは感心しないといった声音で語った。「捕虜になった彼を取り戻すために、ノーサンバーランド伯とリチヤード王は莫大《ばくだい》な身代金を払わなければならなかった。ホットスパーは常に短気で性急だった。それは、成人しても変わらなかった」

フィッツアランが詳しく語ってくれたことに励まされて、キャサリンはずっと疑問に思っていたもう一つのことを尋ねてみた。「なぜパーシー一族はヘンリー王にはむかったのだと思いますか？」

そもそもノーサンバーランド伯が味方しなかったなら、ヘンリー・ボリングブルックが王座に就けなかったことはよく知られている。それゆえに、後日パーシー一族がヘンリーの王位剝奪《はくだつ》をさかんに企むようになったことが、キャサリンには理解できなかった。

「パーシー一族は、自分たちの援助に対して、ヘンリー王が厚く報いなかったことに腹を立てたのだ」フィッツアランは説明した。「一方王のほうは、彼らがすでにあり余るほどの富と権力を持っていると考えていた」

彼は、本当に興味があるのか確かめるようにキャサリンを一瞥してから、話を続けた。

「のちの戦闘で、ホットスパーが捕らえたスコットランド軍捕虜の身代金を、誰が受け取るかもめたとき、ただでさえ悪かった王とパーシー一族の関係はさらに悪くなった。身代金は国王が受け取るべきだと、ヘンリー王は主張したのだ」

「それが慣習だったのですか？」キャサリンは口にしてから、微妙な問題に触れたことに気づいた。

「慣習では、捕らえた者が身代金を受け取るのだが、王にも権利があった」フィッツアランは慎重に答えた。「実は、ホットスパーには、この捕虜に借りを返させたいという強い思いがあった。捕虜たちは、若い頃の自分を捕らえたマクドナルド一族の者たちだったのだ」

キャサリンは身を乗り出して言った。「ホットスパーは捕虜になった屈辱をはらすために、何年も機会を待っていたのでしょう」

フィッツアランも頷いた。「あげくの果てに、ホットスパーは、ウェールズの反乱のとき、グレンダワー率いるウェールズ軍につき、父親のノーサンバーランド伯にも加勢を求めた」

話に引き込まれたキャサリンは、次々に質問した。やや不承不承ではあったが、フィッツアランは答えてくれた。彼が参加した戦闘についてキャサリンが詳しく聞きたがると、彼は馬を止めて彼女のほうを見た。

「ハリー王子に情報を送っていたのは、おまえだったのか？」フィッツアランの声には、意外だという思いと確信のなさも感じられた。「本当に王子の密偵をしていたのか？」

「女は世の中の動きなどわからないとでも思っていたのですか？」キャサリンは目を細めて彼を見た。「それとも、たとえわかっても、なすべきことをする勇気に欠けると？」フィッツアランに対して好戦的な物言いをするべきではないとわかっていたが、自分を抑えられなかった。

「おまえが密偵をしていたという確信が持てなかったんだ」奇妙にも、フィッツアランは微笑していた。しかし、その笑みもキャサリンの怒りをやわらげはしなかった。むしろ、彼にどう思われていたか、いっそう屈辱的な想像が頭に浮かんだ。

「わたしを裏切り者だと考えていたのですか？」キャサリンは自分の声が甲高くなっているのに気づいた。彼に否定されなかったので、さらに問い詰めた。「わたしのことを国王への謀反《むほん》を企てたレイバーンの仲間だと思っていても結婚できたかしら？」

どうしてフィッツアランに、このような侮辱的な言葉をぶつけているのだろう？ もしも相手がレイバーンなら、ここまで言わなくても、馬から引きずり下ろされ、たたかれて半殺しにされたはずだ。

「おまえの気分を害したなら、謝る」そうは言ったものの、フィッツアランは悪かったと思っているようには見えなかった。

彼の笑みを浮かべた目の奥で燃える炎が、キャサリンの体中を焼き、喉をからからにさせた。昨夜言われた言葉が思い出される。長く待つつもりはない……。

キャサリンは馬の腹を蹴《け》って走らせ、先に進んだ。

だがじきにやすやすと、フィッツアランは追いついて隣に並んだ。そして穏やかな声で尋ねた。「王子のために、どうやって情報を得たのかな?」

キャサリンは深く息を吸い込んだ。彼はわたしの数々の質問に答えてくれた。わたしも答えなければ、不公平になる。

「夫は部下と謀反計画について話すとき、使用人を遠ざけて、わたしに給仕をさせました」

キャサリンは他の情報源については教えるのを控えた。

「ご主人はおまえを信頼していたのだろう」

キャサリンはかぶりを振った。「むしろ、わたしが彼にはむかうことなど考えられなかったのでしょう」

「結婚後、いつから王子の密偵になった?」

「初めのうちは密偵行為だとは思っていませんでした」馬に、小道にできたうさぎの穴を迂回《うかい》させつつ、キャサリンは答えた。「たまたま耳にしたようなことを、王子に伝えていました。シュルーズベリ戦の直前までは、たいしたことは伝えていなかったのです」

「シュルーズベリのときは、何を伝えたのだ?」

「ホットスパー軍と合流するために、グレンダワーがウェールズ軍を率いてシュルーズベリ方面に向かったことを聞きました。それで王子に警告しようと、急ぎの使者を送ったのです」

ホットスパーはいつもの性急なやり方で自分の軍を早く動かしすぎて、父やウェールズの軍隊がシュルーズベリに着く前に、王の軍隊と闘うことになった。この戦いでホットスパーは戦死し、パーシー一族の最初の陰謀は失敗に終わったのだった。

そのような過去を思い出して、キャサリンは聞いた。「シュルーズベリの戦いのあと、なぜ国王はノーサンバーランド伯をもっと厳しく罰しなかったのでしょう？」彼女はこのことについてハリー王子と何度も話し合っていたが、北部の人間は異なる見方をするかもしれないと考えた。

キャサリンがまたもや好奇心に負けて尋ねても、フィッツアランはとがめなかった。

「ノーサンバーランド伯の力は強大だった。しかもシュルーズベリ戦では、ホットスパーとともに戦ったわけではなかったから、国王は時期を待てばよかった。ノーサンバーランドは老いていくし、息子のホットスパーの死で、彼の野心も終わりを告げるはずだった」

しかし、現実は異なった。つい今春、ノーサンバーランド伯は、ヘンリーから王座を剝奪しようとする二度目の陰謀に加担した。そして今回は、命からがらスコットランドに逃亡したのだった。

「ハリー王子が受け取った密書は、どれも匿名だったと聞いた」フィッツアランは話題をキャサリンの件に戻した。

「王子はわたしの字を知っていますから、署名したり、わたしの封印を押す危険は避けたのです」

「いつからレイバーンは反乱軍側についたんだ?」

「いつから、と言うのはむずかしいのですが」キャサリンは地平線を眺め、考えながら言った。「長い間、彼はどちらとも手を組んでいました。反乱軍に資金や情報を提供していても、彼らと会うような危険は冒そうとしませんでした」

「昨日までは」フィッツアランは淡々と言った。「おまえのおかげで、昨日彼を捕らえることができた」

つい昨日のことなんだわ！　寝室でレイバーンの情報を待っていたのは、たった一日前のことなのだ。キャサリンは信じがたい思いで、首を振った。あれからあまりにも多くのことがあった。今日の午後いっときの間、自分の人生が隣にいる知らない男とどのように結ばれたか、キャサリンは忘れていたのだった。

もしもベッドをともにしなくていいなら、このウイリアム・フィッツアランという男を好きになれるかもしれない。まだ結婚して日も浅いのに、レイバーンと違って、わたしのことを思いやり、尊重してくれている。

キャサリンは夫婦の交わりをできるだけ先に延ばそうと思った。いったん床入りしてしまったら、彼のことをとうてい好きにはなれないだろうから。

5

唇を固く結んだキャサリンの顔を目にして、ウイリアムは欲求不満のあまり、テーブルをこぶしで殴りたかった。日中、二人の会話がどんなに弾もうとも、夜になると、キャサリンの口数は少なくなった。四日間、つまり四夜もの長い間、ウイリアムはこの結婚の成就を先延ばしにされていた。

しかも、キャサリンは相変わらず緊張し堅くなっている。

時間の余裕がないにもかかわらず、毎日午後に、ウイリアムは彼女と馬で出かけた。新しい領主が領地を回っている姿を小作人たちに見せるのはよいことだし、何よりも城を守ることが、彼にとって最優先だった。またいつ戦闘に駆り出されるかわからないので、城の防御体制を強化するために、ウイリアムは懸命に努力した。

俺が城を空ける前に、ロス城を安全なものにしなければならない。

同時に、この結婚も成就しなければならないと決意していた。王命で反乱軍と戦い、ウェールズ中を何週間も追撃しなければならなくなる前に、夫婦の契りを結ぶことだ。

運がよければ、キャサリンは身ごもるかもしれない。

午後を二人で過ごすことで、彼女もしだいに打ち解けて、夜、自分を夫として受け入れてくれるだろう。そうなってほしいと願って、ウイリアムはキャサリンと遠乗りに出かけていた。しかし今のところ、そんな彼の試みは成功していなかった。

初めのうち、ウイリアムはキャサリンを喜ばそうと、ジェイミーも連れていった。ところが意外にも、少年が加わって三人で過ごす時間は楽しかった。

城に到着したばかりのとき、ジェイミーが自分の背中に飛びかかって殴りつけたことを思い出して、ウイリアムの口元はゆるんだ。最初の出会いは穏やかなものではなかったが、すぐにジェイミーは彼になついた。実際少年に、ねぇ、と袖《そで》を引っ張られて、おしゃべりを聞かされるのを、ウイリアムは好んだ。

俺と小さなジェイミーは仲よくやっている。少年の美しい母親が、息子の半分でも俺を好いてくれればいいのだが。

多忙であるにもかかわらず、ウイリアムの頭にあるのはキャサリンと床入りすることばかりだった。彼女の繊細な指に腹部をたどられ、耳に彼女の温かい息を感じ、両手で彼女の柔らかい肌に触れることを想像した。結婚して四日も経つのに、妻の胸さえ見ていないのだ！　ああ、どんなに見たいと思っているか。ウイリアムはごくりと喉《のど》を鳴らして、再びキャサリンを見た。

彼女がゴブレットを握り締めているのを見れば、今夜はいつもと違うとは思えなかった。しかし、ウイリアムは違う夜にしようと心に決めていた。

彼は立ち上がって、キャサリンに腕を差し出した。部下たちが意味深長な顔を見合わせるのを目にしても、花婿らしい陽気な気分にはならなかった。私室に戻るには時間が早かったが、気にしなかった。俺はもう十分待ったのだ。

私室に着いたとたん、キャサリンは女中とともに自分の寝室に逃げ込んだ。

「寝支度ができたら、一緒に過ごそう」眼前で閉められたドアに向かって、ウイリアムは声をかけた。いらだちを募らせ、服を脱ぐために大またで自分の寝室に入っていった。

「お疲れさまです、ご主人さま」従僕の声に驚いて、ウイリアムは物思いから引き戻された。今日従僕のトマスが城に着いて、主《あるじ》の着替えのためにひかえていることを、すっかり失念していたのだった。

「花嫁をあのような目でごらんにならないほうがよろしいかと」ひざまずいてウイリアムのブーツを脱がせながら、トマスは言った。

ウイリアムは黙れとばかりに、彼をにらみつけた。「俺が十二の頃から面倒を見てきたとしても、何を言ってもいいわけじゃない」もっとも、トマスが自分の意見を言っても罰されないことは、二人とも承知していた。

ウイリアムはチュニックを頭から引き抜いて、トマスのほうに放った。トマスは平然と空中で受け取り、次にシャツが投げられるのを待った。ウイリアムがローブを着るのを手伝うと、いつものように賢明に、それ以上は何も言わず部屋を出ていった。トマスが用意してくれた洗面器の水で、ウイリアムは顔と手を洗った。そして濡《ぬ》れた指先で、いらだたしげに髪を梳《す》いた。

もうキャサリンは寝支度が終わっているはずだ。

私室の居間には誰もいなかった。ウイリアムはキャサリンの寝室の外から彼女の名を呼んだ。なんの返事もなかったので、ゆっくり戸を開けた。神よ、我に忍耐力を授けたまえ。キャサリンはベッドの脚元に置かれた大型の衣装箱の上に座って、処刑場に連行されるのを待っているかのように両手を握り締めている。

ウイリアムが部屋に足を踏み入れると、キャサリンはきゃっと叫んで飛び上がった。こんなに憂鬱《ゆううつ》な気分でなかったら、彼は笑い出したかもしれない。隅に縮こまっている女中に気づいて、出ていくよう頭で戸を指した。女中が怯《おび》えた鼠《ねずみ》のように逃げ出すのを見て、ウイリアムはささやかな満足感を味わった。

「おまえを傷つけるつもりはないと言ったはずだ」ウイリアムは静かに言って、キャサリンに手を差し伸べた。「さあ、一緒に座って話をしよう」

キャサリンはおずおずと彼に近づいて、その手を取った。彼女の手は氷のように冷たかった。ウイリアムは彼女を居間の窓辺に連れていき、椅子《いす》に座らせた。温かく香り高いワインの杯を渡して、隣に腰を下ろした。彼女の緊張を和らげるため、その日仕上げた仕事について話した。そして敵から長期間包囲された場合に備えて、どのくらい貯蔵物資が必要か意見を求めた。

キャサリンの緊張が薄らいだのを感じると、ウイリアムは思いきって彼女の腿《もも》に片手を置いた。キャサリンがびくりとしても、手をどかさなかった。薄い夏の夜着を通して彼女の肌の温もりが伝わり、彼の体は欲情で熱くなった。彼女を膝《ひざ》の上に抱き上げ、欲望のおもむくままに愛撫《あいぶ》したかった。

ウイリアムは彼女の腿から上をなでたいという衝動を、全力でこらえた。自分を抑えゆっくり進めはしても、今夜こそ夫婦の契りを結ぶつもりだった。

「キャサリン」彼はキャサリンが目をそらせないように、彼女の顎《あご》を指で持ち上げて言った。「このような状態を続けられないことは、おまえもわかっているはずだ」

ウイリアムは薄い布地におおわれたキャサリンの胸のふくらみに、視線を落とした。喉はからからに乾き、下腹の高まりは痛いほどだった。

彼はキャサリンの頬《ほお》に軽く口づけた。「どうすれば、おまえの恐怖心をなくせるのだろう？」彼女の耳元でささやく。「俺は何をしたらいい？」

彼女の豊かな髪を押しやって、その顎を唇でたどった。「これはどうだ？」

さらに首、繊細な鎖骨と唇でたどりながら、彼女の肌の上でささやいた。「これはどうだ？　これは？　これは？」

ウイリアムはキャサリンの肌の匂《にお》いと、唇に触れる柔らかな感触に我を忘れた。彼女を裸にして体を重ねることを思い、胸が高鳴った。ようやく彼女の中に入ることができる。今夜こそ、愛し合えるはずだ。彼はキャサリンの夜着の上から胸のふくらみを唇でたどった。

「あなたのご家族のことを話していただけますか？」

急にキャサリンに甲高い声で尋ねられ、ウイリアムはびくりとして上体を起こした。

「キャサリン、わたしに何ができるかと聞いたが、おまえに新しい話題を考えてくれと頼んではいない」

キャサリンの体は、背後の壁に押しつけられた。今夜は、ウイリアムもそう簡単に思いとどまるつもりはなかった。彼女の肩からゆっくり服を落とし、むきだしになった肌にキスした。

「うーん、ラベンダーの香りだ」彼女の首筋に鼻をすりつけた。

それでも、キャサリンの体はこわばったままだった。

彼女を誘惑しようという試みがことごとく失敗したので、ウイリアムは彼女を嘲《あざけ》って刺激してやろうと考えた。

「おまえは相変わらず臆病者《おくびょうもの》だな、キャサリン」

キャサリンの目をまっすぐにのぞき込んで、再び片手を彼女の腿に置いた。今度は、ためらわずに膝から尻《しり》までなでた。ああ、すばらしい。すばらしい手ざわりだ。耳のあたりで血がどくどくと流れ、キャサリンの言葉を聞き逃がすところだった。

「本当に、あなたのことをもっと知りたいのです。ご兄弟は、姉妹は、いらっしゃるの？　ご両親は？」切羽詰まった声で、キャサリンはしきりに聞いた。「北部からいらしたそうですけれど、生家は北部のどこなのですか？」

ウイリアムは不機嫌そうに、彼女の言葉をさえぎった。「北部にわたしの家などない」

おそらく身内や生家以外のことを聞かれたなら、彼の堪忍袋の緒が切れることはなかっただろう。俺には俺の秘密がある。その秘密を妻と分かち合う理由などない。ウイリアムは荒々しくキャサリンを立たせた。

「わたしは他の花婿よりも長い間待ってきた」彼女の体を揺さぶりたいほどいらだちながら、ウイリアムは言った。「神の前で、おまえはわたしに誓ったのだ。わたしはおまえの夫として、わたしの床に入るよう命じることができる。蹴《け》られても、悲鳴をあげられても、おまえを床に引っ張っていくことができる。わたしにはその権利がある」

「わかっています」キャサリンは視線を落として、ささやいた。

怒りがひいていくのを、ウイリアムは感じた。なんてことだ、彼女はまだ俺を恐れている。

「無理強いはしたくない」ウイリアムには、そう言う自分の声が懇願するように聞こえた。「おまえから、わたしのベッドに来てほしいと頼んでいる、キャサリン。すぐに来てほしいのだ」

キャサリンが彼の腕の中で熱く燃え、自分から求めてくれることを、ウイリアムは願った。抱きついてきた彼女を俺のベッドまで運びたい。愛し合ったあと、ぐったり疲れている彼女を見たい。翌朝、目覚めた彼女が両腕を差し伸べて誘い、二人でまた初めから愛し合いたい。

キャサリンは体を硬直させて、彼が放してくれるのを待っていた。みじめな思いで、ウイリアムは彼女を放した。これが営みのない最後の晩になることを願いつつ、彼は自分の寝室に戻った。ローブを脱ごうともせず、ベッドの上に突っ伏した。

彼はしばし、うとうとしていたにちがいない。キャサリンの悲鳴で、ぎょっとして目覚めた。胸をどきどきさせて、ベッドの支柱に掛けてある剣を摑《つか》み、彼女の寝室に走った。暗闇《くらやみ》の中で、危うくキャサリン付きの女中と衝突しそうになった。

「レディ・キャサリンは悪い夢を見ていらっしゃるのです」女中は息を切らせて言っ

た。「エイリスを呼んでまいります。どうすればいいか、心得ていますから」「急いで呼んでこい」ウイリアムは彼女を急《せ》き立ててから、妻のベッドに近づいた。キャサリンはベッドの上で身もだえし、うめいている。「やめて、お願い、やめて！」ウイリアムが抱いてなだめようとすると、彼女はいっそう激しくもだえた。彼は無力感を覚えて身を引いた。

たっぷりした寝間着を背後にふくらませて、エイリスが駆け込んできた。その頃には、キャサリンも目を覚ましていた。ベッドの上で上体を起こして、両手で顔をおおい激しく震えている。そのときになっても、彼女はウイリアムが触れるのをこばんだ。女中頭はキャサリンをしっかり抱いて、彼女の口に水薬の小瓶をあてがった。キャサリンは薬を飲み下し、エイリスの肩に頭を預けた。

「ありがたいことに、あの悪魔のようなレイバーンは死にました」キャサリンを抱いて、その髪をなで上げながら、エイリスはささやいた。「もうあなたを傷つけることはできないのですよ」

しばらく経ってから、エイリスはキャサリンをそっと寝かせた。そして高脚のベッドから、静かに用心深くあとずさった。

「水薬を飲ませたので、奥さまは安らかにお眠りになるでしょう」キャサリンの寝室を出ると、エイリスが小声で言った。「もう心配なことは何もありません」彼女は私室を去ろうとしたが、ウイリアムに引き止められた。

「わたしには心配なことがあるのだ」彼は椅子に向かって頷《うなず》き、エイリスは指示されたとおり椅子に腰を下ろした。「レイバーンは、彼女に何をしたのか話してくれ。今、何もかも話してほしい」

エイリスは視線をそらして語った。「ロード・レイバーンにひどくたたかれて、奥さまのあげる悲鳴がわたしたちにも聞こえました」彼女の声には訴えるような響きがあった。「あとで奥さまの手当てをする以外、わたしには何もできませんでした」

エイリスはローブを摑んで、目と鼻を拭《ふ》いた。「未来永劫《えいごう》、あの男が地獄の火で焼かれますように」

「守ることができたなら、おまえは女主人を守ったはずだ」ウイリアムは慰めた。

「だが、彼は有力な領主で彼女の夫だった」

「わたしがあの男のスープに毒を入れるのはいとも簡単なことだと、レディ・キャサリンに言いましたが、許していただけませんでした」毒殺を実行しなかったことを明らかに後悔している様子で、エイリスは首を振った。「奥さまは、重罪を犯させて、わたしの魂を汚したくないと思われたのです」

彼女は言葉を切り、また鼻をかんだ。「やがて奥さまが身ごもると、暴力はやみました」

「それで虐待は終わったのか？」そうだと言ってほしかったが、ウイリアム自身も終わったとは思わなかった。

「わたしたちも、終わったと思っていました。でも、そのあと、坊ちゃまが熱を出され、おかわいそうに死にかけたのです」

ウイリアムは戸惑った。「ジェイミーの病気のせいで、レイバーンは再び彼女に辛く当たるようになったと言うのか？」

「ええ、そのとおりです」エイリスはさかんに頷きながら言った。「ご主人が奥さまにどなっているのを聞きました。息子が一人では足りない、彼の身に何かあったら、もはや打つ手がない、また子供を作らなければならない、と。奥さまは、息子の身にもう何も起きないことを約束しますと、泣いて懇願していらっしゃいました。ご主人に引きずられて階段を上っていくときの、いやがる奥さまの悲鳴を聞きました」エイリスは唇を嚙《か》んで、鼻を鳴らした。「翌朝、以前のように奥さまの手当てをいたしました」

激しい怒りに、ウイリアムはなすすべを知らなかった。怒りのあまり体中がどきどき脈打ち、視界がぼやける。レイバーンが今も生きていたなら、殺してやれるのにと思った。キャサリンはレイバーンを騙《だま》したかもしれないが、そのようなひどい仕打ちを受けていいはずがない。どんな女性でも。

俺はレイバーンと違うことが、キャサリンにはわからないのだろうか？　ウイリアムは女性に手を上げるつもりはなかった。道義心が篤い彼は、妻を守ることは自らの義務だと考えていた。妻を抱きたいという欲望を我慢しようと、ウイリアムは決意を新たにした。今に彼女も、俺が傷つけたりしないとわかるだろう。そして彼女のほうから来てくれるだろう。

夜の営みがない日がさらに三日続くと、ウイリアムの忍耐も切れる寸前になった。眠ることができず、怒りっぽくなった主人を、部下たちは避けるようになった。ついにエドマンド一人が果敢にウイリアムにぶつかってきた。

「いったいどうしたのですか？」郭内の中庭を足音も荒く通り過ぎようとしたウイリアムに、エドマンドが尋ねた。「花婿というものは陽気な気分だろうと思っていましたよ。でも、今のように不機嫌なら、あなたから離れるために兵士たちはウェールズ軍に入りかねない」

それに対してウイリアムはうなっただけだったが、エドマンドは続けた。「何が不満なのですか？　あなたはベッドで彼女を抱いている。あの人を抱けるなら、ここにいる男たちは皆、悪魔に魂を売り渡してもいいと思っているのに」

エドマンドの目が挑発するように、きらりと光る。「おや、おや、ウイリアム、あの美しい奥方を動揺させるような馬鹿《ばか》な真似《まね》はしていないとでも？」信じられないとばかりに、にやにやして首を振った。「あの女中と一緒にいるのを、奥方に見つかったのですか？　ことあるごとに、あなたにいいところを見せようとするあの娘のことですよ」

「侮辱するな」ウイリアムは語気も鋭く言った。「式を挙げて一週間しか経っていないのに、もう俺が浮気をしていると言うのか？」そしてきびすを返して、再び中庭を歩き出した。

「結婚生活がそれほどあなたに合わないなら」エドマンドはウイリアムに追いつくと、さらに言った。「奥方を追放することもできます」

その言葉は無視されたが、エドマンドはウイリアムの腕を掴んで振り向かせた。

「新妻があなたをそれほどみじめにしているなら、排除するのは簡単だ。彼女はレイバーンの裏切りに加担していたと、国王に告げればいいだけです」

「妻のことを悪く言うな」ウイリアムの異様に静かな声に、エドマンドはあとずさった。「今日おまえの血まみれの死体が中庭の土から掘り出されないのは、ひとえに長年ともに闘ってきた絆《きずな》のおかげだ」

怒りで身を震わせて、ウイリアムはエドマンドに詰め寄った。「もう一度言ったら、命はないと思え」

6

遠くまで馬を疾駆させれば、気分も晴れるかもしれないと思いながら、ウイリアムは厩舎《きゆうしや》に向かった。だがその途中で、来訪者を知らせるラッパの音が聞こえた。

「誰が来たんだ？」城壁の上にいる見張りに、ウイリアムは声をかけた。

「国王の旗を掲げています」

王室の人間を迎えるのにふさわしい服に着替える時間はなかったので、ウイリアムはそのまま城門に向かった。国王のはずがない。ヘンリー王は北部で、反乱軍の最後の残党を討伐しているところだ。

一人の青年が武装した兵士を従えて城門を入ってきた。それがハリー王子であることに、ウイリアムは気づいた。王子が馬から降りると、ウイリアムは膝《ひざ》をついて敬意を表したが、立つように合図され、将来の国王を迎えるために立ち上がった。

「フィッツアラン、あなたとここで会えてよかった。国王は、わたしに報告するように……」王子は言葉を途切れさせ、ウイリアムの背後の何かに注意を奪われたようだった。

「ケイト！」少年のような笑顔になって、王子は呼びかけた。

ウイリアムの後ろにいたキャサリンはすぐに夫の横に並び、膝を折ってお辞儀した。ハリー王子は彼女の腕を引っ張って立たせると、その両頰《ほほ》にいく度もキスし、両腕で抱き上げてくるりと回した。

たとえ王子のふるまいがさほど意外ではなかったとしても、キャサリンの反応は驚くべきものだった。彼女は頭をのけぞらせ、声をたてて笑った。王子の両肩をたたいて叫ぶ。「ハリー、ハリー、すぐに降ろして！」

王子は命じられたとおり、キャサリンを降ろした。「麗しきキャサリンの命に従うは常に我が喜び」そう言いながら、芝居がかった一礼をした。

そしてウイリアムのほうを向き、にやりとして片目をつぶった。「これで、ばれたね」キャサリンに聞こえよがしにささやく。「奥方は子供の頃、暴君だったことが」

王子は片手で胸を押さえて、大げさにため息をついた。「わたしが七歳の少年だったとき、年上の彼女に恋をした。だが残念ながら、当時十歳だった彼女は相手にもしてくれなかったよ」

まわりにいた大勢の男たちは笑い声をあげた。しかし、ウイリアムは笑わなかった。キャサリンはハリー王子のすぐそばに立ち、彼の手を握って、打ち解けた様子で話している。自分の前でも、まさにあのように彼女が打ち解けて楽しそうにしてくれたなら、ウイリアムは一財産出しても惜しいと思わなかっただろう。キャサリンのすばらしい笑顔を見られるという栄誉に他の男が浴しているのを目にして、彼は胸に一撃をくらったようなショックを受けた。

ウイリアムは会話を聞くのはやめて、二人が互いに愛情を抱き、再会を喜んでいる様子にのみ注意を向けた。いつの間にか、三人は主塔《キープ》に向かっていた。キャサリンの手が王子の腕をしっかり摑《つか》んでいるのに気を取られて、ウイリアムは王子から話しかけられたのに危うく気づかないところだった。

「わたしと家来を今晩泊めていただけたら、ありがたいのだが」

「光栄に存じます」自分の声が平静なのに、ウイリアムは驚いた。

「一晩だけ？」キャサリンが尋ねる。

「すまない、いとしいケイト」ハリー王子は腕にかけられたキャサリンの手をなでて言った。「ぼくの時間がぼくだけのものでないことは、わかっているだろ」

〝いとしいケイト〟だと？　王子に再び話しかけられたが、ウイリアムの耳にはほとんど入らなかった。〝いとしいケイト〟だと？

「陛下は、あなたがロス城に入ったあと、この地域の反乱軍の攻撃はどうなったか、状況を知りたがっておられる」

何か適当な返事を、ウイリアムはつぶやいたらしい。王子は満足そうな顔をした。

ウイリアムは目を細めてキャサリンを見た。体にぴったり合った薔薇《ばら》色のシルクのドレスをまとい、優雅に裾《すそ》をなびかせて歩む姿は、ひときわ輝いている。今日は、とくに念入りに身づくろいをしていないだろうか？　王子は来訪を事前に知らせてこなかったはずだが。少なくとも俺には。

主塔に入ると、キャサリンは使用人たちに指示を出した。彼らは部屋や軽食を用意しに、あたふたと四方へ散った。王子が着替えのために場をはずしたとたん、ウイリアムは妻の腕を取り、二人だけで話せるように広間の外の通路に連れ出した。

「王子をよく知っているようだな」ウイリアムは耳ざわりな声でささやいた。

「わたしたちは幼なじみですから」キャサリンは今さら何を言うのだろうと、意外そうな顔をした。「王子が子供の頃、この城に近いモンマス城に住んでいたことはご存じでしょう。わたしたちの母親同士も親友でした」

「ああ、もちろん知っている」ウイリアムは、自分の嫉妬《しっと》心が馬鹿《ばか》らしく思えてきた。

「ウイリアム、もう料理人と話しに行かなくては」キャサリンが早く仕事に戻りたがっているのは明らかだった。

ウイリアムは他に言うことも考えつかず、キャサリンを行かせた。少なくとも一度は、俺のことをウイリアムと呼んでくれたと思いながら。

晩餐《ばんさん》のテーブルで、王子はウイリアムと妻の間の席を選んだ。内心ウイリアムは王子を床に突き落としたかったが、そんないらだちは抑えることにした。突然のことでろくに用意もできず、王室の来賓をもてなすことになった厨房《ちゆうぼう》は、女主人の指示でなんとか晩餐を整えていた。だが十分なもてなしとは言いがたい料理を見て、ウイリアムはますますいらだった。テーブルの全員の目が自分に注がれているのにふと気づくと、木皿に雉肉《きじにく》を山ほど取っていた。

「あなたはどう思う？」王子が身を乗り出し、期待するようにウイリアムを見て尋ねた。「やつらは、この夏やって来るだろうか？」

運よく、王子が何を聞いているのか推測するのはたやすかった。それは誰もが口にしている問いだった。フランスはウェールズに加勢するために軍を派遣するだろうか？

「どうなるかわかりませんが」ウイリアムは一方の肩をすくめた。「迎え撃つ準備はしておくべきでしょう」

「そうだ、そのとおりだ！」間髪いれずに、王子はフランス軍がどこから上陸するか推測を述べ始めた。さらに、イングランド軍がフランス軍をウェールズから追い払う作戦について熱心に語った。

ウイリアムは、ハリー王子と軍の戦略について論じ合う機会を持てたことを喜ぶべきだった。なんといっても、王子はウェールズ軍と闘うイングランド軍の総指揮官なのだ。若い王子は軍の指揮に著しい才能を発揮したので、二年前の十六の年に、議会から総指揮官に任命されたのだった。

しかし今夜は、フランス軍の侵入の話などウイリアムにはどうでもよかった。フランス軍など、くそくらえだ！

子守がジェイミーを寝室に連れていくと同時に、ウイリアムは、あと何時間たったらキャサリンと寝間に下がることができるか考えた。王子が立ち上がったので、下がれるときが来たかと、ウイリアムは期待した。

「奥方を庭の散歩に連れ出していいかな？」王子はすでにキャサリンに手を差し伸べて尋ねた。

むしろあなたの腹に短剣を突き刺したい、などと王位継承者に言えるわけがなかった。たとえウイリアムの承諾の返事がぶっきらぼうなものだとしても、王子は気づきそうもなかった。

短い時間ではあったが、友人と過ごすことで、キャサリンの心はおおいに安らいだ。現在のハリーには威厳が感じられたが、キャサリンの目には今も、彼女の髪を引っ張ったり、背中に虫を入れたりした少年に見えた。彼の手に負えないいたずらにもかかわらず、二人はいつも仲がよかった。

父が王座を奪い、ハリーは王子になったのだが、それ以前の子供の頃、彼がモンマスを自由に走り回って過ごせたことを、キャサリンは嬉《うれ》しく思った。とりわけこのように困難な時期に、王位継承者であることは大変な重責にちがいなかった。

「あなたは立派な王子になったわ、ハリー」広間を出ながら、キャサリンは王子の腕を強く摑んだ。「いつかもっと立派な国王になるでしょう」

「父は当分国王でいるはずだ」彼はつぶやいた。

二人は語り合うために、庭椅子《にわいす》に腰を下ろした。

「きみはあんな危険を冒すべきではなかった」ハリーは首を振って言った。

二人は以前にも、レイバーンの謀反《むほん》について何度も話し合っていた。

「もう終わったことよ。わたしの身は安全だわ」キャサリンは彼にほほ笑んだ。

「危ないところだったのだ。父は……」ハリーは言葉を切って、他の言い方を探そうと苦心しているようだった。「国王はレイバーンに激怒するあまり、ぼくが反対しても、きみをロンドン塔へ送ろうとしたんだ」

国王と王子の緊張した関係は、人々の知るところだった。国王は、ハリーがまだ少年の頃には弱虫だと批判していたが、今や王子を脅威に感じるときが少なからずあるらしい。ハリーが数々の戦《いくさ》の勝利を賞賛され、民衆に人気のあることを、国王は腹立たしく思っていた。ハリーのほうから言わせれば、彼生来の名誉を重んじる心は、権力を保持したいと願う父親の言動によってしばしば汚されていた。

「フィッツアランがきみと結婚してくれてよかった」ハリーは重々しい表情で、遠くを見やった。「もしも国王がきみを投獄したり、〝事故〟に遭わせたりしたなら」彼はため息をついて、キャサリンの手を握り締めた。「これまで何度も父を許してきたけれど、今度ばかりは決して許せなかっただろう」

しばらくの間、二人は無言のまま座っていた。

「フィッツアランは立派な男のようだ」ハリーは優しい声で尋ねた。「彼と一緒になって幸せになれそうかい、ケイト？」

「幸せに？」思いがけない問いかけに驚いて、キャサリンはしばし考えた。「あなたでも、ウイリアムの行く手を阻もうとは思わないでしょう。でも、彼の荒々しい外見の下には優しさが感じられるの」

実際、新しい夫には好ましい点や尊敬できる点がたくさんあった。日を追うごとに、キャサリンは彼のそばでくつろげるようになっていた。じきに、請われたら、彼の寝室に行けるほど信頼できるようになるだろう。

うわの空ではあっても、食卓についた男たちの会話が耳に入って、ウイリアムの気は紛れた。いつものように、彼らはウェールズの反乱軍とそのリーダー、オーウェン・グレンダワーのことを話していた。反乱軍の人並みはずれた攻撃力と森に姿を消す能力に悩まされているという話を、ウイリアムもいく度となく聞かされていた。アーサー王伝説の魔法使いマーリンがグレンダワーを助けに戻ってきた、という風説について、部下たちはいつものように冗談めかして、だが不安そうに話している。ウイリアムもかつてその風説を耳にしたことがあった。

再び、ウイリアムは入り口のほうにちらちら目をやった。キャサリンと王子が出ていってから、一時間近く経っている。

そのとき女性の笑い声が聞こえ、ウイリアムはさっと立ち上がった。腕を組み、笑みを浮かべたまなざしを見交わしながら、ハリー王子とキャサリンが広間に入ってきた。ウイリアムは誰かに腕を引っ張られたが、二人から目を離さずに、その手を払いのけた。

「ウイリアム！」

「なんだ?」ウイリアムが不機嫌につぶやいて振り向くと、エドマンドがかたわらに立っている。

「この城の地《ち》下《か》牢《ろう》に鎖でつながれたいのですか?」エドマンドはほとんど口を開けずに、小声で耳打ちした。

ウイリアムは王子たちに注意を戻した。戦闘間際のように、血が血管をどくどく流れる。脇腹《わきばら》を強く小突かれ、ウイリアムはエドマンドのほうを向いてにらんだ。

「あなたはプリンス・オブ・ウェールズを殺気立った目で見ている」エドマンドは低い緊迫した声で言った。「王子の部下たちにも気づかれていますよ」

今回は、ウイリアムも警告を聞いた。見回せば、二人の騎士が剣の柄《つか》に手をかけて、彼を見つめている。ウイリアムが肩の力を抜き表情を和らげると、騎士たちも警戒を解いた。

以後、ウイリアムは本心を見せるような真似《まね》はしなかった。チェスゲームをしに、遠くの壁際にある小テーブルに、ハリー王子が妻を連れて行ったときでさえも、のんきな退屈した表情を保っていた。

だが目の端では、二人が笑い、しゃべる様子を見守っていた。これ以上みじめな気分にはなれないはずだとウイリアムが感じていると、二人の笑い声はやんだ。彼らはテーブルに身を乗り出して、ゲームを忘れ低い声で話している。

何を話しているのか聞こえないのがもどかしくて、ウイリアムは彼らに近づいた。キャサリンが手を伸ばし、王子の目の下の傷跡に触れるのを見て、ウイリアムの心臓はいくつか打つのを飛ばした。それはシュルーズベリ戦のとき受けた矢の跡で、王子は傷を負ったにもかかわらず、ホットスパーの脇腹を攻撃したのだった。

王子は顔をしかめて、キャサリンから身を引いた。「やめてくれ、ケイト。見るに耐えない傷だってわかっている」

「いいえ、そんなことはないわ。これは、あなたが神に守られている特別な印よ」キャサリンは熱を込めて言った。「もし神に守られていなかったら、矢は確実にあなたの命を奪ったでしょう」

ウイリアムがキャサリンの背後に立ち、彼女の肩に自分のものだと言わんばかりに片手を置くと、二人の会話は途切れた。手の下でキャサリンの体がこわばるのを感じて、ウイリアムは痛くなるほど強く歯を食いしばった。

キャサリンと親しげに話している最中に彼女の夫に邪魔されても、王子は少しも不快な顔をしなかった。

「前よりもチェスで負けることがなくなったのは、王子になったおかげにちがいない」ハリー王子は皮肉たっぷりに言った。「レディ・キャサリンは、今でも変わらずわたしに勝てるたった一人の人間だな」

ウイリアムはこれまでゲームの成り行きをよく見ようとしなかったのだが、今チェス盤を見下したところ、王子のキングはキャサリンのビショップとクイーンにはさまれ、動けなくなっている。

「このゲームは、きみの勝ちだ」王子はキングの駒を指ではじいて倒した。それから両腕を伸ばして伸びをしながら、付け加えた。「もっとも、運で一勝ぐらいはするものだ」

「あなたには楽に勝てたわ」キャサリンはひどく退屈したかのようにそっぽを向いて言った。「面白くないから、じきにあなたとは対戦しなくなるでしょうね」

キャサリンが王子をあからさまに馬鹿にするのを聞いて、ウイリアムはびっくりした。彼が気を引き締めて、妻の言い草を和らげようと何か言う前に、王子は大笑いして、テーブルをぴしゃりとたたいた。

「その言葉を後悔させてやるよ、キャサリン」ハリー王子は挑戦的に目を輝かせて、言い返した。そして再度対戦するために、駒を盤面に戻し始めた。「今度は、きみが恥をかく番だ。悔し涙にくれさせてやる！」

王子が大きな声で挑んだので、他の男たちも注目し、どちらが勝つか賭《か》けが始まった。対戦を見守るうちに、二人は互いに好敵手であることがウイリアムにはわかった。キャサリンは懸命に闘ったが、今回は彼女のキングが倒されてしまった。

ウイリアム以外は誰も、あえてキャサリンに賭けた者はいなかったので、ウイリアムは革の財布を取り出して、皆に賭け金を払った。

キャサリンが退出したあと、男たちは再び戦闘や反乱軍の話題に戻った。妻という気を散らす存在がいなくなると、ウイリアムはいつものように軍事に関心を向けられるようになった。長い時間ではなかったがハリー王子と話をして、彼に好意を抱かざるをえなかった。王子は若く熱意に満ち実力もある、他の男たちの上に立つような男だった。

ウイリアムは王子に嫉妬した自分を叱《しか》った。ハリー王子は尊敬すべき男だ。彼とキャサリンはただの友達なのだ。ウイリアムは女友達を持ったことがなかったので、二人の友情を理解するのに時間がかかった。彼はかつての愛人たちにさえ、いや、愛人だからこそ、友情を感じたことはなかった。

翌朝広間に入っていったときも、ウイリアムはこの高潔な気持ちを忘れていなかった。ハリー王子とキャサリンはすでに食卓につき、会話に熱中していた。だがキャサリンは夫に気づくと、おはようございます、とつぶやいて話をやめた。

しかし王子のほうは、熱のこもった口調で昨夜の話題を再開した。

「ウェールズの反乱軍は、ウェールズの大半を支配するのに成功しただけだ。イングランド軍が対スコットランドと、対ウェールズに二分されていたからね。だが今や北部の反乱は鎮圧されて、我々はウェールズに全注意を向けられる」

ハリー王子は、反乱軍が占拠したウェールズの城々を包囲するための戦略を詳細に説明した。しかし、ウイリアムが知りたいのは、彼が席につく前に、王子と妻が何を話し合っていたかということだけだった。それは、包囲作戦についてではなかったはずだ。

ウイリアムをさらに憂鬱《ゆううつ》にさせたのは、予想に反して、王子が朝食を終えても帰ろうとしなかったことだった。彼は昼食時になっても――昼食は昨夜の晩餐より品数が多かった――とどまっていた。食後も、ロス城の周辺を散策しようと提案した。

やれやれ、この男は帰るつもりはないのだろうか？

馬に乗った三人は散策に出発し、ハリー王子が後ろにいるキャサリンと馬を並べたときには、ウイリアムの気分はいっそう重くなった。背後で二人が軽口をたたき合い、時折キャサリンが笑うのが、耳に入ってきた。これ以上耐えられなくなって、彼は馬の向きを変え、一行を先導して帰路についた。

ウイリアムは努めて二人の前にいるようにした。「きみは本当に意地悪だったよ」王子の声が聞こえる。「きみのほうが年上で体も大きかったのに、ぼくを一度も勝たせてくれなかった」

「勝敗を決めるのは体の大きさじゃなくて、腕前よ」キャサリンが言い返す。

二人はいったいなんのことを話しているのだ？　ウイリアムは手綱を引いて馬の向きを変え、彼らに顔を向けた。

「じゃあ、これから競争しよう」

「ハリー、そんなことできないわ！」キャサリンが抗議した。「わたしは大人の女性なのよ。無理だってわかっているでしょ」

今、二人はウイリアムと並んでいた。ハリー王子はウイリアムに話しかけようと、キャサリンに背を向けた。「彼女は……」

王子が背を向けた瞬間、キャサリンは馬に拍車をあて走り出した。

ウイリアムは我が目を疑った。啞然《あぜん》として固まったまま、落馬しないかと心配になるほど向こう見ずに、キャサリンが馬を疾駆させるのを見つめた。数馬身先を走る彼女を王子は追いかけ、間もなく追い抜いた。

ウイリアムが城門のところで二人に追いついたとき、キャサリンは競争相手に大きな声で文句を言っていた。「こんな扱いにくいドレスで走らなくていいなら、わたしが勝ったのに！」あきれた言いがかりだったが、彼女の目の輝きから、それを承知の上で言っていることは明らかだった。

ハリー王子はウイリアムに声をかけた。「これほどの奥方を持って、あなたは幸運な男だ！」

ウイリアムが妻のそばに行く前に、王子は彼女を両腕で抱き上げ馬から降ろした。二人の背後まで来たウイリアムの耳に、ハリー王子の低いささやきが聞こえた。「きみのような女性がいつか見つかるだろうか、いとしいケイト？」

二人の別れの抱擁はひどく長く、早く終わってほしいとウイリアムは切望した。ようやく王子は馬に乗り、城門へ向かった。だが最後に振り返って、キャサリンに手を振った。妻が手を振り返すのを、ウイリアムは歯ぎしりしながら見つめた。涙をぬぐうキャサリンに、ウイリアムはきびすを返して背を向け、彼女から離れたい一心で大またに歩み去った。

真の騎士は、嫉妬に駆られて妻を殺したりはしないものだ。

キャサリンは手を振ってハリーと別れたとき、自分を穴のあくほど見つめるウイリアムの燃えるような視線を感じた。振り向くと、彼は戦闘に出かけるかのように足音も荒く立ち去った。昨夜のチェスゲーム以来、彼女は夫が怒りを募らせているのを感じていた。さらに怒らせるのを恐れて、極力ウイリアムに話しかけないようにした。

彼の中に見たと思ったあの優しさはどうなったの？　実は優しい人なのだと思い始めていたのに、彼は吊《つ》り上げ橋で対面した怒れる戦士に戻ってしまった。

彼の寝室に、自分から行く気になりかけていたのに！

7

ハリー王子が帰ったことで城主夫人は見るからに落胆し、夕食に姿を見せなかった。体調がすぐれないので、広間の食事には出られないと伝えてきたのだ。それでも主《あるじ》は妻と王子の仲を確かめてすらいないらしい、そう部下たちは思いながら、こっそり視線を交わし合った。

ウイリアムは本気で酒を飲み始めた。

妻のいない隣の席を見ていらだち、テーブルからワインのなみなみ入った水差しを摑《つか》んで、足音も荒く広間を出ていった。エドマンドは城の外壁のところで、すっかり酔っ払ったウイリアムを見つけた。彼は銃眼付き胸壁の低い出っ張りに腰を下ろしていた。

ウイリアムは夏の夕刻の薄れゆく光に包まれた田園を眺めていた。「エドマンド、今や、俺は自分の領地を手に入れた」片腕で大きく弧を描きながら言った。「畜生、そのために、こんな情けない思いを味わうとはあんまりだ！」

エドマンドはウイリアムのもう一方の腕を摑んだ。「ここは、本腰で飲むには最適の場所じゃないですよ」

「いい場所だ」ウイリアムは言い返した。「ここより見晴らしのいいところはない」頭をのけぞらせて、またごくごくワインを飲み、酒が顎《あご》や首に流れ落ちるのも気にしなかった。

エドマンドは胸壁に寄りかかって聞いた。「わたしにもくれませんか?」

ウイリアムは空になった水差しを逆さにした。「もっと持ってこなくちゃな。一つでは全然足りない」

エドマンドは深々とため息をついて首を振った。「ウイリアム、あなたはこの状況がどれほど自分の有利になるか気づいていない。頭を働かせて考えるなら、得るものが多いことがわかるはずです」

酔っていても、エドマンドの話がどのように進むかウイリアムには想像できた。

エドマンドは彼をなだめるように両手を上げた。「怒らないでください。わたしはあなたの利益を考えているだけですから」

ウイリアムはここで、その話をやめさせるべきだった。しかし、王子の来訪以来頭の中でくすぶる醜い疑念をエドマンドが裏づけるのを聞いてみようかと思った。

「他の男の妻を自分の寝間に迎えたいと思う王族は、ハリー王子が最初ではありません。いっとき顔をそむけて自らの権利を見送る夫に、国王たちが称号と富を授けることはよく知られている」

ウイリアムが何も言わないので、話を続けることを許されたとエドマンドは解した。「奥方に向ける満たされないまなざしを見るかぎり、王子はまだ彼女を自分のものにしていないでしょう」エドマンドは考えながら言った。「彼が国王になったときに話をまとめれば、あなたにとって得るものがいっそう大きいはずだ。噂《うわさ》では、国王は病気らしい。年内にハリー王子は王位に就くかもしれない。彼女が王子を待たせることができるなら、国王になるまで待たせるのが一番だが、うまくやれるかどうか」

夫の利益のために王子の〝関心〟を引きつけるよう、妻をたきつける？　全身に怒りの炎が燃え上がり、ウイリアムは声を失った。自分が理性をなくして、この場でエドマンドを殺さないかと恐れた。

「いったん自分のものにしたら、奥方への王子の関心は長くは続かないはずです。多くの有力な諸公たちが、自分の娘を王子に差し出すでしょうからね」エドマンドは身に危険が迫っていることにも気づかずに続けた。「王子との関係が終わったなら、あなたは彼女を取り戻すこともできるし……取り戻さなくてもいい」

軽率にも、彼はウイリアムに最後の忠告を与えた。「あなたと血の繋がった跡取りであることを確信したいなら、王子に渡す前に、彼女を身ごもらせたほうがいいですね」

ウイリアムはぬっと立ち上がるなり、エドマンドのチュニックの前を摑んで引っ張り上げ、胸壁に突き飛ばした。胸壁の外に投げ落とされなくてすんだのは、エドマンドにとって幸運だった。ウイリアムは振り返りもせずに荒々しく通路を進み、城壁の側面にある階段を一度に二段ずつ下りていった。

我が妻に会うのだ。今、会わなくてはならない。

彼女は最初の夫を騙《だま》した。自分も同じように騙されることなどないと、どうして言える？　レイバーンに暴力をふるわれたという彼女の話を、なぜ信じる気になったのか？　彼女は我が身を恋人のためにとっておき、その間ずっと夫を騙していたのだ。

俺といるとき、彼女は怯《おび》えた手つかずの処女のようにふるまう。だが、ハリー王子のことは怖がっていない。酔ってぼんやりした頭でも、自分をもっとも悩ませているのは、明らかにキャサリンが王子に愛情を抱いていることだとわかった。彼女が王子のすぐそばに立ってほほ笑みかけ、彼の顔に手で触れる様子を思い出して、ウイリアムの胸は引き裂かれた。

男が何を与えられるか見せてやる。そうすれば、彼女は二度とあの若造を求めないはずだ。

ウイリアムは寝室に向かって階段を上りながら、酔いが回って何度か足元がふらつくのを感じた。私室の居間は暗く誰もいなかったが、キャサリンの寝室の戸の下からぼんやり明かりがもれている。彼はその戸を押し開けた。戸は石壁にぶつかって、ばんと小気味よい音をたてる。

キャサリンと女中はそれぞれのベッドでさっと起き上がって、ウイリアムを見つめた。「出ろ！」彼の一言で、女中は粗末なベッドから慌てて出ていった。女中が出たあと、ウイリアムは私室のかんぬきを掛けた。

再び妻のほうに顔を向けると、彼女はベッドのかたわらに立っていた。波打つ金色の髪が肩まで流れ落ちている。蠟燭《ろうそく》の明かりは彼女の背後にあり、薄い夜着を通して体の輪郭が見えた。

くそ！　だが、彼女は美しい。そして俺のものなのだ。

キャサリンはベッドから飛び出したが、それ以上は動けなかった。眼前に、酔って理性をなくした男の大きな体が恐ろしげにそびえている。彼女は深く呼吸して、ヒステリックな叫びが喉《のど》まで上ってくるのを必死で抑えた。両腕で顔をおおい、夫に背を向けてベッドのかたわらに身をすくめた。

不意にフィッツアランが後ろに来て、どっしりした体で彼女をベッドに押しつけた。首に熱い息がかかり、ワインの酸っぱい匂《にお》いがしたとたん、キャサリンの脳裏にレイバーンの記憶の数々がよぎった。下品な言葉を耳にするのがいやで、彼女は酔った男のつぶやきを聞かないようにした。

彼の両手は、キャサリンの体のいたるところを荒々しくなで、脇腹《わきばら》そして胸にまで及んだ。夜着をたくし上げられ、むきだしの尻《しり》や腿《もも》をなでられて、恐怖のあまり彼女の全神経は麻痺《まひ》しかかった。絶望的な状況にかえって力が湧《わ》いたのか、キャサリンはベッドにそって動いて、枕《まくら》の下に隠された短剣に手を伸ばした。彼女が体を動かしたので、フィッツアランはベッドに倒れ込んだ。そして、ずるずると床に滑り落ちた。

キャサリンは肩で息をして立ち上がり、胸の前に短剣を握ってフィッツアランを見下ろした。起き上がろうとした彼に、刃を向けて身構える。しかし彼の試みは弱弱しいもので、また床に崩れた。その後は時折大きないびきをかく以外、じっと床に横たわっていた。

彼が目覚める前に出ていかなければならない。キャサリンにはそれしか考えられなかった。

彼女は、私室の外でうろついている女中を見つけた。「すぐにエイリスとジェイコブを呼んできてちょうだい」女中の腕を掴んで言い添えた。「他の人たちは起こさないように気をつけて」

キャサリンは慎重に、床に手足を広げて横たわった大きな体をよけて歩いた。そしてすばやく頭からドレスをかぶって身につけ、マントと乗馬用のブーツを摑み、すぐさま寝室を出た。

エイリスとジェイコブが私室の外の階段のところで待っていた。

「ジェイミーを連れてきて。厩舎《きゅうしゃ》で会いましょう」キャサリンはジェイコブにささやいた。

ジェイコブが立ち去ると同時に、キャサリンはエイリスに背を向けて髪の毛を持ち上げた。

「何があったのですか、奥さま?」エイリスは女主人のドレスの背中のひもを締めながら聞いた。「どちらへ行かれるのですか?」

「来て。急がなければならないの」それ以上は語らずに、キャサリンはエイリスの手を取って階段を下りた。

闇夜《やみよ》の中庭に出てから、キャサリンは再び口を開いた。「尼僧院に行きます。修道女になってとどまれるように、院長のタルコットさまにお願いします」

「でも、それはできませんわ」エイリスが異を唱えた。「ご主人がいらっしゃるのですから」

「婚姻の無効を申し立てるつもりよ」

二人が厩舎に着いた直後、眠っている少年を抱いて、ジェイコブもやって来た。

「ジェイミーさまはわたしの馬に乗せましょう」ジェイコブが言った。「馬を速く走らせるおつもりなら、わたしのほうが坊ちゃまをうまく抱えられます」

幸運にも、今夜の城門の見張りは、長年キャサリンの一族に仕えてきた者たちだった。彼らは、もっと護衛が必要かと尋ねただけだった。キャサリンにいらないと言われて、彼女の命に従い城門を開けた。

ウイリアムは少しでも動けば頭痛を悪化させそうなので、目を閉じたままじっと横たわっていた。顔の横の絨毯《じゅうたん》は、よだれで不快に湿っている。彼は魚のようにあんぐり開けていた口を閉じた。喉がひどく渇いていた。それでもひどく尿意をもよおさなかったら、もうしばらく渇きを癒《いや》したい欲求に逆らっていただろう。

ウイリアムは便所に行きたくて、ゆっくり両手と両膝《ひざ》を床についた。

四つんばいになって部屋を見回し、自分がどこにいるのか知ろうとした。目の前には扉の開いたチェストがあって、内部の両端にドレスが乱雑に掛かっている。彼はベッドと壁のタペストリーを見つめた。

キャサリンの寝室だ。キャサリンの寝室にいるのだ。

昨夜の記憶が断片的によみがえってきた。ウイリアムは体を起こして座り、すべてを思い出そうと努めた。胸壁で酒を飲んだこと、そしてエドマンドの言葉も思い出した。王子がキャサリンと床入りするのを、見て見ぬふりをするように忠告されたのだ。怒りがこみ上げて、いっそう頭がずきずき痛んだ。

さらに、寝室の戸を壁にたたきつけて、ベッドにいた二人の女が身をすくめた光景を思い出したとき、怒りは屈辱感に取って代わられた。俺はろくに歩けないほど酔っ払った状態で、本当にキャサリンのところに来たのか？

寝床の中で温もった、キャサリンの柔らかい肌の感触がよみがえり、ウイリアムの体に欲情が走った。そして、どんなに荒っぽく扱ったかを思い出した。ついに彼女がその気になったときに、優しく愛そうと思っていた。それなのに俺は売春婦であるかのようにその体を荒々しくなで回し、無礼にも夜着の裾《すそ》をたくし上げ、その場で立ったままものにしようと彼女をベッドに押しつけたのだ。

ウイリアムは両手で顔をおおった。哀れなやつめ。嫉妬《しっと》に駆られず、ただ彼女を抱きたい一心だったら、これほど見下げ果てたふるまいはしなかったはずだ。

彼はよろよろした足取りで自分の寝室に入って、思慮深いトマスが用意していた、エールの大きなカップと塩豚の脂を厚く塗ったパンを見つけた。洗面器に水を注ぎ、顔や首の汚れを洗った。そしてどのように謝罪したらいいか、じっくり考えようとした。キャサリンが何をしようとも、俺の行為の言い訳にはならない。明るい日の光の中で考えれば、彼女がハリー王子と不適切なことは何もしていないのを認めざるをえなかった。

ウイリアムは自らを軽蔑《けいべつ》した。だが少なくとも、だらしない酔っ払いではなく、領主らしくふるまうことはできる。まさにその瞬間、いつもの優れた直感を発揮して、従僕のトマスが部屋の入り口に現れた。だが、彼は主人と目を合わそうとしなかった。畜生、ただでさえみじめなのに、俺をとがめる従僕などごめんだ。

無言のまま、トマスはこげ茶色の高価な長袖の服《コトアルディ》とそろいのタイツを持ってきた。そしてコトアルディを身につけたウイリアムが、赤茶色の膝丈のガウン《フープランド》を着るのを手伝った。その幅広の袖《そで》には肩から肘《ひじ》まで切れ目があって、下に着たコトアルディがのぞいて見える。

「これは少し地味じゃないかな?」概して、貴族はもっと色彩豊かな服装をするものだ。

「今日は地味なほうがよろしいでしょう、ご主人さま」

「トマス」従僕をどなりつけようとしたとたん、頭がずきりと痛んで、ウイリアムは身をすくめた。

「ご主人さまは静かな威厳を見せたいとお思いのはずです」トマスは口をすぼめて、うなずいた。「それなら、悔い改めた巡礼のような服装が最適でしょう」

「もういい、トマス」

酔っ払ったことだけで、彼が非難するはずがない。だが、キャサリンの寝室での自分の暴挙をどうして彼が知りえたか、ウイリアムにはわからなかった。そのとき、寝室から追い出した女中のことが頭に浮かんだ。

トマスはウイリアムに両腕を上げさせ、腰の低い位置に、ノーサンバーランド伯から授与された高価な宝石付きのベルトを締めた。やはり、主人に少しは装飾品をつけさせるつもりらしい。

「彼女はどこにいる？」そう彼に聞くことで俺のプライドは傷つくが、キャサリンを見つけて仲直りするのは早ければ早いほどよい。

「どなたのことですか？」

「誰のことかよくわかっているはずだ」ウイリアムは歯ぎしりしたが、それは痛む頭に響いただけだった。「奥方のことだ。どこにいる？」

「存じません」しゃくにさわるほど落ち着きはらって、トマスは答えた。「奥さまがわたくしにお教えくださるはずがありません」

「ブーツを持ってきてくれ。自分で捜しにいく」ウイリアムは彼を絞め殺したいと思いつつ命じた。

「こちらをはかれたほうがいいでしょう」トマスは丈長の革の乗馬用ブーツを持ってきた。

「何？　彼女は城を出たのか？　おまえはどこにいるか知らないと言ったはずだが」

「存じません」ウイリアムがぴったりしたブーツをはくのを手伝いながら、トマスは答えた。「ですが、昨夜遅く奥さまは馬で出かけられたと聞きました」

「なんだと？」ウイリアムは叫んだ。「それはいつのことだ？」

「あなたさまが床につかれてから、間もなくのことではないでしょうか」トマスの声は言葉にしない多くのことを語っていた。

ウイリアムは彼のチュニックを摑んで引っ張り上げ、顔と顔を突き合わせた。「彼女はどこに行った？」

トマスの落ち着いた態度は変わらなかった。「女中頭に聞かれたらいかがです？」

彼は、あたかも今思い出したかのように付け加えた。「ジェイコブ老人が奥さまについていったそうです」

「他に護衛を連れていったのか？」

「ジェイミーさまの他は誰も」

なんてことだ。彼女は夜中に老人一人の護衛で出ていったのだ。無謀にもほどがある。

ウイリアムはエイリスを捜しに、階段を駆け下りた。俺の卑しい行為が彼女を出ていかせたのか？　それとも最初から、こっそり抜け出して恋人と落ち合うことを彼女は計画していたのか？　キャサリンを見つけて、相手が王子であろうとなかろうと、連れ戻すのだ。

ウイリアムは、厨房《ちゅうぼう》で料理人と話をしているエイリスを見つけた。「こちらへ」彼は開いたドアのほうを指さして命じた。

料理人と視線を交わしてから、エイリスはウイリアムに従って厨房を出た。

「エイリス、我が身が大事なら、どこで奥方はハリー王子と落ち合ったのか言うんだ」

「ハリー王子ですって？」エイリスは眉《まゆ》を寄せた。「何をおっしゃっているのですか？」

「彼女が王子に会いにいったことはわかっている」ウイリアムは激怒のあまり、なんの得にならなくとも女中頭の肩を揺さぶりかねなかった。「二人はどこにいる？」

「奥さまは反乱軍のことは気にかけても、王子のことは気にもかけられないでしょう」エイリスは、キャサリンの不貞よりも無作法をとがめられたかのような口調で言った。「それどころか、避難所を探しによそへ行かれたのです」

避難所……。

ウイリアムは女中頭を脅したりすかしたりして、行き先を聞き出そうとした。キャサリンに危害を加えないことを真剣に約束したので、ようやくエイリスは女主人の行き先を白状した。それを聞かされたとき、ウイリアムの顔から血の気がひいた。

ああ、なんてことだ。俺は妻を尼僧院に追いやってしまったのだ。

8

真夜中にキャサリンたちが尼僧院の門をたたいたとき、タルコット院長は何も聞かず、修道女に客室を用意するよう静かに命じただけだった。翌朝、三人が朝食をとる間、院長は辛抱強く座っていた。しかし、食べ終わるとすぐに若い身習い修道女に指示して、ジェイミーを家畜の餌《えさ》やりに連れていかせた。ジェイコブも院長に一瞥《いちべつ》されて、席をはずした。

キャサリンだけが院長個人の客間に通され、向かい合って腰を下ろした。年長の婦人が事情を聞くのを、これ以上先に延ばす気がないことは明らかだった。院長は甘いワインを杯に注いで勧めてキャサリンが話し始めるのを待ち、二人の間に沈黙が生じるままにした。

タルコット院長はキャサリンの母の親友だった。母と同じように院長も裕福な一族の出で、やはり裕福な他の一族のもとに嫁入りした。夫が亡くなると、子供のいなかった彼女は修道女になって静かな余生を送りたいという意志を示した。領地の広大な一部を教会に寄贈することで自分の希望をかなえ、ウェールズとイングランドの境界をまたいで建つ立派な尼僧院の院長におさまったのだった。

キャサリンはこの二週間の出来事を詳しく語ってから、昨夜酔ったフィッツアランに襲われたことを話した。

「ですから」キャサリンは顎《あご》を持ち上げて、話を終えた。「逃げ出す他なかったのです」

院長に同情の言葉を期待していたなら、キャサリンは失望させられただろう。

「あなたの話をもう一度検討してみましょう、メアリー・キャサリン」院長はキャサリンをまっすぐに見つめて言った。「フィッツアランという方は、投獄、あるいはもっと酷い運命からあなたを救うために結婚に同意したのですね。最初の夫の動静を探り、彼に死をもたらしたということ以外は、あなたについてほとんど知らないのに」

彼女は口をすぼめて、人さし指で頬《ほお》をたたいた。「彼は勇敢な男か、あるいは愚かな男なのか……。あなたと結婚しようがしまいが、国王はフィッツアランにあなたの領地を与えたはずです。わたしが見たところ、彼はこの結婚で得るものは何もない。ただ、無実の、あるいは無実かもしれない一人の女性がロンドン塔に投獄されるのを救うべきだという道義心があるだけです」

そしてワインを一口すすって続けた。「いかにも騎士らしいふるまいです。しかもあなたに求めたのは、褥《しとね》をともにして自分の跡取りを産んでくれることだけ。妻なら、夫に対する当然の義務です」

院長に指摘されてみると、キャサリンの行為は、彼女自身もわかっていたことだが、弁解の余地がないように思われた。

「でも、院長さま」言いかけたキャサリンを、タルコット院長は片手を上げて黙らせた。

「あなたは結婚の契約を結んだのに、夫とベッドをともにすることを拒んできました。もう未成年の少女ではないのですよ。あなたが契約に従おうとしなかったなら、彼は力ずくで求める権利があったでしょう。でも、しごくもっともな要求をすべて我慢して、あなたに優しく辛抱強く接したのです」

今度は、キャサリンも自己弁護せずにはいられなかった。「でも、昨夜彼は正体なく酔っ払って、わたしのところに来たのです！」

院長は片方の眉《まゆ》を上げた。「新妻にそんなに長く待たされたら、たいていの夫は酒を飲まずにはいられないでしょうね」

キャサリンはスカートをいじっている両手を見下ろした。「彼が酔ってやって来たとき、レイバーンのことばかり思い出されて……」

彼女はスカートをいじるのをやめ、顔を上げて院長と目を合わせた。「あのような結婚生活をまた送ることなどできません。送るつもりもありません。わたしを修道女にして、この尼僧院にいさせてくださるよう院長さまにお願いしにきたのです」

院長はキャサリンの膝《ひざ》を軽くたたき、今までより優しい声で尋ねた。「フィッツアランさまはあなたに危害を加えましたか？」

キャサリンは首を振った。「でも、今に暴力をふるうのではないかと恐れています」

院長はため息をついた。「メアリー・キャサリン、あなたは最初の夫が犯した罪のために、フィッツアランさまを罰することなどできません」彼女は小声で言い添えた。「神よ、未来永劫《えいごう》、彼を罰してくださいますように」

さらに院長は執拗《しつよう》に問うた。「フィッツアランさまがあなたのためにしてくださったことが、わかっているのですか？　もしもあなたがロンドン塔に送られたなら、あなたの息子はどうなったでしょう？」

「そのことを話さなければいけませんか？」キャサリンは尋ねた。

「ジェイミーはあなたから引き離されたでしょう。あなたに男の近親者がいない場合、彼は他人の保護下に置かれることになる。おそらく後見人になった者は、謀反《むほん》人の息子の面倒を見ることに負担を感じるでしょうね」

キャサリンはそれ以上聞きたくなかった。

「フィッツアランさまはあなたの息子を遠くへやることもできました。でも、あなたの話だと、彼はジェイミーをかわいがり優しく接してくれている」今や院長の声は怒りをおび鋭くなった。「彼からどれほど多くの恩恵を受けているかわからないなら、あなたは愚か者です。あなたは自分のすべきことがわかっているでしょ？」そう言って、彼女は締めくくった。これは問いではなかった。「夫のもとに戻って、彼に許しを請いなさい。そして神前の誓いを果たすのです」

院長は二人の杯に再びワインを注いで、自分の言葉をキャサリンが熟考する時間を与えた。チャペルの鐘が午前九時を告げて、修道女たちが祈禱《きとう》式に集まる時間になり、キャサリンは退室しなければならなかった。しかし、院長にはまだ言いたいことが残っているようだった。

「あなたには忠告してくれるお母さまがいらっしゃらないので」院長は自分の考えをどう伝えたらいいか迷っているかのように、言いよどんだ。「わたしが言いますが、たいていの殿方はレイバーンのような男ではありません」

彼女は咳払《せきばら》いして続けた。「今のあなたには信じがたいでしょうが、多くの女性は夫婦の契りの床で幸せになれるのです。歓びに……満たされるかもしれません」目をうるませて、キャサリンの手をなでた。「あなたは心を開いて受け入れなくては」

突如、尼僧院の中庭の静寂が、騒々しい馬のひづめの音と男たちの耳障りな声で破られた。院長とキャサリンは急いで窓まで行き、何事かと中庭を見下ろした。

キャサリンは鋭く息をのんだ。「あれはロード・フィッツアランです」フィッツアランは六人ほど部下を引き連れていたが、キャサリンには夫しか目に入らなかった。彼が前脚を上げ首をもたげる馬を操ってぐるりと回ると、威光を放つその姿は中庭に地響きを起こすように思われた。フィッツアランは帽子をかぶっていなかった。午前九時過ぎの陽光が彼の顔の硬く平らな皮膚を照らし、ブロンズ色の髪の一部をきらめかせる。

二人の視線を感じたのか、フィッツアランは目を上げた。その表情は残忍で、キャサリンはすがるように院長の腕を掴《つか》んだ。彼はキャサリンに目をすえたまま、馬を降り、手綱を部下に渡して、決然とした足取りで一階の玄関に歩いていった。

ヒステリックな悲鳴がキャサリンの喉《のど》の奥から発せられた。彼女は半狂乱になり、逃げ場所を探して部屋を見回した。

「こちらへ」院長は反対側の壁まですばやく歩いて、羽目板で隠された小さな戸を開けた。「わたしが呼びにやるまで、チャペルで待つのです」そしてキャサリンを急《せ》かしながら言った。「神があなたに自分の義務を果たす強さと、夫からの恩恵に感謝する賢明さを授けてくださるようにお祈りしなさい」

キャサリンが秘密の扉の内に姿を消すと同時に、フィッツアランが部屋に猛然と入ってきた。鋭い目で室内を見回したのちに、院長に視線を向けてじっと見つめた。

一人の修道女が、彼を大きくよけて進み出た。「院長さま、この方を引き止めて、ご用件をお聞きしようとしたのですが……」

「いいのよ、シスター・マティルデ」院長は、部屋の出入り口をふさぐように立っている筋骨たくましい長身の男を見やって、言った。「この方がロード・フィッツアランなら、いらっしゃるのをお待ちしていたのです」

遅ればせながら作法を思い出して、フィッツアランは深く頭を下げた。「院長殿、わたしはロード・ウイリアム・ネビル・フィッツアランと申します。突然お邪魔したことをお許しください」

院長はそれには応えずに、震えているもう一人の修道女に、蜂蜜《はちみつ》ケーキと、甘いワインをもっと運んできてと頼んだ。修道女が男性と二人きりになるのは不適切なことだと禁じられていたので、部屋の向こうの隅に座るようにシスター・マティルデに指示した。それだけ離れていれば、会話はよく聞こえないはずだった。

院長は装飾的な彫りのある椅子《いす》の一つを、フィッツアランに勧めた。それらの椅子は、彼女が自宅から持ち込んだものだ。外界からの客を迎える院長個人の客間には、生活を快適にするささやかなものを置くことを自らに許していた。

もっとも有力な男たちでさえ、尼僧院長の黒衣の前では緊張するのを見るたびに、彼女は少なからぬ満足を味わった。フィッツアランも例外ではなかった。見るからに居心地が悪そうで、それは彼の体に椅子が小さすぎるせいではないらしい。

　院長は笑みをこらえた。フィッツアランが荒々しく踏み込んだあと、次に何をしたらいいか思いつかないのは明らかだった。今にも話し出そうとするかのように、両手を握り締めたままでいる。それは院長には見慣れた仕草だった。彼女の夫も話すより行動するほうが得意な男だったのだ。

　あとで、客をいじめたために懺悔《ざんげ》することになるかもしれないが、しばし相手の困惑した姿を楽しもうと、彼女はフィッツアランをほうっておいた。そこに、使用人がワインと蜂蜜ケーキを運んできた。院長はワインを杯にゆっくり注いだ。

「今朝、馬を飛ばしていらしたのでしょうね」ようやく、いかにも同情たっぷりに聞こえる声で話しかけ、ケーキをフィッツアランに勧めた。「たぶん朝食を召し上がる暇はなかったでしょう」

　ますます居心地悪そうに、フィッツアランは首をこすった。尼僧院にどっと押し入って平安を乱したと暗に非難されていることに、彼が気づいているのを見て、院長は満足した。

「焼き立てのケーキです」彼女はフィッツアランに勧めた。礼儀からか、ひどく空腹だからか、彼が二切れのケーキをのみ込むように食べ、ワインで流し込むのを見守った。シスター・カトリーナの他にも誰かに、ケーキを焼く役目を割り当てなくては。

これ以上話を延ばす口実もなくなって、院長は本題に入った。「奥さまが、修道女になって、ずっとわたしどものところにとどまりたいと頼みに、ここへやって来られたことはご存じですね？」

「そこまでは女中頭から聞きました」フィッツアランは認めた。

彼の顔は気の毒なほど赤くなった。院長は、自分が彼に好意を抱き始めているのを感じた。もちろんフィッツアランを見た瞬間、彼がどれほど美男子であるかには気づいていた。修道女になっても、男性を見る目は曇っていなかった。

「考えられるのは婚姻無効の申し立てですが」彼女は慎重に言葉を切った。「それは、お二人の関係が夫婦として成り立っていないことを示唆するのでは」

若者は喉を詰まらせ、必死に話そうとしているようだったが、院長は片手を上げて押しとどめた。「もちろん、真夜中にキャサリンが老人一人を付き添わせてここに来たことで、彼女の決意を察するには十分でした」

フィッツアランは恥じ入っているように見え、それは夫婦仲に希望の持てる新たな兆候だった。昨夜の彼の所業について、妻が言ってほしくないことまで院長に話していると気づいたのだろう。

「わたしが妻を怖がらせたことはわかっています」フィッツアランは潔く認めた。

「だが、誓って言いますが、彼女に危害を加えるつもりはありません」

「あなたを困らせるためだけに、このようなことを話しているのではありませんよ、ロード・フィッツアラン」この言葉には偽りも含まれているが、立派な目的のためなら、神もお許しくださるだろう。「わたしはレディ・キャサリンを赤ん坊の頃から知っています。ですから、あなたが彼女を理解するのをお手伝いできるかもしれません」

「そうしていただければ、誠にありがたく存じます、院長殿」フィッツアランの目には必死の思いが浮かんでいた。

「あなたがキャサリンに忍耐強く接してきたことはわかっています」彼に意味ありげな視線を投げて、院長は言い添えた。「たいていの場合は」この若者に優しくしすぎるのは賢明ではないだろう。

「あなたがレイバーンとの結婚生活についてどれほどご存じか知りませんが」彼女はこの不愉快な男の名を口にするたびに、軽蔑《けいべつ》なしでは語れなかった。「もしもキャサリンの母親が生きていたなら、国王とキャサリンの父親を、彼らの目的にかなうもっとよい男を選ぶように導くことができたでしょう。でも、彼女の賢明な助言は受けられず、彼らはキャサリンをひどく虐待する最悪の男を選んでしまいました。レイバーンが国王に謀反したときも、わたし個人としては驚きませんでしたね」内心では、愚かな選択をした国王が苦しむのは当然だと思ったが、声には本音が出ないことを願った。

「キャサリンは愛らしさを母から受け継いでいました」院長はため息をもらした。「レイバーンと結婚する前は、彼女はもっと輝いて、目は生き生きとしていました。あの男が彼女から輝きを奪ったのです」

レイバーンの胸の悪くなるような行為についてははっきり話せないことに彼女はもどかしさを覚えたが、フィッツアランは理解しているかのように頷《うなず》いた。

「もう少し辛抱されますように。時間をかけてキャサリンの信頼をかち得れば、彼女はきっといい妻になるでしょう」

「わたしと一緒になることで、彼女に幸せになってほしいのです」フィッツアランは言った。「わたしのためだけでなく、二人の間に生まれる子供たちのためにも」

タルコット院長は、彼の口ぶりから、彼自身が味わえなかった何かを自分の子供たちに与えたいと願っているのを感じた。彼女はフィッツアランの人となりに満足した。おおいに満足した。

「あなたがキャサリンの目に光を取り戻すことができたなら、きっと彼女はあなたに喜びと多くの子供をもたらしますわ」彼女は思わず彼にウインクしてから、院長らしくない行為だと悔いたが、昔からの癖は簡単に直せるものではなかった。

「妻がこちらに来たことで、院長及び尼僧院に迷惑をおかけしました」フィッツアランは謝罪した。「申し訳なく思います」

院長は頷いた。「彼女がここにとどまることは許可できなかったでしょうね。急いで城を出てきたので、キャサリンは国王に二つの選択肢しか与えられなかったことを忘れていました。その選択肢には、尼僧院への道がなかったことを」

院長に合図されて、シスター・マティルデはすぐに立ち上がり、ドアの外にいる者に指示を与えにいった。しばらくすると、階段を上ってくるかすかな足音が聞こえた。

フィッツアランは立ち上がったが、その場から動かないように院長に合図された。彼女は開いているドアの外に出て、階段の最上段にいたキャサリンと顔を合わせた。

「どうなの？」院長はキャサリンの手を取って、低い声で聞いた。「結婚の誓いに従って、夫とともに帰る決心がつきましたか？」

キャサリンは視線を落として頷いた。

「あなたが誓いに従うことこそ、神のご意志にかなうことですよ」

ほんの四、五メートル離れたところにフィッツアランがいたが、キャサリンは彼のほうをちらりとも見なかった。

「あなたの新しい夫は、あなたの幸せを願う立派な男性のように思います。一人の女として、それ以上は望めないでしょう」院長は、フィッツアランが美男なのはさらなる幸運だと思ったが、口には出さなかった。彼女はキャサリンを抱擁しながら、耳打ちした。「じきに、フランス宮廷の使者がオーウェン・グレンダワーに運んだ密書の内容がわかると思います」

「入手した情報をお知らせくださいますか?」キャサリンも小声で尋ねた。

「ええ」院長は彼女を離して言った。「お二人に神のお恵みがあらんことを」

院長は向きを変えると、シスター・マティルデとともに階段を下りていき、夫と対面するようにキャサリン一人を残した。

キャサリンは両手の震えを抑えるために握り締めて、客間に入った。夫の顔を見ることができず、彼のブーツに視線を向けたまま部屋を横切って近づいた。チャペルで謝罪の言葉を練習してきた。だが、いざ口を開いて謝罪しようとすると、喉が締めつけられた。

不意に、ウイリアムの顔が視界に飛び込んできた。驚いたことに、彼はキャサリンの前でひざまずいている。琥珀《こはく》色の目に宿る深い感情が何か、キャサリンにはわからなかったが、目をそらそうにもそらせなかった。

「ゆうべ、おまえに怖い思いをさせたことを謝る」彼女の握り締めた手を両手で包んで、ウイリアムは言った。「酔っ払って、おまえのところに行くべきではなかった。それに……あのような態度をとるべきではなかった」

彼が謝罪することは予想もしていなかったので、キャサリンはなんと答えていいかわからなかった。

「だが、おまえが城を出ていく必要はなかった」ウイリアムはさらに力を込めて言った。「ただわたしにやめるように言えばよかったのだ」その顔に困惑の色がよぎった。「実際、大声をあげるべきだった。もっとも、俺はおまえを傷つけるつもりはなかったが」

彼がなんと答えてほしいのかわからないまま、キャサリンはつぶやいた。「そう言っていただいて、ありがたく存じます」

「おまえを連れ戻しにきたのだが、約束するつもりだ」彼はキャサリンの顔を見つめて、ゆっくり慎重に次の言葉を口にした。「メアリー・キャサリン・フィッツアラン、おまえを決して傷つけないことを誓う」

謝罪と誓いが終わり、ウイリアムは立ち上がった。「だが今回のことで、おまえには少しの非もないとは言っていない」

キャサリンは自分が夫婦の契りの床を拒絶したことを思って、顔を赤らめた。「わたしの至らぬところを心から申し訳なく思います、ご主人さま」彼女は口ごもった。「部屋に入ったらすぐに、あなたのお許しを請うつもりでした」

「おまえはわたしとの約束を破った」ウイリアムは両こぶしを握り締めて、彼女にのしかかるように立ち、怒りをおびた鋭い声で言った。「我々の婚姻が成就していないことを誰にも話さないと、おまえは約束した。ところが今、女中頭ばかりか院長にまで話したことを知った」

「申し訳ありません」彼がひどく怒っている理由を知って、キャサリンは驚いた。「恐怖のあまり、約束を忘れていました」

「おまえは、広間で我々の仲が成就されていないことを発表したのも同然だ」ウイリアムは声を荒らげ、両腕を広げて言った。「何も聞かされていない者たちも皆、おまえが婚姻無効を求めてここに来たことで、その事実を知ることになる！」

しばしの沈黙のあと、彼は深呼吸をして髪に指をくぐらせた。「ただちに城に戻るんだ」今やひどく穏やかな声になって言った。「わたしの許可なしに、二度とロス城を出てはならない」

キャサリンは同意して頷き、差し出された手を従順に取ったが、ウイリアムはすぐには扉へ向かおうとしなかった。

「これからも、わたしにした約束は守ってもらおう」彼女を見つめるウイリアムの目は花崗岩《かこうがん》のように硬かった。その言葉は命令であり、警告でもあった。「嘘《うそ》をつかれるのは我慢ならない」

ウイリアムに連れられて、中庭で馬に乗って待機している六人の部下の横を、キャサリンは目をそむけて通った。ウイリアムは、他の者から二、三メートル離れて一人で立っているジェイコブのほうに、まっすぐ向かった。

「おまえはこの愚かな行為にかかわるべきではなかった」ウイリアムは脅すようにジェイコブの胸を人さし指でつついた。「夜中にたった一人で妻とジェイミーのともをして、大きな危険を冒したのだ。今後、我々は理解し合えるようになるだろう。そうなれないなら、わたしのもとを去るがよい。おまえたちを通した城門の番兵たちにも同じことを言って、返答をもらうつもりだ」

ウイリアムが他の者たちには聞こえない離れたところで、ジェイコブを叱責《しっせき》したことに、キャサリンは感謝した。彼が彼女の面前で、ジェイコブを叱責した理由もわかった。老人一人の護衛で出かけることは無謀な行為だったのだ。自分の言うことなら、ジェイコブがなんでも聞くことを、わたしは利用したのだ。

ジェイミーの叫ぶ声を聞いて、キャサリンは振り返った。少年は見習い修道女の手を振りほどき、中庭を突っ切って三人のほうに走ってきた。彼は母親ではなく、ウイリアムに向かっていき、抱きとめられて嬉《うれ》しそうな声をあげた。新しい夫が息子に優しくしてくれることを感謝すべきだと、タルコット院長に叱《しか》られたのを思い出して、キャサリンは恥じ入った。

ウイリアムはこの子を頼むとぶっきらぼうに言って、ジェイコブの馬にジェイミーを乗せた。それはジェイコブを許したことを示していた。キャサリンは感謝の言葉をかけるつもりで、ウイリアムの部下たちに顔を向けた。しかし、誰も彼女と目を合わせなかった。キャサリン自身はそう簡単に許してもらえそうもなかった。

ロス城への帰り道は沈黙が支配し、キャサリンには長い道のりに感じられた。時折、ジェイミーが尋ねる声と、それに答えるジェイコブの低い声が聞こえるだけだった。しばらくするうちに、ジェイミーも重苦しい雰囲気を感じ取ったらしく静かになった。ようやくロス城が見えてきて、試練の時は終わりに近づいた。

城壁に立つ歩哨《ほしょう》の見守る中で城の前に到着するや、ウイリアムは部下たちを先に城内に入らせた。

「おまえに聞かなければならないことがある」彼はキャサリンに言った。

キャサリンを抱えて馬から降ろし、彼女の肘《ひじ》を取って、どこに行くともなくゆっくり歩き始めた。地面はでこぼこで、キャサリンは足元に気をつけて歩かなければならなかった。

不意にウイリアムは足を止めて、キャサリンを自分のほうに向かせた。「おまえと王子の関係はどういうものなのか知りたい」

キャサリンは驚いて眉を上げた。「何を知りたいのですか？」

「わたしは無遠慮な言い方しかできない」ウイリアムは遠くを見やってから、キャサリンに視線を戻した。俺に聞かれなくても、おまえは今の質問の意味を理解しているはずだといわんばかりに。

キャサリンは呆然《ぼうぜん》とウイリアムを見つめているだけなので、彼は緊張した声で続けた。「おまえがもう彼と寝たのかどうか知りたいんだ」

キャサリンはすぐには答えなかった。答えられなかったのだ。

「もう寝ているなら」ウイリアムはしわがれた声で言った。「やめるべきだ」

キャサリンは片手で口をおおって、あとずさり彼から離れた。「わたしにそんなことをおっしゃるなんて！」彼女はショックと怒りで胸が引き裂かれる思いだった。こんな嫌疑をかけられることなど想像もしなかった。彼女はきびすを返して歩み去ろうとしたが、腕を摑まれた。

「おまえは最初の夫を裏切った、彼とベッドをともにしながら。ベッドといえば、いつかわたしを受け入れなければならないな」彼の声は痛烈に響いた。「おまえがわたしも裏切ることはないと、どうして信じられる？」

これまでキャサリンは、自分の体を強く求めるウイリアムの欲望に圧倒されて、彼が深い不信感を抱いていることに気づいていなかった。なぜ彼はわたしとの結婚を選んだのだろう？

「わたしという人間をどう思っていらっしゃるかわかりましたわ、ご主人さま」彼女は〝ご主人さま〟という言葉を吐き捨てるように言った。「でも、ハリーがそんな下劣な人間だと、どうして思えるのですか？　彼は高潔で尊敬すべき無私の人です」今や彼女の声は高くなった。ハリーを弁護することで、自分への嫌疑が晴れようが深まろうが気にしなかった。「彼があなたの客でありながら、あなたの妻と寝るなどと、どうして思えるのですか？」

キャサリンはウイリアムの手から腕を引き抜いたが、反抗的な怒りの形相で彼と向かい合っていた。

「まだおまえたちが気持ちのままに動いていないなら」ウイリアムの目もめらめらと燃えていた。「行動に移すな、と言っておこう」

キャサリンは彼の顔を平手で強く打った。打った手の痛みで、思わず涙ぐむ。彼の顔についた手の跡を見て、自分の顔や体に残されたレイバーンの暴力の跡が目に浮かんだ。

彼女は顔をおおって、地面にくずおれた。自分が抑えきれない怒りに燃えると同時に、ウイリアムの非難に屈辱を覚えていることに驚かされた。

これからの結婚生活は暗澹《あんたん》たるものになりそうだった。

やがて高ぶった感情は静まり、重苦しい疲労感だけが残って、キャサリンの全身の骨と筋肉を圧迫した。かたわらにウイリアムもしゃがんだが、キャサリンは彼を見ようとしなかった。遠くを見るともなく眺めて、ウイリアムの疑いはありえないものであることをわかってもらおうと、最後にもう一度弁明を試みた。

「ハリーはわたしをそんなふうには見ていません。わたしにとって彼は弟のようなもの、彼にとってわたしは姉のようなものなのです」

ウイリアムは彼女の顔を両手で包んで、無理に自分のほうを向かせた。「わたしの母は、喜ばせたい相手なら誰にでも身を捧《ささ》げた。その結果、他の者にどんな影響を及ぼすかなど考えもせずに。自分の妻がそのような行為に走るなら、耐えられないだろう」

彼は熱い真剣な目でキャサリンの目を見つめた。「このことは、互いに了承しておかねばならない。俺は妻を他の男と分かち合うつもりはない。相手が王子だろうと、国王だろうと、平民だろうと。自分のものは守りぬく」

再び馬に乗り、二人は無言で城門をくぐった。正直に答えることのできない一つの質問を彼がしなかったことで、キャサリンは胸をなでおろした。彼にどれほど脅かされても、約束させられても、知られてはならないたった一つの秘密があった。

キャサリンが決して口にすることのない一つの秘密が。

9

食卓は重苦しい緊張感に包まれていた。城主夫人の逃避行の噂《うわさ》はすでに城中に広まっている。おそらく城下の村人たちも誰もが耳にしたことだろう。ウイリアムの部下たちは落ち着かない様子だった。使用人たちはワインの壺《つぼ》や料理が山盛りにされた盆を運びながら、キャサリンを心配そうに見た。彼女の隣では、ウイリアムが固く口を閉ざしている。

延々と続くように思われた食事の時間が終わるとすぐに、キャサリンはその場を逃げ出した。

「ジェイミー、一緒に行きましょう」キャサリンは息子の手を取って言った。「寝る前に、アーサー王のお話をしてあげるわ」それはジェイミーのお気に入りの話で、いやと言われないことはわかっていた。

ベッドに寝たジェイミーのかたわらに腰を下ろして、キャサリンはアーサー王とその宮廷のあった地キャメロットの話を、知っているかぎりすべて語り聞かせた。いよいよ息子を起こしておく適当な口実もなくなり、彼に夜のお祈りをさせ、おやすみのキスをしてやった。そして子守に頷《うなず》いてから、息子の寝室を出た。

ある晩思いがけなくレイバーンが帰宅するまでは、ジェイミーはキャサリンの寝室で寝ていた。そのとき初めて彼は、母親が父にたたかれるのを見た。そのことに少年が大きなショックを受けたのを感じ取って、二度と見せてはならないとキャサリンは決意した。翌日一階上に息子の部屋を用意して、以後そこに寝かせるようにしたのだった。

キャサリンは足を引きずるように階段を下りた。自分が何をするべきかわかっていても、それでことが容易になるわけではない。いつからわたしはこんな臆病者《おくびょうもの》になってしまったのだろう？　ウイリアムはレイバーンとは違う。今日彼はわたしに激怒していたが、たたきはしなかった。わたしをどこかに閉じ込めて罰してもよかったのに、彼の道義心が妻を肉体的に罰することを許さないのだろう。

たぶん彼とベッドをともにするのは、楽しいものではないというほどのことかもしれない。イングランド中の女たちは夫の意に従っているけれど、たいていは辛い思いをしているように見えない。わたしも楽観的に考えることにしよう。

キャサリンの寝室では、女主人付きの女中が待機していた。「もう行っていいわ、メアリー」彼女の手を借りてドレスを脱ぎ夜着を着てから、キャサリンは言った。

「朝まで用はないでしょう」

　メアリーは微笑して、片方の眉《まゆ》を上げた。「わかりました、奥さま」

　女中に隠しておける秘密は、そうそうないものだ。

「トマスにも用をしなくていいと伝えて」メアリーに内心を見透かされて当惑しながらも、キャサリンはできるかぎり平静を装った。「今夜は、旦那《だんな》さまの寝支度はわたしが手伝います」

　メアリーの了解したような顔を見ると、キャサリンはまたもや当惑を覚えた。

　一人になったキャサリンはウイリアムの寝室に入った。そして不安げにベッドの前に立った。髪を下ろしたほうがウイリアムの好みだと思い出して、女中に編んでもらったばかりの三つ編みをほどき、ベッドの踏み台を上った。

　ウイリアムは階段を上りながら、ため息をついた。夕食の席でキャサリンは神経をとがらしていた。食後そそくさと退出したことを思えば、今夜も俺の寝室に来るとは考えられない。彼女は強制的に尼僧院から連れ戻されはしても、結婚の誓いを果たすべきだと納得したようには見えなかった。

　今宵、誓いが果たされると思えるなんらかの理由があったなら、彼はこの階段を駆け上がっただろう。

もちろん、王子との仲を疑って彼女をひどく怒らせたことは、なんの益にもならなかった。今では、妻と王子は潔白ではないかと思い始めていた。それでも、自分は不倫を黙認しないことを彼女にはっきり伝えてよかったと、ウイリアムは感じた。経験から、多くの貴婦人が結婚の誓いを軽んじている事実を知っていたからだ。

ウイリアムは誰もいない自分のベッドに向き合う気になれず、階段を上り続けて、上階へ行った。ジェイミーの部屋に足を踏み入れ、片隅に座って縫い物をしていた子守を驚かせたが、そのままでいるよう彼女に頷いた。

ランプの明かりの中で、彼は少年の寝顔を眺めた。起きているときは常に動いているジェイミーだが、寝顔は安らかに眠る天使のようだった。その愛らしい表情は、ウイリアムに同じ年の頃の弟ジョンを思い出させた。ウイリアムは母の家を頻繁に訪れることを許されていなかったし、たまに訪れても、ジョンに会うのが目的だった。

「神のご加護があらんことを」ウイリアムは少年の頭に触れてつぶやいた。

これ以上先に延ばす口実もなくなって、彼は重い足取りで階段を下り、夫婦の寝室に向かった。キャサリンの寝室の戸の下から明かりがもれていないのを見て、彼はまた深いため息をついた。その日いく度となく、尼僧院長の忠告を自分に思い出させてきた。キャサリンの信頼を得るには、時間をかけなければならないと。

トマスはどこにいる？ やれやれ、主人のためにランプをつけてもいない。俺の犯した罪へのさらなる懲罰か。まるで俺が従僕に叱責《しっせき》されなければならないかのようだ。

ウイリアムは暗闇《くらやみ》の中を手探りでテーブルまで進み、ランプをつけた。あくびをし、両腕を広げて伸びをして、ベッドのほうを向いた。

キャサリン、キャサリンが俺のベッドにいる。

一瞬ウイリアムは言葉を失い、息も止まりそうになった。彼女は目が覚めるほど美しく、枕《まくら》に広がる金色の髪は月光の川のようだった。彼が広げた腕を下ろすことに思い至ったのは、しばらく経ってからだった。

「わたしのところに来てくれたんだね」まだ信じられない思いで、ウイリアムは言った。

キャサリンは顎《あご》までおおっている上掛けを摑《つか》んで頷いた。

彼女が来てくれたのだから、俺とベッドをともにしても恐れることは何もないと教えられる。ウイリアムは上掛けを摑んでいる彼女の指を広げて、その手を唇に押しつけた。

「おまえが来てくれてとても嬉《うれ》しい」安心させたくて、キャサリンの冷たい指を握り締め、その頰《ほお》にキスした。「決して後悔させないよ」

ウイリアムは手早く衣服を床に脱ぎ捨て、上掛けを持ち上げた。キャサリンが鋭く息をのんでも気にせずに、彼女の隣にそっと体を入れた。

彼女は夜着を着ていたが、それは服を脱がせる歓びがあるということだ。彼は試しに、彼女の平らな腹の上に片手を置いた。布の下のなめらかな肌を想像しながら目を閉じる。彼女を怖がらせないために、ゆっくり進めようと心に決めていた。しかし欲求はあまりに強く、ゆっくり進めるのは容易ではなかった。

俺はこんなにも長い間、彼女を求め続けてきたのだ。

「わたしのほうを向いてくれ。おまえの顔が見たい」

キャサリンが自分のほうを向くと、彼は手を彼女の腹からウエストのくびれに滑らせ、ほほ笑みかけた。自分の目が獲物をねらうように光っていないことを願ったが、たぶんそんな目つきになっているだろうと思った。

彼女の目を見つめたまま、手は彼女の脇腹《わきばら》から、欲望をかきたてる胸のふくらみの横までたどった。歯を食いしばって、ゆっくり進めろと自分に言い聞かせる。手を彼女のウエストに戻して、丸みをおびた尻《しり》を越え腿《もも》まで動かした。

ウイリアムの体は弓のつるのように張り詰めた。

もうキャサリンの肌に触れることしか考えられなかった。夜着を引っ張ったが、彼女の体の下になっていて脱がせられない。

「手を貸してくれ」自分の声が必死に懇願しているように聞こえても、彼は気に留めなかった。

ありがたいことに、キャサリンは仰向けになって腰を持ち上げてくれた。ウイリアムは彼女に触れることなく、夜着をウエストまで引っ張り上げた。自分の心臓の音がどくどくと耳に響く。両腕を上げてくれたので、彼女の頭から楽に脱がすことができた。彼は震える手を伸ばして、彼女の体に触れた。そして目を閉じ、全神経を絹のように柔らかな肌に集中させた。

さらに今までの動きを繰り返し、ほんの少しずつ彼女の体の側面をたどった。胸の横のもっと柔らかい肌を指がかすめたとき、彼は息をのんだ。どれほど長い間、彼女に触れるのを待っていたことだろう。どの女の肌よりもすばらしい手ざわりだ。

欲情で朦朧《もうろう》としつつ、キャサリンの顔、髪、首とキスをした。そして彼女の耳元でささやいた。「この日をずっと夢に見ていたよ」

再び彼女を見ようとして、ウイリアムは体を引いた。なんてことだ。彼女は固く目をつぶり、両腕で強く胸を抱いている。彼はキャサリンの片方の手を引きはがして握った。

「どうした？」枕越しに彼女を見て、ウイリアムは尋ねた。

キャサリンは口も聞かず、身動きもしなかった。彼は彼女の手を自分の頬にあて、引っくり返して手のひらにキスした。

彼女が目を開けたので、彼はもう一度尋ねた。「何かまずいことでも？」

キャサリンは目を見張り、口を開けた。声を出そうと苦労しているように見えた。

「どういうことになるのか、わからなかったのです。あなたはすぐにできそうでしたから……じきに終わるものと思っていたので」

ウイリアムは大きな笑い声をあげた。俺は裸でベッドに入るときに、彼女にしっかり見られていたのだ。

笑みを浮かべて、キャサリンを両腕で抱き、彼女の首に顔を埋めた。「初めての褥《しとね》で、わたしがあまりにも早く終わるのではないかと、心配するだけの理由があったらしいな」

体に触れるキャサリンの裸体の感触はすばらしかった。首の曲線に唇を這《は》わせながら、ウイリアムはささやいた。「二度目はもっといいものに、三度目はさらにいいものにすると約束する」

彼はキャサリンの体の感触に夢中になった。胸に押しつけられた彼女の胸のふくらみ、腿に触れる彼女の脚。ああ、そして、興奮の印に当たる彼女の腹部。

「これにずっと憧《あこが》れていた」彼女の肌の匂《にお》いをかいで、ウイリアムはつぶやいた。女というものは、どうしてこんなにいい匂いがするのか？

もはや胸に彼女の胸のふくらみを感じるだけでは足りない、手で触れたい。彼女の胸を両手で包んだとき、ウイリアムは天にも昇る心地になった。彼の口は彼女の喉《のど》から胸骨までをたどった。頬に彼女の肌の柔らかさを感じたくて、顔の向きを変える。彼女の心臓の鼓動は彼と同じく激しかった。

ウイリアムは彼女の片方の乳房を片手で包んだまま、舌をもう一方の乳房まで滑らせた。乳首を舌ではじかれた彼女が声をあげると、彼はにやりとした。

余すことなく味わいたくて、ウイリアムは彼女の体を少しずつ下りていった。彼女の胸の下側を舌でたどり、平らな腹部をゆっくりと何カ所もキスで濡《ぬ》らした。彼はもっと下に動いて、秘所を味わいたいという衝動と闘った。想像しただけで下腹部は興奮したが、彼女を驚かせたくなかった。やがて、すべてにいい頃合が訪れるはずだ。

彼はなおも、キャサリンを誘惑しようと戯れた。彼女の膝《ひざ》の内側にキスをしながら、指先で内腿のなめらかな肌——もっとも敏感な部分にきわめて近い——を軽くなぞる。いつの間にか、彼の手は彼女の尻を掴み、指の触れていたところに口で触れ、さらに上までたどっていた。

この世で彼が求めたものは、キャサリンの叫び声が耳に響くまで彼女を味わい、彼女の中に突き進むことだけだった。

ウイリアムは両手膝をついて体を起こし、朦朧とした頭を振った。

そして彼女の胸を見下ろして、ため息をもらした。この胸を見るまで、触れるまで、どれほど長い間待ったことか。彼は左右の乳首に軽く口づけてから、もっと欲しいと思った。片方の乳首を口に含んで吸うと、彼女は鋭く息を吸って反応し、彼を満足させた。体の下に彼女の体を感じたくて、彼はそっと体を下ろした。胸に、腿に、下腹部に当たる彼女の体の感触はすばらしかった。その間もずっと彼女の胸をいっそう強く吸い、恍惚《こうこつ》として我を忘れた。

彼女の中に入りたいという欲求はもうこらえられないほどになっていた。おそらく先週常に欲求不満にさせられていなかったなら、これほど簡単に自制心を失いかけることはなかっただろう。ウイリアムは頭を持ち上げて荒い息を吐き、興奮を静めようとした。

彼女の胸から引きはがされた目は、完璧《かんぺき》な唇を捉《とら》えた。どうしてこの口にキスすることを忘れていたのか？　彼女の中に入る前に、キスを、深いキスを交わしたい、そんな激しい欲求に襲われた。口を目ざして、ウイリアムは彼女の体の上を動いた。肌と肌がこすれる刺激で、彼の全神経はぞくぞくした。

彼が動くにつれ、キャサリンも両脚を開いた。その瞬間、思いがけず自分が絶頂に達する寸前になっているのに気づいて、ウイリアムは息をのんだ。彼女の中に深く入るまで、動き続けたいと全身で願った。彼女を強く一突きする。解き放たれたい衝動に負けそうになったが、なんとかこらえた。まず彼女の唇を味わいたかった。

「ケイト」口を彼女の口に近づけて、ウイリアムはうめいた。

二人の体が一つになる前の序曲として、口と舌の熱い出会いを彼は期待した。だがキャサリンは口を固く閉ざしている。何かまずいことが、ひどくまずいことがあったのだろうか。だが、俺はもう彼女の中に入っている。もう遅すぎる。自分を止めることはできない。興奮の波が全身を襲い、彼を圧倒した。ウイリアムの頭は体と一体になり、一つのゴールに向かって突き進んだ。

彼女を手に入れるのだ。今、手に入れるのだ。

ついに。ようやく。

鬱積《うっせき》した欲望と憧れ、渇望と欲望が一気に爆発し、彼は解き放たれた。彼女は俺のものだ、俺のものだ。

動くことができるようになったとき、ウイリアムは体を横にして彼女を抱いた。これまでこんなに早く達してしまったことはなかった。少々戸惑いながらも幸福感に満たされて、彼はキャサリンを抱き寄せ、彼女の顔や髪にキスした。

「すまない、ケイト」彼はささやき、彼女の鼻先にキスした。「次はもっと時間をかけるよ」

「もっと時間をかける?」キャサリンは驚いた声で尋ねた。彼の気持ちを嬉しく思っているようには聞こえなかった。

ウイリアムは彼女をよく見るために片肘《かたひじ》をついたが、薄暗いランプの光の中ではその表情は読めなかった。彼は優しく彼女の髪を後ろへ梳《す》いた。

こんなことは聞きたくなかったが、知らなくてはならなかった。「痛い思いをさせたのだろうか？」

キャサリンは首を横に振ってささやいた。「今夜は、少しも痛い思いはしませんでした」

「以前は痛い思いをさせられたのか？　レイバーンのときは？」ウイリアムは、彼女が他の男のものであったことを思い出したくなかったし、自分のベッドの中であの男の名前を口にしなければならないことはもっといやだった。

キャサリンは顔をそむけようとしたが、させてもらえなかった。

ウイリアムは彼女の額にそっと額を合わせて尋ねた。

「彼はベッドの中でおまえを歓ばせなかったのか？」

キャサリンは眉をひそめた。

彼女は性の歓びを知らない。この事実は、ウイリアムの予想より悪いものだった。彼はため息をついて、彼女の隣に仰向けになった。このような事態を予想するべきだったが、考えてもいなかった。男としての虚栄心から、一度自分に愛されれば、キャサリンは性を楽しむようになるだろうと信じて疑わなかったのだ。

もちろん、妻たちの中には、夫のベッドに行くことは辛い義務で、夫の低俗な欲求を満たし、跡継ぎを産むために必要な務めだと思っている者もいると、聞いたことがあった。しかし自身の経験では、女たちは快楽を求めて彼のベッドに来た。彼女たちは彼を求め、それ以上の歓びを彼に返した。

妻の声に、いきなりウイリアムは現実に引き戻された。

「もう自分の部屋に戻ってもいいでしょうか?」

「ここで寝てくれたら嬉しいよ」ウイリアムは彼女がとどまることを願った。

「ここでは眠れないと思います」キャサリンは驚いて眉を上げた。「それにジェイミーも、わたしの居場所がわからないでしょう。あの子は時々悪い夢を見て起きるのです」

「今夜ここにいたくないなら、無理強いはしない」そう言いつつも、ウイリアムは彼女の気が変わることをまだ願っていた。

彼が言い終わらないうちに、キャサリンはベッドの踏み段に足を下ろした。

「キャサリン」逃げ出すのを遅らそうと彼女の腕を摑んで、ウイリアムは言った。「もうおまえには、同じベッドで寝てほしいと思っている夫がいるのだ。おまえが自分のベッドにいないときはここにいるはずだと、ジェイミーに言ってくれ」

ドアに急ぐキャサリンに向かって、彼は声をかけた。「ただし、ノックをするように教えるんだぞ」

だが、その後いく夜ベッドをともにしても、ウイリアムの心は満たされなかった。彼女からも求めないかぎり、抱かないようにしようとウイリアムは自分に言い聞かせた。しかし、毎晩彼女を抱いた。彼女の中に入るとき、彼は目を閉じて、別のキャサリンを思い浮かべようとした。頭をのけぞらせて笑い、星空に手を伸ばした少女の頃のキャサリンを。

キャサリンは請われなくても、毎晩彼の寝室に来た。もう一人子供ができることを常に願っていると言った。彼女の意思に反して抱いているわけではないと知っても、彼は自分の行為を恥じた。毎夜体を合わせるたびに、虚しい思いは募った。

彼女の体はウイリアムを少しも拒まないのに、心は彼を受け入れることをいっさい拒絶していた。いつものように彼女がベッドを去るたびに、明晩は来てほしくないと自分に言い聞かせた。

しかし心の奥では、もしもキャサリンが来ないなら、自分が彼女の寝室に行くとわかっていた。彼女が与えられないものを求めるのは、間違っていることも承知している。それでもウイリアムは、キャサリンからもっと多くを得たいと願う気持ちを抑えられなかった。

他の男たちは愛人を持っている。喜んでウイリアムの愛人になる女性は山ほどいた。

美しい女も、情熱的な女も。

しかし、彼はキャサリン以外の女を求めていなかった。

10

ある日の朝、キャサリンは自分の仕事に取りかかったが、ウイリアムに出くわさないことがわかっていたので緊張を解いていた。早朝、境界を越えた侵入者たちがいるとの知らせを受けて、彼らを追い出すために、ウイリアムは部下の一群を率いて出かけていたのだ。

彼は出かける口実があるのを喜んでいるように見えた。

いつものように、キャサリンはエイリスと家事について話をした。女中頭は、兵士のほとんどが出払っている間に、使用人たちに門楼を隅々まで掃除させたいと言い、その案にキャサリンも賛成した。次に彼女は料理人と話をした。夕方帰ってくる男たちのために、栄養たっぷりな夕食を用意してほしいと考えたのだ。

午前半ばになり、子守にジェイミーを連れ出してもらうと、静かな私室で一人になれたことをありがたく思いながら、キャサリンは刺繍《ししゅう》を始めた。彼女は自分が戸惑い、神経質になっているのを感じた。それというのも、ウイリアムの態度に当惑させられていたからだ。彼に疲れた悲しそうな目で見られるたびに、以前のような燃えるまなざしで見られたいと思っているのに気づいた。

どういうわけか自分が原因で彼にみじめな思いをさせていることはわかっていた。でも、わたしの何が彼を失望させたのだろう？　すぐに妊娠させてほしいと願う理由は十分あったので、毎夜キャサリンは彼の寝室に通った。ウイリアムとの抱擁は予想したほど悪いものではなかった。実際、顔や髪にキスされるのが好きになっていた……そして他のいくつかの愛撫《あいぶ》も。もっともたいていの愛撫にはひどく心を乱され、あとでなかなか寝つけなかった。

誰か相談できる女性がいさえしたら！　母は、妻の義務と忍耐についてほのめかしただけで、寝室で夫婦の間に何があるのかについてはほとんど語らなかった。わたしには姉妹も親しい従妹《いとこ》もいない。このような話ができる相手は――そう思っただけで、キャサリンは赤くなった――タルコット院長しかいないわ。

でも、こんなにすぐに尼僧院を訪ねることなど、ウイリアムは許してくれそうもない。

私室の戸が壁に打ちつけられる音に、キャサリンはぎょっとして物思いから覚めた。眼を上げると、戸口にエドマンド・フォレスターが立っているのを見て驚いた。

「ここにいた！」エドマンドは、キャサリンをいるべきではない場所で見つけたかのような言い方をした。「あなたを捜していたんですよ」

離れていても、彼がワインの強い匂《にお》いをさせているのがわかった。

「使用人たちはわたしがどこにいるか知っています」内心とはうらはらの落ち着いた声で、キャサリンは言った。「誰かに言付けを頼めたはずですが」

呼ばれてもいないのに城主一家の私室に入ってきたことを、彼女にそれとなくとがめられても、エドマンドは答えなかった。彼は、キャサリンに重厚なテーブルが二人の間にあってよかったと思わせるような目つきで、彼女を見つめた。

「なんのご用でしょう？」

家内の使用人は全員、門楼で働いているので、わたしが悲鳴をあげても誰にも聞こえそうもない。キャサリンは、一瞬そのような想像をした自分をたしなめた。エドマンドがいるといつも緊張したが、彼を恐れる理由など何もないのだ。

キャサリンは胸の前で握り締めていた刺繍の型台を置いて、もう一度尋ねた。「わたしにどんなご用でしょう？」

エドマンドは向きを変えて戸を閉めた。かんぬきの掛けられる音に、キャサリンは飛び上がった。彼女が気を静めて、何か武器になるものを探す前に、彼は椅子《いす》を引いて、テーブルの向かいに腰を下ろした。

「あなたにしてもらいたいことは山ほどありますよ」彼は満面の笑みを浮かべた。

「でも、あなたは親友の奥方だから、それを申し上げるのはやめましょう」

キャサリンは手のひらの汗をスカートでぬぐいたいという衝動と闘った。どれほど怯《おび》えているかを示して、彼を満足させたくなかった。

「あなたを名前で呼ぶことを許していただけると思いますが」エドマンドはうわべだけは丁寧に言った。

キャサリンは彼をにらんだ。「許しません」

「キャサリン」エドマンドは指でテーブルを連打した。その音で張り詰めたわたしの神経を逆なでしようとしている、そうキャサリンは確信した。「あなたは、結婚式の夜からゆうに一週間も経ってから、婚姻を無効にできると主張して、ウイリアムを笑いものにした」

「どうしてわたしに向かって、そんなことが言えるのですか？」キャサリンは椅子の両脇《わき》を摑《つか》んで言った。「すぐにこの部屋を出ていきなさい」

「ウイリアムは夫の義務を果たせなかったと皆が思った」エドマンドは身を乗り出して、しばし射るような目つきで彼女を見つめた。「だが、我々はもっと事情を知っている。そうでしょ、キャサリン？」

キャサリンは腕を組み、腹を立てていたが何も言わずに、彼が言いたいことを言って立ち去るのを待った。

「あなたは彼と宮廷のレディたちのことを想像するべきだった！」エドマンドは椅子に寄りかかり、テーブルを平手でたたいた。「未亡人たちが彼に安らぎを与えなかったことは確かだ。さらにウイリアムは夫のいる夫人たちも相手にして、彼女たちを夫のベッドから遠ざけるテクニックも身につけた」

エドマンドは指でテーブルを打ちながら、笑みをもらした。「あのとき婚姻無効の申し出がまだ有効だったとしたら、非はウイリアムにはなかったはずです」

キャサリンは意に反して顔を赤らめた。

「そもそも、彼が夫としての権利を主張しなかったとは考えられない」エドマンドは顎《あご》をさすって言った。「結婚式以後、彼はいらだって不機嫌だったが、これで十分説明がつく」目を細めてキャサリンを見る。「どうやって彼に触れさせないようにしたのですか？　病気を口実にしたのかな？」

キャサリンは今や怒りに体を震わせて、立ち上がった。テーブルに両手をつき、身を乗り出して威嚇した。「あなたがわたしにどんな口をきいたか、夫に伝えましょう。そのときは、この城から身を遠ざけることをお勧めしますわ」

エドマンドはキャサリンの手首を摑んだ。「ウイリアムはどちらを信じると思いますか？」彼のもう一方の指が彼女の前腕をゆっくり上る。「最初の夫を騙《だま》し、死に追いやった女と親友のどちらを？」

キャサリンのまなざしが揺らぐと、彼はさらに言った。「お座りください。まだ話は終わっていませんから」

「あなたがわたしの腕に跡をつけるなら」キャサリンは彼に握られた手首を鋭く見やった。「ウイリアムはわたしを信じるかもしれません」

エドマンドは手を離した。キャサリンは両腕で胸を抱いて、椅子に腰を下ろした。

「今は、彼があなたを抱いていることはわかっている」

毎晩女中が私室の外に出されることを、使用人たちがささやき合っているのを想像して、キャサリンの顔はまた熱くなった。知りたいと思えば、エドマンドがその事実を知るのはたやすいことだろう。

「あなたの奇行には寛容らしいウイリアムでも、境界地方の人間すべてに、二度も笑いものにされるつもりはないでしょう」

キャサリンは聞かないように、エドマンドの不快な発言を耳に入れないように努めた。彼の話もそんなに長くは続かないはずだ。

「それでは、どういうことなのかな？」彼の嘲《あざけ》り楽しむ口調が非難めいたものに変わった。「ウイリアムが以前よりもっと不幸そうなのは」

キャサリンは呆然《ぼうぜん》とした。エドマンドが、今まさにわたしを悩ませている問題に触れてくるとは？

彼女はひるむことなく彼と目を合わせ、ドアを指さした。「これ以上あなたの無礼な言動を我慢するつもりはありません。出ていきなさい」

またもやエドマンドは、彼女が何も言わなかったかのようにふるまった。

「ご主人は、今日出かける口実ができて喜んでいた」彼は両方の眉《まゆ》を上げた。「ぼろをまとった二、三人の男が境界を越えたらしいという噂《うわさ》も、ウイリアム自らが小隊を率いていく理由にはならない。彼が出かけたいと切望していないかぎりは」

その言葉はキャサリンを傷つけ、エドマンドはそれを見て取った。

「ウイリアムの不幸の原因について、わたしは疑いを抱いている」彼はキャサリンを注意深く見守りながら言った。「きっと、ベッドであなたは石のように冷たいのではないかと。賭《か》けてもいい」

冷たいですって？

「そうなのか、こりゃ最高だ！」彼はテーブルをぴしゃりとたたいた。そして頭を振って、短い笑い声をあげた。「彼は、すべての男がものにしたがるような美しい妻を娶《めと》っても、十分とは言えないらしい。それどころか、我らがウイリアムは彼女を熱くし、その気にさせなければならないようだ」

エドマンドは身を乗り出した。愉快そうな表情は消えていた。「あなたは彼を決して幸せにはできない」彼女を焼き尽くすような目で見つめた。「手遅れになる前に、彼の子どもを身ごもる前に、去ることですね。今度は、前夫のときよりましな計画を立てるべきだ。お手伝いしますよ」

　キャサリンは再び呆然とした。エドマンドは律儀な男なのだ。彼なりのやり方で、親友を守ろうとしている。でも、誰から守ろうとしているの？　わたしから？

「ウイリアムはわたしにいてほしいと思っています」キャサリンは口ごもりながら言った。「二度と出ていかないと彼に約束しました」

「まるで約束はあなたにとって重要なことみたいだ！」エドマンドは何度もテーブルを強打した。「あなたを信頼した愚か者は、ウイリアムが最初ではないでしょう。一人の夫を破滅させるだけでは足りないのですか？」

　エドマンドの口調は激しく、キャサリンは彼にたたかれたかのように感じた。レイバーンは誠意にも忠誠にも値しない人間だと、反論しても無駄だろう。

「ウイリアムがあなたに破滅させられるのを傍観しているつもりはない」彼はキャサリンに向かって人さし指を振った。「あなたを監視していることを忘れないでください。警告しておきましょう。あなたのやましい秘密をきっと探り出すと」

「そんな秘密などありません」少なくとも、あなたが探り出せる秘密はないわ。

　エドマンドは吠《ほ》えるように笑い、椅子に寄りかかった。再び彼の口調が変わる。

「おそらくそのうちに、他の女が彼を慰めるようになるでしょう。ウイリアムがベッドを楽しむ女を求めるなら、相手をしてくれる者はたくさんいる」

キャサリンは目を上げ、思わず夫に愛人はいるのか問いかけるまなざしになった。

「いや、まだいませんよ。だが、彼は愛人を持たざるをえなくなる」エドマンドは残忍な笑みを浮かべた。「あなたと結婚していながら、別の女に子を産ませるなら、彼は自分を嫌悪するようになる。そしてそんな状況に追い込んだあなたを許さないでしょう。ウイリアムは非嫡出子を望んでいない」

結婚初夜、激しい感情に燃える目をして語ったウイリアムの顔が、キャサリンの目に浮かんだ。〝わたしは子供が欲しい。妻との間にだけ子供をもうけるつもりだ〟

キャサリンは顎を上げて言った。「妻以外の者の子供を欲しがる男などいません」

エドマンドの顔に驚きが走ったが、すぐに満足げな表情に変わった。彼は立ち上がり、テーブルの上に身を乗り出した。

「あなたは知らないのですね、キャサリン？」嘲るような笑みを浮かべて言った。

キャサリンはなんのことを言っているのか尋ねようとせず、彼をにらみつけた。

「ウイリアムは彼の父親が誰かあなたに話していないのですね？」

「フィッツアランさまでしょう」キャサリンは思わず言った。「違うとでも？」

「自分の本当の父親は誰か話していないなら、彼は肝心なことは何もあなたに話していない」エドマンドはかぶりを振った。「欲望が彼の判断力を鈍らせてしまったと案じていたが、どうやらわたしが間違っていたらしい。彼はあなたを少しも信頼していない」

ドアに向かったエドマンドは、キャサリンを振り返って捨てぜりふを投げた。「彼の父親が誰かは公然の秘密ですよ。国内で知らないのは、あなただけにちがいない」

数時間後、キャサリンは城内の菜園にいた。座ってジェイミーを眺めていたが、エドマンドとの対決に今も怒りと動揺を覚えていた。ジェイミーはあちこちのハーブを採っている厨房《ちゆうぼう》の下働きのあとについて、質問を浴びせている。

エドマンドがわたしを追い詰め、あんなことを言うなんて！　キャサリンは彼が言ったことについては考えないようにした。なんて不愉快な男なの。しかし、考えずにはいられなかった。ウイリアムの父親は誰なのか？　イングランドとスコットランド中の人間が知っているなら、なぜウイリアムはわたしに隠しているのだろう？

ジェイミーはハーブに飽きて、うさぎの真似《まね》をしてぴょんぴょん跳ね回った。それにも飽きると、キャサリンのところにやって来て腕を引っ張った。

「上に行っていい？」彼は城壁の頂きを指さした。「いいでしょ？」

城壁の頂きまで続いている通路を一緒に上ってと、ジェイミーはねだった。その思いつきに、キャサリンの胸は躍った。天候は快晴で、城壁の上から見下ろす、青々と茂った丘陵を縫うように流れるワイ川の眺めはすばらしいだろう。

「今日は、お母さまの手を離さないと約束して」キャサリンは息子に厳しく命じた。「約束を守れないなら、もう連れていきませんよ」

二人で通路を上り始めると同時に、キャサリンは緊張がほぐれるのを感じた。優しいそよ風と傾きかけた午後の日差しが肌に心地よい。これほど気持ちのいい日は初めてだった。

キャサリンは髪を束ねている飾り輪とネットをはずして、銃眼付きの胸壁の低いところに注意深く置いた。既婚婦人は髪をおおっていなければいけないが、今なら誰にも見られないはずだ。巡回している兵士は、門楼に近い遠くの城壁にしかいない。ウイリアムと部下たちは暗くならないと帰らないだろう。

髪に風を感じるのは本当に久しぶりだった。その解放感に、キャサリンは楽しくて歌いたくなった。

「お母さまの髪はきれいだね」ジェイミーはキャサリンに向かってにっこりした。

キャサリンは彼を抱き上げ、音を立ててキスしてやった。

まず二人は、川に面している南側の城壁沿いに進んだ。鳥や畑仕事に精を出す農夫たちを眺めるために足を止めつつ、ゆっくり歩いた。西側の城壁に着いたときには、太陽は丘の向こうの地平線にまで落ちていた。夕陽が石壁と下方の畑に暖かな光を投げている。

キャサリンはもっとよく見えるように、ジェイミーを抱き上げて壁の低い部分に乗せた。

「みんなが帰ってきた！」ジェイミーが叫んだ。

キャサリンは夕陽に目を細めて、馬に乗った男たちの列が城に向かってくるのを見た。先頭にはウイリアムの姿が見える。彼女が見守るうちに、馬に乗った一団は小道をはずれ、畑を横切り、二人のほうに向かってきた。

ジェイミーが手を振ると、何人かの男たちが手を振り返した。

どうして彼らはこちらに来るのだろう？　男たちが見下せるところに馬を止めたので、キャサリンはできるかぎり城壁から身を乗り出した。そして風に吹かれて顔にかかった髪を払いのけた。その瞬間彼女の目はウイリアムの目に釘付《くぎづ》けになった。彼の燃えるようなまなざしが彼女の全身を焼く。

わたしの髪！　キャサリンは城壁からぱっと身を引いた。頭飾りをつけていないことで、半裸の身をさらしているように感じた。彼女はジェイミーの手を掴み、城壁を下りる手近の階段に走った。急げば、男たちが城門をくぐる前に、主塔《キープ》の中に戻れるだろう。

城壁の上にいるキャサリンをウイリアムが見た十五分後、彼女は夫を出迎えに広間にやって来た。頬《ほお》を上気させ、走ってきたために息を切らせている。

ドレスの裾《すそ》を引いて夫のほうに進むキャサリンに、男たち全員の目が注がれた。ウイリアム自身がキャサリンの姿に心を奪われていたので、部下が彼女を凝視するのをとがめられなかった。一人の男として、彼も部下たちも、ぴったりしたドレスにおおわれた胸が波打つのを見まいとしても、目をそらすことができなかった。

手の込んだ空色の頭飾りは、キャサリンの目を鮮やかな青に見せ、長い優美な首を際立たせている。金髪は束ねてあったが、城壁の上に立つ彼女の姿がウイリアムの目に焼きついていた。長い豊かな髪を風になびかせたキャサリンは、男たちに魔法をかけるために遣わされた妖精《ようせい》の女王のように見えた。ともに見た男たちの誰もが、波打つ淡い金色の髪が裸の肩や胸をおおっている姿を想像したのではないかと、ウイリアムは疑った。

しかし、そのような彼女を見ることができるのは俺だけだ。

「ご無事にお帰りになって嬉《うれ》しく存じます」そう言って、キャサリンは頭を下げた。

ウイリアムの顔にゆっくり笑みが広がり、彼は彼女の手を取って口づけた。「わたしも帰ることができて嬉しいよ」

11

ウイリアムの部屋に洗面用の湯を運ばせてから、キャサリンはすべて整っているか確かめに厨房《ちゅうぼう》に行った。もちろん料理人は万事うまくやっていたが、彼女はじっとしていられなかった。

広間の夕食の席に戻る際、頭飾りがちゃんとしていることをさわって確かめた。レイバーンとは違って、ウイリアムは少なくとも部下の前では妻を叱責《しっせき》しなかった。自分の手に口づけたとき、彼の目が温かかったことを思い出して、キャサリンの口元はほころんだ。おそらく彼はひどく腹を立ててはいないだろう。

食卓で男たちが反乱分子の捜索が不首尾に終わったことを話すのを、キャサリンはうわの空で聞いていた。今もエドマンドの辛らつな言葉に悩まされていたのだ。彼の言うとおりだとしたらどうしよう？　ウイリアムが寝室での夫婦の交わりが原因で、落ち込んでいることなどあるのだろうか？

何がいけないのかしら？　わたしがすぐに身ごもらせてほしいと願うのはもっとも

なことなのに。ウイリアムのほうも、いつだって夫の義務を果たすことができたわ。しかも何度も。

ただ彼はゆっくりことを進めるようだ。それは悩んでいる印なのかもしれない。時間をかけられると、最中に他のことを考え続けるのがどんどんむずかしくなる。キャサリンは途方にくれて、ため息をついた。

まだ料理の大皿が下げられないうちに、ウイリアムは立ち上がって、疲れたので部屋に戻ると告げた。部下たちは目を見交わし、笑いをこらえる者も一人か二人いた。何を面白がっているのか知ろうとしてキャサリンが鋭い目を向けると、彼らはおとなしくなった。

彼女の目とエドマンドの目が合った。あなたを監視していると言ったことを思い出させるかのように、彼は目のそばを指でたたいた。なんて不愉快な男なの。次にいやがらせのつもりか、視線を彼女の胸に向け片方の眉《まゆ》を上げる。キャサリンは片手で胸をおおって、彼をにらんだ。

「キャサリン」ウイリアムが彼女のほうに手を伸ばした。

キャサリンはこの場を去れることを喜んで、彼の手を取った。エドマンドと同じ部屋にいるよりも、髪を下ろしていたことで叱《しか》られるほうがましだった。

ウイリアムの速い足取りに、キャサリンはついていくのに苦労した。彼は口で言ったほど疲れていないらしい。私室に着くやいなや、女中に出ていけとどなってから、キャサリンを自分の寝室に連れ込んだ。

遅ればせながら、彼が頭飾りのことで説教するために自分を連れてきたのではないことをキャサリンは知った。

戸にかんぬきが掛けられたとき、キャサリンは罠《わな》にかかったような不安に襲われた。彼は触れようとしなかったが、彼女の心臓は早鐘を打った。

「城壁で髪を風になびかせていたおまえはとても美しかった」ウイリアムは昔をなつかしむような声で言った。「ちょうどあの夜のようだった……」

ウイリアムは言葉を切って、思いを語るのを途中でやめた。間を置いてから、さらに言った。「家に戻ったとき、自分を迎えてくれる妻がいるのは嬉《うれ》しかった。わたしには初めての経験だ」

彼の優しい言葉と穏やかな声は、キャサリンの気持ちを少しだけ和ませた。ウイリアムは彼女に近づいたが、まだ触れはしなかった。彼はわたしを待っている、何かしてほしいと思っていると感じて、彼女は困惑した。

「あなたのいい妻になりたいと思っています」キャサリンは口ごもりがちに言った。「お許しください。戸外で、少女のように髪を下ろすべきではありませんでした」

ウイリアムは両手をキャサリンの肩に置いた。そして温かな息が彼女の耳にかかるほど体をかがめて、ささやいた。「今、わたしのために下ろしてくれ」

キャサリンは唾《つば》をのんだ。「女中を呼んでほしくないなら、頭の後ろのピンをはずすのを手伝ってください」

ウイリアムは彼女を後ろに向かせ、即座に頭飾りをはずした。その手際のよさは、キャサリンは考えたくなかったが、経験があることを示していた。さらに髪を指でほぐされ、再び下ろされるのは気持ちがよかった。頭皮をもまれて、目を閉じ、かすかな吐息をもらした。

ぴったりしたドレスの背中に並ぶボタンを自分ではずせなかったので、それもウイリアムにはずしてもらった。もう一人でできると言われても、彼はドレスを脱がす手を止めなかった。最後の衣を脱がされると、キャサリンは身を引いて、寝具の中にもぐり込んだ。

ウイリアムが服を脱ぐのを、キャサリンはこっそり見守った。興奮の印は見ないようにしたが、彼をとても美しいと思った。彼の力強く、贅肉《ぜいにく》のそぎ落とされた顔が好きだった。すらりと長い筋肉質な体の線も、大きく器用な手も好きだった。ランプの光の中で、彼の頭髪と胸毛は赤っぽい金色に輝いている。

彼がベッドに入り込んできたとき、隣にいる男の裸体の感触に、頭から足まで肌と肌が触れ合ってぞくぞくする感覚に、慣れることができるのだろうかとキャサリンは訝（いぶか）った。ウイリアムに抱き寄せられ、頭を彼の胸に置いて身をゆだねた。彼の胸が好きだった。ずっとこのまま彼と横たわっていられそうだった。

思わずキャサリンは吐息をもらしたが、すぐに、もらさなければよかったと後悔した。ウイリアムがその吐息を、二人がここに来た目的を始めるべき頃合だと受け取ったのだ。

いまいましいエドマンド。彼のせいで、わたしはどうしていいかわからなくなっている！　キャサリンはウイリアムがしたいようにさせて、拒むことなく、あらゆる愛《あい》撫《ぶ》に身を任せた。だが今夜は、自分が緊張し期待しているのを感じた。彼に何かを求められているのはわかったが、それが何かはわからなかった。

ウイリアムはキャサリンの上になり両肘《ひじ》で体を支えて、彼女の髪や首に口づけ始めた。彼の口と吐く息の温もりが肌に心地いい。いい気持ちだと告げるべきだろうか？　しかしレイバーンが相手のとき、声をかけて彼の奮闘を邪魔したために、目から火花が散るほどたたかれたことを思い出した。だから、彼女は声を出さずにいた。

「もう無理だ！」突然ウイリアムは声をあげて、マットレスをこぶしでたたいた。そしてキャサリンから体を離した。

キャサリンはひどくショックを受けて、初めは何もできずにいた。数秒間の張り詰めた沈黙のあと、彼女は肘をついて上体を起こしウイリアムを見た。彼は攻撃を防ぐかのように、顔の前で両腕を交差して横たわっている。

「ウイリアム？」キャサリンは指先で彼の腕に触れた。

ウイリアムは彼女から身をそらして、またもやこぶしでマットレスをたたいた。

彼にこんなふるまいをさせるとは、いったい何をしてしまったのだろう？

キャサリンは起き上がり、彼の肩を摑《つか》んで揺すった。「ウイリアム、どうしたの？　わたしが何をしたの？」

それでも彼は答えなかったので、キャサリンは全身を使って彼を仰向けにし、顔を自分のほうに向かせた。

「お願い、教えてください」彼女は懇願したが、ウイリアムは口がきけないのか、口をききたくないのか、両腕で顔をおおったままだ。「何が原因だろうと、心から謝ります」

キャサリンはウイリアムの横顔をなでたが、彼はまた背を向けた。彼女はその背中に体を押しつけて、両手で彼の脇《わき》をなで、首や肩にキスしてなだめようとした。それでも、何も言わない。困り切ったキャサリンは彼の体を這《は》って越え、身をよじって腕の下をくぐり、その胸にもぐり込んだ。

そして彼の腰に腕をまわして背中を軽くたたき、ジェイミーにしてやるようにつぶやいた。「大丈夫よ、わたしはここにいるわ」

ウイリアムは長く震える息を吐いた。キャサリンは、手の下で彼の緊張した筋肉がゆるむのを感じた。

「なぜそんなにあなたの気分を害したのかわからないの」キャサリンは彼の胸に向かって言った。「あなたの機嫌を直すにはどうしたらいいのか教えてください」

ウイリアムが片手でキャサリンの頰《ほお》に触れて、かすかにほほ笑みかけたので、彼女はほっとした。「おまえの腕に抱かれたかった。想像していたとおりいい気持ちだよ」

キャサリンは目を瞬いた。「それだけでいいのですか？」

「いいや、それだけじゃない。これが始まりだ」ウイリアムの笑みがわずかに広がる。

「他に何を？」

「おまえにキスしてもらいたい」

それも実に簡単なことだった。キャサリンは唇で彼の唇に触れて、これでいいのかと期待するように彼を見た。

「いいね。でも、わたしがしてもらいたいキスじゃない。恋人同士のキスはどうするのか教えていいか？」今や笑みは彼の目にまで届き、その目はいたずらっぽく光っている。

キャサリンの自信はぐらついた。彼の言っていることが理解できなかったが、頷《うなず》いた。ただひたすら彼を喜ばせたかったのだ。

彼の唇は柔らかで温かかった。しばらく二人の唇は重なったままでいた。キスがいよいよ終わるものとキャサリンが思ったとたん、彼の舌が彼女の下唇をなめた。息ができなくなって口を開けると、彼の舌が滑り込んであえいだ。

次に何をされるのかわかって、キャサリンは口を開けた。キスはいつもより長く続き、今夜はキス以外のことを考えるのがむずかしかった。

ウイリアムは身を引いて、彼女の目をのぞき込んだ。「今日はわたしを置きざりにしてほしくない」

キャサリンはこみ上げた胸の痛みをのみ下した。なぜ今彼はそんなことを言うのだろう？　彼女はウイリアムの胸に視線を落として言った。「もう二度とこの城から逃げ出さないと約束しました」

「そのことを言っているんじゃない」ウイリアムはため息をついて、彼女の額にかかる髪をかき上げた。「おまえをベッドに連れてくると、体は許しても、おまえの頭と心はどこかに行っている」

彼はキャサリンの顎《あご》を指で持ち上げた。「もう、心がここにないおまえを抱きたくないんだ、ケイト。おまえのすべてが、わたしとともにいてほしい」

ようやく彼が何を望んでいるのかわかって、キャサリンは息をのんだ。彼に望まれていることができるかどうか、まるで自信がなかった。

「レイバーンのときは、他のことを考えるしかなかったのです」キャサリンは言い返した。「そうせざるをえませんでした。それ以外に残された逃げ道はなかったのです」彼女の目の端から一しずく涙がこぼれ、その涙を彼の親指がぬぐった。

「わかっているよ」ウイリアムは彼女の額にキスしながら言った。「だが、わたしから身を守る必要はない。わたしを信頼していい」

彼は本心を告げているつもりなんだわ。わたしも彼の言葉を信じようと心に決めて、キャサリンは頷いた。

ウイリアムは考えるように彼女を見た。そして不意に仰向けになった。こんなに早く、彼はわたしのことを諦《あきら》めたの？

「体を起こしてくれ、かわいい人」

不安な思いで、キャサリンは言われたとおりにした。当惑し、彼の視線にさらされているように感じた……彼の両目が閉じられているのを見るまでは。

「手を貸して」目をつぶったまま腕を振って、ウイリアムは言った。

手を彼に差し出しながら、キャサリンの内では好奇心と不安が闘っていた。彼の口に手を押しつけられ、手のひらに熱い息を感じる。彼はキャサリンの手首を摑んで、その手を自分の胸に置いた。

「おまえに触れてもらいたい」

ウイリアムは自分の胸の上でゆっくり弧を描くように、彼女の手を動かした。手のひらの下に粗い毛を感じ、思いがけない刺激がキャサリンの腕を伝って腹部にまで達する。彼は彼女の手を摑んでいた手を離して、脇に落とした。そして目を閉じたまま、じっと横たわって待った。

キャサリンはおずおずと彼の胸に指先を滑らせた。彼の口元がかすかにほころぶ。それを見て励まされ、彼女は両手が使えるように体の位置を変えた。彼女の指が徐々に大きな弧を描いていくと、彼の呼吸は浅くなった。鎖骨の下のくぼみ、粗い胸毛、両脇のなめらかな肌に指を滑らせて、彼女は彼の肌の感触を探求した。

主導権を渡されていたので、キャサリンは逃げ出したい衝動に襲われることはなかった。実際、自分が彼に触れることが好きだと知って驚かされた。両手の下にある体はどこもすばらしい筋肉のように思えた。

ウイリアムの目がまだ閉じられているのを確かめてから、キャサリンは彼の下腹部をよく見ることを自分に許した。それは今も彼女の前にそそり立っている。下腹部から目を離さずに、爪《つめ》を立てた指先を彼の両脇から腹の中央に動かした。ウイリアムが鋭く息を吸ったので、彼女はびくりとして彼の顔を見た。

「いい気持ちだ」彼は長い息を吐いた。

いっそう自信を得て、キャサリンの指は坐骨を越えて高まりの両側をたどる。彼が体を震わせるのを見て、彼女は自分の愛撫の力を味わい、ほほ笑んだ。

ウイリアムの上にかがんで、迷いのない動きで胸と肩をなで上げ、羽毛のように軽く両腕をなで下ろす。彼はささやいた。「すばらしい……」その声は彼女が知りたかったことを、彼が快感を覚えていることを、告げていた。

次に両肩にキスすると、彼はため息をもらして報いてくれた。キャサリンは嬉しくて、彼の喉《のど》をキスでたどり、頬を胸にすりつけた。今度ため息をもらしたのは彼女のほうだった。キャサリンは彼の体の上に髪を引きずりながら、少しずつキスでたどって平らな腹に向かった。

ウイリアムの手が頭に軽く触れるのを感じる。彼を愛撫し始めてから、触れられるのは初めてだった。髪を指で梳《す》かれると、キャサリンは頭を彼の上にのせ、梳かれる感触を楽しんだ。試しに、人さし指を高まりに滑らせる。彼はびくりと体を起こしかけ、彼女の頭を押しのけた。

「すまない」彼はキャサリンの頬に触れて言った。「予想していなかったんだ」

当惑のあまり顔が赤くなって、キャサリンは目をそらした。

「キャサリン」ウイリアムは彼女の両肩を優しく抱いた。「ベッドで二人がすることで、そして快感を感じることで、おまえに恥ずかしい思いは決してさせない」

ウイリアムは両腕で彼女を抱いて、隣に寝かせた。額や横顔や髪にキスするとき、キャサリンの肌にかかる彼の息は熱かった。耳たぶを吸われ、耳に息を吹きかけられて、彼女は体を押しつけた。

「さあ、また触れてくれ」ウイリアムは彼女の手を取った。

キャサリンが引っ込める前に、その手は再び高まりに置かれた。彼女はぎこちない手つきで、硬くなった高まりの驚くほどなめらかな皮膚をまさぐった。上下になでられて、彼の息遣いが速くなる。彼女自身も少し息苦しくなりながら、その動作を繰り返した。

ウイリアムはうめいて、彼女の首に口を押しつけ、その肌を吸った。キャサリンは頭をのけぞらせた。ひとりでに、手の動きと同じリズムで、体は彼の体に向かって動いた。

彼はキャサリンの手首を掴んだ。「もういい。……我慢できない」明らかにそれ以上言えなくなって、ウイリアムは言葉を途切れさせた。

不快だからやめるように頼んだのではないことが、キャサリンにもわかった。たとえ不快なのかもしれないと思ったとしても、すぐに濃厚なキスをされたことで考え直しただろう。そのキスに、口から出たり入ったりする彼の舌の動きに、彼女は全神経を集中させ、彼の中に溶け込んでいくように感じた。

ウイリアムの体の上にのせられて、キャサリンは彼にしがみついた。頭を上げ、彼の顔のまわりにカーテンのように髪をたらしてほほ笑みかけると、鼻の先にキスをされた。胸に当たる彼の胸の感触、腹部に当たる高まりの硬さを感じて、呼吸するのがむずかしくなった。

背中を両手で上下にさすられて、彼女は目を閉じた。手が胸のふくらみの両脇に移ると、彼の手の感触が体の芯《しん》にまで伝わる。再び長いキスを許してから、彼女は不承不承体を離した。

両手膝《ひざ》をついて彼を見下ろし、キャサリンはわざと厳しく言った。「わたしがあなたに触れることになっていたはずよ」

快く応じて、ウイリアムは両手を下ろした。「好きなようにしてくれ」

キャサリンは彼の鎖骨を舌でたどろうと前かがみになったとき、胸の先端が彼の胸をかすめてあえいだ。それはとても快い刺激で、彼女はその動作を、今度はゆっくりと繰り返した。

大きな温かい手で両方の胸のふくらみを包まれると、彼をたしなめるのを忘れた。胸の先端を親指でなぞられたとたん快感に襲われ、その衝撃はあまりに強くて、額を彼の胸に預けなければならなかった。

親指の愛撫をやめたウイリアムに、体をベッドの上部へ持ち上げられて、キャサリンは不満そうにうめいた。だが、濡《ぬ》れた舌で片方の乳首に弧を描かれるのを感じるとすぐに、彼を許した。同時に、もう一方の乳首を親指と人さし指でつままれた。興奮の渦に引き込まれるにつれ、彼女の腰は動いた。胸のふくらみを吸われ、全身に走る衝撃にあらがって、彼女はぎゅっと目を閉じた。これ以上の快感はない……何もない。

胸を口で愛撫されることほど陶然とさせられるものはない、そうキャサリンが思っているさなかに、内腿《うちもも》をなでられるのを感じた。彼の指は上下に動き、そのたびに彼女の体の中心に近づいた。今や激しい快感が全身を走り、もう耐えられないほどになった。

キャサリンの体は期待で張り詰めた。彼の手が、どんどん近づいてくる。ついに手が両脚の間の繁みをかすめると、震えが全身を貫いた。もう一度触れてもらいたい、それしか考えられなかった。二度目はほんのかすかに触れられて、彼女は欲求不満のあまりベッドをこぶしでたたきたくなった。

やっと、ようやく、彼の指はキャサリンの疼《うず》いている部分に触れた。初めから、彼女がどこに触れてほしいか、どのように触れてほしいかを、正確にわかっていたかのようだった。彼女の体は彼の手に向かって動き始めた。

ウイリアムが彼女の尻《しり》を掴んだ。彼の体に添うように引き寄せられ、彼に触れる肌はどこもぞくぞくした。ゆっくり体を下ろされ、彼の手でなでられていた感じやすい部分が高まりの先端に触れた。

キャサリンの体はさっとこわばった。

「ここまで俺を信じてくれた」ウイリアムの声は張り詰めていた。「この先も信じてくれ」

彼はキャサリンの顔を両手で包んで口づけた。二人の舌は、彼女の体が知っているリズムに合わせてともに踊る。熱く潤うキスだったが、それだけでは満足できなかった。再び高まりの先端に触れたとき、彼女は体を押しつけた。体の中心に触れてほしい、彼のものが押しつけられるのを感じたい。

「俺を置いていかないでくれ、ケイト」耳元でウイリアムのかすれた声が響く。「俺を置いていかないでくれ」

彼がするりと入ってきたとたん、思いがけない快感に襲われて、キャサリンは息をのんだ。二人は荒い息のまま、ほとんど動かずにいた。体内の隅々に彼を感じ、彼女の体は痛いほど張り詰めた。顔や髪に口づけを受ける。両肩を抱かれ上体を起こされたとき、キャサリンは彼と少しでも離れるのがいやであらがった。

「とてもきれいだ」彼女はウイリアムの声ににじむ強い欲望を感じて、彼の上にまたがっているのに気づいて覚えた居心地の悪さは吹き飛ばされた。体内に感じる興奮はとても快かった。

彼はまたキャサリンの尻を摑んだ。どう動くか教えながら、彼の熱いまなざしは彼女の肌を焼きそうに思えた。やがて彼女の体は自らのリズムを見出し、彼の上でおぼつかなげに動いた。

キャサリンはキスしたくなって、身をかがめた。二人の唇が合わさると、胸の先端が彼の胸をかすめる。彼に尻を押しつけ、彼も腰を持ち上げた。ついに息をするために、唇を離さなければならなくなる。身をのけぞらせ、二人の体が合わさったところから生ずる強力な刺激だけを感じて、互いの動きに我を忘れた。

「もっとゆっくり、ケイト」ウイリアムが懇願する。「もっとゆっくり、お願いだ」

しかしキャサリンは彼の懇願を無視した。興奮で体中が脈動し、ほとんど何も見えなくなる。快感に打ちのめされて、彼女は身を乗り出し彼の両肩を摑んだ。恍惚《こうこつ》として体を痙攣《けいれん》させ、遠くで誰かが叫ぶのを聞いた。

「ああ！」キャサリンは声をあげて、彼の上に崩れた。

ウイリアムは彼女に両腕をまわして、胸に強く抱き締めた。「息ができないわ」キャサリンがあえいだので、彼は腕をゆるめ彼女の背中を優しくなでた。ひどく感じやすくなった肌をなでられて、彼女は震えた。体の奥では彼がまだ小さくなっていないのを感じて、またもや体が痙攣する。

耳に彼の速い鼓動を聞きながら、彼女は自分の身に起きたことの断片をつなごうと努めた。そして当惑に襲われた。

「あれはわたしが叫んでいたの？」キャサリンはささやいた。

くぐもった呻《うめ》きを発して、ウイリアムはキャサリンの両肩を摑み、さらに深く彼女の中に入った。彼女を突き上げながら、あえいだ。「そう、そう、そうだよ」

キャサリンは両腕を伸ばして、彼にもたれていた体を起こし、ともに動いた。体内の疼きが強まっていく。彼の爆発寸前の欲情は彼女の欲情となった。より速く激しく、突き上げられて、キャサリンは再び達しそうになり、やめないでとせがみたかった。体内で彼が絶頂に達するのを感じ、彼女の名前を叫ぶのを聞いた。やったわ、彼とともに夫婦の危機を乗り越えたんだわ。

キャサリンはふと目を覚ました。明け方の灰色の光の中で夫の寝姿を眺めながら、寝不足のせいでめまいを感じる。彼女は満ち足りたため息をもらした。長くてすばらしい夜だったわ。

男女間で味わえる歓びを、悦楽を与え合う奇跡を、ウイリアムは彼女に教えたのだった。しかし彼が教えるつもりではなかったことも学んでいた。それは彼が自分でも気づいていないことだと、キャサリンは確信した。

「俺を置いていかないでくれ、置いていかないでくれ」彼女の中に深く入るたびに、ウイリアムはそうささやいた。

彼の奥深くにある孤独を、キャサリンは感じ取った。その言葉が、ベッドで彼女の心も体も手に入れたいという以上のことを意味しているのがわかった。この肉体の悦楽は驚嘆すべきものだが、それは彼がキャサリンに求めていることのほんの入り口に過ぎなかった。

12

生涯で初めて、ウイリアムは戦闘に出るのを恐れた。たった一夜でもキャサリンから離れたくなかった。

さしあたりヘンリー王とハリー王子は、北部にいる反乱軍の最後の残党を一掃するのに忙しい。ウェールズ軍はこの春グロスモントとプスメリンの戦いで負けてから、おとなしくなっている。しかし、この小康状態も長くは続かないだろう。

じきにウェールズ軍との戦いに出陣することになる。おそらくフランス軍との戦いにもいったん戦闘が始まったら、何週間も帰れないかもしれない。ウイリアムはそのことを考えないようにした。

今も、来たるべき戦いに備えて戦闘力を維持するために、ウイリアムは部下たちに厳しい訓練を課していた。しかし、キャサリンを一目見かけただけで、彼の注意は彼女に向いた。部下たちと話をしている広間にキャサリンが入ってきたり、武器を持って訓練している城の中庭を彼女が横切ると、彼はその場で立ち尽くし、見えなくなるまで彼女の姿を目で追った。

このウイリアムの変わりようを部下たちは面白がった。信頼できる有能な指揮官で、熟練した戦士であり、約束を守る男として、彼らは常にウイリアムを尊敬してきた。しかしこれまでは、彼のいる場でくつろぐことはできなかった。ところが今では、男たちの冗談——以前ならウイリアムに言わなかったような——を聞いて、ウイリアムは笑い声をあげた。最近足取りが軽くなった原因について、部下たちにからかわれさえした。

毎晩ウイリアムがキャサリンと腕を組んで広間を去るとき、部下たちは一人の男として彼をねたましく思った。実のところ、男たちは皆キャサリンに淡い恋心を抱いているのではないかと、ウイリアムは疑っていた。だがたとえそうだとしても、誰もが主《あるじ》の幸せを喜んでいた。

エドマンド・フォレスター以外は。

彼は、いつかキャサリンに裏切られるはずだから用心するようにと、ウイリアムに警告した。

続く数週間、キャサリンは幸せの霞《かすみ》に包まれて過ごした。彼女もウイリアムも夜になるのが待てなかった。可能なかぎりしばしば、日中の一時間か二時間、ウイリアムは部下たちの中から抜け出して、キャサリンをすばやく私室に連れ去った。

ジェイミーはウイリアムが大好きで、子犬のようについて回った。息子がウイリアムに振り子のように振られて肩にのせられ、嬉《うれ》しそうな声をあげるのを聞くたびに、キャサリンは自らの幸福を神に感謝した。つい二、三週間前なら、これほどの幸せを願うことすらしなかっただろう。

ただ彼女の幸福には一つだけ欠けたところがあった。それは、今でも夫に信頼されていないことだった。毎夜、キャサリンのほうは真情をウイリアムにさらけ出していたので、エドマンドの挑発的な言葉にいっそう悩まされた。

「ウイリアム、あなたは北部のご実家やご家族のことを何も話してくれないのね」二人でベッドの中にいるとき、キャサリンは尋ねた。

すでに習慣になっていたが、その夜も二人は早い時間に寝室に入り、愛し合ったのだった。夏の夜空はまだ明るく、キャサリンは彼の力強い目鼻立ちの輪郭を見ることができた。

ウイリアムが自分の秘密を打ち明けるほど信頼してくれたなら、エドマンドの無礼な言動のことを話そうとキャサリンは考えていた。そのときは、彼もわたしを信じてくれるはずだ。

彼女は片肘《かたひじ》をついて上体を起こし、彼の裸の胸に手を置いた。「あなたのすべてを知りたいの」

「すべてを？」ウイリアムは話を茶化そうとして、眉《まゆ》を上下に動かした。「すべての女たちのことも？」

キャサリンは彼に向かって目を細めた。「不美人な女たちのことだけね」

彼は笑い声をあげて、彼女にキスした。

「やめて！」キスの合間に、キャサリンは文句を言った。「わたしの話をそらそうとしているのね」

ウイリアムは彼女を後ろ向きにして、その尻《しり》に高まりを押しつけた。「うまく話をそらしただろ？」

彼は唇でキャサリンの首筋をたどった。ついに彼女は降伏したが、不承不承ではなく心から身をゆだねた。それでも、先ほどの問いを忘れてはいなかった。翌朝ウイリアムがベッドから抜け出そうとすると、彼の腕を摑《つか》まえた。

「どうしてわたしに話してくれないの？」

「話すって何を？」ウイリアムはなんのことかわからないふりをした。

「あなたのご家族のことよ」

「そのことで俺を困らせるのか？」

キャサリンはその言葉に傷ついて彼の腕を離し、それ以上は何も言わなかった。

ウイリアムは服を着始めた。緊張した沈黙に支配されても、キャサリンは自分から口をきこうとしなかった。ウイリアムはブーツを取って、はくために腰を下ろした。

「わかったよ、キャサリン」彼はいらだちを隠そうとせず、深いため息をついた。そして片方のブーツをぐいと引っ張りあげた。「たいていの少年たちのように、俺も幼い頃修行に出された」もう一方のブーツも力任せに引っ張りあげる。「ただ、他の少年たちよりいくらか年少の頃だったかもしれない」

ウイリアムは立ち上がって、椅子《いす》の背に掛けられたベルトを取った。「俺は家族の誰とも親しくなかった。ジョン以外は」

ジョンの名を口にしたとき彼の声音が変わったことに、キャサリンは気づいた。

「彼は三歳下で、父親の違う弟だった」彼は剣を皮ひもで装着しながら言った。これでこの話題は終わりだという口調で。「ジョンは死んでしまった。彼がいないなら、俺にとって北部には何もないし、家族はいないに等しい」

「ご両親は？　まだ生きていらっしゃるのでしょう？」

ウイリアムは、昨夜のうちにトマスが用意してくれた乗馬用の革手袋を、チェストから取った。「それが俺を見送る言葉なのか、キャサリン？　部下たちは俺の行くのを待っているはずだ」

「ああ、ヘレフォードに行かれるのですね！」キャサリンは声をあげて、片手で口をおおった。「忘れていたわ」

ヘレフォードで辺境の領主たちの会合が開かれ、ウイリアムはそれに出席するために、少なくとも四日は城を空けることになる。キャサリンはベッドからさっと出て、彼の腕に飛び込んだ。彼の服がむきだしの肌をこする。

「あなたとご一緒できたらいいのに」

「それはあまりに危険だ」ウイリアムはほほ笑んで、彼女に片目をつぶった。「辺境の領主たちは何を企んでいるかわからない連中だから、油断せずに冷静でいなくてはならない」

「でも、わたしは陰謀を企む人間をすべて知っていて、あなたに忠告することができるわ。ロード・グレイには用心して。彼はここの北側に領地を持っていて、わたしたちの領地を少しでも自分のものにしたいと考えているの」

「五、六人の部下しかともなわないから、おまえを連れていくのは危険すぎる」ウイリアムは彼女の額にキスした。「この境界の監視を続けるために、兵士の大部分を置いていくつもりだ」

キャサリンは言い合っても無駄だと知って、彼に身を寄せた。

「おまえとジェイミーはこの城に安全でいられる」彼女の背中をなでながら、ウイリアムは言った。「指揮官としてエドマンドを残していくよ」

「エドマンドはやめて」キャサリンは思わず口走った。

「彼は部下の中で最高の男だ。俺が帰るまで、ロス城とおまえたちの安全を彼が守ってくれるものと信頼している」

キャサリンは両手を腰に置き、唇を引き結んだ。

「安全を守ることこそ、おまえがあの男を好きかどうかよりも、俺には重要なのだ、キャサリン。なぜおまえは彼のことをよく思わないのかわからないな。いい男なのに」

ウイリアムが出立するときに、言い合いをしたくなかった。キャサリンは何も言わずに、彼の首に両腕をまわしてキスし、このキスを彼がヘレフォードに向かう間ずっと覚えていてほしいと思った。

ウイリアムが出発したあと、憂鬱《ゆううつ》な気分を日の光が晴らしてくれることを願って、キャサリンはジェイミーとともに庭に出た。そして彼がバッタを捕まえようとするのを眺めた。少年が両手でバッタをおおっても、たちまち逃げられてしまう。ずっと虫を捕まえられずにいるところに、ウイリアムの従僕がやって来て、少年の注意をそらした。

「どうしたの、トマス？」

「奥さま、城門に男たちが来ております。ロード・フィッツアランに会いに、北部からやって来たのです」彼はためらいがちに付け加えた。「その中の一人はフィッツアランさまの弟だそうです」

「彼の弟ですって？」キャサリンはトマスの言葉を聞き違えたかと思った。弟は死んだと、今朝ウイリアムから聞かされたばかりだ。

「その方はまだほんの少年です」

「でも、誰かが訪ねてくるとは思っていませんでした」キャサリンは驚きを隠せなかった。

「ご一行が到着したとき、たまたま城門の近くにおりまして」トマスは落ち着かない様子で咳払《せきばら》いした。「ご兄弟を連れてきた者の一人は、わたしが誰だかわかって、少年の母親の意向でこちらに伺ったのだと、わたしに告げました」

キャサリンは、「なんてことだ……」とトマスがつぶやいたのを聞いたように思った。

「ありがとう、トマス。すぐに行きます」キャサリンは楽しそうな声を出そうと努めた。「行きましょう、ジェイミー。お客さまよ！」

彼女は内心不安だった。この訪問についてなんの知らせも受けていないのは妙だ。それに、なぜウイリアムはこの存命している弟のことを、わたしに話さないほうがいいと考えたのだろう?

キャサリンはジェイミーとトマスを引き連れて、中庭を足早に歩いた。途中で通りかかった使用人を呼び止め、指示を与えた。

「ジェーン、料理人に伝えてちょうだい。お客さまがいらしたので、すぐに広間に出せるような軽食を作ってほしいと。それからエイリスには、部屋をいくつか用意するように言って」

キャサリンには、落とし格子の向こうで待機している、そろいの服を着た十二人ほどの男たちが何者なのかわからなかったが、北部の人間のように見えた。おそらく全員が生姜《しょうが》色の髪と髭《ひげ》をしているからだろうか。それとも、世界は自分たちのものだと考え、戦闘を望んでいるかのような彼らのたたずまいのせいかもしれない。

彼女は城門を開けるように番兵に合図し、一行が入ってくるのを待ち受けた。十二、三歳の身なりのいい少年が馬を降りて、帽子をもじもじといじりながら前に進み出た。赤褐色の髪に温かい茶色の目をして、頬《ほお》と鼻梁《びりょう》にまばらなそばかすのある美少年だった。ウイリアムとは少しも似ていない。

少年は他の誰かを期待するかのように、キャサリンの背後に目をやったが、自分の無作法さに気づいて赤くなった。優雅だが、かなり大げさなお辞儀をされて、キャサリンは笑みをこらえなければならなかった。

「わたしはスティーブン・ネビル・カールトンと申します」彼の声は緊張でうわずっている。「こちらで兄のロード・ウイリアム・ネビル・フィッツアランに会えると思ってまいりました。恐れ入りますが、わたしが来たことを兄にお伝えいただければ、ありがたく存じます」

「申し訳ありませんが、ロード・フィッツアランはよそへ出向いております」キャサリンは答えた。「兄上の結婚の知らせをお聞きになったかどうか存じませんが、わたくしは新しくあなたの義理の姉になりましたレディ・キャサリンです」

彼女は少年に温かい笑みを向けた。今までは彼のことを知らなかったが、この瞬間から若いスティーブンは彼女の義弟になったのだ。

「ロス城へようこそ」キャサリンはスティーブンに随行してきた男たちに声をかけた。「弟を無事にわたしどものところへお連れくださったことを、ロード・フィッツアランもわたくし同様感謝しますでしょう」

男たちは次々にお辞儀して、名を名乗った。

「うちの者が皆さまの馬の世話をいたしますわ」キャサリンは一行についてくるよう促した。「広間に軽食を用意しております」

彼女はスティーブンの腕を取って、主塔《キープ》に向かった。二人の背丈は同じぐらいだったので、キャサリンが旅の様子を尋ねるとき二人の顔は近くなった。大きなこげ茶色の瞳《ひとみ》、まっすぐな鼻、ふっくらした薔薇《ばら》色の唇。スティーブンは人を惹《ひ》きつける美しい顔をしていた。成長しもっと男らしい容貌《ようぼう》になるなら、淑女たちにため息をつかせる存在になるだろう。

二人が第二の門を通って内郭の中庭に入ると、エドマンドが主塔の階段を一段おきに駆け下りてきた。彼はスティーブンに同行してきた北部の人間の二、三人に、大きな声で挨拶《あいさつ》した。

「じゃあ、あなたがスティーブン少年なのか」エドマンドはスティーブンの背中をこぶしでたたいて言った。「あなたを見てもわからなかっただろうな。おしっこの臭いをさせて這《は》い這《は》いしている赤ん坊の頃、見かけたきりだから」

スティーブンは肩をすぼめ顔をしかめたが、エドマンドはそれに気づかないようだった。

「ウイリアムはおおいに驚くだろうよ」

エドマンドの言葉は警告のように響いた。スティーブンが警戒するような表情になったところを見ると、彼も警告と受け取ったらしい。

キャサリンが客人たちをワインやエールの用意されたテーブルにつかせるやいなや、エドマンドは彼女のところにやって来た。

「ちょっと失礼します」彼は一同に断った。礼儀正しく笑顔で言ったが、キャサリンの腕を掴んだ手は有無を言わせなかった。「奥方とわたしは急ぎの話がありますので」

エドマンドはキャサリンを広間の外の廊下に連れ出した。

「なぜわたしを呼ばなかったのですか？」彼は問い詰めた。「ウイリアムにこの城の安全を守る任を与えられているのです。わたしの許可なしに、あなたは開門を命じるべきではなかった」

「客人を城に入れるのに、あなたの許可など必要ありません」キャサリンは歯を食いしばった。「危険な人間を入れたわけではないわ。フィッツアランの弟と随行者だけです」

「ご立派な判断だ。どうしてあなたは、彼がウイリアムの弟だと確信できるのですか？　それに男にとって兄弟は敵になることもある。そんなことも知らないなら、ウイリアムは妻に教えるべきですね」

「でも、あなたはあの人たちを知っていたわ」キャサリンは言い返した。「それにあの少年が危険なはずはないわ」

「やれやれ、我々は反乱の世にいるのですよ」エドマンドは呆《あき》れたように両手を上げた。「わたしが城を任されている間、二度とこのような愚かな真似《まね》をしないでほしい」

キャサリンは怒りに駆られ、エドマンドの言動を見過ごすことはできなかった。

「よく聞きなさい、エドマンド・フォレスター」彼の面前で指を振って言った。「わたしは十二のときから、この城の女主人なのですよ。あなたは部下たちに命令できるかもしれないけれど、わたしには命令はできません」

キャサリンは摑まれた腕を引き抜くと、戸をたたきつけることができればいいのにと思いながら、エドマンドのもとを去った。

エドマンドがキャサリンを広間から連れ出すのを、トマスは見ていた。気に入らない、まったく気に入らないな。彼らが声をあげるのを聞いて、ますます心配になった。指でテーブルをたたきながら、二人の言い合いを中断させる口実はないものか考えた。その瞬間扉がさっと開き、シルクのスカートの裾《すそ》を後ろになびかせて、燃える目をしたレディ・キャサリンが入ってきた。広間にいた男たちはカップを持った手を宙で止めて、彼女を見つめた。

彼女はまるで美しい復讐《ふくしゅう》の天使のように見えた。トマスは驚嘆のあまり、首を振った。確かに、神はウイリアムさまにぴったりの女性を見つけてくださった。彼の内に築かれた障壁を突破し、彼の心を求め、彼の傷を癒《いや》してくれる強い女性を。

13

ヘレフォードで早めに仕事をかたづけて、ウイリアムは家路を急いだ。家……。ロス城は俺の家なんだ。そう思えるのは初めてのことだった。

母の家はウイリアムの居場所ではなかった。彼の存在そのものが緊張した雰囲気を生じさせていた。ノーサンバーランド伯の家庭に引き取るよう伯爵を説き伏せるとすぐに、母は彼を家から送り出した。ノーサンバーランド伯の広大な領地では、彼の立場は不安定で複雑なものだった。伯爵の最初の妻の貧しい親類として扱うべきか、伯爵という偉大な人間の息子として扱うべきか、誰もが迷った。

ウイリアムがノーサンバーランド伯ヘンリー・パーシーの息子であることは公然の秘密だった。実際、彼がヘンリー・パーシーの血をひいていることを否定するのはむずかしかったはずだ。伯爵の嫡子〝ホットスパー〟を年少にしたような容姿だったからだ。

ノーサンバーランド伯は要求こそしなかったが、ウイリアムが伯爵に忠誠を尽くすのは当然だと思っていた。おそらく、彼のもとで騎士の修行を受けられることに、ウイリアムは感謝すべきだと考えたのだろう。

やがてノーサンバーランドは、スコットランドとの境界で頻発する小戦に、少数の兵士を率いたウイリアムを送り込んだ。戦闘でウイリアムは自分が有能な戦士であることを証明し、みるみる昇進した。二、三年後、伯爵は彼を自らの軍の一連隊の指揮官に任命した。その連隊の生き残った兵士は今もウイリアムに仕えている。

この春、ノーサンバーランドはウイリアムをウェールズ反乱軍との戦闘に送り出した。国王に忠誠だと思わせるためだが、この大物はウイリアムにも本心を明かさずにいた。彼が国王とともに戦っている間、ノーサンバーランドはヨークにいて別の陰謀を企んでいた。

ついにノーサンバーランドは国王に反旗を翻し、早急に北部に戻るようウイリアムに命じた。だが彼はヘンリー王に忠誠を誓っていたので、その招集を無視した。信義を重んじる心と優れた戦闘力こそが彼の真価だった。北部で父親が国王に対して兵を挙げたとき、ウイリアムはウェールズ軍と闘っていた。

ウイリアムはその困難な時期の記憶を押しやった。次の高台まで来て地平線上にロス城が見えてくると、彼の思いはキャサリンに戻った。あれほど急いでヘレフォードをあとにしたのも、早く彼女に会いたいからだった。

しかしエドマンドの警告がふと頭に浮かんだ。

「あのように美しい女性をベッドで抱きたくない男がいるでしょうか？　だが、お願いですから、彼女を信じないでください」エドマンドは繰り返し言った。「用心することです。さもないといつか、彼女が反乱軍に城門を開けたことを、あるいはあなたについて王子に偽りの告発をしたことを、知る破目になるでしょう」

肉親とは不確かな絆《きずな》しかなく、どこにも真の居場所がない、そんな環境で育った男にとって、人を信頼することはむずかしくなっていた。ウイリアムは妻に裏切られると本気で信じていたわけではないが、それでも警戒は解かなかった。

とにかく警戒しようと努めはした。だが、その決意も日に日に弱まっている。城門に近づくにつれて、ウイリアムの胸は期待でときめいた。城壁を見上げ、そこにキャサリンが立って自分を見下ろしていないかと半ば期待した。彼女の姿がなくても、落胆するのは愚かなことだ。彼女は俺が明日帰ってくると思っているのだから。たった三日間をこんなに長く感じた者などいるのだろうか？　寝室でキャサリンと二人だけになり、肌に彼女の裸体を感じたい、彼はそれしか求めていなかった。

ウイリアムは厩舎係《きゅうしゃ》の少年に馬の手綱をほうり、声をかけることもなく、部下たちを置いて歩き始めた。彼らの品のないひやかしの声も気にせず、主塔《キープ》目ざして走る。彼は太陽を見上げた。もうそろそろ正午だ。彼女は広間の食卓に城の者たちといるはずだ。

ウイリアムは速足で次々にドアを通り抜け、そこにいるだろうと予想した広間でキャサリンを見つけた。彼女は立ち上がり、喜びで顔を輝かせてウイリアムの名を呼んだ。キャサリンに向かって大またで部屋を横切りながら、彼女を両腕に抱き寄せてキスを浴びせたい思いに駆られ、心臓はばくばくと打った。

ウイリアムはもどかしげにキャサリンを抱き締めたが、彼女は彼の胸に片手を置いて押しとどめ、頬《ほお》を差し出した。

「ウイリアム、お客さまがいらしているの」キャサリンは彼の耳にささやいた。

くそ、くそ。しぶしぶウイリアムは彼女を離して、今日という日にやって来た気の利かない愚か者を見るために向きを変えた。

テーブルを見回し、客の一人一人をよく見た。彼らの服が母の一番新しい夫カールトン一族の仕着せだと気づいて、重い気分になった。そろそろカールトンを〝一番新しい夫〟と呼ぶのはやめなくちゃな。結婚してからもう十二、三年以上は経っているのだ。

策略家の母が、大きな謀反《むほん》が起きるたびに敗者側につく才能を持った男たちと結ばれることに、ウイリアムは驚かざるをえなかった。カールトンも最近の戦《いくさ》で国王に負けたノーサンバーランド側についていたのだ。彼は領地の大半を失ったが、幸いにも理性は失わなかった。

ウイリアムは座席にそって男たち一人一人に視線を向け、知っている者には頷《うなず》いた。視線がキャサリンの隣席に坐っている少年に及んだとき、はっと胸を突かれた。少年は驚くほど母に似ていた。エレノアの一番下の息子にちがいない。

少年は立ち上がってお辞儀をした。母に似た奔放な茶色の瞳《ひとみ》をウイリアムに向けて言った。「ごきげんよう、兄上。スティーブン・ネビル・カールトンです」

「ああ、おまえが誰かはわかっている」ウイリアムはにこりともせず、少年を抱擁しようと近づくこともなかった。「ロス城でおまえと顔を合わせるとは、どういうわけだ?」

「ウイリアム!」キャサリンが小声でたしなめるのを耳にしたが、ウイリアムは無視した。

少年は赤くなったが、ウイリアムの目を見すえて言った。「母にこちらに伺うように言われたのです」

「彼女には逆らえないだろうな」ウイリアムは首を横に振った。「坐ってくれ、スティーブン」

食事の最中に、異父弟を追い払うことはできなかった。ウイリアムが運ばれてきたフィンガーボールで手を洗っている間に、キャサリンは彼の木皿に料理をよそった。

ヘレフォードを出立してから何時間も経っていたので、彼はひどく空腹だった。

「ジェイミーはどこにいる？」ウイリアムはローストポークをナイフで突き刺しながらキャサリンに尋ねた。

「あの子はスティーブンについていこうとして疲れ果ててしまったの。食事を終えたらすぐに、子守が寝室に連れていったわ」

空腹がおさまるほどたっぷり食べてから、ウイリアムは身を乗り出して、キャサリンの隣に座っているスティーブンに話しかけた。

「それで、おまえはいくつになった、スティーブン・カールトン？」

「十二になりました」

「レディ・エレノアはどういうつもりでおまえをここによこしたのだ？」ウイリアムは食事用のナイフで少年を指した。「彼女がおまえになんと言ったか、おまえは彼女の真の目的はなんだと思うか、その両方を聞きたい」

少年が眉《まゆ》を上げた仕草は母を思い出させ、ウイリアムはつい皮肉っぽい口調になった。「その二つが異なることを知らずに、母と十二年間も暮らせたはずはない」

スティーブンは考えるように間を置いてから言った。「あなたにはすっかりご無沙汰《ぶさた》していると、母は言っていました」キャサリンを横目ですばやく一瞥《いちべつ》して言い添えた。「それにぼくから、あなたの新しい奥さまのことを聞きたいのでしょう」

キャサリンは安心させるように少年にほほ笑んで、彼の腕を軽くたたいた。

「母は本当のことを言っていると思います。でも、理由はそれだけじゃないでしょう」

「彼女は他に何を考えているんだ？」

「あなたを訪問するだけだと言っていましたが、母はぼくをあなたの家中に入れてほしいと思っているのです」スティーブンは一方の肩をすくめた。「国王に気に入られているのは、身内であなただけですから」

そのとおりだろう。だがウイリアムは、少年がまだ何かを言わずにいるのを感じた。

「話してくれ。今、すっかり話すんだ」

「たぶん母はあなたにぼくの縁組を取り決めてほしいのかもしれません」少年は顔を真っ赤に染めた。「今すぐぼくを結婚させたいのではなくて、婚約をさせたいのです」彼は困惑しているように見えた。「母からの手紙を預かっています。その手紙は、あなたの力で、ぼくを裕福な跡取りと婚約させるように指示する……いえ、お願いするものだと思います」

ウイリアムはこの少年にいくらか同情を覚えずにはいられなかった。俺とジョンには手が及ばなくなったので、母の野心はすべてこの一番若い息子に注がれるのだろう。野心のためには情け容赦のない女性だ。

「おまえの率直さは評価するよ」ウイリアムは言った。「おまえは見かけほどは母に似ていないようだ」

彼はワインを一口飲んで尋ねた。「スティーブン・カールトン、おまえが妻に求めるものは富がすべてか？」

「いいえ」少年はキャサリンをこっそり一瞥してつぶやいた。そしてまた赤くなり、テーブルに視線を落としたままでいた。

ウイリアムは両手で顔をこすった。この弟には、彼が赤ん坊のとき以来ずっと会っていなかった。実を言えば、彼のことはすっかり忘れていたのだ。だが今、こうしてやって来た少年をどうしたらいいものか？　送り返すべきだろうか？　あの母親のもとで彼女の好きなようにさせておくのか？

この件は時間をかけて真剣に考えなければならない。

「俺がおまえをどうするか決めるまで、ここに滞在してかまわない」ウイリアムはそう言って立ち上がった。「では、妻と話があるので」

「あなたに報告すべきことが、お耳に入れなければならないことがあります」同時にエドマンドも立ち上がって言った。

「なんの問題もないようだ。話はあとで聞こう」ウイリアムはキャサリンから目を離さずに言った。「さあ、奥方」彼は妻に手を差し伸べた。

広間を出るとすぐに、彼はキャサリンを角を曲がったところに連れ込んだ。通りかかった使用人の目も気にせず、彼女に長い熱烈なキスをする。

彼の手が胸に動いたとき、キャサリンは押しとどめた。「ここではだめよ、ウイリアム！」

ウイリアムは彼女の手首を掴《つか》んで、私室への階段を上った。私室の戸を閉めるやいなや、キャサリンを戸に押しつけた。

「たった三日ではなくて、三カ月のように思えるよ」熱狂的なキスのさなかに彼はつぶやいた。

ウイリアムはすぐにも彼女のすべてに触れたかった。キャサリン自身も飢えたように、キスにはキスで、愛撫《あいぶ》には愛撫で応えた。彼女は歓びでかすかにうめいて、彼の欲情を駆り立てた。ドレスのたくさんのボタンをはずすのは果てしない作業に思われ、耐えられなかった。胴着の上から彼女の胸に口づけて吸うと、布地の層を通して胸の先端が固くなるのが感じられた。

彼の興奮の印も固くなり痛いほどだった。すぐにも彼女を抱けなければ、死んでしまいそうだ。

ウイリアムはスカートをたくし上げ、ストッキングの上のむきだしの腿《もも》に触れた。歓びにうめいて、彼女の温かい肌にそって両手を滑らせる。キャサリンも両手で彼の顔をはさみ、彼の唇を熱く潤った唇でふさいだ。舌を吸われたとたん、彼の爪先《つまさき》まで快感が走った。ウイリアムは体が破裂しそうな気がした。

キャサリンのむきだしの腰を抱いて床から持ち上げ、体をすり寄せた。欲情が容赦なく脈動する。

荒々しい愛し方で彼女を怯《おび》えさせるのを恐れて、彼はキャサリンの肩に寄りかかり額を戸にもたせかけた。両目を閉じ、息を整えようと努めた。そのとき彼女の両脚が腰に巻きつけられ、彼の自制心は過酷な試練に直面させられた。

「キャサリン、俺を止めたいなら、脚を下ろしてくれ」彼はかすれた声で言った。しかし、彼女を戸に押しつけている力はゆるめなかった。「こんなふうに両脚を巻きつけられたら、あとでおまえが何か言っても、聞こえなくなってしまう」

耳元に感じるキャサリンの息遣いは、彼と同じほど速く激しかった。

「あなたに入ってほしいの、今すぐ」

ああ、なんてことだ！　ウイリアムは彼女に熱烈に口づけし、片手でレギンスのひもをゆるめた。強く一突きして、彼女の奥深くに入る。行きたいと願ったたった一つの場所に。すばらしい！　時間をかけて愛せないことを、彼女が許してくれればいいが。今日はとても無理だ。何度も突き上げられて、キャサリンは大きくあえぎ、彼を絶頂に向かわせた。耳に彼女の叫び声が響き、彼もともに達した。

そのあと両脚から力が抜け、ウイリアムはキャサリンを抱きながら床に倒れるのではないかと恐れた。片腕を戸について体の均衡を保つ。なんとか、両脚を彼の腰に巻きつけたままのキャサリンを寝室に運び、ともにベッドの上に倒れた。

ああ、まいった！　ウイリアムは息を切らし、めまいを覚えた。生涯でこれほど激しく一人の女を求めたことはなかった。

二人は触れ合うこともなく、天井を見上げて並んで横たわった。キャサリンは今も無言だったので、彼女を尼僧院に追いやった晩のことを思い出して、ウイリアムは不安になった。今日は酔ってはいないが、俺の行為は、あのときに劣らず粗野で攻撃的だった。いや、もっとひどかった。

たいしたものだ！　ろくに言葉も交わさず彼女をドアに押しつけて、電光石火のごとくものにしてしまったのだ。

俺は何を考えていたのだろう？　もちろん何も考えていなかったというのが本当のところだ。

「おまえを手荒く扱うつもりじゃなかった。ただ、おまえが欲しくてたまらなかったんだ」

キャサリンは彼の手を取って握り締めた。「わたしもよ」

彼女の声に非難の響きはなかったので、ウイリアムはほっとして、ため息をついた。

「じゃあ、俺が目を閉じたとたん、尼僧院に入ろうと急いで出ていくことはないよな？」彼は冗談半分に言った。

キャサリンは笑い声をあげた。「それにはまるで手遅れだわ！」

「ああ」彼は笑みを返した。「ここ数週間の俺たちを見たなら、この結婚が成就されていないと思う者は誰もいないだろうね」

キャサリンの顔をのぞきこんだとき、彼の心臓はどきりとした。彼女の目に輝きが戻っている。尼僧院長に言われた瞳の輝きが。この輝きを失わせまい、そうウイリアムは心に決めた。

「もうわたしは身ごもっているかしら？」

期待するような彼女の声を耳にして、ウイリアムはなじみのない喜びが身内に湧《わ》くのを感じた。彼女が俺の子供たちの母親になるのだ。それが彼にとってどんなに大きな意味を持つか、言葉では言い表せなかった。どれほど彼女に感謝しているか示したくて、彼はキャサリンを抱き寄せ長く優しい口づけをした。

キスはさらにキスを呼んだ。今回は狂おしくなるほど時間をかけて、ウイリアムはキャサリンを愛した。再び果ててから、彼はベッドの上に両手足を広げて横たわった。全身に安らかな幸福がみなぎるのを感じる。

そのときキャサリンが起き上がって、わっと泣き出し、幸福感にひたっていたウイリアムを驚かせた。

「どうした？」彼はさっと体を起こして尋ねた。「何かまずいことでも？」

キャサリンを戸に押しつけて奪ったあと、彼女にこのような反応をされるのではないかと半ば予期していた。だがどうして今頃になって、彼女は泣き出すのだろう？二度目はゆっくり優しく愛したのに。彼女も俺の努力をわかってくれたはずだ。

「泣くつもりはなかったの」キャサリンは両手で涙をぬぐって言った。また肩を震わせて背を向けようとした彼女に、ウイリアムは両腕をまわして抱いた。

「ケイト」ウイリアムは彼女の髪に顔を埋めて言った。「話してくれ」

キャサリンは震える息をついた。「二人でこのように横たわっていると、あなたにとても近づいたように感じるの」

ウイリアムは彼女の指にキスして濡《ぬ》れた瞳を見つめ、わかるように説明してくれるのを待った。

「でも、それは幻想だってわかっているわ」キャサリンは鼻の下を手でぬぐった。

「すべて錯覚だって」

ウイリアムはかつて女性をこれほど親密に感じたことはなかったが、彼女にその気持ちをどう伝えればいいか、あるいは伝えるべきなのかどうかわからなかった。彼は尋ねた。「どうしておまえは錯覚だと思うのか？」

「だって、あなたはわたしを少しも信頼していない」

　長い沈黙があった。自ら話す機会を与えられたのに、ウイリアムは何も言わなかったので、キャサリンはたまっていた不満をすべて吐き出した。

「あなたは何も話してくれない。何も。家族のことも、あなた自身のことも。あなたからたった一人の弟は死んだと聞かされたのに、城門にやって来た少年にあなたの弟だと言われたとき、わたしがどれほど驚いたか想像してください」

　話し始めた以上、キャサリンはすべてを言うつもりだった。

「わたしは、十二歳の少年の口から、ノーサンバーランド伯があなたの父だと聞かされねばならなかった！　あのホットスパーがあなたの兄だと！」今や怒りに駆られて、彼女は言い募った。「わたしはあなたの妻です。それなのに、わたしだけがこの事実を知らなかった。あなたは夫の謀反を密告したような女を信じられなかったのよ。でも、わたしはあなたのように身内を裏切ったわけじゃない」キャサリンは自分のことに言及するたびに胸に手を当て、激しく身振りしながら続けた。

「父や兄が北部の反乱軍を率いているとき、あなたは国王側で戦ったわ」彼女はウイリアムに向かって人差し指を振った。「父や兄はあなたが味方するとは思わず裏切られたとも思わなかった、なんて言わないで」

　ウイリアムは、すべて言い尽くすまでキャサリンに話させた。彼女に身の上を話さなかった理由など、もはやたいしたものではないように思われた。俺は彼女を傷つけた。これ以上傷つけたくない。

「どこから話してほしいのかな？」

ウイリアムが語り始めた話に、キャサリンは耳を傾けた。

「俺の母親は大きな賭《か》けをして、失敗したんだ。最初の妻マーガレット・ネビル・パーシーが亡くなってから、ノーサンバーランドは時間をかけて二度目の妻を探した。母はマーガレットとの間には三人の息子がいたので、好機を待つことができたのだ。母はマーガレットの姪《めい》で、よくおばのもとを訪れていた」無頓着《むとんじやく》な声で、ウイリアムは付け加えた。「母は美人なんだ。彼女はフィッツアランという初老の男と結婚していた。フィッツアランがリチャード王に背くことがなかったら、夫が亡くなっても、裕福な未亡人の生活を送れただろう。実際に夫の領地がほとんど奪われた際には、二人目の夫が必要になると予想して、彼女は大物を捕まえることを考えた」

ウイリアムは話を続けた。「彼女はノーサンバーランドと関係を持ち、フィッツアランが亡くなるまで彼を待たせた。夫の葬儀の二、三週間後、彼女は身ごもっていることに気づき、ノーサンバーランドが結婚してくれるものと期待した。

母が予想できなかったのは、ちょうど同時期にアンガス伯ロバート・アムフラビルも亡くなったことだ。彼は妻モードに爵位と莫大《ばくだい》な富を残した。モードが未亡人になってから二週間後、ノーサンバーランドは彼女と結婚した。俺の母親は、死にかけていたフィッツアランとの間に奇跡的に子をもうけたふりをする他なくなった。それで、俺はフィッツアランを名乗るようになったのだ。

ノーサンバーランドは、彼女を家臣の騎士と結婚させるよう手配した。俺はノーサンバーランドが母と戯れてできた子だと、誰もが承知していた。とくに彼女の新しい夫は」

この言葉に、ウイリアムはほんの幼い子供の頃から継父の敵意に気づいていたことを、キャサリンは感じ取った。

「母は、俺が六歳の年に、ノーサンバーランドのもとで暮らすよう彼の家中に送り込んだのだ」

ウイリアムはほとんど感情を込めずに語ったが、母親に大きな敵意を抱いていることがキャサリンには感じられた。

彼女は思いきって尋ねた。「お母さまがノーサンバーランド伯と関係を持ったとき、何歳ぐらいでしたの？」

ウイリアムは肩をすくめた。「彼女は十五のときにフィッツアランと結婚したから、たぶん十六ぐらいだろう」

「それなのに、お母さまのほうが彼を誘惑したと思っていらっしゃるのね？　ノーサンバーランド伯はたぶん四十ぐらいだったはずでしょ？　それに強大な力を持っていた。彼を拒むことはむずかしかったかもしれないわ」

ウイリアムが答えなかったので、キャサリンは優しい声で言い添えた。「あなたはお母さまのことを悪く思いすぎているんじゃないかしら」

ウイリアムは腕を組んで言った。「おまえは彼女を知らないからだ」

「今日食卓で、あなたはお母さまのことを、人を騙《だま》して操る人間だというようなことをおっしゃったわ」キャサリンはできるだけ穏やかに言った。「あなたの言葉がスティーブンに与える影響を考えなくては。彼はまだ子供ですもの」

「スティーブンは彼女の性格をのみこんでいるようだ」間を置いてから、ウイリアムは深く息をついて言った。「彼のことをもっと気にかけてやるべきかもしれないな。顔があまりに母に似ているので、彼にはなんの罪もないことを忘れてしまう」

二人の会話は、戸を激しくたたく音で中断された。

「誰だ？」ウイリアムは轟《とどろ》くような声で聞いた。

その答えは何を言っているのか判然としなかったが、ドアの向こうの甲高い声はジエイミーのものだった。

ウイリアムとキャサリンは急いで床に散らばった衣服をかき集めた。キャサリンは頭からドレスを着込み、ウイリアムがドアに達すると同時にベッドに飛び込んだ。

「ジェイミー！」ウイリアムは声をあげて少年を迎えた。片腕で彼をすくい上げて、ベッドまで運んだ。

「お母さまはあなたもお昼寝させたの？」ジェイミーはこぶしで目をこすりながら聞いた。

ウイリアムは頷いた。「今夜も早く寝させてくれるかどうかはわからないけどね」

「お母さまの言うとおりにするのが一番だよ」青い目をなんでも心得たように大きく見開いて、ジェイミーは言った。

ウイリアムは笑みがこぼれるのを抑えられなかった。「お母さまに頼まれたことはなんでもするさ」彼は少年の頭越しにキャサリンの目を捉《とら》えた。「それから、ちゃんとやれたかどうか、もう一度初めからやってみるよ」

14

翌朝、城の周辺を見せにスティーブンを連れ出すことを、キャサリンは提案した。その日も晴れ渡った夏の一日で、城壁に囲まれた場所から出るのは気持ちがよかった。キャサリンは馬を操って、一行の最後尾にウイリアムと並んだ。

「スティーブンは魅力のある子だわ」キャサリンは言った。

「魅力があるだと？」ウイリアムは不機嫌な声を出した。「それがなんの役に立つんだ？」

キャサリンは笑い声をあげた。「彼にはその魅力が役立つときが来るでしょう。あの子の何かが、面倒に巻き込まれる才能があるとわたしに感じさせるの。もうすでに、誰にも言わずに村の中に入ってしまったし」

「別になんの問題もないだろう」

「この初夏に城を襲った疫病が村にも広まっているんです」キャサリンは説明した。「自然消滅したと思っていたけれど、今週二人の村人がその病で亡くなったわ」

「スティーブンはおおいに元気そうに見えるよ」

キャサリンは頷《うなず》いて、先ほど言いかけたことに話を戻した。「スティーブンは必要以上に魅力的かもしれないけれど、心は優しいわ。ジェイミーにとても優しくしてくれますもの」彼女はウイリアムにほほ笑んだ。「あなたと同じように」そしてこう言わずにはいられなかった。「このような息子を二人も育てたのだから、お母さまはあなたが言うほど悪い方ではないのかも」

「俺たちのどちらもが子供に優しいとしても」ウイリアムは前方をまっすぐ見て言った。「母のおかげではない」

彼の母親のことを口にしたのは間違いだった。キャサリンは話を本題からそらしたことを後悔した。

「それで、ウイリアム、弟さんをどうしようと思っていらっしゃるの？」

「まだ決めていない。でも、おまえに考えがあるなら聞こう」キャサリンが答える前に、彼は尋ねた。「妻はどんなことについても夫に意見を言えるものだと思っているのか？」

「もちろん、返事は両方ともイエスですわ」あまりの即答ぶりに、ウイリアムは笑い声をあげた。

「わかった」今や上機嫌になって、ウイリアムは言った。「おまえが初めから言うつもりだったことを話してくれ」

「スティーブンをわたしたちのところに置くべきです」キャサリンはためらいもなく言い切った。「彼に騎士の修行をさせるのに、あなた以上の方はいないわ」見えすいた世辞のようだが、本当のことだった。「スティーブンには、ことあるごとに、彼を面倒な事態から引っ張り出してくれる、あなたのようなしっかりした方が必要です」

「俺はこの境界地方に落ち着けて幸せだった。それはまさに、パーシー一族や母や他のすべての輩《やから》から、遠く離れているからだ。それらのしがらみを復活させたくない。しかもこの件で母の言うなりになったら、彼女はさらに要求してくるだろう」

「それほど恐ろしい方なら」キャサリンは言い返した。「どうしてスティーブンを彼女のもとに置いておけるのかしら？」


「あの少年を母親のところに返すのです」エドマンドは警告した。「彼がここにいるという噂《うわさ》を国王にかぎつけられないうちに」

「王は俺の忠誠をわかっておられる」ウイリアムは冷静に答えた。

「あなたは国王をご存じでしょう。カールトンが北部の反乱軍を支持したことと彼の息子を結びつけるなら、あなたにとってあまりに危険です」

「たしかに危険はあるだろう」ウイリアムは同意した。スコットランドとウェールズ双方の境界に反乱軍がいる状況なので、ヘンリー王はいたるところに脅威を感じるようになっている。

「次にノーサンバーランドが兵を挙げたとき、あなたが彼の招集に応じるかもしれないと国王は恐れています」エドマンドは声を低めた。「ささいなことでも、彼の疑惑を招くことになる」

「それなら、スティーブンを引き取ることをお許しくださるよう国王にお願いするのです」

キャサリンの声に、二人の男はくるりと振り向いた。

「我々のあとをこっそりつけて、何をしているのですか？」怒りに顔を染めて、エドマンドはどなった。

「あなたは人の気配に気づくようになるべきね！」キャサリンも怒って言い返した。「真昼間に中庭の真ん中で、女ごときに驚かされるようなら」

「キャサリン……」ウイリアムは言いかけたが、キャサリンににらまれて口をつぐんだ。

「スティーブンはまだ十二です。彼が父親の背信に責任があるなどと、国王は思われないでしょう」彼女はウイリアムに向かって、片方の眉《まゆ》を上げた。「国王が父親の罪と息子を分けて考える方なのは、よく知られていますから」

そう言い捨てて、彼女はきびすを返し、見つめる男たちをあとにした。

「あの人をなんとかするべきです」エドマンドは張り詰めた声で言った。「彼女は男の仕事に口を出す。彼女の好きなようにさせたら、あなたを辱めるようになるでしょう」

「おまえに悪気のないのはわかっている」ウイリアムの声は怒りで冷ややかに響き、エドマンドは全神経をとがらせた。「だが、彼女は俺の妻だ。彼女にあんなふうな話し方はしないことだ」

「わかりました。ただ、奥方の忠告に耳を貸すようにはならないでください」エドマンドは言った。「お願いですから、彼女が最初の夫にしたことを忘れないで、用心してください」

「レイバーンは当然の報いを受けたんだ」ウイリアムは嚙《か》みつくように言った。

「もちろん。でも、妻の手にかかって？　何年間彼女は夫を騙《だま》していたのですか？　五年間？」

「過去は過去だ」

「あなたは下半身で考えている。彼女があなたを盲目にしていることに気づかないのですか？」

「それなら、俺は幸せな盲人だ」ウイリアムはエドマンドのチュニックの前をぐいと摑《つか》んで、厳しい目で彼を見た。「妻と仲良くするよう努力しろ。おまえたちのどちらかを選ばなければならないなら、間違いなく俺は彼女を選ぶ」

ウイリアムはこの二人のいさかいにうんざりしていた。エドマンドをあとに残し、キャサリンにも一言言おうと決心して主塔《キープ》に向かった。広間に入ったところ、レディ・フィッツアランは三階のスティーブンさまの部屋にいらっしゃいますと、使用人に告げられた。

今や怒りよりもけげんな思いで、ウイリアムは階段を上り、今まで使われていなかったジェイミーの部屋の隣室に向かった。スティーブンはベッドにいて、キャサリンが濡《ぬ》れた布で彼の顔を拭《ふ》いたり、つききりで世話をしているのを見た。

彼女は目を上げて、戸口にウイリアムがいるのを見つけた。「彼が熱を出したの。そのことを知らせるために先ほど中庭に行ったのよ」

「今夜は、使用人の誰かにスティーブンを看てもらいなさい」おやすみの挨拶《あいさつ》を言いにきたキャサリンを、ウイリアムは説得した。「おまえは少し休まなければ。疲れ切っている」

この三日三晩、キャサリンはエイリスと交替でスティーブンの看病をしていた。エイリスの担当する夜でも、ウイリアムが目覚めると、キャサリンはベッドを出てステイーブンの様子を見にいっていた。

少年の容態は深刻だった。先ほどウイリアムが見にいったとき、スティーブンの肌は青白く、青い血管が透けて見えるほどだった。ベッドに横たわった彼は、病に耐えられないほど幼く見えた。

「今夜が峠《とうげ》で、熱がもっとも高くなるはずよ」キャサリンは疲れた顔でウイリアムにほほ笑んだ。「でもいったん熱が下がったら、わたしも喜んで休むわ」

「一緒に行くよ」ウイリアムは上掛けをはねのけて言った。

「あなたがいらしても邪魔になるだけだわ」キャサリンは手で彼を押しとどめた。からかうような口調だったが、本気なことがウイリアムにもわかった。心配事から気をそらすように彼にキスしてから、キャサリンは出ていった。

数時間後ウイリアムが目を覚ますと、ベッドの横は今も空だった。うっすらとした曙光《しょこう》の中で、彼は手早く服を着た。スティーブンの部屋に向かって階段を上るとき、主塔は不気味なほど静まり返っていた。

部屋の戸がわずかに開いている。彼は戸をゆっくり開けた。

スティーブンを見たとたん、ウイリアムの身内にどっと安堵《あんど》の波が押し寄せた。ベッドに横たわった少年は青ざめていたが目は開けていて、かすかな笑みを浮かべた。

少年のかたわらで、ベッドの上掛けの上に服を着たまま寝ているのはキャサリンだった。彼女は少年の手を握って熟睡している。

ウイリアムはそっとベッドに歩み寄って、スティーブンの額に手を当てた。

「熱は下がったようだ」彼は静かな声で言った。

スティーブンは頷いた。

苦笑しながら、ウイリアムは言った。「では、我が妻を取り戻せそうだ」

しばし沈黙があった。スティーブンが口を開いた。「今なら、ぼくは何が欲しいか言えます」

ウイリアムは眉を上げた。こいつは何を言っているんだ？

「許嫁《いいなずけ》です。ぼくのために婚約を取り決めてくださるなら」

ウイリアムは以前交わした会話を思い出して頷いた。

スティーブンはかたわらでぐっすり眠っているキャサリンを横目で一瞥《いちべつ》した。

「彼女のような人がいい。あなたの奥方のような人が」

スティーブンの笑みは弱弱しかったが、目の光は決して弱弱しいものではなかった。まだ十二の小僧なのに！　ウイリアムは深く息を吸って、かぶりを振った。キャサリンの言うとおりだ。スティーブンは面倒に巻き込まれるタイプだ。

その時点でウイリアムは決断した。

「キャサリンのような女性は他にいない。だが、おまえのためにできるだけのことをしよう」彼は約束した。「おまえはロス城に残ると、おまえの母に伝えることにする」

それを聞いて、スティーブンの顔に笑みが広がった。ウイリアムは笑みを返さなかった。このときから、弟の教育は始まったのだ。

「これを最後にしてもらおう」ウイリアムはスティーブンの胸を人さし指で小突いて言った。「他の男の妻とベッドにいるおまえを見るのは」

15

スティーブンはたちまち健康を回復した。陽気な少年だったので、ウイリアムは彼とともに過ごすのを楽しむようになった。

実際、日を追うごとに、この新しい人生に対して満ち足りた思いが募っていくのを、ウイリアムは感じた。キャサリン、ジェイミー、スティーブン、という自分の家族を持ったように思えた。いつの間にか、妻にも信頼を寄せるようになっていた。

今まで語らなかったシュルーズベリ戦での異母兄ホットスパーの死、そして以後の出来事についても、彼はキャサリンに語った。当日ウイリアムにホットスパーと闘うよう命じないだけの思いやり、あるいは賢明さがヘンリー王にはあった。その代わり、接近してくるグレンダワー軍を監視する役目をウイリアムに与え送り出した。役目を果たして戻ってきたとき、ウイリアムはまさにホットスパーが国王軍に切り込んでいくのを目にした。ホットスパーは国王に似せて装った二人のおとりを殺し、国王本人にまで接近したところで切り倒された。

ホットスパーは真の戦士らしい死を遂げた。

ホットスパーが国王に対して兵を挙げ命を落とした事実は、ウイリアムも受け入れた。しかし、そのあと国王がホットスパーにした仕打ちには甘んずることができなかった。

その場にいなかった人々は名高い戦士の死を信じようとしなかったので、国王はホットスパーの遺体を捜し出して、四つ裂きの刑に処した。その体の四つの部分をそれぞれ駿馬《しゅんめ》に載せて王国の四隅まで運び、さらしものにした。血にまみれた首はホットスパーの哀れな妻のもとに送られた。

ウイリアムは国王への忠誠を変えることはなかったが、そのときに王に対する尊敬の念を大方失ったのだった。

ホットスパーはウイリアムに温かい言葉をかけたこともなく、兄弟だということも認めなかった。それでもシュルーズベリ戦以後、ウイリアムは罪の意識に苦しんでいた。だがその戦《いくさ》の話をキャサリンに語り終えたときだけ、苦しみは薄らいだ。彼がなぜ国王側についたのか、その選択は彼にどれほどの犠牲を強いたか、どちらも彼女は理解しているように思われたからだった。

キャサリンは自問自答しながら、私室を行きつ戻りつしていた。ウイリアムにすべて話すようせがんだのに、自分は大きな秘密を一つ抱えていることをやましく感じていた。尼僧院で、彼に激しい口調で言われた言葉がいく度となく思い出された。嘘《うそ》をつかれるのは我慢ならない。

彼に嘘をついてはいなくとも隠しごとはしている。彼を信じ、わかってくれるはずだと思わないのは、間違っているのだろうか？　キャサリンはこめかみをさすった。ひどい頭痛がしていた。

認めたくはなかったが、ウイリアムに秘密を打ち明けることを考えるようになったのは、もう一つ理由があった。あなたの秘密をあばくと言ったエドマンドの脅し文句を、最初のうちこそ忘れていたが、今では忘れられなくなっていた。あの日誰かに見られていたなら、どうしよう？　見られたとは思わなかったが、使用人の一人が広間にいた可能性はある。彼らの中で、わたしに不利なことを話す者はいない。でもエドマンドなら、巧みに使用人から聞き出すかもしれない。

そのとき戸が開いて、キャサリンは飛び上がった。

「ここに何をしにいらしたの？」彼女の声は思わず鋭くなった。

ウイリアムの目はおかしそうに瞬いた。「昼下がりに奥方を訪ねたかったんだ。しょっちゅう来ているじゃないか。おまえをそんなに驚かせるとは思っていなかったよ」

キャサリンは止めていた息を吐いて、ほほ笑み返そうとした。「ごめんなさい。考えごとにふけっていたので」

「それなら、俺とおまえの考えていることが同じだといいね」

ウイリアムは彼女を抱き寄せた。彼の腕の中は心地よくて、キャサリンは告白を先に延ばしたい思いに再び駆られた。しかし、良心がその誘惑に打ち勝った。

「ウイリアム、お話しすることがあるの」

たちまち彼の快活さは消え去った。

「わかった」そう言うと、彼女を離して身を引いた。

キャサリンはウイリアムの手を取って、窓辺の椅子《いす》に導いた。彼が緊張しているのを感じ、二人の結ばれたばかりの絆《きずな》は、この告白に耐えられないほどもろいかもしれないと恐れた。彼女はしばし間を置いて、勇気を奮い起こそうとした。

「さあ、キャサリン、そんなに心配するほどのことじゃない」ウイリアムは彼女の手を軽くたたいて言った。「何を悩んでいるのか話してごらん」

彼の黒っぽい蜂蜜《はちみつ》色の瞳《ひとみ》に浮かぶ不安は、その穏やかな声音を裏切っていた。彼を待たせれば、ますます悪い想像をさせるだけだ。

「レイバーンがわたしを傷つけていたことはご存じでしょ」自分の両手を包むウイリアムの手に目をすえたまま、キャサリンは語り始めた。レイバーンにどのように虐待されたか話すのは、今でも辛いことだった。「夫は跡継ぎを欲しがっていたけれど、彼には……夫婦の営みを果たすことがむずかしかったの。たまにうまくいくときがあっても、わたしは身ごもらなかった。彼の暴力はどんどんひどくなっていった。わたしはまだ若くてとても怯《おび》えていたわ」自分がどれほど悲惨な状況に置かれていたか理解してほしいと願って、彼女はウイリアムをこっそり一瞥《いちべつ》した。「彼に殺されるのも、そう先のことではないと思ったの」

キャサリンは乾いた唇をなめた。「一人の青年がいて」彼女はささやくように言った。「彼がわたしを救ってくれました」

「おまえを救った？」ウイリアムの声に疑惑が忍び込んだ。「どうやって救ったのだ？」

キャサリンは目を閉じて、四年以上前のその日のことを思い出した。ハリー王子が城に一泊し、翌日レイバーンとともに反乱軍との戦闘に出陣した。数週間は帰れなくなるかもしれないので、またもやレイバーンは子を作るつもりで、キャサリンのところにやって来た。その夜、彼は妻をひどく虐待した。

翌朝レイバーンや男たちがいなくなるのを待って、キャサリンは広間に下りていった。ハリー王子が国王に伝言を送るために残した若い騎士がいることを忘れていた。キャサリンが足を引きずりながら広間に入るとすぐに、若者は駆け寄ってきた。助けを呼ばなくてもいいと言われたので、彼自らキャサリンを抱えて階段を上り、私室で彼女の傷の手当てをした。

「彼はとても礼儀正しく親切でした」キャサリンはそのとき感じたことを口にした。

ドレスの裾《すそ》をそっと持ち上げて傷めたくるぶしにリネンの包帯を巻くとき、青年が顔ばかりか耳まで赤く染めたことを、思い出した。彼の指は思いがけず柔らかかった。

「わたしのくるぶしに包帯を巻いてくれました」キャサリンは小声で語った。「家の近くにある修道院の僧たちから、手当ての方法を教えてもらったと言っていたわ。以前修道会に入りたいと思ったことがあると」

ウイリアムは不明瞭《ふめいりょう》な声を発した。まだキャサリンは彼を見られずにいた。

「彼がわたしをベッドまで連れていったとき、わたしの服の袖《そで》がめくれ、腕にあるあざを見られてしまったの」

注意深い手当てが終わってから、キャサリンが驚いたことには、青年に手首を摑《つか》まれ袖を肩まで押し上げられた。黒っぽい青や紫色の新しいあざが、薄れた黄色いあざの中で際立って見えたものだ。再び彼女の顔をのぞき込んだとき、青年の目には同情の念があふれていた。

「わたしのくるぶしの負傷が、自分で言ったように転落したせいではないことが、そしてこれが初めてではないことが、彼にはわかったのです。誰が、なぜ、わたしを傷つけたのか言うように迫りました」

結婚前夜、馬で連れ出してくれた若い騎士の記憶が、この青年の目に宿る優しさを信じる気にさせてくれた。その記憶こそがキャサリンを救ってくれたからだ。

「わたしはすべてを彼に打ち明けたの。わたしには希望がないこと、夫にはわたしを妊娠させられないこと、わたしが身ごもるまで彼の暴力は終わらないことを」

青年はキャサリンに両腕をまわし、もう何も言うなというように、彼女の髪に顔を寄せて、しぃーとささやいた。彼の胸に身をゆだねて慰められ、彼女は疲れて眠りに落ちるまで泣いた。目覚めたときに、彼はある解決策を考えていた。

「あなたの命を救うには、他の男に身ごもらせてもらうしかない、そう彼は言いました」キャサリンの声はひどく低く、ウイリアムは聞くために身を乗り出した。「レイバーンにあなたを殺させるほうが、不義よりもはるかに罪深いと」

そこでしばし、キャサリンは沈黙した。もはやウイリアムを見ることはできなかった。隣に彼がいて、空気が激情で震えるのを感じた。

ついにキャサリンは告げた。「わたしは彼にその役目をお願いしたのです」

「なんだと！」

「最初は、断られたわ」ウイリアムは痛いほど強くキャサリンの手首を摑んだ。「彼は、誘惑するつもりで二階に運んだとわたしに思われたのではないかと、気分を害したのです」

「そうだ、彼は誘惑するつもりだったんだ！」

「違います」キャサリンは目を上げて言い返した。「そんな状況ではなかったわ」

「では、どんな状況だったんだ、キャサリン？」ウイリアムの琥珀《こはく》色の目が険しく細められ、警告の光を放っているのをキャサリンは見て取った。

「実際、彼を説得するのは大変でした」彼女の声はささやくように低くなった。「でも、他に頼める人が、信頼できる人がいなかったのです」

勇気がなくならないうちにドレスを脱いだことを思い出して、キャサリンは顔が赤くなるのを感じた。青年の視線はゆっくり彼女の裸体を上から下へたどった。かすれた声で彼は尋ねた。「本当に、本当に、いいのですか？」

そのとき、キャサリンは彼が屈したことを知った。

「彼をどのように説き伏せたかは話さなくていい」彼女の思いを読み取ったかのごとく、ウイリアムは吐き出すように言った。「俺に抱かれるまで、おまえは抱かれる歓びを知らなかったとばかり思っていた」

「それは、わたしたちの仲のようなものではなかったわ」青年との交わりを楽しんだように思われたことに驚いて、キャサリンは言った。「彼はわたしを傷つけはしなかったけれど、あなたとの抱擁とはまるで違うものだった」

キャサリンの脳裏に、当時の記憶が徐々に戻ってきた。彼女が今まで想像もしなかった優しい仕草で、青年は彼女の頰《ほお》、額、喉《のど》にキスした。安心させるような言葉をつぶやきながら、優しく愛撫《あいぶ》されて、キャサリンは大きな安らぎに包まれた。動けないほど力萎《な》えて、我が身を彼にゆだねた。彼女は青年への感謝の思いに打たれた。防衛本能が抑えられるのを感じ、彼女は青年への感謝の思いに打たれた。彼女の体よりも心が傷ついていることを彼は理解して、何も求めないように思われた。

レイバーンとは違う心優しい男と結婚したならどんな人生になっていたか、その若い騎士はキャサリンに垣間見せてくれた。そのために、人生は彼女にとってむしろ耐えがたいものになったのだった。

恋人を思い出すキャサリンを見て、ウイリアムは心臓をぎざぎざの歯のナイフで切り裂かれるような思いを味わった。

レイバーンとともにいるキャサリンのことなど一瞬たりとも考えたくなかったが、少なくとも彼は夫だったのだ。その上彼女が夫に愛情も欲望も抱いていなかったことも知っている。しかしキャサリンが恋人と愛し合ったとなると、まるで話が違う。

ぞっとする冷気がウイリアムの全身に走った。彼は立ち上がった。この部屋を出たい、立ち去りたい。ここにはいられない。

しかし、自らに逃げ出すことを許す前に、確かめねばならないことがあった。

「その騎士がジェイミーの父親なのか？」

キャサリンは頷《うなず》いた。

「どのくらいの間彼は恋人だったんだ？」

キャサリンがすぐには答えなかったので、重ねて尋ねた。「今でも恋人なのか？」

彼女の目が見開かれた。「違います！　彼が恋人など、ありえないわ！　誓って、一度だけのことです」

「一度だけ？」ウイリアムの声はさも疑わしげに響いた。「一度で子を宿すなんて実に奇跡的だな」

キャサリンにはこう言うだけの強さがあった。「わたしもいつもそう思っていました」

全身に脈動する怒りを抑えようとして、ウイリアムは歯ぎしりした。「おまえの恋人は今どこにいるんだ？」

そいつを追い詰めて殺してやる。

「彼は熱病で亡くなったと聞きました」キャサリンの悲しそうな声はウイリアムをさいなんだ。「その後間もなく……」

キャサリンにはなんのあとか、はっきり言わない分別があったが、その男の下でもだえる彼女の姿がウイリアムの目に焼きつくように浮かんだ。

「そんなことをしたのは間違っていたと、あなたが考えているのはわかります」キャサリンは両こぶしを握って立ち上がった。「でも、後悔することなどできない。できないのです！　身ごもらなかったなら、レイバーンに殺されたでしょう。わたしにジェイミーが生まれなければよかったと思わせることなどできないわ」

恋人のことを、彼女が抱いてくれるように〝説得した〟男のことを話すとき、キャサリンの顔が優しくなるのをウイリアムは見つめていた。知らなければならないことはすべて知った。これ以上は耐えられない。

「後悔しているのは、ウイリアム・フィッツアラン、自分があなたに打ち明けるほど愚かだったことよ！」今や涙を流しながら、キャサリンは彼に向かって声をあげた。「あなたはわかってくれると信じていた。わたしのことを誤解して嫌悪したりしないと信じていたのに」

彼女の言葉はほとんどウイリアムの耳に入らなかった。

戸を閉める前に最後に見たものは、部屋の真ん中に立ち、両手で顔をおおって泣いているキャサリンの姿だった。死んだ恋人のために泣いている……。

彼女を信頼するとは、なんて馬鹿《ばか》だったんだ。

主塔《キープ》の階段を荒々しく下りてきたウイリアムと出くわして、エドマンドとスティーブンは飛びのいた。ウイリアムは怒りのあまり、彼らに気づきもしなかった。しかし、何事も見逃さないスティーブンは、エドマンドの顔にゆっくり笑みが浮かぶのを見た。彼はどうして笑うのだろうと不審に思った。

16

ウイリアムとの悲惨な会話のあと、キャサリンはひどく動揺していたので、思いきって私室を出ることができなかった。夕食の一時間前に、エイリスが部屋にやって来た。

「奥さま」彼女はさっと膝《ひざ》を曲げお辞儀してから言った。「城門に、旅回りの楽団が来ています。番兵に彼らを入れていいのかどうか聞かれました。フィッツアランさまは狩に出ていらっしゃるので、奥さまにお聞きすると言ってきたんです」

「わたしたちが知っている吟遊詩人《トルバドゥール》たちなの？」

「ええ、知っている者たちです！　何度も彼らの音楽を聞かせてもらいましたよ」エイリスは眉《まゆ》を寄せ、頭をかしげた。「最後に聞いたのは、フィッツアランさまがこの城においでになる少し前でした」

それなら、キャサリンも知っている者たちだ。とくにその中の一人はよく知っている。

「入れていいとおっしゃってくださいな、奥さま。ご結婚の宴《うたげ》は楽団抜きでしたので、その埋め合わせになりますわ」ほとんど興奮を抑えきれずに、エイリスは付け加えた。

「彼らは各地を回っていますから、いつも新しい情報をもたらしてくれますし」

「それもそうね」キャサリンは同意した。「わたしが行って、番兵に門を開けるように言いましょう」

エイリスとともに中庭を横切って正門に向かう途中で、キャサリンはスティーブンに名を呼ばれた。振り返ると、彼が城の外壁の階段を駆け下りてくるのを見た。

「城門に旅回りの楽団が来ている！」キャサリンと並んで歩きながら、スティーブンは言った。

「スティーブン、あなたはきっとロス城の誰よりも早耳だわ」キャサリンはあきれたように首を振った。「どんなことも、あなたから長く隠してはおけないわね」

彼女は歩みをゆるめもせずに、彼を横目で見た。「どうしてそんなに早耳なの？」

本気で聞いたわけではないのに、律儀な答えが返ってきた。

「使用人たちと仲良くするんだ。番兵には飲み物を持っていったりしてね」スティーブンは言葉を切ってから、言い添えた。「それに聞き耳を立てること」

「扉の陰で？」

彼は嘘《うそ》はつかなかったが、無実を装って目を丸くした。

「用心することね」キャサリンはいましめた。「いつか聞くべきではないことを聞いて、そのせいでひどい目にあうかもしれないわ」

城門に着くと、色鮮やかな衣装を着た、顔見知りの吟遊詩人の楽団がいた。キャサリンが思い出せないほど以前から、この一座はロス城にやって来ては温かい歓迎を受けてきた。母がバラードを、とくに愛の歌を好んだことが思い出された。

キャサリンは番兵に落とし格子を上げるよう合図してから、前に進み出て声をかけた。「ようこそ！　よく来ましたね！」順にお辞儀する座員一人一人に、彼女は笑顔で挨拶《あいさつ》した。

ロバート・ファスはキャサリンの手に口づけして、にやりと遊び人らしい笑みを浮かべた。このいたずら者は海緑色の瞳《ひとみ》に流行おくれの長い金髪で、あいかわらずの美男子だ。

ロバートは三年前にこの一座に加わった。彼がどこから来たか誰も知らなかったし、彼自身も言おうとしなかったが、どんな言葉でも真似《まね》することができて、フランス語も英語もウェールズ語も同じように堪能《たんのう》だった。その上、天使も泣かせるほどの美声の持ち主だった。

少なくとも女の天使を泣かせるほどの。

使用人の女たちがロバートに夢中になって面倒を引き起こすのを、キャサリンは見てきた。彼女は頭を振ってため息をついた。困ったものだわ。女中たちは争って彼の気を引こうとして、その後しばらくは険悪な雰囲気になるだろう。

女中たちはもちろん、上流の夫人たちのベッドにもしばしば招かれることを、ロバートはほのめかした。おそらくそのベッドの中で最高の情報を手に入れるのだろう。彼と二人だけで話がしたい。でも、今はスティーブンの鋭い耳がそばにあるので、無理だわ。しばらく待って、のちほど彼を捜すことにしよう。

夕食の席で、隣に体を固くして座っているウイリアムから、キャサリンは怒りを感じ取った。彼はほとんどしゃべらず、彼女には一言も口をきかなかった。けっこうよ。わたしも怒っているのだから。ウイリアムの敵意と同じほど、彼に対する失望はキャサリンを憂鬱《ゆううつ》にした。

だが楽団が来てくれたおかげで気が紛れそうだった。夕食の終わりまでこの思いがけない気晴らしを延期することにしたのを、キャサリンは心から後悔した。

最後に、煮込んだ果物、甘いナッツ、タルト、ケーキがテーブルに出されるまで、キャサリンは待った。彼女が頷《うなず》くと、広間の入り口の左右に立っていた使用人たちがどっしりした扉を開けた。彼女は歌いながらハープを奏でフルートを吹きならして、吟遊詩人の一団が広間に入ってきた。

広間中に歓声と手拍子が湧《わ》き起こる。

キャサリンが望んだとおり、次の反乱軍との交戦を待つ退屈な期間に、楽団は城内に楽しい休息をもたらしてくれた。ウイリアムでさえ不機嫌を忘れ、いっとき音楽を楽しんでいるように見えた。

しかし、それも長くは続かないだろうが。

やがて最後のバラードを歌うために、ロバートが立ち上がって部屋が静まるのを待った。

「境界地方でもっとも美しいレディのために、この歌を歌います」ロバートはキャサリンに向かって低く腰を曲げて一礼し、いたずらっぽい笑みを投げた。

キャサリンはできるものなら、彼を締め殺したい思いに駆られた。

ロバートは再びスツールに腰を下ろして、ハープを取り上げた。歌い出すと同時に、キャサリンは彼への苦々しい気持ちを忘れた。

天にも昇るような歌声が部屋にあふれるのを、皆、最初から最後まで音も立てずに聞き入った。それは有名なバラードで、青年が美しい娘に永遠の愛を捧《ささ》げる悲恋の歌だった。聞きなれた歌詞に耳を傾けながら、キャサリンは目を閉じ、その曲が奏でる物語に没入した。

最後の詩が耳に入ってきたとたん、キャサリンははっとして目を開けた。娘が他の男と無理やり結婚させられたとロバートが歌うのを聞いて、彼女は凍りついた。若者の嘆きを歌う声が広間に響き渡る。彼は密かに恋人と会い、彼の子供は他の男の名前を名乗るようになるだろう……。

ウイリアムは食事用のナイフを関節が白くなるほど固く握り締めていた。キャサリンに夫の顔を盗み見る勇気はなかった。彼が激怒していることは明らかで、その怒りが肌をちくちく刺すように感じられた。

突然歓声とともに拍手が鳴り響き、彼女の注意を楽団に引き戻した。ロバートは一礼してから、キャサリンの目を見て、またもやいたずらっぽい笑みを投げた。この愚か者は、ウイリアムに首根っこを摑《つか》まれそうなことがわからないの？

拍手が鳴りやまないうちに、キャサリンはテーブルを離れた。広間の外の廊下に出ると、団員たちがしゃべりながら楽器をかたづけていた。

「すばらしかったわ！」彼女は声をかけた。「厨房《ちゅうぼう》に皆さんの夕食が用意してありますよ」

列を作って進む者たちのあとに続こうとしたロバートの腕を、キャサリンは摑まえた。彼に手を重ねられて、手を引っ込める。

「わたしを困らせるつもり？」彼女は鋭くささやいた。

ロバートは頭をのけぞらせて笑った。「わたしが愛の歌を捧げると、たいていのご婦人には喜ばれますよ。あなたもまんざらでもないんでしょ。だから、いらだっているんだ」

「あなたは、襲われたとき抵抗する術《すべ》を見つけたほうがいいわね。さもないと、わたしの新しい夫に殺されるかもしれないわよ！　どうしてまだ誰かの夫に殺されていないのかしら？」

「いつもなら愛の歌を歌うとき、結婚しているご婦人は見ないように気をつけているからですよ。ご主人がいるときにはね」彼はウインクした。「でも、今夜はあなたを見ずにはいられなかった」

「あなたの冗談にはうんざりよ、ロバート」彼を叱責《しっせき》しても無駄なことだ。それより、他の話題に移りたかった。キャサリンは顔を寄せて声を低めた。「今日はどんな情報があるの？」

愉快そうな表情がロバートの顔から消えた。「一週間以内に、ウェールズの南西の海岸ミルフォードヘブンに、フランス軍が上陸するらしいですよ」

「なんですって！」フランス軍はなかなかグレンダワーとの約束に応じる様子がなかったので、キャサリンは彼らの侵攻はないものとばかり思っていたのだ。「どれほどの軍勢なの？」

「確かなことは言えないが、大軍らしい。おそらく二千五百人ほどでしょう」

すっかり動揺したキャサリンを落ち着かせようとして、ロバートは片手を彼女の肩に置いた。「噂《うわさ》では、フィッツアランさまはロス城を守ってくださると信頼できる方らしい。ありがたいことにもう、あの見下げ果てた人間のくず、レイバーンがご主人ではない」

「あなたが伝言を王子に届けてくれることにいつも感謝しているわ」キャサリンはやや冷ややかな声で付け加えた。「あなたはわたしが感謝しているのを承知の上で、それにおおいにつけこんでいるようね」

「悪気はないので」ロバートの微笑は今までと違って優しいものだった。

「わかっています」肩に置かれた彼の手に触れながらキャサリンは言った。言い寄ったり、ふざけたりしながらも、彼が真の友情を抱いてくれていることはわかっていた。

「まだあります」ロバートは再び声を低めた。「フランス軍は、グレンダワーが南ウエールズの城を勝ち取るのを助けるために来るんじゃありません。イングランド本土に侵攻するつもりらしい」

「そんな!」キャサリンは手で胸を押さえた。「そんなことありえないわ」

「どうなるか今にわかりますよ」ロバートは彼独特の仕草で肩をすくめた。「ただそうささやかれるのを聞いただけで」

きっとベッドの中でささやかれたのだろう。

ロバートの視線がキャサリンの顔から、彼女の背後の何かに移って止まった。誰かが二人の会話を盗み聞きしていたかもしれないと恐れて、彼女はさっと振り向いた。

　そこにいるのはウイリアムだけだったので、キャサリンはほっとした。紹介しようとロバートのほうを向いたところ、彼はすでに数歩離れて厨房への戸に向かっていた。

「では、夕食をいただきますよ、レディ・フィッツアラン」彼はそう声をかけて、ドアをばたんと閉めた。

　彼は経験上、逃げ足が速かった。

　ウイリアムは目がくらむほど激怒していた。あの吟遊詩人を追い払うのだ。さしあたりは。彼は両脇《わき》にこぶしを握り締め、妻と対決するために近づいた。そばで足を止め、自分が何をしでかすかわからないので彼女には触れないようにした。

「彼がジェイミーの父親なのか？」彼は問い詰めた。「おまえが俺に、もう死んでいると思わせようとした男なのか？」

　キャサリンはツルニチニチソウのように青く澄んだ目で、夫を見上げた。ウイリアムは、歯をがちがち鳴らすほど彼女を揺さぶりたい思いと、苦痛のあまり泣きわめきたい思いに引き裂かれた。

「なんですって？」キャサリンは彼の言葉が聞こえなかったかのように聞き返した。

「ジェイミーの父親？　当時わたしはロバートを知ってもいなかったわ」

　彼女の答えは少しも彼の心を静めはしなかった。

「ジェイミーの父親だけが恋人ではなかったのか？」ウイリアムは頭が圧迫されて破裂しそうな気がした。一語一語明確に発音して尋ねた。「恋人は何人いたのだ、キャサリン？　その名前を知りたいものだ」

　今やキャサリンが驚愕《きょうがく》しているのが見て取れたが、それでも彼女はしっかりと立っていた。

「恋人などいませんでした。あなたにお話しした人以外は」彼女はウイリアムの目を見つめて言った。「それも一度だけのことです」

　もしもあの吟遊詩人と恋仲だったら、彼女があれほど性に未経験なはずがないという思いが、ウイリアムをさいなんだ。あの男と情を交わしていたなら、多くのことを教えられたはずだ。

「神に誓うんだ」ウイリアムは命じた。「神に誓って、彼と寝ていないと言うんだ」

　逃げ道を見出したかのように、キャサリンは穏やかな顔になった。

　彼女は首にかけた十字架を握り締め、揺るぎない声で言った。「神及びすべての聖なるものの前で誓います。わたしは彼と寝ていません」

　ウイリアムは何を信じたらいいのかわからなかった。あの吟遊詩人が歌っている間、彼は二人が裸でからみ合っている姿を想像した。暗い廊下で詩人とキャサリンが二人だけで、触れ合いささやき合っているのを見たときには、疑念は裏づけられたと思った。

しかし、キャサリンは神の前で誓ったのだ。彼女は真実を告げているのか、あるいは神の怒りをも恐れないのか。

「もしも真実を話しているなら」ウイリアムは問いただした。「どういうわけで、隠れるようにして彼と小声で話していたのだ？」

「それは……」

「今では男が与える歓びを知って、おまえは他の男も試したくなったのだ。そうだろう？　白状しろ！　彼と逢引《あいびき》の約束を交わすつもりだったと」

「そんなことはしません！　ロバートはあんなふうにわたしをからかうのです。彼にとってはただの冗談なのよ」

「冗談で、俺の妻を誘惑するのか？」ウイリアムは声をあげた。「あいつを八つ裂きにしてくれる」

ウイリアムはキャサリンの横を通って厨房への戸に突進したが、彼女に腕を摑まれ、すがりつかれた。

「彼に手荒な真似はしないで、ウイリアム」キャサリンは嘆願した。「彼にはなんの罪もないわ」

「罪はない？」ウイリアムは信じられない思いで言った。「吟遊詩人にはなんの罪もないと信じる人間など、この世にはいないだろうな」

　やや静かな声になって彼は尋ねた。「だが、おまえはどうなのだ？　俺はおまえの無実を信じられるのか？　ここで俺が見たことについて、どう説明するんだ？」

「聞いてさえくださるなら、あなたに伝えなければならないことがあります。ロバートはフランス軍の情報を教えてくれました。すぐに国王に伝言を送るべきですわ」

「二人だけで政治のことを話していたと俺に思わせるつもりか？」

　ウイリアムにいとわしげに押しのけられて、キャサリンは床に倒れた。

　彼はキャサリンを見下ろして低い声でうなった。「あの吟遊詩人から真実を聞き出してやる。必要なら、拷問にかけてもいい」

　キャサリンは膝立ちになって、彼の脚を掴んだ。「お願いです、ウイリアム、彼に手荒なことをしないで！」

　ウイリアムは床に這《は》って恋人のために嘆願するキャサリンを見つめ、胸がつぶれそうな苦痛を味わった。

「俺たちの間にあったことは、おまえにはなんの意味もないのか？」彼は自分の声が悲しそうに響くのを聞いて、自分の弱さを嫌悪した。

そしてキャサリンに背を向け、戸外に出た。冷たい夜気がどっと吹きつけても、熱くなった肌を冷やしはしなかった。胸が疼《うず》くような耐えがたい寂しさを味わったのは、母に遠くへ送られた六歳のとき以来のことだった。自分の世界がまわりに崩れ落ちる思いをしたのは、これが人生で二度目だった。

キャサリンを愛している。今、ウイリアムはそのことに気づいた。昔厩舎《きゆうしや》で出会った少女は俺の想像をかきたて、夢を見させた。しかし俺の心を盗んだのは、大人の女性、もっとも扱いにくい妻なのだ。しかも知らぬ間に、俺の心を盗んだのだ。

自分が何を求めているか目標を定め、それを得るために方針を決めるのが、彼のやり方だった。しかし、キャサリンと彼女への自分の気持ちをどうしたらいいのか、考えることもできなかった。

とりあえず今夜は、あの美男すぎる吟遊詩人を見つけて、ここから追い出すことだ。

キャサリンは女中を外に出し、自分の寝室の戸にかんぬきを掛けた。ウイリアムが入ろうとしても、中に入らせないためではなかった。彼女は床を行ったり来たりしながら、ウイリアムが戸をたたいて、ロバートの隠れ場所を教えろと言いにくるのを待っていた。幸いにも、秘密の抜け道と、昔隠した小船のことをロバートに教えることができた。うまくいったなら、今頃ロバートは川を下っているだろう。

しかし、ウイリアムはやって来なかった。緊張のあまり疲れ果てて、キャサリンは戸の前に重いチェストを置いてから床に入った。うつらうつらと眠り、翌朝目覚めたときには疲労困憊《こんぱい》していた。

「奥さま、男の方たちは広間を出ていきました」女中がドア越しに声をかけた。「着替えをお手伝いしましょうか?」

キャサリンは重いチェストを動かして、メアリーを中に入れた。

「もう少し休むことにするわ」キャサリンはチェストに腰を下ろして言った。「胃の具合があまりよくないの」

「ソップをお持ちしましょう」メアリーは言った。「温かいミルクにパンをひたしたようなものではなくて、おなかにいい蜂蜜《はちみつ》を使ったものを」

正午になる前にキャサリンの体調は回復したが、具合が悪いので食事は部屋でとると伝えた。まだウイリアムと顔を合わせる心境になっていなかった。それに、フランス軍が侵攻してくるという情報をハリーに伝える方法を、考える時間も必要だった。ウイリアムが王子に伝えてくれないのは明らかだ。

ハリーに危険を冒しても伝えていいほど、ロバートの情報は確かなものなのだろうか? 二カ所の情報源から聞くまで、このように重要な伝言を彼に送りたくはなかった。キャサリンは常に慎重だった。もしもその情報があとで偽りだとわかったなら、国王と議会に対して王子の立場を悪くすることになる。

現在ハリー王子と国王は北部の境界地にいた。国王軍とともにウェールズから遠く離れているので、差し迫ったフランス軍の上陸を彼らに知らせることは、いっそう急を要した。この情報を確認できさえしたら！　でも、確認できたとしても、どのような手段でハリーに伝えられるだろう？

戸を軽くたたく音が聞こえ、スティーブンのとび色の頭がドアからのぞいた。悩んでいたにもかかわらず、キャサリンは彼に温かくほほ笑んだ。

「具合はどう？」少年はこげ茶色の眉を寄せて尋ねた。「具合がよくないって聞いたけど」

「前よりよくなったわ。ありがとう」自分の嘘が少年を心配させたことをやましく思いながら、キャサリンは答えた。

「尼僧院からあなたに手紙が届いているよ」スティーブンは彼女に封をした羊皮紙を手渡した。

気遣わしげなスティーブンを残して、キャサリンは寝室の戸の内側に引っ込んだ。開いた戸に背を向けて、羊皮紙の封を開ける。一通はもう一通の内側に巻かれて、二通の手紙があった。緊急の用ではないかという思いに駆られて、彼女は隠されていたほうの手紙をすばやく読んだ。

それによると、フランス軍の上陸が迫っているという情報を、尼僧院長も受けていた。

神はわたしに味方してくれた。キャサリンが密書をドレスの切れ目から、下につけている小さな巾着《きんちゃく》に滑り込ませたとたん、ウイリアムが私室に飛び込んできた。

キャサリンはもう一つの手紙を手にして、夫を迎えた。彼の顔を見て、自分と同様よく眠れなかったのを知り、おおいに満足を覚えた。

「おまえが伝言を受け取ったことをエドマンドから聞いた」ウイリアムは挨拶《あいさつ》もせずに、手を差し出した。

「タルコット院長からの手紙ですわ」キャサリンは落ち着いた声で言って、手紙を彼に手渡した。

それが院長からだと知って意外に思ったとしても、ウイリアムは顔に出さなかった。

「ごらんのとおり、院長さまは近々会いにきてほしいとのことです。かなり日が経ちましたので……」彼女は一瞬口ごもった。「前に尋ねたときから」

「おそらく聖なる修道女たちと神の前にひざまずくことは、おまえにとっていいことかもしれない」ウイリアムは硬い声で言った。そして目を細め、人さし指でキャサリンの胸を突いた。「だが、俺かエドマンド・フォレスターと一緒でないなら、この城の外に出てはならない。逢引のために妻がこっそり抜け出すのを許すつもりはない」

キャサリンの気づかぬうちに、スティーブンが二人の間に入っていた。

「そのような下劣なことを彼女に言うべきじゃない！」スティーブンは声をあげた。ウイリアムの残酷な言葉はキャサリンを侮辱し傷つけたが、スティーブンの無力ながらも勇気ある行為に、彼女は思わず涙ぐんだ。

「スティーブン、今日おまえの供の者を帰らせる」ウイリアムは冷ややかな声で言った。「帰るかとどまるか、おまえの好きなようにしろ」

そう言い捨てて、ウイリアムは向きを変え、足音も荒く部屋を出ていった。スティーブンの白い肌はまだらに赤くなり、彼の濃い茶色の瞳には傷心と困惑の色が浮かんでいた。

「ウイリアムはあなたにここにいてほしいのです」キャサリンは彼の腕に手を置いて慰めた。「今は怒っているだけなのよ」

キャサリンはスティーブンの顔を両手ではさみ、彼の目を見て言った。「わたしがここにいる間は、ロス城はあなたの家だわ。わたしはあなたにいてほしいし、ジェイミーも同じよ」

「お母さまを失望させるよりも、怒っているウイリアムを我慢するほうをとるよ」スティーブンはそう言ってほほ笑もうとした。「彼女には逆らえないんだ」

キャサリンもほほ笑み返した。「どんな理由でも、あなたがいてくれるなら嬉《うれ》しいわ」

「エドマンドから、ウイリアムがなぜあなたに腹を立てているか聞いた」目をそらし、かすかに顔を赤らめて、スティーブンは言った。「兄さんは馬鹿《ばか》だよ。そう言ってやるつもりだ」

　スティーブンが必要以上のことを知っていても、キャサリンは驚かなかった。

「それなら、あなたはわたしを救うためにドラゴンだって殺してくれるのかしら、サー・スティーブン」少年が盲目的に信頼を寄せてくれることに、キャサリンは感動した。「そんなことを言ってくださるなんて優しいのね。でも、あなたのお兄さまのことでは、わたしを助けられないと思うわ」

「本当にぼくにできることはないの？　あなたに頼まれればなんでもするよ」

　キャサリンは考えるように目を細めた。

「そうね、スティーブン、頼みたいことがあるの」


　一時間後、スティーブンの供の者たちは城を出て、北部に向かった。彼らはウイリアムに気づかれることなく、王子に宛《あ》てたキャサリンの手紙を運んでいった。ハリー王子は受け取った手紙を国王に見せたが、国王はその羊皮紙を両手で掴んで、王子の面前でびりびりと引き裂いた。

「我が軍隊にイングランドをはるばる移動しろと言うのか」国王は怒りの声をあげた。

「女の噂話を根拠に？」

数日後、国王は軍隊を動かさなかったことをひどく悔いることになる。

17

三日間キャサリンは食事の席に顔を出さなかった。自分たち夫婦の不和について城の者たちが噂しているのを、ウイリアムも知っていた。本人に見られていないと思っているとき使用人が彼に向けるまなざしから、ウイリアムが極悪人のように思われていることは明らかだった。一方、部下たちは彼にどう接していいか戸惑っていた。エドマンドでさえ、彼と目を合わそうとしなかった。

スティーブンは断固として使用人たちの側に立ち、ウイリアムをあからさまに非難した。キャサリンに心酔している少年を批判することなど、どうしてウイリアムにできようか？　暗がりでキャサリンが吟遊詩人と戯れているのを目撃したあとでさえ、彼女への欲望が薄れることはなかった。夜には欲望は耐えられないほど募って、彼はまんじりともしなかった。ベッドの中で、彼女の息遣いが聞こえそうなほど、隣室に耳をすましていた。

日中でさえ、キャサリンのキスが我が身をたどるのを想像し、彼女の中に入ったとき、彼女が息をのむ様子を思い出してばかりいた。じきに、欲求不満のあまり狂ってしまいそうだった。

ウイリアムは再びキャサリンを抱くことを正当化するために、こう自分に言い聞かせた。彼女は俺の妻だ。俺には抱く権利がある。義務もある。男には跡取りが必要なのだ。信心深い男なら、妻以外の女を抱くことは避けるべきだ。独身を貫く聖職者になりたいと思っていないなら、妻を抱くべきだ。

彼が自分に正直になるなら、キャサリンがいなくて寂しいのは褥《しとね》だけのことではなかった。食卓の隣の席に彼女がいないのをひしひしと感じ、ジェイミーのおどけた仕草やスティーブンの冗談に彼女が笑い声をあげるのを聞きたかった。二人で遠乗りしたことを思い出すと、心は悲しみに沈んだ。

ウイリアムはそれらすべてを恋しく思った。

ついに彼を駆り立てて、真夜中にキャサリンのベッドのかたわらに立たせたのは、まぎれもない欲情だった。ベッドの中で彼女は身動き一つしなかったが、眠っていないことは彼もよくわかっていた。

「いやなら、いやと言ってくれ」闇《やみ》の中で、ウイリアムはこわばった声ではっきりと言った。キャサリンの返事を待つ間、全身の筋肉が張り詰め、緊張のあまり裸体がざわめくのを感じる。彼女の沈黙は、彼にとっては承諾と同じだった。

ベッドの上掛けを持ち上げて横に入り込まれても、キャサリンは抗議の声をあげなかった。ウイリアムは彼女がベッドの中で身動きするのを感じ、夜着の衣擦れと、それが床に落ちる音を聞いた。彼女のほうに体を向け、ようやく、隣に彼女の裸体を感じた。

即座にキャサリンを抱いて、彼女の体のいたるところを自分の体に押しつけた。両手で彼女の体を探り、髪、顔、喉《のど》に口づけた。彼女を仰向けにして胸のふくらみの間に顔を埋め、香りをかいだ。胸の一方、そして他方と吸われて、キャサリンの息遣いは鋭いあえぎになる。

ウイリアムは身内にぽっかりあいた空洞を、自分の熱情と、キャサリンのなめらかな肌の感触、彼女の髪の匂《にお》い、彼に応える彼女の体の震えとで、満たそうとした。あらゆるやり方で彼女を所有したい思いに駆られて、彼は身をかがめ、彼女の両脚の間に顔を近づけた。

これが罪深い行為だとしても、ウイリアムは少しも気にしなかった。欲望のおもむくままにキャサリンを味わった。初めからやりたかったように愛した。彼女は驚いてあえいだが、左右の腿《もも》を彼にしっかり抑えられた。もしも本当にやめさせたかったなら、抗議の声をあげたはずだった。キャサリンにはどんな女にもない味わいと香りがあった。彼は口で愛撫《あいぶ》しながら、彼女の中に指を滑り込ませた。

キャサリンはもだえうめいたが、ウイリアムは彼女の歓びの声を聞くまでは満足できなかった。ついに彼女が声をあげると、彼は膝《ひざ》で立ち、彼女の腰を持ち上げて引き寄せ、貫いた。いく度か速く激しく突き上げて、とうとう二人はともに叫んだ。

彼はあえいで前に倒れ、広げた両腕で体を支えて、額を彼女の胸にのせた。

どちらも何も言わなかった。ウイリアムは体を起こして、彼女のかたわらに倒れると、そのままでいた。

確かにこの狂気じみた愛の行為は、彼の内の疼《うず》くような飢えを満たしてくれた。だがキャサリンの手が頰《ほお》をかすめたとき、彼は自分が満たされていないのを知った。彼女に期待できるものよりはるかに多くを求めていた。

ウイリアムは仰向けになって、闇を見つめた。結婚初夜の彼女の恐怖は本物だった。そのことを、彼はほぼ確信していた。しかしその後の数週間、彼女は傷つきやすいふりをしていたのか、それともふりではなかったのか？

彼が起き上がって、自分のベッドに戻ろうとしたとき、キャサリンが身を寄せてきた。平らな腹の上に片手を置かれて、ウイリアムは息を吐き出した。キャサリンにおいかぶさられ、彼女の髪に肌をなでられる。

そして再び、我を忘れたのだった。

キャサリンは以前のように、彼のベッドには来なかった。しかし毎晩ウイリアムのほうが彼女のベッドに行き、愛し合った。言葉を交わさず、狂気のように、欲望と怒りに駆られて愛し合った。行為のあと、彼女の隣に寝るという親密さに耐えられず、ウイリアムは彼女のベッドを離れた。

毎晩キャサリンは彼をベッドに入れたが、日中は彼を避けていた。意に反して、一日中ウイリアムは彼女を目で追った。ほんの一瞬でも見逃さなかった。彼女が部屋を出るときも、スティーブンと城壁の上を歩くときも、ジェイミーと中庭を走って横切るときも。

こんな状態を続けられないことは、ウイリアムにもわかっていた。

またもやキャサリンが朝食をとりに広間に出てこなかったときには、もうたくさんだと思った。彼は二段おきに階段を上って、私室に入った。

キャサリンの寝室の閉ざされたドアの外に立ち、どうしてここに来たのか自問した。彼女を信じていいのかどうかわからない。彼女の感情が本物かどうかもわからない。しかし俺の求めているものは、何があっても変わらないということは確かな事実だ。俺は二人の関係が以前のようになってほしいと望んでいる。

ドア越しに、キャサリンの嘔吐《おうと》が聞こえた。ウイリアムが戸を押し開けると、彼女が洗面器に吐いているのを目にした。布で口をぬぐって、キャサリンは目を上げた。

ウイリアムを見た彼女の目に不安が浮かんで、彼をぎくりとさせた。

「具合が悪いのか?」ウイリアムは戸口に立ったまま聞いた。

「なんでもないわ。胃がむかむかするだけ」

彼の胸からたちまち怒りがひいた。夜着をまとい、その下から細いくるぶしとほっそりした足をのぞかせて、キャサリンはひどくもろく、傷つきやすく見えた。いろいろな思いがあるにもかかわらず、ウイリアムは優しい気持ちになった。

彼は洗面器と布を彼女から取って、脇《わき》に置いた。そして彼女の手を取り、言いかけた。「キャサリン、俺は……」

彼がそれ以上言う前に、私室の扉が激しくたたかれた。畜生、なんの用だ?

「どうした?」ウイリアムは足音も荒く扉に向かいながら、どなった。

驚いたことに、ドアの外にいたのは使用人ではなく、兵士の一人だった。

「ロード・フィッツアラン。フランス軍が上陸したと報告を受けました」走ってきたために、彼は息を切らして言った。

「他に何がわかっている? 彼らはどこにいるんだ?」

「彼らはミルフォードヘブンに上陸しました。こちらは大敗を喫しています。ハーバーフォードウエスト、カーディガン、テンビー、カーマーゼンの城はすべて奪われました。フランス軍は目下ウェールズ南部を横断して、カーディフに進軍しています」

「くそ、まいったな」ウイリアムは毒づいた。「国王と軍隊は今、北部にいる」

「伝令はロンドンと国王のところへ向かっている途中だと聞きました」

「我々は国王の招集に応じられるよう、急いで準備しなければならぬ」

ウイリアムは部下について外に出た。彼がキャサリンに言わなければならない言葉を口にするのは、先に延ばさざるをえなかった。


城内は出陣の準備に追われて、兵士たちは慌しく動き回っていた。フランス軍と闘うなら大きな合戦になるはずで、ウイリアムは兵士の大部分を連れていくつもりだった。幸いなことに、ロス城は少ない兵士でも守ることができる。しかし、もっとも恐るべきは敵に城を包囲されることだ。ウイリアムは懸命に働いて、城の貯蔵を十分に確保した。


フランス軍侵攻の知らせが国王に届くとすぐに、国王軍は急いで南下してくるだろう。そして国王軍とどこで合流するか伝える伝言が、境界地方の領主たちに送られてくるだろう。

じきに招集がかかるはずだ。明日にでも。

夕食の席で、彼はキャサリンに起きて待っていてくれと頼んだ。二人が完全に和解できるかどうかはわからないが、出発する前にある程度は理解し合いたかったのだ。

ウイリアムにはまだやるべきことが山ほどあったので、ようやく自室に戻れたのは夜遅くなってからだった。

彼は窓辺の椅子《いす》で眠っているキャサリンを見つけた。テーブルの蠟燭《ろうそく》は消えかかっている。気づかれずに彼女を眺める機会が持てたことを喜んで、スツールを引き寄せ腰を下ろした。

輝く髪と繊細な目鼻立ちから始まって、彼の視線はキャサリンの全身をたどった。胸の曲線、ウエスト、腰、そして長い脚とたどりながら、ウイリアムの喉は締めつけられた。小さく優雅な足まで来たとき、思いがけず目の奥が熱くなるのを感じた。

彼女をどうしたらいいのだろう？　ウイリアムにはその答えがわからなかったが、このままの状態で出発したくはなかった。キャサリンの片方の手を取って、親指でなでた。その手はとても小さくて、守ってやらなければならないと感じさせられた。

そのとき、キャサリンの目がしばたたいて開いた。

「眠りながら微笑していたよ」ウイリアムは聞いた。「なんの夢を見ていたんだ？」

まだ寝ぼけた声で、キャサリンは答えた。「昔にあった出来事をよく夢に見るの」

「その話をしてくれないか」

キャサリンは体を起こして、髪に指をくぐらせた。今ではすっかり目が覚め、警戒するような視線を彼に向けて、かぶりを振った。「話したら、あなたを怒らせるだけだわ」

「お願いだ、聞きたいんだ」

重ねて促され、怒らないと言われて、キャサリンは折れた。

レイバーンとの結婚前夜二人で遠乗りに出かけたことを、彼女が語り始めると、ウイリアムの心臓は胸の中でひっくり返った。

「一人の若者が厩舎《きゅうしゃ》で寝ていました。その人が一緒に出かけてくれたのです」キャサリンは気遣わしげな視線を彼に投げて、言い添えた。「彼は、わたしを守りたいと思ってくれた立派な青年でした」

ウイリアムは彼女を安心させるように頷《うなず》いた。何も言わずに、話を続けさせた。

最後に、キャサリンは昔をなつかしむような声で言った。「あの晩、安全で幸福で自由だという思いを、いちどきに味わいました」

ウイリアムはごくりと喉を鳴らし、彼女に再びそのような思いをさせなかったことを悔やんだ。

「その夜のことを何度も夢に見たわ」キャサリンは遠くを眺めて語った。「悩んでいるときや不幸なときに、その夢を見るような気がするの」

今夜彼女が不幸だったのは自分が原因なのだと思うと、ウイリアムの後悔は募った。

「おまえの夢はいつも同じなのか？」ウイリアムは尋ねた。「その晩あったとおりの夢を見るのか？」

キャサリンは自分の手を見下ろして、すぐには答えなかった。「いつもあの夜の出来事を夢に見たわ。今夜までは。でも先ほどの夢では、青年はあなたになったの」

ウイリアムは心臓をぎゅっと摑《つか》まれた気がした。キャサリンの両手を取って、尋ねた。「その若い騎士は誰に仕えていたか覚えているかい？」

彼女は両手をさっと引っ込めた。「彼を追いかけて、命を脅かすつもりではないでしょうね？」

「誓って、そんなことはしない」

彼の言葉を信じたらしく、キャサリンは片手を顎《あご》に添えて、しばし思い出そうとした。「確か、彼はこう言っていたわ……誰か要人の使いで来たと」

彼女は目を見開いた。「ノーサンバーランド伯だったわ」

「ああ、そうだ」

しばらくの間、キャサリンは問いかけるような目で彼を見つめた。

「当時俺の髪は長く、髭《ひげ》もはやしていた」ウイリアムは静かな声で語った。「そのせいでますますホットスパーに似たが、あの頃は、大人になれる誇らしさが兄に似るという悩みをはるかに上回っていたんだ」

キャサリンはぽかんと口を開けた。

「あれはあなただったの？」

ウイリアムは頷いた。

キャサリンは目を細めて、彼をじっくり見つめた。「本当だわ。髭と暗がりのせいで、わたしには彼の顔がほとんど見えなかった」彼女はゆっくり言った。「でも、外見よりも他のところが違っている」

「俺は変わったか？」ウイリアムは尋ねたが、その答えを聞きたいのかどうかわからなかった。

「今のあなたは命令することに慣れていて、それで……」彼女はためらいがちに言った。「以前のあなたは……もっと人を疑わなかった」

「どういう意味なんだ？」

キャサリンは躊躇《ちゅうちょ》して唇を嚙《か》んだ。

「言ってくれ」彼は執拗《しつよう》に聞いた。

「あなたはわたしを知らなかった。それでも、わたしの言葉をすべて信じてくれたわ」

ウイリアムは彼女の目に傷心がのぞくのを見た。そして非難の色も。

「おまえはあの夜のことなど忘れてしまったと思っていたよ」ウイリアムは本心を語り出した。「俺もあの夜のことを夢に見た。だが、夢の中では、いつもおまえを助け出すんだ」心の内を彼女に語ると、自分が傷つきやすくなるのを感じたが、話し続けた。「あの夜おまえを助ける道を見出せなかったことで、俺は自分を責めた。自責の思いが、その夢を見させる一因かもしれない」

「わたしがレイバーンに虐待されることなど、あなたにはわからなかったわ」キャサリンはためらいもなく言った。「それにあなたには何もできなかったでしょう。レイバーンを選んだのは国王でしたから」

ウイリアムは肩をすくめた。現実的な意見を聞かされても、道義心が彼を納得させなかった。

「わたしがあの少女だと、いつから知っていたの？」今や鋭さをおびた声で、キャサリンは尋ねた。「ロス城に来る前から？」

「吊り上げ橋でおまえを見るまでは知らなかった」ウイリアムは目を閉じ、怒りでかっとなって、彼女のほうに馬を進ませたときのことを思い出した。「おまえが失神したときだ」

しばし二人は沈黙し、それぞれの思いにひたった。

「おまえのことを夢に見たのは、やましさからだけではなかった」戦闘に出る前に、ウイリアムはすべてを彼女に打ち明けたいと思った。「他の女性たちと出会いはした。だが、おまえと遠出した月光の夜から、いつも俺が求めていたのはおまえだった」

そう告白するのは簡単なことではなかった。打ち明けられて、キャサリンは喜ぶものとウイリアムは思った。ところが、彼女の表情はくもった。

「ここ数週間たびたび、あなたに愛されていると感じたわ」キャサリンはため息をもらして、首を振った。「でも、あなたが愛したのはわたしではなかった。夢の中の少女を愛していたんだわ」

今夜ウイリアムは二人の間の溝を埋めたくて、キャサリンのもとに来た。彼女に疑いを抱いていても、やって来た。そして何年もの間、彼女を求めてきた、夢見てきた、と打ち明けた。

しかし、彼女はその思いをすべて、無意味なものとして退けたのだ。

「あなたはレイバーンよりもひどく、わたしを傷つけたわ」キャサリンは言った。

この彼女の言葉ほど、ウイリアムを驚かせ、傷つけたものはなかっただろう。

「俺はおまえに手を上げたことなどない」彼は鋭く言い返した。

「レイバーンはわたしの体をたたいたけれど、わたしの心に触れることはできなかった。彼は思っていたとおり残酷で、少しも信頼できなかったわ」キャサリンは話しながら、彼を冷たく見つめた。その目は傷心と怒りを訴えていた。「でも、ウイリアム、あなたはとても優しくしてくれた。だから、わたしはあなたを信頼し、秘密を打ち明けた。それなのに、あなたはわたしに激怒したわ。あなたは優しさでわたしを傷つけたのよ」キャサリンの声は震え始めた。「そして欲望だけのためにわたしのところに来た。わたしを抱いてから、以前よりももっと孤独な思いにさせて、わたしを一人残していった」

「俺を断ることもできたのだ」ウイリアムは押し殺した声でささやいた。「断ってもいいと言ったはずだ」彼には、それしか言い分がなかった。

「あなたが恋しかったの」キャサリンはほろ苦い笑みを浮かべた。「抱かれるたびに、再びあなたと心が近づくことを願ったわ。以前二人が心を通わせたように」

押し寄せる感情に圧倒されて、ウイリアムは両手で顔をおおった。キャサリンの声が高くなるのを聞いて、両手を下ろし彼女を見上げた。

「今こそ、あなたに救い出してもらわなければならないの、ウイリアム。あなたはわたしに悲痛な思いをさせているのだから」キャサリンの瞳《ひとみ》は流さない涙で濡《ぬ》れていた。「あなたは、レイバーンには与えることができなかった苦しみを、わたしに与えているのよ」

ウイリアムは立ち去ろうとしたキャサリンの手首を摑んで、引き止めた。

「おまえを傷つけたことを、心からすまなく思う」彼は哀願するように言った。「何もかもすまないと思う」

「フランス軍の上陸のことを警告しようとしたときも、わたしを信じなかったわ」キャサリンはいっそう苦々しい声を彼に浴びせた。

彼女がとどまってくれるかぎり、非難されてもかまわないと、ウイリアムは思った。「おまえの言葉を聞くべきだった」あの吟遊詩人が彼女に情報を伝えたことは事実だとしても、彼女を誘惑しなかったことにはならない。しかし、彼はその思いを口にはしなかった。

「お願いだ、キャサリン。二人の仲がこのように不和なまま、出かけたくないんだ」

言われなくても、彼が戦地から戻らないかもしれないという危険を、キャサリンも承知していた。このように彼女の同情に訴えるのは正しいことではないが、ウイリアムはそんなことを気にしていられないほど必死だった。

二人の仲が再び親密なものになり、あの幸せが戻ってほしい、それだけをウイリアムは願った。彼女は他の女とは違う。母のような女ではない。幸せにしてやれるなら、去ってはいかないはずだ。

ウイリアムは彼女の手のひらを頰に当てた。「今夜だけですべて償えないのはわかっているよ」彼はキャサリンを見上げて言った。「でも、今夜一晩だけ、俺を許したふりをしてくれないか？　またいつ二人で夜を迎えられるかもわからないのだ」

手のひらにキスをされて、キャサリンは腹を決めたかのように目を閉じた。ウイリアムは彼女のウエストに両腕をまわして、彼女に頭をもたせかけた。

「戻ってきたときには、もっといい夫になると約束する」ウイリアムは心から言った。

キャサリンは彼の髪に指をくぐらせて、頭のてっぺんに口づけた。彼女の優しさは奇跡のように彼の全身に降り注がれた。

二度と彼女を傷つけてはならないと、ウイリアムは思った。

彼は立ち上がって、両腕でキャサリンを抱え上げた。答えを求めて、彼女の顔をのぞきこむ。長い、長い間のあとに、彼女は頷いた。キャサリンの気が変わらないうちに、ウイリアムは彼女を自分の寝室に運んだ。

今夜は、彼女の心の傷を癒《いや》すことを願って、優しく愛するつもりだった。

ウイリアムはベッドの端にキャサリンを下ろして、一本の蠟燭に火をつけた。彼が横に座ろうとすると、触れ合わないように彼女は移動した。彼女の信頼を取り戻すには長い時間がかかりそうだった。

ウイリアムは彼女を後ろに向かせて、その首と肩をもみ始めた。手の下にある彼女の筋肉は緊張していた。彼は、その緊張が解けるまでもみ続けた。

それから彼女の首の曲線をキスでたどり、耳元までくると、ささやいた。「俺のために横たわってくれ、ケイト」

キャサリンはゆっくりとうつ伏せにされるままになった。

ウイリアムは彼女の三つ編みをほどき、長いシルクのような髪に指をくぐらせた。蠟燭の光を受けてできた無数の金色の陰影に、いつものように彼は陶然とした。彼女の髪を片方に寄せて、前にかがみ、彼女の頰に唇を押しつけた。

キャサリンが目を閉じるまで、指先で彼女の頭とこめかみをさすった。さらに両肩、背中を、薄い夜着の上からなでた。指先に進む頃までには、彼女の両手は柔らかくなっていた。

「寒いかい？」ウイリアムは尋ねて、彼女のくぐもった返事に微笑した。

次に彼女の足に注意を向け、まずは左右の足裏、そして爪先《つまさき》を順番にさすった。彼女の口元がゆるんで、彼の奉仕を喜んでいることを示していた。彼女の脚を曲げて、足を自分の胸で支え、そのふくらはぎをさする。彼は手を止めて、彼女の両足、両爪先にキスし、舌で足裏をたどった。

それから彼女の足をベッドに置き、膝の後ろに口づけた。キスをしながら、彼女の夜着をゆっくり腿まで押し上げる。

室内が一気に暑くなった。

彼女の腿をさすりながら、ウイリアムの額に汗が吹き出た。ゆっくりと、しかし確実に、彼の手は上へ向かった。脚の付け根まで来ると、腰のすばらしい曲線を舌でたどった。反応して震える彼女の体を、そっと嚙んだ。一度、二度、三度と。

ウイリアムはぼうっとなった頭を持ち上げて振り、彼女を歓ばせようとしていることを自分に思い出させた。そして呼吸を静めようと努めた。

気を取り直して、彼はキャサリンを歓ばせる仕事に戻った。彼女の夜着を引っ張り上げ、彼女の腰、胸、頭も持ち上げる。そしてついに彼女を裸にした。

ああ、俺の妻は美しい。俺の妻は……。

彼はキャサリンにまたがり、彼女の背中をさすった。時間をかけて慎重に、彼女の体の隅々までたどった。それから背中に指先で軽く弧を描く。少しずつ胸に近づくにつれ、期待で下腹部が固くなるのを感じた。ついに胸のふくらみの側面の、柔らかく豊かな曲線に触れた。

触れるたびに彼女がもだえるのを感じて、ウイリアムは痛いほど歯を食いしばった。両手に胸のふくらみを、手のひらに固くなった胸の先端を感じたかった。

興奮を抑えられることを願いながら、彼は上腕で体を支えて、キャサリンの首にキスした。そのとき胸が彼女の背中に触れて、熱い衝撃が体を貫いた。彼女の尻《しり》に脈動する下腹をこすりつけたい衝動にあらがって、目を固くつぶった。そんなことをすれば、もうこらえきれないだろう。

しばらくの間、ウイリアムは荒い呼吸のまま、キャサリンの上で体を支えていた。今は、彼女の腰を持ち上げて、背後から彼女に入ることしか考えられなかった。

　キャサリンが仰向けになって顔を彼に向けたので、彼は目を開けた。彼女のおかしそうな微笑は、ウイリアムが何を考えていたのかちゃんとわかっていることを告げていた。瞬きしながら、彼女は首を振った。以前キャサリンがベッドの中で見せた茶目っ気のある表情がちらりと見えて、彼は嬉《うれ》しくなった。

「そうだな。まだあまりに早すぎる」ウイリアムは同意した。大げさにため息をついて、キャサリンの横に寝ころがり、両腕で彼女を抱いた。

「こんなふうにおまえと一緒にいるのはいいものだ」彼は彼女の鼻の先にキスした。

「うーん」キャサリンはつぶやいて、彼にしがみついた。

　むさぼるようなキスをされ、ウイリアムは我を忘れた。キスをしながら、彼はキャサリンの両脚の間に手を滑り込ませた。そこが温かく潤っているのを感じると、息ができなくなった。彼女は確実に彼の息の根を止めようとしていた。彼の中に溶け込みたいかのように、キャサリンは体を押しつけた。

　手はそのままにして、ウイリアムはキャサリンの胸に口で触れることができるまで、そろそろと体を下げた。その胸を口に含むと、彼女が鋭く息をのむのを聞いた。ウイリアムは彼女があげる声を聞くのを好んだ。彼女の息遣いの変化に耳をすましつつ、乳首を舌ではじき、両脚の間から指をゆっくり出し入れした。

　さらに強く胸を吸われて、キャサリンはうめき、体をウイリアムの手に押しつけた。

彼の耳にどくどくと脈打つ音が聞こえる。初めのうちは、彼女が肩を引っ張って入ってほしいとせがむのを、ウイリアムは無視した。一度目の交わりでは、中に入る前に、彼女を解き放とうと努めていた。しかしせがまれては、従う他なかった。

ウイリアムは身をかがめて、彼女に濡れた長いキスをした。彼女に両脚を巻きつけられると、ついに闘いに負けた。彼は力強い一突きで、キャサリンの奥深くに入った。ああ！　快感に体を貫かれて、ウイリアムは何も見えなくなり、全身を震わせた。すぐに射精しないようにこらえることしかできなかった。キャサリンの唇を求め、互いの舌をからませながら、彼はできるかぎりゆっくり体を前後に動かした。

彼女の動きが速くなったとき、動きを止めるように言いたかったが、声が出なかった。彼女は容赦なく動き、彼はその刺激を好んだ。キャサリンは体を弓なりにして、頭をベッドの外にのけぞらせた。その息は短いあえぎになり、彼は彼女の中で締めつけられるのを感じた。

キャサリンは彼の名を呼んだ。彼女は俺のもの。俺のものなんだ。

彼女の叫び声が耳に響き、彼は駆り立てられて、何度も彼女を突き上げた。ついに何も見えず何も聞こえなくなり、ばらばらに砕け散って果てた。

ウイリアムは彼女の上に倒れるのを、かろうじてこらえた。荒い息をして、汗をしたたらせ、彼女の頭の横に額を落とした。

「まいったな。おまえは俺に何をしたんだ、キャサリン？」

キャサリンが小声でくすくす笑うのを聞いて、彼の全身は温かい波で洗われた。彼女の笑い声を聞くのは何日ぶりだろう。ウイリアムはキャサリンの隣に横たわって、彼女を両腕に抱いた。

そして顔を彼女の髪に埋めた。

「こんなに早くおまえから離れずにすんだらいいのに」彼はささやいた。

ウイリアムにはもっと時間が必要だった。このようにキャサリンとともに過ごして、彼女を癒し、自分自身を癒す時間が。絶望感を味わいながら、その夜彼は何度も求めた。熱い抱擁のさなかに、キャサリンはあなたを愛していると告げた。

しかしウイリアムは、すべての愛撫に愛情を示そうとはしたものの、彼女を愛していると打ち明けることはできなかった。

18

ロス城の兵士たちは城門のそばに集合させられ、彼らの甲冑《かっちゅう》が八月の陽を受けて輝いている。キャサリンは片手を目の上にかざしながら、兵士たち一人一人を見て、無事に帰還することを祈った。

情報が届いたのは、一時間前のことだった。フランス、ウェールズ両軍はイングランドとの国境に接近し、ウスター目ざして進軍しているらしい。グレンダワーの動きは予想できず、かつ目覚ましいものだった。イングランドの一つの町を短時間で奪い取れば、イングランド人のプライドに大きな打撃を与えることになるだろう。すでに指の爪《つめ》でかろうじて王座にぶら下がっているヘンリー王には、ほとんど耐え切れない一撃になるはずだった。

驚愕《きょうがく》した国王はウスターを救うために、ただちに軍隊を動かし、全速力でイングランドを南下させた。ウイリアムと他の辺境地の領主たちは武装し、ウスターで国王軍を待つように、という指令を受けた。国王軍が町が陥落する前に到着するなら、ウスターは両軍の一大合戦地になる。

キャサリンは涙をこらえて、ごくりと唾《つば》をのんだ。夫婦が以前の親密さを取り戻すには、一晩では足りなかった。彼女はウイリアムに深く傷つけられたことを、そんなにすぐには忘れられなかった。また彼が妻への不信感を克服したとも思えなかった。それでもゆうべは夢のような一夜で、彼女は希望を、少なからぬ希望を抱いた。

キャサリンは、数人の兵士たちと話をしているエドマンドに目を留めた。

「なぜエドマンドは武装していないの？」彼女はウイリアムの腕を強く摑《つか》んで尋ねた。

「彼は少数の兵士とともにここに残る。グレンダワーは、国王が到着する前にウスターを奪おうと考えて、軍隊を急行させている。だから、この城が攻撃される危険はほとんどないだろう。それでも、この城を無防備にしておくことはできない」

「わたしは何度もこの城を任されてきました」キャサリンは主張した。「ここにエドマンド・フォレスターは必要ではないし、いてほしくもありません」

ウイリアムは気まずそうに、髪に片手をくぐらせた。「きっとおまえは一人でうまくやれると思う。ただエドマンドは戦闘経験が豊富なのだ」

キャサリンは彼の言葉に納得せず、それを隠しもしなかった。

「おまえを怒らせるようなことをしたら、俺の配下からはずすと、エドマンドには警告しておいた」ウイリアムは彼女の顔を両手ではさんで、その額に口づけた。「お願いだ、キャサリン、出陣の際おまえと言い合いたくない。目前の戦《いくさ》に集中できるように、最高の部下がおまえたちを守っていると思う必要があるのだ」

キャサリンは反論するのをやめた。何かを気にして、戦闘に集中できないことは危険だった。同じ理由から、自分が妊娠していることを告げるのは、彼が帰還するまで待つことにした。

スティーブンがジェイミーを引き連れてやって来た。

「兄上はぼくと同じ年のときに、スコットランド人と闘った」スティーブンは怒りで目を光らせて、ウイリアムに抗議した。「ぼくを子ども扱いしている！」

キャサリンはスティーブンの腕を掴み、ウイリアムには話が聞こえないほど離れたところへ引っ張っていった。

「ウイリアムがいなくなったら、ここではあなたが必要なの」キャサリンは低い熱のこもった声でスティーブンに言った。「わたしを置いていかないで」自分がなんのことを言っているのか彼が理解するまで、彼の目を見つめた。

キャサリンが戻ると、ウイリアムは彼女の耳元でささやいた。「なんと言ったんだ？　俺が戻らなかったら、弟と結婚すると約束したのかな？　あいつめ、孔雀《くじゃく》のように得意になっている！」彼はキャサリンの手を握り締めた。「いずれにしても、感謝するよ」

すでに兵士たちは騎乗していた。ウイリアムはもう一度ジェイミーを高く抱き上げて、少年の髪を荒っぽくなでた。

次にスティーブンに向かって別れを告げ、キャサリンとジェイミーのほうに頷《うなず》いて言った。「彼らを守ってやってくれ」

最後にキャサリンを抱き寄せ、皆の前で激しく口づけた。「ここにいれば安全だ。約束する」

ウイリアムは馬に乗ると、キャサリンを見下ろした。「いつもおまえのもとに帰るよ、ケイト。いつもね」

「わたしたちのもとへ帰ってくることだけ約束してください」

「俺のことは心配いらない」彼はキャサリンに満面の笑みを見せた。

ロス城に残された者たちは戦況の情報を待った。まず、ヘンリー王は予想以上に早く――町が侵略される直前に――ウスターに到着したことを、聞いた。しかし国王軍の到着以後、二つの大軍はにらみ合い膠着《こうちゃく》状態になった。

指揮官が戦略を謀議する間、戦場では個々の騎士たちが敵兵と刃《やいば》を交えた。だがそれは退屈しのぎにはなっても、なんの成果も産まなかった。今回の決戦はあまりにも大きな博打で、騎士たちの闘いで決められるものではなかった。

城で待つ日々が続くにつれて、キャサリンの中で、来たるべき合戦に対する緊張が募っていった。偶然出くわすたびに、エドマンドの視線が自分を裸にするのを感じたが、それも気にならないほどだった。少なくとも彼は彼女に丁寧な口をきき、礼儀正しくふるまおうと心がけていた。

私室で彼に追い詰められたことを、キャサリンは今も忘れられなかった。エドマンドが傷つけようとしなくても、彼と二人きりにはなりたくなかった。もっともスティーブンがいるので、そんな機会はほとんどなかったが。

スティーブンは、キャサリンを守るようにというウイリアムの言葉を、しっかり心に留めていた。最初の夜、キャサリンは彼女の寝室の前で彼が眠っているのを見つけた。女中に一緒に寝てもらい、戸のかんぬきを掛けると約束しても、彼を納得させられなかった。キャサリンに枕《まくら》の下に隠した短剣を見せられて、ようやく自分の寝室に戻ることに同意した。

「今日尼僧院を訪ねたいと思っているの」ある日の昼食のとき、キャサリンは自分の食事を脇《わき》にどけながら言った。

「ぼくが付き添っていく」スティーブンが申し出た。

エドマンドが首を振った。「奥方をしっかり護衛するように、あなたの兄上に言われましたが、それはあなたに任せるということだとは思えません」彼はキャサリンに言った。「わたしがお連れします。それがウイリアムの望んでいることでしょう。今日は村に用事があるので、明日なら喜んであなたのお供をします」

「ありがとう」自分と和解するよう、ウイリアムに諭されたのだろうと思いながら、キャサリンは礼を言った。

「ぼくも行く」スティーブンが主張した。

エドマンドはスティーブンの固く引き締めた顎《あご》を一瞥《いちべつ》して、肩をすくめた。「もう一人護衛を連れていく余裕はありません。ただウスターに反乱軍が集結しているので、それほど危険はないでしょう。お二人とも優れた騎手だから、何かあっても、逃げおおせるはずだ」

エドマンドはローストポークを一切れナイフで取った。「それでも」彼はポークを食べながら、ナイフでキャサリンを指して言った。「息子さんを連れていくわけにはいかない」

キャサリンは認めたくなかったが、エドマンドの判断は正しい。ジェイミーは城に残したほうが安全だ。その日彼は子守と快適に過ごしているだろう。

「昨日用事はかたづいたのですか？」キャサリンはエドマンドに尋ねた。尼僧院に向かう途中で、彼女には彼に親しく声をかけるゆとりがあった。

「はい」エドマンドはぶっきらぼうに答えた。

真剣に護衛して、エドマンドが自分の任務を果たしていることを、キャサリンも認めざるをえなかった。彼女の前を行き、絶えず左右を見て厳しい警戒を怠らない。キャサリンは鞍《くら》の上で振り返り、背後でスティーブンも同じことをしているのを見た。北部では、男子は幼少のときから襲撃者に注意する術《すべ》を身につけていた。

低林の中に入ると、キャサリンは瞬きして、明るい陽光から木もれ日に目を慣らそうとした。頭上の緑の天蓋《てんがい》は美しかった。彼女が小鳥を探して鞍にもたれたとき、複数のひづめの音が聞こえた。次の瞬間、馬に乗った五、六人の男たちが、前方の曲り角から走ってくるのが目に飛び込んできた。

エドマンドが振り向いて叫んだ。「急いで城に戻るんだ！　わたしができるかぎり、やつらを引き止める」

キャサリンはこちらに疾駆してくる男たちから、目を離すことができなかった。エドマンドが手に広刃の剣を持って、彼らに向かっていこうと馬に拍車をあてるのを見つめた。

「さあ、キャサリン！」スティーブンが叫ぶ。彼はキャサリンの手綱を摑んで馬の向きを変えさせ、その腰をぴしゃりとたたいた。馬は反射的に走り出した。

キャサリンは肩越しに、エドマンドが二人の男と戦っているのを見た。他の四人は速度をゆるめることなく、ぶつかり合う剣の横を通り過ぎ、キャサリンとスティーブンを追ってきた。

キャサリンは馬に拍車をあてたが、遅すぎた。低林から開けた野原に出たところで、二頭がひづめを轟《とどろ》かせて彼女の両脇に接近し、はさみこんだ。一人の男がかがんで彼女の手綱を摑む。

その男に手綱をぐいと引かれて馬を止められたときも、キャサリンはスティーブンを目で追い続けようとした。彼は野原を横切り、二人の追跡者の前方を疾駆している。ああ、神さま、彼は追っ手を振り切って逃げてくれそうだわ。その瞬間、スティーブンは振り向いて、キャサリンを見た。

「だめよ、スティーブン。だめよ！」スティーブンが大きく弧を描いて向きを変え、二人の男をかわして戻ってくるのを見て、キャサリンは叫んだ。この男たち全員と戦って彼女を救おうと思っているかのように、彼が剣を振り回しているのを見て、彼女の心臓は凍りついた。

キャサリンは、彼女の手綱を摑んでいる色黒の残忍な顔の男のほうを向いて頼んだ。

「お願い、彼を傷つけないで！」

その男は太陽に目を細めて、スティーブンが彼女の叫びが聞こえなかったかのように接近してくるのを見つめた。

キャサリンは半狂乱になって、もう一人の男のほうを向いた。「お願い、彼はまだ子供なのよ！」

その男は彼女に向かってにやりと笑った。「あなたがあの若造の剣を捨てさせたら、彼の安全は保証しよう」

スティーブンが怒濤《どとう》のように突進してきて、今話していた男は彼の攻撃を避けるために身をかわす他なかった。スティーブンはその年頃にしては剣の腕がたつが、やすやすと突きをかわされた。無言でキャサリンの馬を捕まえている男は、無頓着《むとんじゃく》な様子で二人の闘いを眺めていた。

「奥方」スティーブンと闘っている男が声をあげた。「あなたの助けが必要だ」

「スティーブン、剣を置いて！」

キャサリンの叫びを聞いて、スティーブンは彼女のほうを一瞥した。スティーブンの一瞬のすきをついて、男は彼の剣を奪った。

「レディの言うことを聞くんだ」男は言った。「そうすれば、おまえに危害を加えない」

スティーブンはベルトに差した短剣を取ろうとしたが、男はその動きを予想していた。スティーブンの腕を掴み、彼の体に手を伸ばして短剣を奪った。男はスティーブンを抑えたまま、もう一人の男に尋ねた。「リース、これで全部だと思うか？」

リースと呼ばれた男は、スティーブンの足にちらりと目をやった。この無言の合図で、尋ねた男はスティーブンの左右のブーツを調べた。そして隠されていたナイフも奪って、再びリースを一瞥した。スティーブンがもはや武器を持っていないことに満足した顔で、リースは頷いた。

男たちを無視して、スティーブンはキャサリンに声をかけた。「あなたを救えなくてすみません」

「あなたは精いっぱい闘ったわ」危険の只中にいても、敗北を噛《か》みしめているスティーブンを見ると、キャサリンの心は痛んだ。「この人たちはわたしに危害を加えないはずです」そう言い添えたが、声に確信のなさがにじんだことを悔いた。

「そのとおり、あなたに危害は加えませんよ」スティーブンの武器を奪ったハンサムな男が言った。

この頃には、スティーブンを追っていた二人の男も一同に加わった。キャサリンはこの四人の襲撃者を仔細《しさい》に見た。彼らは苦しい旅をしてきたのかむさ苦しい姿をしているが、衣服は上質なものだ。ウェールズの貴族だろうと、彼女は推測した。それなら、彼らの目的は身代金で、強姦《ごうかん》や殺人ではないだろう。

「あなたたちはウェールズ軍の人なのですか?」キャサリンは尋ねた。

「ああ、そのとおりですよ、レディ・フィッツアラン」ハンサムな男が答えた。

彼らはわたしの名前を知っている。つまり、たまたまわたしと出会って、上質な衣服や馬に目を留め、この機会に乗じて襲ったわけではないのだ。

「わたしは、メアダッド・アプ・チューダーと申します」男は頭を下げて名乗った。「この二人は」スティーブンを追っていた二人の若い男を指さした。「わたしの弟で、オーエンとマゾッグです」

二人は礼儀正しく頭を下げた。キャサリンは、その三人には身内らしい類似点があることに気づいたが、弟たちは元気のいい兄ほど美男ではなかった。

チューダーですって？　キャサリンはその名を聞いたことがあった。確かに聞いたことがある。反乱軍のリーダー、オーウェン・グレンダワーの近親者ではないのだろうか？

その瞬間、彼女は思い出した。

「コンウィ城を奪って、聖なる金曜日を冒瀆《ぼうとく》した者たちと同じチューダーなのですか？」

「それは我々の兄たちですよ」メアダッドが答え、三人のチューダーは皆にやりと笑った。

なんてことだろう。わたしは狡猾《こうかつ》なチューダーに捕らえられたんだわ！

「聖日に血を流してはならないという教令は冒瀆されませんでしたよ」弟の一人が口

をはさんだ。彼はウインクして付け加えた。「城の衛兵は絞め殺されたからね」

この予想もしなかった襲撃の話はイングランド中で噂《うわさ》になっていた。城の守備隊は近くの村でミサに参加していたので、城は反乱軍にやすやすと奪われたのだった。

「それからあなたの馬を捕まえている男は」メアダッド・アプ・チューダーは続けた。「リース・ゲシンです」

その名を聞いたとたん、キャサリンは、えっ、とあえいで、胸を手で押さえた。

「彼の名を聞いたことがあるらしい」メアダッドは愉快そうに微笑した。「それなら、なぜ彼が〝ゲシン〟と呼ばれているかわかるでしょう。ウェールズ語で〝残忍な者〟という意味なのですよ」

三年前ブリングラースで、ウェールズ軍を率いたリース・ゲシンは大量殺戮《さつりく》の末に、戦いに勝利したのだ。圧倒的な不利をものともせず、ウェールズ軍は千百人近くのイングランド人を殺した。戦いが終結したとき、戦場にはイングランド人の血が膝《ひざ》まで届くほどあふれたと言われた。

「このようなつまらない仕事に、それほどの大物がかかわるとは驚きですね」キャサリンは声が震えないように努めながら言った。この言葉をスティーブンが否定しないことを願って彼を一瞥した。「労多くして、報いは少ないでしょう。夫はわたしのために、多額の身代金を払うとは思えません」

メアダッド・チューダーは頭をのけぞらせて、笑い声をあげた。「美しいご婦人を取り戻すためなら、男は大金を支払うはずだ。あなたの美貌《びぼう》の噂はほとんど……」

「もういい！」リース・ゲシンの太く低い声がメアダッドの言葉をさえぎった。「すっかり遅れてしまった。ウスターではグレンダワーが我々を必要としているのだ」

そう言うと、リースはキャサリンの手綱をメアダッドに放り、自分の馬に拍車をあてて出発した。メアダッドは彼女の馬を彼の馬につないで、後ろに従えた。二人の若いチューダーがスティーブンをはさんで、あとに続いた。

キャサリンは肩越しに低林を見やって、エドマンドが逃げおおせたことを願った。

一行は何時間も馬を進めた。その間一度だけ止まって、キャサリンが脚を伸ばし、用を足すのを許した。日も暮れてくると、森の中から少人数の男たちが現れて、一行に加わった。ウェールズ人が魔法を使う妖精《ようせい》のように、現れたり消えたりすると、イングランド兵が言っていたわけが、今はキャサリンにも理解できた。

日も傾き、彼らは野営するために深い森で馬を止めた。キャサリンの脚はあまりにか弱く、馬を降りるとき落ちないように、メアダッドに支えてもらわなければならなかった。彼は必要以上にきつく彼女を抱き、倒木の上に座らせた。

「レディ・フィッツアラン、逃げようとしないと約束してください」彼女の隣に腰を下ろして、彼は言った。「逃げても、道に迷うだけだ。それに今夜わたしはひどく疲れているから、森中あなたを捜せない」

逃げても、なんの益もなかった。キャサリンはこの森に見覚えがなく、闇《やみ》の中では方角もわからなかった。

「逃げようとしても、捕まえますよ。そしてわたしにつながれて寝ることになる」メアダッドは満面の笑みを浮かべた。ウインクして、こう言い添えた。「試してみるべきかもしれませんね」

「そんなに魅力がおありなら、どうしてまだ、どこかの乙女があなたを捕まえていないのかしら？」

「ああ、一人に捕まりましたよ」彼はにこやかに答えた。「マージというすばらしい女性と結婚しています」

「あなたを目の届かないところへ行かせるなんて、奥さまはあなたをとても信頼していらっしゃるのね」二人とも思ったままを口にしているのに気づいて、キャサリンは驚いた。

「わたしはあなたとご一緒するのを楽しんでいますよ」メアダッドはぴしゃりと自分の腿《もも》をたたいた。「わたしが妻に忠実なのをマージは知っている。幸運にも彼女は、わたしにできないことを期待しない賢明さを備えていましてね。実際」彼は目をきらりとさせて付け加えた。「彼女はわたしにいたく満足しているので」

キャサリンは彼が本当のことを話しているかどうか疑わしく思ったが、この男のうぬぼれぶりにあきれて、目をくるりと回したかった。メアダッド・チューダーは魅力的な美男子だが、信頼もできるとキャサリンは思った。このような状況で野営地にいても、兵士たちからわたしを守ってくれるはずだわ。

「若い友人と話をしてもいいでしょうか?」キャサリンはスティーブンと話したいと切に思った。

「あの若造がフィッツアランの異父弟のスティーブン・カールトンだと知っていますよ」メアダッドは言った。

わたしが何者かは推測できただろう。ロス城の近くで出会ったし、わたしの一族は境界地方ではよく知られている。でも、どうして彼らはスティーブンのことを知っているのだろう?

「彼のことは心配いらない。無事に帰します。彼があとを追ってくることが明らかでなかったなら、遭遇した場所に置いてくるつもりだった」

もみ合う音が聞こえて、キャサリンは迫りくる闇の中をじっと見つめた。間もなく、メアダッドの弟たちが、二人の間で激しく蹴《け》ったりもがいたりしているスティーブンを連れて現れた。

「上等だ。レディが元気でいるのが見えないのか？」一人がスティーブンにどなった。

「我々ウェールズ人はイングランド人のように野蛮じゃない」もう一人が不満そうに言った。「しかもチューダーの保護のもとにいるなら、彼女には誰も手出しをしないさ」

スティーブンはキャサリンを見て、もがくのをやめた。男たちは彼を地面に放り出した。

「奥方、彼はあなたがこの先も無事だということを信じないんだ」弟の一人が説明した。「彼があなたを守らないなら」

急速に迫る闇の中でメアダッドの白い歯がひらめくのを、キャサリンは見た。「少なくともイングランドの一人の少年の中には騎士道が生きているのを知って、励まされるな」彼は言った。「スティーブン、この美しいレディの隣に寝ればいい。そのほうが、あなたたち二人を監視しやすい」

メアダッドは弟たちに二人を任せて、他の男たちと話をしに行った。チューダーの弟たちが焚き火で、捕らえた小さな獲物を料理している間、キャサリンとスティーブンはともに体を丸めて坐っていた。しかし二人の男が近くにいるので、自由に話すことはできなかった。

食事を終え、焚き火のそばに広げてくれた毛布の上に横たわるまで、キャサリンたちは待った。

「ウェールズの指揮官は、兵士たちがいらだちを募らせることを恐れているらしい」スティーブンはささやいた。「ウェールズ軍を基地から孤立させようと、国王が軍の一部を背後に回していないかどうか確認するために、ゲシンとチューダーたちはウスターから引き返してきたんだ」

スティーブンが彼らの話をこんなに盗み聞きすることができても、キャサリンは驚かなかった。

「彼らはあなたを捕まえるために来たんじゃない」スティーブンは続けた。「だけど、今朝あなたが城の外に出るという噂を聞いて、あなたはあまりに大きな獲物で見逃せなかったらしい」

この話は、身代金目的でたった一人を捕虜にするために、チューダー兄弟とリース・ゲシンがウスターをあとにしたと考えるよりも、はるかに筋が通っていた。

「今日わたしが城の外に出ることを、どのようにして知ったか話すのを聞かなかった？」キャサリンは今もこの点が理解できなかった。

「聞いていないけど、それは城中に裏切り者がいることを意味する」スティーブンはささやいた。「それは誰だと思う？」

本当に、誰なのだろう？

19

キャサリンは誰かの視線を突き刺さるように感じて、目覚めた。目を開けると、メアダッドが立って見下ろしているのに気づいた。

「おはよう」彼は声をかけて、スティーブンのほうに頷《うなず》いた。「あなたの勇ましい護衛は闘い疲れて、休んでいるようだ」

横になったままメアダッドと話すことに当惑を覚えて、キャサリンは体を起こした。ぶるっと震え、両肩に毛布を固く巻きつける。早朝の空気はひんやりしていた。

「我々はウスターの近くにいる。グレンダワーの野営地まで数分のところです」メアダッドは言った。「朝食をすませたらすぐに、彼のところにあなたを連れていくという伝言を、昨夜送っておいた」

キャサリンはグレンダワー本人のところに連れていかれるとは思ってもいなかった。無意識に手を伸ばして髪をさわった。女中もいず、櫛《くし》さえもなく、ウェールズ人が君主と呼んでいる男に会うのに、見苦しくない恰好《かっこう》をするにはどうしたらいいかわからなかった。

「グレンダワーは、あなたが不自由な旅をしてきたとわかっていますよ。あなたの髪を整えてくれる女中がいないことをけしからんとは思わないでしょう」メアダッドは微笑して言った。「そのような美しい髪を隠さなければならない習慣は罪と言ってもいいな」

彼はしゃがんで、スティーブンの肩をゆすった。「起きろ、若造。グレンダワー公には気がかりなことが山ほどあるんだ。お待たせしたくない」

キャサリンは昨日つけていた装飾的な髪飾りを取り上げた。昨夜スティーブンに手伝ってもらってはずしたのだが、今日元どおりにつけることなど不可能だ。

思わずため息がもれた。自分でできるかぎりのことをする以外ない。苦労して、金色のヘアネットと飾り輪を髪飾りからはずし、指で髪を梳《す》き、一本の三つ編みにして後ろに垂らした。それからヘアネットで髪をおおい、額のあたりに飾り輪をはめてネットを留めた。当座しのぎにネットでおおっても、まだ多くの髪が出ていたが、それはそれで仕方がない。

キャサリンは惨憺《さんたん》たるさまのドレスを見下ろした。ドレスの上から下まで、念入りにほこりを払い始めた。身づくろいに熱中していたので、目を上げ、スティーブンと三人のチューダーがぽかんと口を開けて自分を見ているのに気づいて、びっくりした。

キャサリンは彼らに向かって目を細めた。「いつからわたしを見ていたの？」

彼らはいっせいに肩をすくめた。

「あなた方には、もっとするべきことがあるでしょ？」明らかにいらだった声で、キャサリンは言った。

スティーブンには目をそらすだけのたしなみがあった。しかし三人のチューダーはただかぶりを振って、にやにやしただけだった。

野営のかたづけは他の男たちに任せて、チューダー兄弟はキャサリンとスティーブンを連れて出発した。ありがたいことに、捕獲者たちはわたしをウェールズではなく、この近くのウスターに連れていく。ウイリアムはウスターにいるはずだわ。今日中に身代金が払われて、彼のもとに帰してもらえるかもしれない。

「あの丘の上にある古いケルト族の砦《とりで》が見えますか？」メアダッドが前方を指さした。

「あれが我々とフランス軍の野営地です」

キャサリンはウイリアムとの再会について考えるのはやめ、反乱軍のリーダーとの謁見のことを考えようとした。すばやくオーウェン・グレンダワーについて知っていることを思い浮かべる。彼はウェールズの貴族で、チューダー家の近親者だ。反乱以前、彼の家はウェールズ文化の中心であり、吟遊詩人や音楽家は常に歓待されていた。

音楽を好む人間なら、心から冷酷なはずがない、そうキャサリンは自分に言い聞かせた。彼は恐ろしい嵐《あらし》を呼ぶ魔法を使うと噂《うわさ》されていた。他にも、安易に否定できない逸話が数々あった。キャサリンは反乱軍に襲撃されたところを通ったことがあった。火がくすぶる村々を見て、女たちの泣声を聞いた。

いつの間にか、一行は古い砦の門をくぐっていた。中庭には兵士があふれている。彼らは兵士と馬と荷馬車でごったがえした中を通って、主塔《キープ》に向かった。キャサリンが馬を降りるのに手を貸してから、メアダッドは彼女とスティーブンとともに階段を上り、二人の弟はそのあとに続いた。

入り口の内側にいた番兵はチューダーたちに向かって頷き、二つ目の重い扉を開けた。目が慣れてくると、キャサリンは自分たちが暗い洞穴のような広間にいることを知った。長い壁の一方には巨大な暖炉が、他方の壁ぎわには架台式テーブルが並んでいる。部屋にはたくさんの男たちがいて、何人か集まって話したり、武器の手入れをしている。

しかし、キャサリンの注意を引いたのは一人の男だけだった。彼は広間の奥から、彼女を見つめていた。

彼女の腕をしっかり持って、メアダッドは部屋を横切り、彼のほうに進んだ。君主への儀礼として、キャサリンは膝《ひざ》を深く折ってお辞儀し、低くて張りのある声に顔を上げるよう言われるまで、頭を下げていた。

彼女は顔を上げて、この五年間その名が人々の口にのぼっていた有名な反乱軍のリーダーを初めて、よく見ることができた。オーウェン・グレンダワーは四十代後半のように見えた。整った厳格な顔にはしわがあり、肩に垂れた黒っぽい髪には白髪が混じっている。服の下には長い手足と強靭《きようじん》な肉体が潜んでいるという印象を、キャサリンは受けた。人を虜にするような黒い目が彼女の目をじっと見つめた。

「レディ・フィッツアラン、あなたはわたしと我が国民に多大な損害を与えた」グレンダワーの言葉は広間に響き渡り、壁に反響した。

キャサリンは面食らって、答えを返すことができなかった。彼はわたしが何をしたと考えているのだろう？

「ピウィルメリンで思いがけず息子と部下たちが捕らえられたのは、何者が情報を流したせいなのかと、長い間疑問に思っていた。そしてついに、出所はあなたしかいないという結論に達したのだ」

どうして彼は知ったのだろう？　ヘンリー王でさえ、王子に教えられても、わたしが情報源だと信じなかったのに。

「申し訳なく存じます、閣下」キャサリンは口ごもった。「わたしの務めでしたので」

「ハリー王子はピウィルメリンで三百人のウェールズ兵を捕らえた。そして一人を残して、全員を処刑した」

思わずキャサリンは手で口を押さえた。以前その噂を耳にはしたが、王子がそんな残虐行為を行うと信じていなかったのだ。

「少なくとも若いハリーは慰みや報復のために殺しはしない。彼は優秀な指揮官の務めとして、目的を果たすために情け容赦なく殺す」グレンダワーの顔が急に疲れたように見え、彼は暖炉の火に目を向けた。「しかし残された妻や子にとって、そんな違いなどどうでもいいことだ。彼は全員を処刑した。わたしの息子グリフィズ以外は。彼は今ロンドンの監獄に捕らわれている」グレンダワーは言葉を切って、唇を引き結んだ。「拷問されていると聞いた。彼は逃げようとして捕らえられ、国王に両目をえぐられたのだ」

キャサリンは目の奥が熱くなるのを感じた。グレンダワーの言葉が真実であることは、彼の顔に刻まれた苦悩が示している。国王がそのような残虐な仕打ちができると、キャサリンは思いたくなかった。しかし心の奥では、できることがわかっていた。初めて、自分のしてきたことは正しいのかどうか疑問を抱いた。あの日、ウェールズ軍の不意をついて捕らえることができると、ハリーに伝えるべきだったのだろうか？

もしもこのような結果になると予測できたなら、わたしは伝えただろうか？

「レディ・フィッツアラン、あなたにも息子が一人いると聞いた」グレンダワーの声が彼女を現在に引き戻した。「それなら、息子を敵の手から取り戻すために、できるだけのことをしようとするわたしの気持ちがわかるはずだ」

キャサリンは息をのんで、グレンダワーがこのことを彼女に伝えた意図を明らかにするのを待った。

「あなたを息子の救出に使わせてもらう。彼の命を、あなたを帰す交換条件にする」

当惑と狼狽《ろうばい》がキャサリンの中でせめぎ合った。「わたしの人質としての重さを誤解していらっしゃいます、閣下」彼女は両手を握り締めて言った。「国王は決して息子さんとわたしを交換したりはしないでしょう。彼は……情の篤い方ではありません」

キャサリンは交渉の糸口を探そうとするのは諦《あきら》めて、事実を述べた。「国王は何の躊躇《ちゅうちょ》もなく、わたしを犠牲にするでしょう」

彼女は敵に率直な意見を伝えることは不忠義ではないかと思ったが、グレンダワーの目に相手に一目置くような表情が浮かぶのを見た。

「これほど洞察力のある妻を持ったことに気づかないとは、レイバーンも愚かな男だった。確かにあなたの言うとおりだ。ヘンリー自身は、あなたのために犠牲を払いはしないだろう」

「わたしの夫も国王を説得できないでしょう。でも、ロード・フィッツアランはわたしのために、高額の身代金を進んで払うと思います」ウイリアムは高額を払うことになるかもしれないが、早く払ってくれることをキャサリンは願った。

「フィッツアランに要求するつもりはない」グレンダワーは言った。「王の息子に要求する」

キャサリンは唖然《あぜん》とした。「ハリーに？」

「吟遊詩人があなたの美しさを歌うのを聞いたことがありますよ、レディ・フィッツアラン」グレンダワーは初めて彼女に微笑した。「王子を夢中にさせても不思議はない」

キャサリンは話そうと口を開けたが、言葉が出てこなかった。

「彼の愛人と交換するにはわたしの息子以外のものではだめだと、ハリー王子に伝言を送るつもりだ」

「でも、わたしは王子の愛人ではありません！」ようやく声が出るようになったキャサリンは言った。

グレンダワーに疑わしげな目で見られて、彼女は説明しようとした。「わたしたちは子供の頃親しくしていましたし、今も友人です。それに、わたしは結婚しています」彼女は当惑のあまり顔を赤らめた。「彼は決して……そのようなことは……」

「あなたが結婚していることで、男があなたを求めるのをやめるなどとは思っていないはずだ」グレンダワーは片方の眉《まゆ》を上げた。「イングランドの王子なら、そのような約束事は自分にはあてはまらないと思うだろう」

彼はキャサリンから視線を移して、頷いた。ひかえていたメアダッドが——彼女は彼がいることをすっかり忘れていた——かたわらに進み出た。

「あなたが噂どおり、王子にとって貴重な存在であることを願おう」グレンダワーはキャサリンに退出を促した。「彼がわたしの息子を解放するように王を説得しないなら、あなたは二度と帰宅できないのだから」

メアダッドがキャサリンの肘《ひじ》に触れてささやいた。「お辞儀をして」

キャサリンは頭が麻痺《まひ》したまま膝を曲げてお辞儀をし、スティーブンや他のチューダーたちが待っているところまでメアダッドに連れていかれた。

広間の扉が背後で閉ざされると、彼女はわっと泣き出した。「わたしはもう二度と息子も家も見ることができないわ！」

「帰れますよ」メアダッドはキャサリンの両肩に手を置いて慰めた。「最後にはすべてうまくいくでしょう」

「あなた方の君主は何もかも誤解しています！」キャサリンは両手を握り締め、いらだって声をあげた。「あのような要求をハリー王子にすれば、夫はわたしが不実だったと考えるでしょう」

「いいや、そんなことはない」メアダッドは彼女の肩をぎゅっと摑んだ。「ご主人はあなたを取り戻せたら喜ぶはずだ」

　キャサリンは首を横に振った。「あなたは夫のことを何も知らないのです」

　メアダッドはキャサリンを連れて崩れかけた階段を上り、町からの略奪品と思われる大型の収納箱でいっぱいの部屋に案内した。開いた窓から、彼女は中庭に集まっている兵士たちを見下ろした。

「今日戦闘はあるのですか？」彼女は心配そうに聞いた。

「わからない」メアダッドは彼女のいる窓まで来て、隣に立った。「もう一週間も膠《こう》着《ちゃく》状態が続いている。これ以上長引くのは耐えられない」

「どうなると思いますか？」

「両者とも大軍だが、我々のほうが数の上ではわずかに有利だ」彼は淡々と言った。「しかも何週間も北部で激しく戦ってきたから、イングランド軍は疲れている。今に何か動きがあるはずだ。確実に言えるのは、両軍とも膨大な死者が出るということだけだ」

　メアダッドは失礼すると断って、階下の兵士たちのところに向かった。

　完全武装した凛々《りり》しい兵士たちが馬に乗って城門から出ていくのを、キャサリンは見守った。彼らを眺めながら、三百人ものウェールズ人が捕虜になり処刑されたのはあなたのせいだと、グレンダワーに非難されたことを思い出して、その犠牲者のために涙を流した。

今日イングランドの兵士たちはどうなるのだろうか？　ウイリアムは？　ハリーは？

「神よ、どうぞ彼らをお守りください」キャサリンは繰り返し祈った。

そして何時間も、狭い部屋に置かれた箱の間を歩き回った。ようやく城門が開かれ、兵士たちが無事な姿で戻ってきた。甲冑《かっちゅう》には血の跡はなく、馬に乗せられた負傷者もいない。

キャサリンは箱の上にくずおれて、両手で顔をおおった。しんと静まり返った時間が過ぎた。やがてドアがノックされ、メアダッドが戸から顔をのぞかせた。

彼女は新しい情報が待ちきれず、彼を手招きした。「今日、戦闘はなかったのですか？」

メアダッドは頷いて、疲れたように窓辺の箱に腰を下ろした。「まったく、このようにただ待っているのは飽き飽きする」

「メアダッドさま、グレンダワー公にお会いしたいとお伝えください」キャサリンは言った。「公にお話ししなければならないことがあるのです」

「くそ、なんだって？　彼は今、指揮官たちと謀議で忙しいのに」

彼女の譲らない表情を見て、彼はため息をついた。「彼に知らせたいことがあるならなんでも、わたしが伝えますよ」

「わたしが直接話さなければなりません」

また毒づきたいのをこらえて、メアダッドは両膝に手を置き立ち上がった。「仰せのままに」そう言うと、彼は深く一礼した。

一時間後、一人の女が水の入った洗面器と布を抱えて、部屋に入ってきた。

「チューダーの旦那《だんな》の使いで来たのよ。一時間後グレンダワー公はあんたに会うと伝えてくれって」

その女はレディ付きの女中ではなかった。赤く塗った唇と露出の多い胴着《ボディス》を見て、彼女の普段の仕事は他の種類の奉公ではないかとキャサリンは推測した。

女は両手を腰に当てて、キャサリンを上から下まで見た。「あんたの服は見られたもんじゃないね。たぶんこの箱の中に、こぎれいなドレスが見つかるはずだわ」

キャサリンは自分の汚れたドレスを見下ろした。

「さあ、捜そうよ」

二人は衣装箱をいくつも開けて、暑くて顔が赤くなるまで、チュニックやレギンスやシャツをひっかき回した。一つの箱の底のほうに、繊細な銀の装飾がほどこされた、緑がかった青色のシルクの優美なドレスを見つけた。

女に手伝ってもらって、キャサリンはそのドレスを着た。胴着を着るとき少々きつかったが、体にぴったり合った。女はまたその箱に頭を突っ込んで、ドレスとそろいの頭飾りと上靴を誇らしげに取り出した。

キャサリンがすべて身につけ終わると、女は孔雀《くじやく》のように得意そうにキャサリンにほほ笑んだ。そして無遠慮にウインクして言った。「あんた、プリンセスみたいだわ」

キャサリンは階段を下りながら、この芝居をやってのけるためには堂々とふるまうことが必要だと、決意を固めた。メアダッドは、階段の下の広間の入り口の外で待っていた。キャサリンに目を留め、彼女の頭から爪先《つまさき》まで視線を走らせた。

「一人の王子を征服するだけでは足りないらしい」キャサリンがメアダッドの腕に手を掛けると、彼はささやいた。「二人目を誘惑して手に入れるにちがいない」

「なんの話かわかりませんわ」キャサリンはぴしゃりと言った。

「警告しておくが、我が君主は若いハリーのように、あなたの言いなりになる若造じゃない」メアダッドの声は真面目になった。「彼をもてあそぼうとしないことだ。グレンダワーはあなたが嘘《うそ》をついているかどうか見抜きますよ」

番兵が扉を開け、室内では架台式テーブルの上に広げられた大きな地図のまわりに男たちが集まっているのを、キャサリンは見た。彼女が入っていくと、男たちは彼女のほうを向いて見つめた。

　グレンダワーは他の者たちから離れて暖炉のそばに行き、キャサリンとメアダッドを手招きした。

「わたしに何を話したいのですか、レディ・フィッツアラン？」グレンダワーはすぐに質問した。彼は挨拶《あいさつ》で浪費する暇などない人間なのだ。

　まずは真実を告げることが一番いいやり方だと、キャサリンは考えた。

「わたしの行為のせいで、三百人もの人が亡くなったとあなたから聞かされて、そのことを真剣に考えました」両手に汗がにじんだが、キャサリンは手を動かさずにいた。

「彼らが亡くなったことが悔やまれます」

　グレンダワーは厳しいまなざしで、彼女が話を続けるのを待った。

「今度の戦いで、さらに多くの人間が死ぬでしょう。それでわたしは神に祈り、尋ねました。これ以上の流血を防げるなら、自分の知っていることをあなたに話すのは罪になるだろうかと」

「それで神はあなたに答えを与えたのか？」そんな神のお告げなど信じていないといった口ぶりで、グレンダワーは聞いた。

「いいえ、はっきりとは」キャサリンの悲痛な声は心からのものだった。

「それでは神のお導きなしに、わたしに話すことを決めたのか。それはどんな話だ、レディ・フィッツアラン？　わたしは忙しい」

これから、わたしは嘘をつかなければならない。

「イングランド軍の一部がモンマス城の近くで待機しています」キャサリンはグレンダワーの目をまっすぐに見つめ、言っていることを自分も本当だと思うようにした。「あなたの軍を背後から襲って、ウェールズから分断しようとしているのです」

間を置いてから、グレンダワーは尋ねた。「その部隊の指揮官は誰だ？」

「ハリー王子です」グレンダワーと初めて会ったときから、彼がハリーの軍事能力を高く評価していることを、キャサリンは知っている。

「だが、王子はここに、ウスターにいる」グレンダワーは薄ら笑いを浮かべた。「戦場で彼を見つけるのは簡単だ」

「シュルーズベリ戦のことを覚えていますか？」キャサリンは挑むように聞いた。グレンダワーの目に怒りがひらめいた。彼は遅れて到着して、北部の反乱軍が敗北するのを森陰から眺めていた、と噂されている。

「シュルーズベリで、国王はおとりを使いました。騎士たちに王の甲冑を着せ、王の馬のように見える馬に乗せたのです。ホットスパーは二人のおとりを殺してから、切り倒されました」

キャサリンはグレンダワーをじっと見つめたまま、次の嘘を語った。「王子は、今あなた方を騙《だま》すために、同じ手を使っています。今日あなたが見たのは偽者の王子です。本物はあなたの軍の退路を断ち、背後から襲おうと待機しています」

「どうしてあなたの言葉が信じられる？」グレンダワーの黒い目は、キャサリンの心の中の真実を探った。「以前あのような諜報《ちょうほう》活動をしていたあなたが、どうして今、反乱軍のために動くのだ？」

「わたしは反乱軍に味方しているのではありません」再び真実に立って、キャサリンは言った。「でも自分の手でこれ以上、イングランド人だろうとウェールズ人だろうと、血を流させたくないのです」

「では、あなたは夫を裏切って死なせたことを後悔しているのか？」

「いいえ！」キャサリンは考えもせずに即答した。

グレンダワーは頷いた。この率直な反応が彼女の話に信憑性《しんぴょうせい》を与えたことに、キャサリンは気づいた。自分でもなぜかわからなかったが、少なくともレイバーンの本性をグレンダワーに話したいと思った。

「レイバーンはあなたに真に忠誠ではありませんでした、グレンダワー公」キャサリンは静かな声で言った。「彼は自分を救うためなら、あなたを悪魔にでも売ったでしょう」

「あなたはわたしの知らなかったことは何一つ話していない」グレンダワーはほろ苦い笑みを浮かべて付け加えた。「実際、彼より奥方のほうがもっといい盟友になれただろうな」

グレンダワーはキャサリンに歩み寄った。彼の射抜くようなまなざしを受けて、背に震えが走ったが、キャサリンはその真剣な黒い瞳《ひとみ》から目をそらすことができなかった。この男には磁力がある。そのとき、キャサリンはメアダッドの警告を理解した。彼の暗い情熱をいくらかでも自分に向けてほしいと願って、このような磁力を発する男のそばにいるためには、女は大きな危険を冒すことになるだろう。勇敢な女でなければならないのだ。

「お願いです、家に帰してください」キャサリンは嘆願した。「息子に会いたいのです」

グレンダワーの目から光が消え、彼はキャサリンから目をそらした。「わたしもだ、レディ・フィッツアラン。わたしもだ」

彼に心痛の種を思い出させたことで、キャサリンの胸はやましさで痛んだ。でも、わたしはうまく嘘をつき通せた。自分のしたことが間違っていなかったことを祈るしかない。

20

ある朝イングランドの指揮官たちは目覚めると、フランス・ウェールズ軍が夜の間に撤退したことを知った。この予想外の撤退について、誰も納得のいく説明ができなかった。ウイリアムもその一人だが、もう兵士たちを戦わせずにすむことを喜んだ。この戦いはイングランドには得るものがなかったはずだ。たとえ戦いに勝っても、戦場はイングランド人の血であふれることになっただろう。兵士を失えば、真の敵であるフランス軍との対戦に向けて軍が弱体化することになる。

しかし、なぜ敵軍が撤退したのかは理解できなかった。フランス・ウェールズ軍がイングランドの領地で勝利すれば、おそらくヘンリー王にウェールズの獲得を断念させられたはずなのだ。

ウイリアムは国王に別れの挨拶《あいさつ》をして、帰路についた。ハリー王子もモンマスまで彼に同行した。フランス軍が自国の軍船へ撤退したことを確認するまで、王子はウェールズの境界地にとどまることになる。

　ウイリアムはハリー王子に少なからぬ好意を抱くようになっていたが、王子と別れたときには内心ほっとした。軍事について話すことに飽き飽きしていたのだ。馬に揺られ、話をせずにすむことをありがたく思いながら、彼は妻という謎《なぞ》を解こうと思いを巡らした。

　俺はしじゅう廊下で、キャサリンが王子たちや吟遊詩人たちと密会しているのを見かけることになるのだろうか？　なんと彼女は恋人の子供を夫の子供と偽ってきたと認めたのだ！　だが、同じ女が広い心で、俺の弟を彼女の家庭に迎え入れてくれた。俺の残酷な言葉も、彼女を信頼していないことも許し、もっといい夫になるという俺の約束を信じてくれた。

　そして俺を愛していると言ってくれた。

　ウイリアムはキャサリンを十分に理解してはいなかったが、彼女がいないなら、自分は満たされないことは確信していた。

　遠方にロス城が見えたとたん、ウイリアムの胸に幸福感が押し寄せた。もう、見張りは城主の到着を城内に知らせているだろう。ジェイミーやスティーブンにも会いたかった。彼は少年たちも愛するようになっていた。

　ウイリアムは信じられない思いで、かぶりを振った。人生がこれほど急激に変わるとは。ほんの二カ月前に、俺は愛する者などいない身で、ここにやって来たのだ。今彼は生涯で初めて、失いたくないものを持ったように感じた。

出陣の前日キャサリンの胃が不調だったことをふと思い出し、彼は不安になった。馬に拍車をあて、部下たちに先んじて開かれた城門の中に入った。

城に残した者のほとんどが中庭で領主を待ち受けていた。しかし、キャサリンの姿はなかった。一同をさっと見やって、スティーブンもいないことに気づいた。くそ、エドマンドもどこにいるんだ？

ウイリアムが馬を降りると、人々の中から小さな子供が飛び出してきた。彼はかたわらの厩舎係《きゅうしゃ》の少年に手綱を放って、駆け寄ってきたジェイミーを高く抱き上げた。

「お母さまはどこにいる？」

「見つけてくれなかったの？」

冷たい恐怖がウイリアムの血管を走る。

「ロード・フィッツアラン」声をかけられて、エドマンドとともに残した部下の一人ヒュー・ストラトンのほうを向いた。

「何があったんだ？」ウイリアムの心臓は激しく打った。「妻はどこにいる？」

「レディ・フィッツアランが尼僧院を訪ねたいとおっしゃったので、エドマンドとスティーブンが付き添っていきました」

ウイリアムはほっと胸をなでおろした。だが目を合わすことができないヒューを見て、安堵感《あんどかん》はたちまち消えた。

「どうした？　話せ」

「ご一行は襲われました」

まさか、そんなことが！

「帰宅時間になっても帰らないので、わたしたちは三人を捜しにいきました。そして深手を負ったエドマンドを見つけたのです」

「キャサリンとスティーブンはどうした？」この馬鹿《ばか》は、二人が生きているのか、死んでいるのか、教えてくれないのか？

「お二人は捕らえられたにちがいありません。エドマンドの倒れていたところ以外には、血の跡も衣服の切れ端も見つかりませんでしたから」

ああ、なんてことだ。「それはいつの話だ？」

「二日前です。わたしは部下たちに、昨日一日中、そして今日もお二人を捜させました。エドマンドに会いたいと思われるなら、もう話ができます。エイリスが主塔《キープ》の中に彼を寝かせています」

ウイリアムはヒューの話にすっかり気をとられて、ジェイミーが声をあげるまで、少年を抱いているのを忘れていた。「お母さまに会いたい！」

ジェイミーは大きな目に涙をためて、ウイリアムを見た。「スティーブンにも会いたい」

「必ず二人を連れ戻すよ」ウイリアムは約束した。もしもどちらかにでも危害を加えたなら、その悪党どもを追いかけて皆殺しにしてやる。

ウイリアムは胸にもたれたジェイミーを抱いて、主塔に向かった。そして子守に少年を預けると、ヒューとともにエドマンドに会いにいった。

ウイリアムは思わず戸口で足を止めた。彼は負傷者を人一倍目にしてきた。だが、なんとエドマンドは、数頭の馬に踏みつけられたかのような姿をしていた。いたるところ包帯が巻かれ、黒いあざや青あざだらけだ。

ウイリアムが寝台の横に膝《ひざ》をつくと、エドマンドは片方の目を開けた。もう片方の目は腫《は》れて開かなかった。

「精いっぱい闘いましたが、相手は六人だった」エドマンドはしわがれた声で言った。「二人を討ったが、背後からやられました」

「やつらはどんな人間だった？」

「ウェールズの貴族のようです」そう答えて、エドマンドは目を閉じた。

ありがたい、暴徒ではなかった！　貴族は他の男に劣らず乱暴ではあっても、同じ階級の女性に暴力をふるうことはめったにない。もしも本当にキャサリンを捕らえた者たちが貴族なら、おそらく身代金が目的で、彼女は大事に扱われるだろう。

ウイリアムはヒューのほうを向いて尋ねた。「身代金の要求はあったか？」

ヒューは首を横に振った。

ウイリアムが立ち上がりかけたとき、エドマンドは再び話そうとした。ウイリアムは彼の腕に片手を置き、よく聞こえるように上体を近づけた。

「彼らはわたしたちが来ることを予想していた」エドマンドはしわがれた声でささやいた。「彼らが奥方の名前を言うのを聞きました」

ウイリアムはエドマンドの病室を出て、キャサリンとスティーブンの捜索に部下たちを送り出した。今頃までには誘拐した者たちは二人をウェールズの奥に連れ去っているかもしれないが、彼はすべての林や小屋を捜すように命じた。しかし、キャサリンやスティーブン、そして彼らを連れ去った者たちのなんらの痕跡《こんせき》も見つからなかった。ウイリアムは一人、暗くなってからも捜し続けた。

城に戻ったとき彼はあまりに意気消沈していて、空のベッドに向き合う気になれなかった。ジェイミーの寝室に向かい、粗末な寝台に寝ていた子守を仰天させた。彼女が慌てて隣室に移るとすぐに、彼はベッドのそばの椅子《いす》に倒れ込んだ。どういうわけか、くつろいで幸せそうに眠っている少年の顔を見ているうちに、彼の心は和らいだ。

夜明けにウイリアムは目を覚ました。椅子で眠ったために体が痛かった。

21

スティーブンは見張りがあとをつけてくるのを感じながら、月光に照らされた無人の広野を、モンマス城に向かって馬を走らせた。モンマス城の門が開かれるやいなや、彼は五、六人の武装兵に取り囲まれた。

「王子に直接お渡しすべき信書を持参しました」次々と上官へ回されて、問われるたびに、スティーブンは答えた。「王子は今夜のうちにごらんになりたいはずです」

すでに真夜中を過ぎていたが、ようやくスティーブンは王子の私室に通された。ハリー王子は寝ていたのを起こされたようには見えなかったので、スティーブンはほっとした。母に教えられたように、深く一礼する。

「それで、カールトンの息子、こんな夜更けにわたしに会いに一人でやってくるとは、何事だ？」

「レディ・キャサリンとわたしはウェールズの反乱軍に捕らえられました、閣下」

「レディ・キャサリンだって？」王子は椅子の腕木をぐいと摑《つか》んだ。「やつらはキャサリンを捕虜にしたのか？」

「ええ、そうです。閣下にこの信書を届けるために、わたしは解放されました」スティーブンはベルトから手紙を取り出して、王子に渡した。「あなた以外の者には渡さないように言われました」

王子は封を切って、すばやく書面に目を走らせた。そしていらだたしげに手を振って、従僕を部屋から下がらせた。ドアが閉まるまで、彼は口を開かなかった。

「大変な旅だったろう。腹が空いているはずだ」王子はそばのテーブルに置かれた、パンやチーズや果物で山盛りになった大皿を指した。

スティーブンはその小テーブルの向かいの椅子に腰を下ろして、王子が凝った装飾の銀のデカンタから、甘く芳ばしいワインを注いだ杯を受け取った。

「彼らには大事に扱ってもらったか？」

スティーブンは頷《うなず》き、ワインをごくごく飲んだ。

「この件はフィッツアランと話し合うべきだ」王子は言った。「レディ・キャサリンは彼の妻なのだから」

口が食物でいっぱいだったので、スティーブンはさかんに頷いた。「わたしも一緒に行きます」のみ込んでしまうとすぐに言った。「閣下お一人で、兄と話をしに行かれないほうがいいと思います」

王子は片方の眉《まゆ》を上げた。「この手紙の内容を知っているのか？」

スティーブンは再び頷いた。

「この反乱兵たちは大胆なやつらだ」王子は尋ねた。「なぜ彼らは人質受け戻しの要求を、フィッツアランにではなくわたしにしたのかわかるか？」

スティーブンは椅子の上でそわそわして、ドアの方を見やった。

「話すんだ」王子は命じた。「使者を責めはしない」

スティーブンは視線を王子に戻し、彼が本気で言っているのかどうか見極めようとした。

「オーウェン・グレンダワーは、閣下がレディ・キャサリンに好意を抱いていると聞いています」スティーブンはこのことを言いたくなかったが、言う他なかった。「好意以上の感情を」

王子がなんの反応も示さなかったので、少々のみ込みが遅いのかもしれないと、スティーブンは思い始めた。再びドアまでの距離を測ってから、はっきり言ってしまおうと腹を決めた。

「グレンダワーは、キャサリンがあなたの愛人だと思い込んでいるのです」

激しい怒りの声を覚悟して、スティーブンは王子を見つめた。

ハリー王子は握った両手の上に顎《あご》をのせた。「不運な事態だ」彼は穏やかに言った。

「彼女がわたしのなんであろうと、わたしのために、国王が彼女を解放させようとすると考えているなら、グレンダワーは誤解している」

王子はしばらくの間考えにふけっているように見えた。

「彼はレディ・キャサリンとわたしの噂《うわさ》を聞いたにちがいない」王子はスティーブンを見て、片方の眉を上げた。「聞かせてくれ、スティーブン・カールトン、おまえはどう思っている?」

「レディ・キャサリンは立派な淑女です」スティーブンは即答した。「そんなことは決してするはずがありません」

王子は微笑した。「おまえがわたしと同じように、彼女を高く評価しているのを聞いて嬉《うれ》しいよ」

先ほどの警戒心を忘れて、スティーブンは付け加えた。「でも、ロス城で人々が話しているのを聞きました。お二人が親しいことはよく知られています」

「畜生……」王子はつぶやいた。

その後スティーブンは、二人が捕らえられたときとそれ以後のことを詳細に話させられた。王子に退出を許されるまでには、スティーブンは疲労でふらふらになっていた。

スティーブンはドアのところで足を止めた。「わたしたち二人がウイリアムに、それは、つまり陛下とレディ・キャサリンの噂は、本当ではないと話したら、兄は信じてくれるかもしれません」

王子はほほ笑んだ。「おまえは勇敢な男だ、スティーブン。味方になってくれて嬉しいよ」

なぜキャサリンとスティーブンを捕らえた者たちからなんの連絡もないのか？　心配といらだちが耐えられないほど募って、ウイリアムは気が狂いそうだった。今日のエドマンドはもっと意識がはっきりしていた。まだ危険を脱したわけではないが、おそらく命を取り留めそうに見えた。ウイリアムは、襲撃者たちがたまたま彼らを襲ったわけではないと考えるのはどうしてかと、エドマンドを問い詰めた。

「立派な馬に乗り武装した六人の男たちが、ちょうどあのとき、尼僧院への静かな小道に居合わせたのは、なぜでしょう？」エドマンドは問いかけた。

彼らがウェールズ人だろうとイングランド人だろうと、兵士ならウスターにいたはずだった。

「聞いてください、ウイリアム、彼らは奥方の名を知っていました」

「だが、俺は城内のどの男にも女子供にも問うたのだ」ウイリアムはいらだたしげに病室を歩き回りながら言った。「おまえが彼女を尼僧院に連れていくと言ったことを外部にもらした裏切り者が城内にいるなら、誰かが何かを見るか聞くかしているはずだ」

長い間を置いてから、エドマンドは低い声で言った。「彼女は以前あなたから逃げたことがある」

ウイリアムは足を止めた。彼女は以前あなたから逃げたことがある。その言葉は彼の腹にナイフのように突き刺さった。

ウイリアムはこぶしを握ったり開いたりしながら、ゆっくりエドマンドに顔を向けた。「キャサリン自身がこの事件を計画したと言っているのか?」

「わたしが言えるのは、奇妙な事件だということだけです」エドマンドは答えた。

ウイリアムは、出陣前夜キャサリンが言ったことを思い出した。今こそ、あなたに救い出してもらわなければならないの、ウイリアム。あなたは、レイバーンには与えることができなかった苦しみを、わたしに与えているのだから。

「彼女がジェイミーを置いていくはずがない」ウイリアムは反駁《はんばく》した。

「奥方は連れていこうとしましたが、わたしが反対したのです」

「おまえは初めから彼女に反感を持っている」ウイリアムは声を荒らげた。「彼女がそんなことをするはずがない」

「あなたは、奥方を一人では外出させないでしょう」エドマンドは言い募った。「だから、誘拐を計画して、逃げようとしたのかもしれない」

エドマンドが頭から足まで包帯だらけでなかったなら、ウイリアムは彼を持ち上げて、壁にたたきつけていただろう。

「他の説明も考えられる」ウイリアムは歯ぎしりした。「他にも説明がつくはずだ」

彼女は二度と出ていかないと約束した。彼女は誓ったのだ。

「長年彼女は前夫を騙《だま》していた」エドマンドは言った。「あなたは彼女を知ってどのくらいになるのですか？　三カ月かな？」

三カ月にもなっていない。しかし、俺は彼女を知っている。彼女を愛している。彼女も俺を愛している、そうだろ？

ウイリアムは、エドマンドの頭の包帯にこびりついた血と首にまで及んだ傷を眺めた。「そんなに彼女のことをよく思わないなら、どうして彼女を守ろうとして、死ぬほど闘ったんだ？」

「もちろん、あなたへの忠誠心からですよ」エドマンドはしわがれた声で言った。「あなたに彼女を守るように頼まれた。それに奥方があなたにとって大事な人だと、うすうす感じていますから」

キャサリンが俺にとってどれほど大事か、エドマンドにわかるはずがない。

「いくらだろうと、相手の要求する身代金を払うつもりだ」ウイリアムはエドマンドにというより、自分自身に向かって言った。「彼女を取り戻せるなら、なんでもする。なんでも」

「女というものは気まぐれです。奥方も気が変わって、戻ってくるかもしれない」エドマンドは言った。「あるいは逃亡を助けてくれると信じた男たちが裏切って、身代金のために彼女を捕らえたのかもしれない」

「おまえの毒舌はたくさんだ！」ウイリアムは怒りに震えて声をあげた。「おまえに言っておく、エドマンド。おまえが負傷していようといなかろうと、また彼女を悪くいったなら、おまえを放り出す」

「わたしが女について何を知っていましょう？」今やエドマンドの呼吸は苦しげになり、言葉はとぎれとぎれになった。「申し訳ありません……二度と言いません……わたしは誰よりも幸せでしょう……奥方について、わたしが間違っていたとわかるなら……わたしは……」

意識が遠のいた者を叱《しか》りつけることはできずに、ウイリアムは部屋を出た。

彼はエドマンドの言葉を頭から締め出そうと努めたが、すでに打撃をこうむっていた。意に反して、疑念や疑問が湧《わ》いてくる。それらは彼の頭の中を駆け、ぐるぐる回った。結局ジェイミーの父親は死んでいなかったのか？　彼女は彼のもとに行ったのか？　彼は反乱軍の一員なのか？　それともあのいまいましい吟遊詩人のもとに行ったのか？

いいや、そんなはずはない。スティーブンを連れていくはずがないじゃないか？

王子とスティーブンが到着するまでは、ウイリアムはみじめな思いを味わっていた。

スティーブンが馬を降りるやいなや、ウイリアムは彼を抱き締めた。彼がこの弟を抱いたのは、これが初めてだった。

「姉上は元気です」スティーブンは言った。

「誰が彼女を連れていった？　彼女はどこにいる」

「チューダー兄弟が、姉上の面倒をよく見てくれています」スティーブンは一気に言った。「彼らは反乱軍にしては、いいやつらです」

「なんだって！」ウイリアムはどなった。「チューダーだと！　チューダーが彼女を連れ去ったと言うのか？」

そのとき王子が進み出て、ウイリアムの腕に片手を置いた。

「中に入れてくれないか」そう言って、王子はまわりに集まっている兵士や使用人に意味ありげな視線を投げた。「あなたにすべてを話すつもりだが、中庭で話すには長い話になる」

ウイリアムはハリー王子とスティーブンを主塔に招じ入れ、階段を上って城主家族の私室に向かった。私室の戸が閉ざされ三人が椅子に座ると同時に、ウイリアムは話し出すのを期待するように、二人に目を向けた。

「おまえとレディ・キャサリンが捕らえられたときのことをフィッツアランに話してくれ」ハリー王子はスティーブンに指示した。「今はかいつまんで話すように。あとで、彼はおまえが覚えているかぎり詳しく話を聞きたがるはずだ」

スティーブンは出来事を順序よく、かいつまんで語って、ウイリアムがもっとも恐れていた懸念を取り去ってくれた。妻が強姦《ごうかん》されて殺され、どこかの森に横たわっているのではないかと、最悪の想像をしたときもあったのだ。

ウイリアムは山ほど聞きたいことがあったが、どこから始めていいのかわからなかった。「どうして彼らはおまえをモンマスに遣わしたのだ?」

スティーブンは不安そうに王子を見た。

「わたしもあなたと同じように驚いた」ハリー王子はベルトにつけた巾着《きんちゃく》から手紙を取り出し、ウイリアムに渡した。「これが、スティーブンが持ってきた手紙だ」

読み出す前に、王子とスティーブンが意味ありげな視線を交わしたことにウイリアムは気づいた。オーウェン・グレンダワーの署名がある手紙を読むと、ウイリアムの顔からさっと血の気がひいた。

「話していただけませんか」ウイリアムは丁寧だが冷ややかな声で、ハリー王子に尋ねた。「なぜ妻を捕らえた者たちは、夫であるわたしに身代金を要求せず、あなたに要求したのでしょう？」

ハリー王子は硬いまなざしでウイリアムと目を合わせた。「わたしはあなたの上に立つ王子だ、フィッツアラン。国王以外の者に返事はしない。だが、あなたの知りたいと思っていることを話すことにしよう。よく聞くんだ。二度は話さないから」

王子は一語一語を明確に発音しながら言った。「わたしは奥方を大切に思っているので、愛人にして彼女を辱めることはできない。それにキャサリンも愛人になることには同意しないだろう。彼女はわたしを将来の王として尊敬しているが、兄弟として、弟として愛してくれている」

「閣下のほうは？」ウイリアムは緊張した声で聞いた。「わたしの妻に対するあなたのお気持ちを聞いてもよろしいですか？」

「彼女を手に入れたいと思ったことがないとは言わない」王子は落ち着いたまなざしでウイリアムの目を見て言った。「だが十二になったときから、彼女とは結婚できないことを知っている。キャサリンのように聡明《そうめい》な女性は貴重だが、わたしはイングランドのためになるような結婚をしなければならないのだ。キャサリンを妃《きさき》にできないし、愛人にするつもりもないので、彼女の友人でいる。友人であることを幸せに思っている」

ハリー王子は話し終えると、疑念は解かれ、この話題は決着がついたものと考えた。

すぐに目前の問題にとりかかった。

「グリフィズとキャサリンを交換するように王に頼んでも無駄だ」王子は顎をさすりながら言った。「たとえわたしが反乱軍に捕まったとしても、父がグレンダワーの息子を手放すかどうかはわからない」

ウイリアムは否定しなかった。

「よって、彼女を無事に取り戻すために他の策を考えねばならない。スティーブンの話だと、チューダーが彼をモンマスまで連れていく間、彼女はグレンダワー軍とともに西に移動したようだ」

話し合いの末、グリフィズを解放するよう国王を説得できないことをグレンダワーに伝える手紙を、ハリー王子は送ることになった。その中には、身代金を払う旨を記したウイリアムの手紙も同封される。

「その間我々はキャサリンがどこに捕らえられているか見つけなければなりません」ウイリアムは言った。「グレンダワーは彼女を解放することを拒絶するかもしれない。居場所がわからないなら、彼女を救出することはできない」

ハリー王子はウイリアムに、タルコット院長と話すようにという驚くべき提案をした。

王子は笑みを浮かべて言った。「善良な尼僧院長のところにどんな情報が入ってくるか、あなたにはとうていわからないだろう」

多くの北部人のように、ウイリアムも、スコットランドとイングランドの境界のどちらの側の貴族とも、その半分とかかわりがあり、残りの半分も知っていた。その地域では人質を取ることはよくあり、人質のやり取りは一種のゲームのようになっている。もしも妻がそこで誘拐されたなら、ウイリアムは半日で彼女の所在を突き止められただろう。

しかし、ウェールズではどうやってキャサリンを捜したらいいのか途方にくれた。言語は異なるし、人々はイングランドに敵意を抱いている。ウェールズの奥に人質が連れていかれるなら、身代金が払われるまで見つけられそうもない。

人里離れた尼僧院の尼僧がどうやってキャサリンの居所を捜すことに協力できるのか、ウイリアムには見当もつかなかったが、他に手立てを思いつかなかった。王子が発つと同時に、彼はスティーブンとともに尼僧院に向かって出発した。

短い道中、ウイリアムはこの道を最後に通ったときのことを、尼僧院から花嫁を連れ戻した日のことを、思い出さずにはいられなかった。俺はまたもや彼女が逃げるように追い込んでしまったのだろうか？

「神よ、お願いです、彼女をお守りください」彼は心の中で祈った。「出ていったのは彼女の意志であろうとなかろうと、彼女を取り戻してください」

今回は尼僧院の敷地に静かに入り、尼僧の一人に院長の私室に案内されるまで、二人は中庭で待った。客間の戸口に来たとき、ウイリアムは驚きのあまり声を失った。

こんなことはありえない！　椅子に座り長い両脚を前に伸ばして、院長と談笑しているのは、キャサリンの吟遊詩人ではないか。

「ごきげんよう、ロード・フィッツアラン」院長が挨拶《あいさつ》した。

タルコット院長がスティーブンと挨拶を交わしている間、ウイリアムは吟遊詩人をまじまじと見つめた。

院長は詩人のほうを身振りで指した。「ロバート・ファスを紹介しますわ」

「会ったことがあります」ウイリアムは嚙《か》みつくように言った。

「一応は」ロバートは口角を上げて愉快そうな笑みを浮かべた。尼僧院の敷地内ではウイリアムが自制するものと考えているのは明らかだった。

タルコット院長は二人に椅子を勧め、蜂蜜《はちみつ》ケーキの皿を回した。彼女はウイリアムにささやいた。「ケーキを焼く係のシスターをもう一人増やしましたのよ」

それでも、スティーブンが無邪気に二つもケーキをむさぼるのを待ってから、ウイリアムは一つだけ取った。

院長が三人で話せるように、吟遊詩人を退出させるそぶりを見せないので、ウイリアムは用件を述べた。「妻が反乱軍の捕虜になってしまいました。彼女はこの尼僧院に伺う途中で捕らえられたのです」

院長は心配で顔を曇らせたが、驚きはしなかった。「今ロバートからそのことを聞かされたところです」

「神の名にかけて、いったいどうやって彼は知ったのだ？」

「あなたがどこにいるか忘れないように」院長は、うかつにも神の名を口走ったウイリアムをたしなめた。「ロバートがどうやって知ったかは問題ではありません」

「彼女の居所を知っているのか？」ウイリアムはロバートに尋ねた。もしもキャサリンがどこにいるか教えてくれさえしたら、彼の罪を喜んで見逃そうと思った。

「まだわかりません」彼の代わりに院長が答えた。そしてロバートの腕を軽くたたいて言った。「でも友人のロバートは、捜し出してくれることをもっとも期待できる人です」

出かかった悪態をこらえて、ウイリアムは聞いた。「どうやって、わたしの妻の居所を知るのだろう？」

「反乱のさなかでも、わたしの一座はウェールズも境界地も自由に旅します」ロバートは答えた。「一座でウェールズに入って、疑われずに奥方を捜すことができます」

「なぜ妻のために、それほど骨を折ってくれるのだ？」

ロバートの目が愉快そうに踊った。「わたしたちは親友ですから。奥方から聞きませんでしたか？」

「くだらないことを言わないで」院長がたしなめた。「ロード・フィッツアラン、何が起きたのか話していただけますか？」

スティーブンとウイリアムは知っているかぎりすべてを、二人に語った。ロバートは多くの質問をした。しかし、人質の解放条件が普通でない点には触れないだけの良識があった。

「捜し出せる可能性は高くない」ロバートは首を横に振りながら言った。「グレンダワーが安全のために、奥方をフランス軍とともに大陸に送らないことを願いましょう。もっとも、アベリストウィスかハーレフの城に連れていかれるなら、同じくらい困難な事態になりますが」

グレンダワーがキャサリンをそのどちらかの城に閉じ込めたなら、神にすがるしかない。それらの城はイングランドの領土から遠い、ウェールズの西海岸にある。両方とも難攻不落、あるいはなかなか落とせない城とみなされていた。

「奥方の情報を入手するまで、わたしはグレンダワーのあとを追います」ロバートは言った。「もちろん、慎重を期しますよ」

この旅回りの吟遊詩人にとって、諜報《ちょうほう》活動はむずかしくないように見えた。彼はハンサムで口達者な外見の奥に、明晰《めいせき》な頭脳を隠しているらしい。

ウイリアムはロバートと院長を交互に見て、片方の眉を上げた。「あなたたちは、キャサリンの諜報行為に協力していたのですか？」

二人は栄養たっぷりの猫のような顔でにやりとした。

「レイバーンに勝ち目がなかったはずだ」ウイリアムは言った。

「あの悪魔の落とし子に勝ち目などくれてやるか」初めて、ロバートは一瞬怒りを見せた。

このバラードの歌い手は本当は何者なのだろうと、ウイリアムは訝《いぶか》った。彼が農家や商家の出でないことは確かだ。院長や領主と話すときでも、いかにもくつろいでいるように見える。彼が何者であろうと、ウイリアムはその助力に深く感謝した。

「紛争の中でわたしどもが果たしている役割は秘密にしておかねばなりません」院長はウイリアムに忠告した。「ロバートが情報収集に協力していると疑われるなら、お役に立てなくなります」

「我々は誰にも話しません」ウイリアムは約束し、弟も理解していることを確かめるために、スティーブンを鋭く見た。

「エドマンドにもね」スティーブンが言い添えた。

22

何千人ものフランス・ウェールズ軍とともに移動しつつ、自分は独りなのだという思いをキャサリンは噛《か》みしめた。今では、チューダー兄弟の姿を見ても嬉《うれ》しく思えただろう。

確かに彼らに保護されているなら、もっと安心できたはずだった。

キャサリンは思いきってリース・ゲシンを一瞥《いちべつ》した。彼は彼女と並んで進み、そのがっしりとした筋肉質の腿《もも》が彼女の腿に不快なほど接近していた。ゲシンはキャサリンの監視役の長として、メアダッドの役目を引き継いでいる。キャサリンが彼について思い浮かべるのは〝残忍な者〟という異名だが、〝残忍な者〟は、チューダーのような上品な容姿も洗練された物腰も持ち合わせていなかった。

汗臭く馬臭い擦れ切れたチュニックから、もつれてこぶになった肩に届く長髪にいたるまで、この男の何もかもが粗野で無骨だ。広い胸と太い首を持ち、牡牛《おうし》のような体つきだった。めったに口をきかないが、たまに彼が話すときには他のウェールズ人たちは耳を傾けた。

リースはキャサリンのほうを向いて、強いまなざしで彼女を見すえた。彼の目つきはその心のように凶悪で、彼女が出会った中でもっとも恐ろしい男だった。

「なんでしょう?」最初に彼を見つめたのはキャサリンのほうだったが、彼女は鋭い声で尋ねた。

リースは前方の狭い道に向かって頷《うなず》き、何かをうなった。自分の前に行ってほしいのだろうと、キャサリンは解釈した。彼から少し離れられることをありがたく思いながら、彼女は馬を前に進ませた。だが背骨にぞくりと震えが走った。肩越しに振り返ると、彼の燃える石炭のような目に見つめられている。

少なくとも夜間は、キャサリンは〝残忍な者〟から解放された。ゲシンは兵士とともに野営するが、彼女はグレンダワーの客人として、ウェールズ人の家に泊めてもらえた。粗末な家だが、少なくとも屋根の下で眠ることができた。

一行がミルフォードヘブンに着くと、フランス軍の兵士と馬は港で待機していた船に乗り込んだ。フランス軍の船が出港したあと、グレンダワーは自分の兵士の大部分に俸給を支払った。戦闘シーズンは終わったのだ。軍中枢の部下だけが、グレンダワーとともに西海岸沿いに北上した。

アベリストウィス城を目にして、キャサリンは息をのんだ。それは荒波の打ち寄せる岸壁に菱形《ひしがた》の形状に築かれ、同心円状に城壁が巡らされた壮大な城だった。征服したウェールズ人にイングランドの力を見せつけるために、エドワード一世がウェールズ周辺に囲むように築いた一連の強固な砦《とりで》の一つだ。

築百年と少し経った今、アベリストウィス城は荒波と風雨に浸食されて、崩れかけていた。城の巨大な外郭の中庭に入ると、キャサリンはあたりを見回した。正門は開けられ吊《つ》り上げ橋は下ろされていたが、幾重もの厚い壁が城を堅固なものにしている。ヘンリー王がスコットランド戦へ兵を向かわせ、防御を手薄にしたおかげで、グレンダワーはこの城を奪うことができたのだった。

北に向かって出発した当初から、この城か、あるいはもっと運が悪ければ、ハーレフ城に連れていかれるのではないかと、キャサリンは恐れていた。そのどちらかの城に捕らわれるなら、脱出する見込みも救出される見込みも薄かった。それでも、崩れかけたアベリストウィスのほうがハーレフよりましだった。

リースに抱えられて鞍《くら》から降ろされるとき、キャサリンは彼の臭いをかがないように息を止めた。彼に触れられるのがどんなにいやか、見せないように努めた。

その夜キャサリンは海が見下ろせる塔の上の部屋で眠った。戸の外に番兵が立っていたが、無用な警戒のように思えた。緊張と不安を覚えつつ、彼女は戸にかんぬきを掛け、岸壁を打つ波の音を聞きながら眠りに落ちた。

翌朝女中が着替えの手伝いにやって来て、今日はグレンダワー公に同行するようにと伝えた。どうやら、アベリストウィスが終着地ではないらしい。

キャサリンはリースの手を借りて馬に乗るとき、彼がそれほど臭くなく、服のほこりも払ってもらったらしいのに気づいた。彼はいつものように無言で、グレンダワーの待つ場所に彼女を連れていった。

「あなたをフランスに送るつもりだった」城門を出て北に向かう道々、グレンダワーは言った。

キャサリンははっと息をのみそうになった。イングランドとフランスの戦いは終わりがない。もしもフランスに連れていかれるなら、わたしは何年も捕らわれたままかもしれない。

「家に帰りたいです。でも、フランスよりも野生の美にあふれたウェールズのほうが好ましいですわ」

「それなら、リース・ゲシンに感謝すべきだな。彼は、あなたをここに留めるように主張して譲らなかったのだ。彼はフランス同盟軍を信用していない」

「では、わたしをどこに連れていくのですか？」

「ハーレフ城だ。そこで、わたしは家族と暮らしている」

それを聞いて、キャサリンは意気消沈した。

「エドワード王は——やつの魂など地獄で腐りはててしまえ——アベリストウィスで犯した間違いを繰り返さず、ハーレフ城を海のそばに築かなかった」彼は誇らしげな声で言い添えた。「あれほど鉄壁の防御を備えた城はない」

ハリー王子もハーレフ城について同じことを言っていたわ。

「ハーレフには、ドレスやらなんやら、あなたに必要なものがあるはずだ。あなたのためにもっとましな服を用意できなくて申し訳なかった。我が軍にレディを同行させる事態など予測していなかったのだ」

ドレスなど、キャサリンにはどうでもいいことだった。

「あなたはこの大変な旅をよく乗り切った」グレンダワーは彼女を満足げに一瞥した。

「あなたはあなたの最初の夫より根性があると、ゲシンは言っている。彼はレイバーンを、フランス同盟軍よりも軽蔑《けいべつ》している。自国を裏切るような男が嫌いなのだ」

彼はそばにいる部下たちに、もっと後ろに下がるように合図した。

「リース・ゲシンはわたしに願い出た。もしヘンリー王がわたしの息子の解放を拒絶するなら、あなたを妻にしたいと言ったのだ」

キャサリンは仰天した。

思いつく異議の数々の中で、彼女が発したのは次の言葉だった。「でも、あの人はわたしを嫌っています！」

「いいや、ゲシンはあなたにまいっている」グレンダワーはいつになく愉快そうに微笑した。「彼は我々二人を驚かせてくれるよ」

「彼には妻はいないのですか？」

「何年も前に亡くなった。今までは、ゲシンは妻がいないことが気にならない様子だった」

どうりで給仕の娘たちが、彼の餌食《えじき》になるのではないかと怯《おび》えるはずだわ、とキャサリンは思った。

「でも、閣下、わたしは結婚しております」

「もしもヘンリー王がわたしの要求をのまないなら、あなたから夫を除くことになるかもしれない」

キャサリンは恐怖の目でグレンダワーを見た。「わたしを未亡人にするおつもりなら、わたしの夫を過小評価していらっしゃいます。彼はすぐれた戦士です」

「あなたがフィッツアランの技量を賞賛するのは間違っていない」グレンダワーは平然と言った。「ノーサンバーランドが我が陣営に入るように彼を説得できなかったときは、がっかりしたよ。だが、フィッツアランの死をほのめかしているのではない。婚姻の無効のことを言っているのだ」

「そんなことはありえません」キャサリンは顔が赤くなるのを感じた。「わたくしたちの結婚は成就されております」

グレンダワーは手を振って、この難問を話すことを打ち切った。

しばし、彼らは無言で馬を進めた。やがて彼は何気ない声で尋ねた。「あなたは妊娠しているのか？」

今日グレンダワーが彼女と並んで進むことにしたのは、このたった一つの質問をするためだったと、キャサリンは感じた。答えを考えるために一瞬の間を置くこともなく、彼女は彼の目をまっすぐに見て答えた。「残念ながら、妊娠しておりません」

キャサリンはしじゅう嘘《うそ》をつくのがうまくなっていた。

「よかった、それなら婚姻無効は可能だ」そうグレンダワーは言ったが、キャサリンは自分の答えに彼が喜んだとは思えなかった。


ハーレフ城はグレンダワーの宮廷でもあり、彼の軍事基地でもあった。戦闘シーズンが終わり、雨の続く秋に入ると、城には手持ち無沙汰《ぶさた》な兵士たちがうろうろしていた。キャサリンは一瞬たりとも、見張りから解放されることはなかった。

彼女を見張ることは、非常に退屈な任務にちがいなかった。彼女はほとんどの時間部屋に一人でいるか、チャペルで祈って過ごした。〝残忍な者〟の視線を感じながら食べるのは耐えられなかったので、大広間で食事をとることはめったになかった。その上、グレンダワーの幸福な家族生活を見ることは、彼女をいっそう悲しくさせるだけだった。

ハーレフに着て一週間が過ぎた頃、グレンダワーに謁見するように、キャサリンは大広間に呼び出された。そこは彼の宮廷であり、グレンダワーは君主の地位を示す装飾的な衣装を常に身につけていた。白てんの毛皮で縁取りされたローブを装い、厳しい顔で、金箔《きんぱく》をほどこした椅子《いす》に腰かけたグレンダワーの前で、キャサリンは深いお辞儀をした。

「レディ・フィッツアラン、わたしの人質受け戻しの要求に対するハリー王子の返事を受け取った」グレンダワーは告げた。「王は、あなたを無事に帰すことと引き換えに、我が息子を解放はしないだろうと、王子は言っている」

グレンダワーの息子は目が見えず戦えないのだから、王はただ遺恨のために手放さないのだろうと、キャサリンは思った。

「それはわたくしの予想していたとおりです、閣下」彼女は低い声で言った。「王がご子息を帰さないことをお気の毒に思います」

「あなたは心から言ってくれていると思う」グレンダワーの目が優しくなった。

彼は高座から下りて、彼女を燃え盛る暖炉の前に導き隣に座らせた。

「二十年前スコットランドで、わたしはヘンリー王に仕えていた。当時彼はただの

〝ボリングブルック〟だった」

「彼は王座に就かれたときから、すっかり変わられました」キャサリンは思いきって言った。

グレンダワーは片方の眉《まゆ》を上げて、キャサリンに続けるよう頷いた。

「数々の反乱を経験して、王は人を信じなくなったのです」キャサリンはあえて横目で彼を一瞥した。「そして人を許さなくなりました。たとえ彼にとって失うものは何もなくとも、情けを示すことはないでしょう」

このようにグレンダワーに国王のことを話すのは賢明なことだろうか？　キャサリンにはわからなかったが、他に何もできないなら、彼に息子について本当のことを伝えたかった。

「ご子息を取り戻したいと思われるなら、王が非常に貴重だと思うものを渡すべきです」彼女はグレンダワーに、人質交換について思いつく唯一の提案をした。「彼はハーレフとなら、グリフィズを交換するでしょう」

グレンダワーは首を横に振った。「我が国民の利益より息子を優先することはできない」

「それなら、グリフィズの逃亡を計画することが一番望ましいと思います。一度は計画され実行に移されました。おそらく見張りを買収することができるのでは？」

「息子は最初の逃亡を試みて、盲人にされた」グレンダワーは言った。「再び彼にそのような危険を冒させるつもりはない」

キャサリンはこの偉大な男の顔に浮かんだ苦悩を見て、目をそらした。

「ハリーが父の跡を継いだときは」彼女は静かな声で言った。「きっとご子息に特赦を与え、解放するはずです」それはあまりにもわずかな希望しかない案だった。

「それまで、ロンドン塔でグリフィズが生き延びるかどうか」

二人は無言で暖炉の火を見つめた。

間を置いてから、グレンダワーは言った。「ハリー王子の手紙には、ご夫君からの手紙が同封されていた」

キャサリンはさっと背筋を伸ばした。「ウイリアムからの手紙？　彼はなんと言ってきたのですか？」

グレンダワーは前にかがみ、すぼめた口を左右の人さし指でたたいてから答えた。

「フィッツアランは高額の身代金を出すと言っている」

キャサリンは目を閉じた。ああ、ありがたいこと！　ハーレフに来てから希望のないわびしさを味わってきたあとで、自分の中に希望が生まれるのを案じた。

彼女は震える声で尋ねた。「夫が申し出た身代金を受け取るのですか？」

またグレンダワーの表情は厳しくなった。もう父親ではなく、君主の顔になっていた。

「もう一度こちらの要求を繰り返した手紙を送るつもりだ」彼は厳しい声で言った。

「それでもハリー王子が応じないなら、指揮官の一人に、彼に欠ける政治的手腕を備えた妻を与えて、利を得させることにする」

グレンダワーは馬鹿《ばか》ではない。それでもキャサリンは、彼はどうやって彼女の結婚を無効にさせるのだろうと訝《いぶか》った。

「わたしはアビニョンのフランスの教皇を認めようと考えている」

彼の言葉はキャサリンの上に落雷のように落ちた。神はこの世で、ローマのバチカンにあるサンピエトロ大聖堂の継承者を選ばれた。それに代わる教皇を支持する支配者は、自身ばかりか、その全国民までも非難される危険を冒すことになる。キャサリンはショックを受けたが、グレンダワーの大胆さに畏怖《いふ》の念も抱いた。

「もちろん、見返りとしてさまざまな譲歩を要求するつもりだ」彼はキャサリンにというより自分に向かって言った。「ウェールズの教会の独立。ウェールズ語を話せる人間だけが司教や司祭に任命されることの保証。イングランドの修道院や大学への支払いの停止。その中に一つの婚姻無効の要求を付け加えることなど、些細《ささい》なことだ」

彼は再びキャサリンのほうを向き、彼女を見つめた。「とくに結婚が適切な結婚の公示なしに、前夫が殺された当日に行われた場合なら」

冷たい恐怖がキャサリンの心臓を摑《つか》んだ。最後の手段として、わたしは妊娠を告げることができる。わたしが子を宿していると知るなら、フランスの教皇でも結婚無効を認めないはずだ。

キャサリンは自室を行ったり来たりしていた。グレンダワーとの対話のあと、部屋を歩き回ることが多くなった。希望を与えてくれる何かがありさえしたら！　戸をノックする音に、彼女は飛び上がった。戸をきしませて開けると、見張りの一人が立っていて話があると告げた。

「グレンダワー公が、今夜広間においでくださいとおっしゃっています」その青年は言った。「旅回りの楽団が来たので、彼らの音楽を楽しんでほしいそうです」

「ありがとう、まいります」キャサリンは戸を閉めて、それに寄りかかった。どうぞ神さま、ロバートの一座でありますように。

その夜キャサリンはテーブルにつき、全身を緊張させて楽団を待った。リース・ゲシンがかたわらに坐り、同じ皿をつつこうが、彼女の注意をそらすことはできなかった。ようやく楽団が広間に現れたとき、彼女はわっと泣き出しそうになった。

ロバートが来てくれた。彼はまぶしいほどの美貌《びぼう》と人目を引く金髪で、黒い鴉《からす》の群れの中にいる白い鶴《つる》のように目立った。

ロバートはキャサリンに直接視線を向けなかったが、彼も彼女を見たことがわかった。キャサリンは彼と話をしたくて、家のことを聞きたくてたまらなかった。でも、絶えず見張りに付きまとわれているのに、どうすれば彼と会えるだろう？

その長い夕べの間中、キャサリンは何か伝言か合図がないものかと、歌に聞き耳を立てていた。ついに彼の最後のバラード、秘めた恋を歌うおなじみの歌になった。男が恋人にどこで会ってくれるのか尋ねる箇所を繰り返し歌いながら、ロバートは祈っているかのように両手を合わせ、キャサリンのほうをちらりと見た。キャサリンも彼の身振りの意味を理解していることを願いつつ、両手を合わせて頷いた。

今までもキャサリンの見張りたちは、彼女が祈る間、チャペルの戸口に何時間も立っていた。したがって、彼女が部屋に戻る前にチャペルに行きたいと告げても驚かなかった。キャサリンは、彼らがうんざりした顔を見交わすのを見たが、囚人が長時間祈ることに、見張りが文句をつけられなかった。

キャサリンは冷たい石の床にひざまずき、一時間ほど経った頃、司祭のローブを着た者が入ってきた。彼女は肩越しに一瞥して、見張りのかすかないびきが本物であることを確かめた。

ロバートは彼女のかたわらに膝《ひざ》をついた。

「あなたに質問される前にお伝えします」彼はキャサリンの耳元でささやいた。「ウイリアムさまもジェイミーさまもスティーブンさまも皆お元気です。あなたのことを恋しがっておられますが」

「ああ、神を称えよ」キャサリンは十字を切った。「あなたを見てどれほど嬉《うれ》しかったかわからないでしょう！　どうやってわたしを見つけたの？」

「今そのことを話す暇はありません。手短に話さなければ。グレンダワーはあなたをハーレフにとどめるつもりかどうかご存じですか？　彼はウイリアムさまの身代金を受け取るつもりですか？」

「グレンダワーはまだ、ハリーが彼の息子の解放を請け合ってくれるのではないかと、一縷《いちる》の望みを抱いています」キャサリンはロバートに手を伸ばした。「その望みが絶たれたとき、わたしにはいっそう悪い運命が待っているのです」

ロバートが唇に人さし指を立てたので、苦悩のあまり自分の声が高くなっていることに、キャサリンは気づいた。

「わたしとウイリアムの結婚を無効にすると、グレンダワーは言っています」彼女はささやいた。「わたしを部下の一人、リース・ゲシンと結婚させると言うのです！

ロバート、そんなことは耐えられないわ！」

ロバートはしばし無言で、この情報について考えていた。「あなたを脱出させなければならない。だが婚姻無効の申請はすぐには行われないから、計画を練る時間がある」

「あまりに長くは待てないわ」

「もう行かなければ」彼はささやいた。「明晩も同じ時間にここで会いましょう」

「何かが起きて、再び会うことができなくなったら」キャサリンは彼の手を握って言った。「心から彼らを愛し、恋しく思っていると、わたしの家族に告げてください」

「明日会いましょう」最後に、ロバートは彼女の手を強く握り締めた。もう一度祈りを唱えてから、キャサリンは、ロバートが無事にチャペルを出るまで待った。見張りに連れられて自室に戻ると、こわばった両脚を伸ばして立ち、眠っている見張りを起こした。見張りに連れられて自室に戻ると、彼女は彼らにおやすみなさいと声をかけ、戸にかんぬきを掛けた。

戸に背を向けたときも、キャサリンはロバートとの会話のことを考えていた。その瞬間、狭い窓から差し込む月光の中で、ベッドのかたわらの椅子にもたれた一人の男の姿を見た。彼女の喉《のど》から悲鳴があがった。

「音楽を楽しまれたかな？」メアダッド・チューダーが尋ねた。

23

キャサリンはあまりにも疲れ果てて、もう二度と普通には歩けないにちがいないと思った。数日前に頭飾りをなくしたので、髪は肩に落ち、乱れもつれていた。ドレスもひどく汚れ、早く目的地に着かないなら、脱ぎ捨てて裸で馬に乗りたいと思うほどだった。

北西岸側にあるアングルシー島の彼の家に連れていくと、メアダッドは言った。南に偽りの足跡を残してから、彼はキャサリンを連れて内陸に進み、無数の小川や果てしない森を越えて北に向かった。メアダッドはグレンダワーから細心の注意を払うように命じられたのだと言って、過酷な旅になったことを詫《わ》びた。グレンダワーの部下でさえ、キャサリンがどこへ行き、誰と旅しているのかはわからないはずだ。

キャサリンは顔や体を洗いたい、清潔なシーツの上で寝たい、メアダッド以外の者が用意した食事を口にしたいと、心の底から切望した。この肉体的に悲惨な状況は、ウイリアムやジェイミーやスティーブンをたまらなく恋しく思う気力すら奪い、それがただ一つの救いといえば救いだった。

干潮時に、二人は地峡を通ってアングルシー島に渡った。さらに四、五キロほど進んで、チューダーの住まいである防備を固めた大きな屋敷、プラース・ペンマニズに着いた。玄関の前で、キャサリンはメアダッドに抱かれて馬から降ろされたが、倒れないように支えてもらわなければならなかった。

彼の腕に摑《つか》まりながら目を上げると、黒っぽい髪をした美しい女性の敵意に満ちた灰色の目と合った。彼女はふっくらとして肥満体といってもよく、キャサリンより二、三歳年長に見えた。

しかし彼女の注意を引いたのは、そのレディの着ているアプリコット色のシルクのドレスだった。これまでずっとキャサリンは当然のように上等なドレスを着ていたが、この瞬間、そのドレスが羨《うらや》ましくてたまらない思いにさいなまれた。それはとても清潔だった。

「いとしいマージ、ぼくを出迎えてくれ。そして我が家の客人に会ってくれ」メアダッドが声をかけた。

では、この怒った顔をしたアプリコット色のドレスの女性は、メアダッドの妻なんだわ。急に、キャサリンは自分の汚れきった姿を意識した。

そのとき、五歳くらいの少年が家から飛び出して、全速力でメアダッドのほうに走ってきた。彼は笑い声をあげて少年を抱き上げ、腰の上に載せた。少年がキャサリンのほうに顔を向けると、その子のあまりの美しさに、彼女は言葉を失った。

「このレディは誰、お父さま?」

「レディ・キャサリン・フィッツアランだよ。しばらくの間我が家のお客さまだ」彼は少年の髪をなでて、くしゃくしゃにした。「レディ・キャサリン、わたしの愛すべき妻マージと、プラース・ペンマニズの一番の問題児で、我が息子オーウェンです」

キャサリンは丁寧にマージに頷《うなず》いて挨拶《あいさつ》してから、少年のほうに振り向いた。「チューダーの男性の中で一番の問題児だなんて」彼女はにっこりして言った。「たいしたものだわ」


キャサリンはペンマニズでの最初の夜のことはほとんど覚えていなかった。寝室に通され、汚れたドレスを脱がされ、浴槽の中に肌がしわしわになるまで浸かった。女中に体を拭《ふ》かれ、簡素な夜着を着せられる間、立ったまま眠っていた。

盆に用意された食事のおいしそうな匂《にお》いは、食べる間だけ彼女を目覚めさせた。そのあまりのおいしさに、キャサリンは感激して泣きそうになった。

翌日キャサリンが目覚めたときには、もう日は高かった。悲しみが彼女の胸に石のようにのしかかった。アングルシーのようなところにいるわたしを、ウイリアムはどうやって見つけられるだろう？　もう二度と家を見られないのだろうか？　それに身ごもった子供はどうなるのだろう？　涙が両頰《ほほ》を伝って髪を濡《ぬ》らしたが、疲れ切っていて、腕を持ち上げて涙をぬぐうこともできなかった。

　しばらくして、女中が寝室のドアから顔をのぞかせた。「着替えをお手伝いしましようか、奥さま？」

キャサリンが着るものは何もないと言おうとすると、女中は淡いグリーンの美しいドレスを差し出した。

　神の助けを願いつつ、清潔なドレスに着替えて、来たるべき運命に立ち向かおうと、キャサリンは腹を決めた。

　数分後、彼女は女中について階段を下りて屋敷の主要部に出た。広間にはマージ・チューダーと二人の使用人以外は誰もいなかった。

「ごきげんよう、レディ・フィッツアラン」マージが挨拶した。「大変な旅だったとお察しします」

　彼女はキャサリンに親しげにほほ笑み、昨日の敵意はみじんも感じられなかった。

「このように女の方を家や家族から引き離すことなどしたくないのですが」マージはかぶりを振りながら言った。「帰宅されるまで、わたしどもの家で快適に過ごしていただきたいですわ」

「ご親切感謝します」キャサリンは礼を言った。「それにこのドレスを使わせてくださって、ありがとうございます」

「あなたのお召し物はもう使えそうもなかったので。ぼろ切れにするように使用人に渡しました」

「けっこうですわ。あれをもう見たくありませんもの」

「マージと呼んでくださいな。数週間我が家の客人になられるのだから、堅苦しいことはやめましょう」

「数週間ですって？」キャサリンは長椅子《ながいす》のマージの横に腰を下ろした。

マージはキャサリンの腕をなでた。「メアダッドに任されているなら、すぐに解決するのだけれど。でも、グレンダワーさまだと……彼が何を考えているかご存じでしょう。ほんとに馬鹿《ばか》な人たち！　あなたを見るだけで、不義を犯すような女性ではないとわかるのに」

キャサリンはどうしてわかるのだろうと思ったが、尋ねはしなかった。

「でも、認めましょう」マージは言った。「昨日あなたを初めて見たとき、恐怖に襲われたことを」

キャサリンは思わず笑い声をあげた。「それなら、中庭でわたしの体を洗わせるべきでしたわ」

「そういう意味じゃないんです」マージは言い返した。「そのように美しい顔で、髪を自然のままに下ろしたあなたは、森の精のように見えたわ。夫があつかましくも、愛人を連れて帰ったのかと思ったのよ！」

キャサリンは仰天して、彼女を見た。

「でも、昨夜メアダッドは、わたしをどれほど恋しく思っていたか教えてくれました」目を瞬かせて、マージは言った。「夫の気持ちはわかっているはずなのに。でも、女は時々その気持ちを表してほしいと思うものよ」

マージは話をやめて、使用人を手招きし、キャサリンのために料理の大皿を持ってこさせた。「メアダッドは、あんなに大変な旅をさせたくはなかったのだけれど、あなたをハーレフに置いておくことを恐れたの」

キャサリンは両方の眉《まゆ》を上げた。「グレンダワー公がわたしに危害を加えると、彼は思っているの？」

「もちろん、違うわ。でもグレンダワー公があなたの妊娠に気づいたなら、あなたを決して手放さないだろうと言っているわ」

「わたしが妊娠していることを、ご主人は知っているのですか？」

マージは笑い声をあげた。「あなたは朝、吐き気をもよおされたそうね。それは、わたしがオーウェンを身ごもったときと同じですもの」

「なぜグレンダワー公は妊娠を知ったら、わたしを手放さないのかしら？」その答えは、マージが答える前にキャサリン自身もわかった。

「王子の恋人を人質にすることが一つ。そして王子の息子も人質にすることがもう一つの理由よ。イングランドのただ一人の王位継承者である子供と引き換えなら、グレンダワー公はなんでも要求できるわ。ウェールズの独立さえも」

「でも、これはハリーの子じゃないわ！」キャサリンは目を閉じて、テーブルに頭を預けた。

「グレンダワーは、王子の子だと信じたいのよ」マージはキャサリンの背中に片手を置いた。「そこが問題なんだわ」

24

キャサリン、どこにいるんだ？

懸命に見さえすれば、キャサリンが見つかるかのように、ウイリアムは遠方を見つめた。この丘の頂上からは、境界の向こうのウェールズを見ることができた。彼は一人になりたいときはいつも、馬でここまで来た。

失踪《しっそう》から数週間が過ぎ、ウイリアムは彼女を取り戻すことができないのではないかという恐れを抱き始めていた。彼は行動の人だったので、ただ待つことで欲求不満が募り、神経をすり減らした。何もしないより軽率な行動に出るほうがまだましに思えたときに、よく考えもせずにウェールズに入った。

だがあとで、そんな無分別な行為を後悔し、自責の念に駆られた。そして神に誓うのだった。もし妻をわたしのもとに帰してくださるなら、彼女をずっと守り通します。この願いをかなえてくださるなら、妻をわたしのもとにとどまりたいと思わせるためになんでもします。

彼とエドマンドの仲は冷えたままだった。エドマンドはキャサリンについて言ったことを心から後悔しているようだった。だが彼を見ると、ウイリアム自身もすぐに彼女の忠誠を疑ったことが思い出された。実際、エドマンドはウイリアムの抱いた疑念を口にしたにすぎなかった。この頃ウイリアムはスティーブンやジェイミーと過ごすことが多くなった。そして少年たちをそばに置きたがった。

ロバートから送られた秘密の伝言を聞くために尼僧院に行く際、ウイリアムは常にスティーブンをともなった。密書は、修道僧や音楽家や各地を移動する労働者の手を経て、尼僧院に届けられた。ロバートがキャサリンの足跡を追って、ウェールズの南岸沿いを行き、その後アベリストウィスに向かって北上して旅する様子を、その伝言の数々は中継した。ついにロバートがキャサリンを見つけたとき、彼らの希望はふくらんだが、彼女が再び姿を消したという手紙を読んで、その希望もしぼんだ。

はや季節は十二月に近かった。もう何週間もロバートから伝言はない。

背後の木々の間を一頭の馬が走ってくる音を聞いて、ウイリアムは振り返り剣を抜いた。だが乗り手が誰かわかると、剣を鞘《さや》におさめた。

「いったいどうやって俺の居場所がわかったんだ?」ウイリアムはスティーブンに声をかけた。

「院長から、伝言が届いたと言ってきました!」スティーブンは馬を止めて言った。

「ありがたい！」

二人は尼僧院まで馬を疾駆させた。二人が院長個人の客間に駆け込むと、今回待っていたのは手紙ではなく、吟遊詩人本人だった。

「これは驚いた」ウイリアムはロバートの背中をぴしゃりとたたいた。「おまえに会えてわたしがどんなに喜んでいるか、誰にもわからないだろう！」

笑い声をあげたロバートのハンサムな顔に、疲労のしわが刻まれていることにウイリアムは気づいた。「奥方の居場所を見つけました。彼女の救出はたやすくはないが、希望はあります」

「ロバート、汝《なんじ》に神の恩寵《おんちょう》があらんことを」ウイリアムはスティーブンの肩を強く抱きながら言った。「おまえに永遠の借りができた」

「ハーレフでは、奥方と少しだけ話すことができました」ロバートは報告した。「彼女は元気で、家族に愛していると告げてほしいとのことでした」

ウイリアムは感動のあまり、髪に指をくぐらせた。

「ところが翌日彼女は姿を消してしまったのです。誰も――グレンダワー以外は――彼女がどこに行ったのか、誰が連れていったのか知りませんでした。だがついに、奥方がいなくなった晩、城内でメアダッド・チューダーを見かけたとささやかれるのを耳にしました。グレンダワーは音楽好きなので、彼らに疑われることなくハーレフを発つのは、一週間後になってしまった。わたしはメアダッドのあとを追って南に進んだが、その痕跡《こんせき》は消えました。それで直感的に、北に戻ったのです。はるかボーマリス城にたどり着くまでは、イングランド人のレディの噂《うわさ》は耳に入ってきませんでした」

「ボーマリスはアングルシーの海岸に立つ要塞《ようさい》だ」ウイリアムはスティーブンに説明した。「そこはまだイングランド領だ」

「わたしはボーマリス城の使用人の中で情報を探りました」ロバートは報告を続けた。「そして姉がチューダーの屋敷プラース・ペンマニズで働いているという女中を見つけた。彼女から、一人の美しいイングランド女性がチューダーと暮らしていると聞いたのです」彼は身を乗り出して言った。「ウイリアムさま、その屋敷はボーマリスからたった八キロのところです」

「その情報は確かなのか？」

「もちろん」ロバートは長い脚を伸ばして、腹の上で両手を組んだ。「この情報を得るために、わたしは懸命に働かなくちゃならなかった。あのウェールズの女中は家庭的な娘だけれど、実に精力的でしてね」

「ロバート！」院長はたしなめたが、口元はおかしそうにゆがんでいる。

「わたしの考えるところでは、策は二つだ」ウイリアムが言った。「チューダーの不意を突いて、武力で彼女を取り戻す。あるいは、メアダッド・チューダーに接近して、彼が身代金の代わりに彼女を手放すかどうか確かめる」

「最初に彼と交渉したら」スティーブンが口をはさんだ。「不意打ちの利点を失ってしまうよ」

ウイリアムは頷《うなず》いて、ロバートのほうを向いた。「奇襲の危険を冒すだけのことはあると思うか？」

襲撃すればキャサリンが危険な目にあう可能性が増すことを、ウイリアムと同じようにロバートも気づいたのだろう。

「わたしがプラース・ペンマニズに行って、探り出しましょう」ロバートは言った。

ウイリアムが異議を唱えようとすると、院長が彼の腕に手を置いて止めた。「ロバートなら、計画を相手に気取られることなく、屋敷に入り込むことができるでしょう」

「ウイリアムさまは部下とともにボーマリスで待機していてください」ロバートが言った。「キャサリンさまはあの家にもう何週間もいますから、メアダッド・チューダーが交渉に応じるかどうかわかるでしょう。もしもだめなら、襲撃に備えるように前もって注意できます」

25

マージは私室に入ると、息子のオーウェンがキャサリンの膝《ひざ》の上で眠っているのを見て、心配そうに眉《まゆ》を寄せた。

「オーウェンは膝で寝かせるには大きすぎるわ」彼女はキャサリンの肩に手を置いて言った。

「お願い、マージ、この子を抱いていると慰められるのよ」キャサリンは打ち明けた。

「息子が恋しくてたまらないから」

二人の女性はしばし無言で、眠っている子供を見守った。

「娘のためによい縁組を探すとき、美しいと得だと思われているわ」キャサリンは友をからかった。「この子は男の子だけど、美貌《びぼう》のおかげで、きっと良縁に恵まれるはずよ。どこかの裕福な未亡人が彼と結婚しようと思うでしょうよ」

マージは笑い声をあげた。「彼は父親の容姿ばかりか魅力も受け継いでいるの。だから彼が目をつける女性のことを、神に祈るばかりよ。わたしはそれが跡取り娘で、乳搾り娘ではないことだけを願うわ」

マージはスツールをキャサリンの横に引き寄せて坐り、顔にかかった後《おく》れ毛をかき上げた。「たぶんじきに、いい知らせが入るでしょう。あなたのご主人の身代金を受け取るように説得する手紙を、メアダッドがグレンダワー公に送って、二週間になるから」

「でも、グレンダワー公が、わたしをハーレフに連れて帰るように言ってきたら？」

「その前に、メアダッドが何か手立てを考えるわよ」マージは慰めるような声で言った。

キャサリンは反論しなかったが、メアダッドが君主にたてつくとは思えなかった。彼はキャサリンに好意を抱いていても、自分の家族を最優先するだろう。そのことで彼を責めることはできなかった。

キャサリンはオーウェンの頭に頬《ほお》をすりつけた。「ジェイミーはわたしのことを忘れてしまったと思う？」

「きっとご主人はしょっちゅうあなたのことを話していると思うわ。坊やは忘れっこないわ」

キャサリンは自分を悩ませているもう一つの不安は口にしなかった。こんなに長い間不在にしていたら、ウイリアムはもうわたしを愛していないのでは？　彼は本当にキャサリンは目を閉じて心の中で祈った。やがて音楽家たちが広間に入ってきた。

話も持ってきたはずだ」

「この秋はウェールズ全土を回ったと、音楽家たちは言っている。たくさんの新しい

「こんな遠方まで一座が来たのは久しぶりよ」マージは夫ににっこりほほ笑んだ。

はかがんで妻にキスした。「美しいご婦人方も楽しませてくれるだろう」

「今門を入ったところだ」オーウェンは一座を見ようと飛び出していき、メアダッド

回りの楽団が来たぞ！」

オーウェンはぱっちり目を開けて、キャサリンの膝から身をよじらせて降りた。

メアダッドはそばにやって来て、オーウェンの肩を揺すった。「オーウェン！　旅

きていることになるから」

面の笑みを浮かべている。「彼を昼寝させてよかった。今夜は我々全員、遅くまで起

「またその子を甘やかしているのかい？」メアダッドが戸口から声をかけた。彼は満

「あなたの出産はだいぶ先のことよ。それまでたっぷり時間があるわ」

で産みたいわ」

キャサリンはおなかに手を置けるように、オーウェンの体をずらした。「この子を家

「ウイリアムは子供をとても欲しがっていたのに、わたしの妊娠すら知らないのよ」

わたしを愛しているのだろうか？

そして彼女の祈りは聞き届けられた。キャサリンはロバートに駆け寄って抱きつかないように、全力で自制しなければならなかった。彼の目には驚きはなく、彼女がここにいることを予想していたようだった。

キャサリンの頭の中でさまざまな思いがぐるぐる回って、マージに話しかけられたことに、初めは気づかなかった。何を聞かれたのかわからずに、彼女は友に向かって瞬きした。

マージは笑って、キャサリンの手を取った。「料理人と話をするから、一緒に来てちょうだい。今夜のために、ごちそうを用意したいのよ」

キャサリンが立ち上がると、ロバートは何気ない視線を彼女に向けた。しかし、さりげなさを装いはしたが、少々長すぎるほどの間、彼女のおなかを見つめた。

ウェールズ人は音楽を愛し、チューダーも例外ではなかった。彼らは夜遅くまで、一座に音楽を演奏させた。キャサリンもできるだけ長い時間坐って聴いていた。しかしもはや極度の緊張に耐えられなくなって、おなかを手で押さえながら、寝室に戻ることをマージに小声で告げた。

寝室でキャサリンは床の上を行ったり来たりして待った。長い時間が過ぎ、ようやく音楽はやんで、階段を上る足音やドアの閉まる音が聞こえた。ついに家中が静まり返った。

どの部屋が彼女の部屋か、ロバートにはわかるはずだとキャサリンは確信していた。待ちに待ったかすかなノックの音を聞いて、彼女はかんぬきを開け、ロバートをそっと中に入れた。

「ほとんど絶望していたわ」ロバートに抱かれて、彼の肩でキャサリンはささやいた。それから身を引いて尋ねた。「みんな元気なの？　ウイリアムも男の子たちも？」

「お元気ですよ」ロバートは答えて、彼女の額にキスした。

「ウイリアムはどこ？　彼は来ていないの？」

「悪魔でも彼を遠ざけておくことはできませんよ。ご主人は、この近くのボーマリス城で待機しています」

「あまりにも長く離れていたので、彼はわたしに戻ってほしいと思っていないのではないかと心配だったの」キャサリンは打ち明けた。今、その不安が大きなものになっていたことを自覚した。

「ご主人が心労のあまりやつれているのを知ったら、嬉《うれ》しいでしょうね」ロバートは彼女の顎《あご》を指で持ち上げて言った。「あなたを奪われてから、夜ぐっすり眠ったことがないんじゃないかな」

ウイリアムが苦しんでいると知って、こんなに喜ぶのは間違っているわ。もっとも、ロバートが嘘《うそ》をついているのかもしれないけれど。

「ご主人に知らせたいことがあるようですが」ロバートは、彼女のドレスのわずかなふくらみに視線を落とした。

キャサリンはほほ笑んだ。「ええ、子供は復活祭のあとに生まれる予定よ」

ロバートは当面の任務に話を向けた。「あなたを解放させるために、我々は可能性のある二つの計画を考えています」

その計画を聞かされたとき、彼女の返答は揺るぎないものだった。「夫はメアダッドと話し合うべきです。彼らに危害を加えたくない……」

ドアがきしむ音を聞いて、キャサリンは話すのをやめた。ロバートの背後の戸にかんぬきを掛けなかったことに気づいて、恐怖に襲われた。戸がゆっくり開くのを、なすすべもなく見つめた。

マージの頭が戸の隙間《すきま》からのぞいた。彼女はこっけいなほど目を丸くして、部屋にすばやく入り戸を閉めた。

彼女はキャサリンを見つめて、一気に言った。「お願い、早まった真似《まね》をしないで！　あなたがご主人と二度と会えないかもしれないと心配しているのは知っています。でも、きっと会えるはずよ。そして再会したときに、あなたは自分のしようとしていることを後悔するでしょう」

そこでマージは話すのをやめて、しばしロバートをしげしげと眺めた。「そそられるのはわかるわ」顔を赤らめたことで、彼女が本音を言ったことは明らかだった。

「本当に、わかるわ」

マージは彼から目を離すことができないように見えた。あつかましくもロバートがウインクすると、彼女はますます赤くなった。

「ほんとに、今の体なら、他の殿方の子供を身ごもってご主人のもとに帰る心配はないけれど……」ロバートを見つめれば見つめるほど、マージの言いたいことを伝えようとする気力はうせるようだった。

「マージ！」キャサリンは鋭い声で言った。「この人はわたしとベッドをともにしに来たんじゃないわ。そんなことを考えるなんて！」

キャサリンはロバートのほうを向いて言った。「もうわたしたちの計画は先に延ばせなくなったようね。今、彼女とメアダッドに話さなければならないわ」

ロバートは低い声で言った。「キャサリン、本当に、そうするのは賢明なことでしょうか？」

キャサリンはマージの腕を取った。「ロバートは、夫からの伝言を運んできてくれた友人なの」マージと戸口まで歩きながら言った。「メアダッドを起こして、ここに連れてきてください。使用人たちが寝ている間に、わたしたちだけで話ができるわ」

キャサリンは夫を連れてくるようにマージを説得してから、振り向くと、ロバートが窓から身を乗り出しているのを目にした。

「このチューダーがご主人と話をまとめる気があるという確信がないなら、奥方が彼を起こす前に脱出しなければ」

メアダッドはのんきなふりをして、注意深くない男だとまわりに思わせているかもしれないが、キャサリンは彼をよく知っていた。ロバートには見えないだろうが、外には見張りがいるはずだ。

「わたしが確信しているのは」キャサリンは言った。「わたしたちは門の外に出られないということよ」

26

激しい雨風が氷のつぶてとなってウイリアムの顔を打つ。彼は、夜が明けてからずっと、ボーマリス城の外壁の塁壁《るいへき》から見張っていた。芯《しん》まで凍えた体を温めるために歩き回り、向きを変えるたびに足を止め、激しい雨を通して西方に目を細めた。再び眺めると、陰鬱《いんうつ》な朝の灰色がかった光の中で、城に近づいてくる人馬の姿を見つけた。

吟遊詩人が戻ってきた。

十五分後、外壁沿いに並ぶ十六の塔の一つにあるウイリアムの部屋で、彼とロバートは話し合っていた。

「奥方は厚遇されています」ロバートは再びウイリアムに請け合った。

ウイリアムはロバートに向かって目を細めた。彼が伝えていないことが何かあるように感じた。

「実際、奥方は自分を捕らえた者たちに好意を抱くようになっています」ロバートは言った。「彼らの誰も傷つけたくないと明言されました」

「では、メアダッド・チューダーに話を持ちかける危険を冒すだけの価値はあると、彼女は考えているのだな？」

「そう思います。奥方はすでに話をしてしまいましたので」

「なんだって！」ウイリアムはため息をついて、かぶりを振った。「変わっていないな。キャサリンはいったんすべきことを決めたなら、すぐに取りかかってしまうんだ」

「奥方がその男を見誤っているかもしれないと恐れて、わたしの脚はブーツの中で震えていましたよ」ロバートはにやりとして、そのときの恐怖を認めた。

「おまえが無事に帰ってきたのだから、チューダーは取引に合意したととっていいんだな？」

「彼は合意しましたし、奥方も彼の言葉を信じています」ロバートは肩をすくめて答えた。「ここをペンマニズ間の道沿いの林で会って、あなたに条件を伝えるそうです。彼は一人で来るから、あなたも一人で来てほしいと言っています。グレンダワーにかぎつけられないように、密かにことを運びたいと望んでいます」

ロバートは間を置いてから言った。「これは罠《わな》かもしれません」

「そうかもしれないが、わたしに選択の余地はない。いつ会うことになった？」

「明日夜が明けてから一時間後に」

翌朝フィッツアランが出発したときも寒かったが、豪雨はおさまり小雨になっていた。指示どおり、彼は一人で出かけ、神の手に、そしてメアダッド・チューダーの手に、自らの運命をゆだねた。ジェイミーとスティーブンのことを思い、じきに彼らのいる家にキャサリンを連れて帰れるよう祈った。

フィッツアランが、密会場所としてロバートに教わった道のくぼみの横にある林まで来ると、すでに丘の頂には頭巾《ずきん》をかぶった騎乗の人がいた。

「フィッツアランさまですか？」その人間が声をかけた。

ウイリアムは仰天した。それは女の声だった。彼女が馬を止めたので、その声の主が、黒っぽい髪の美しい女であることがわかった。

「フィッツアランです。あなたはメアダッド・チューダーの代理ですか？」

「わたしは彼の妻マージです」

このような用事に妻一人を来させるとは、メアダッド・チューダーとはいったいどんな男なんだ？

「メアダッドは、キャサリンをハーレフに連れていこうとする兵士とともに出かけました」

「なんだって！」ウイリアムは叫んだ。「あの悪魔の子らが彼女をハーレフに連れていく？」

「時間がないので、聞いてください」彼女は鋭く言った。「今朝十二人ほどの兵士が、キャサリンを連れ戻せというグレンダワーの命を受けて、わたしどもの屋敷にやって来ました」

彼らに追いつくにはたっぷり時間があると、ウイリアムは自分に言い聞かせた。ハーレフまでは長い道のりだ。

「彼らはどの道筋を取ったのですか？　どれほど先に行っているのだろう？」

「彼らが出発してから三十分以上は経っていませんが、船で彼女を運ぶつもりなのです！　船はここから西方へ十三、四キロのところに停泊しています」

ボーマリスはその反対方向になるので、部下を呼びに戻る時間はなかった。一人ですぐにその船に向かわないなら、間に合わないかもしれない。

「メアダッドが彼らを引き止めて時間稼ぎをするでしょうが、全速力で行かれるように」彼女は手早くウイリアムに船の方向を教えた。

「プラース・ペンマニズまでお一人で帰れますか？」

彼女はにっこりした。「ええ、ここはチューダーの土地ですから」

「あなたに神の恩寵《おんちょう》があらんことを」

ウイリアムは馬に拍車をあて、風のように疾駆させた。船が出る前に着かなければ。

彼の心臓は馬のひづめの音に合わせて打った。急げ、急げ、もっと急げ。

数時間にも思われた時が過ぎ、ウイリアムは海岸に着いた。一キロ弱北方に、グレンダワーの部下たちが馬を借りたと、マージ・チューダーが言っていた邸宅が見える。朝霧を通して、沖にいる船を見つけた。

ウイリアムは道をそれて、低木林の中に馬を止め、海岸にいる兵士の人数を数えた。一人が海に立ち、手漕《てこ》ぎ舟を岸まで誘導している。舟には二人おり、八人が岸にいる。彼は目を細めて、キャサリンを捜した。

そのとき木立の中から二人の男が一人の女性をはさんで、彼女を引きずるように現れた。舟まで連れていこうとしたが、彼女はさかんに抵抗した。

キャサリンだ、ついに俺の妻を見つけた。

これまでは、ただ待つだけの欲求不満にさせられる日々だった。忍耐も交渉も身代金の申し出も、何一つ彼女を取り戻してくれなかった。今、彼は生来の自分を発揮し、鍛錬してきたこと、最も得意なことができるのだ。

パーシーの血が血管を駆け抜ける。俺は国王擁立者ノーサンバーランドの息子で、伝説的な戦士ホットスパーの弟だ。何者も俺に手を出すことはできない。俺とキャサリンの間にいる兵士が、十人だろうと二十人だろうと六十人だろうと、問題ではない。彼女のもとに行くのだ。

「うぉおー！」ウイリアムは鬨《とき》の声をあげて、低木林を駆け抜けた。
彼は馬の走りやすい岸辺まで出ると、海岸線を疾駆した。広刃の剣を振り回して、男たちの中に突っ込み、全員の心臓を恐怖で凍らせた。

遠くからこの世のものと思われない叫び声がして、キャサリンの背骨に震えが走った。その声のほうを向くと、岸辺を走る馬のひづめの音が聞こえた。海岸にいた全員がその場で動きを止め、霧を通してその音の方向に目を凝らした。

一同が見守るうちに、馬に乗った一人の男が霧の中から現れ、全速力で彼らに向かってくる。馬に翼があるかのように、一本の丸太も軽々と飛び越えた。剣を振り回し、鬨の声をあげながら急襲し、兵士たちをちりぢりにした。

彼が、ウイリアムが助けにきてくれたんだわ。

キャサリンは戦場における彼の武勇伝の数々を聞いたことがあった。彼が剣術を鍛錬する姿もいく度となく見ている。だが、このようなウイリアムを見ることになろうとは予想もしていなかった。優美で力強い戦いぶりは、脅威とともに壮大さをも感じさせた。

まず二人の兵士が剣を抜く前に殺される。三人目の兵士の剣はなぎはらわれ、宙に飛んだ。ウイリアムがその男を襲おうと馬の向きを変えるや、彼は林のほうへ逃げた。

少なくともさらに二人が倒された。ウイリアムは馬から一人の兵士の上に飛び下りて立ち、剣を振ってまた一人を倒す。今や両手に広刃の剣を持ってくるりと向きを変え、残っている兵士と対峙《たいじ》した。

「あなたのご夫君らしい」メアダッドがキャサリンの耳元でささやいた。「兵士の誰かがあなたを捕まえて、首に短剣を突きつけようと思わないうちに、岸辺を離れよう」

キャサリンとメアダッドは岸辺から離れたやぶの奥から、その後の戦闘を見守った。戦いはじきに終わった。二人の兵士は水に入り、船に向かって泳いでいる。他の者たちは逃げて木立の中に姿を消した。

「キャサリン！ キャサリン！」ウイリアムは彼女の名前を叫んで、岸辺のあちこちを捜した。彼の声が響き渡る。

ウイリアムは半狂乱で、岸辺をくまなく捜した。

そのとき、岸辺の端に生えた丈高い草むらに、彼女が一人で立っているのを見た。キャサリン。地上に降り立った天使……。

彼はしばらくの間、息もせずにその場に立ち尽くした。それから剣を鞘《さや》におさめると、彼女のもとに走った。いとしいキャサリンの顔を震える両手で包む。彼女がこれほど美しく見えたことはなかった。彼は寒さでピンク色になったキャサリンの両頰《ほほ》にキスした。

「おまえが無事だったことを、神に感謝する！」ウイリアムは目を閉じて、額を彼女の額につけた。

今度はキャサリンに選択を任せようと、ウイリアムは心に誓っていた。彼女の意志で俺のもとに帰るか、帰らないかを選ばせるのだ。

「俺はおまえを守るという義務を果たせなかった。もしも俺を許せないなら、再び俺と暮らしたくないと思うなら」ウイリアムは胸をどきどきさせて言った。「おまえのために他の手はずを整えよう」

ウイリアムはキャサリンが口を開くのを、彼女を失望させたことでののしられるのを待った。しかし、彼女は黙っていた。彼の話を最後まで聞こうとした。

「おまえが俺と暮らすことを選んでほしいと、心から願っている。もしも俺を選んでくれるなら、おまえを守るために、おまえにとっていい夫になるために、なんでもすると約束する」

キャサリンは両手のひらをウイリアムの胸に置いて、鮮やかな青い目で彼を見上げ、彼の言葉が心からのものであることを知った。

「助けにきてくれてありがとう」キャサリンは頭を彼の胸に預けた。「家に連れて帰って、ウイリアム。連れて帰って」

　ウイリアムは両腕で彼女を抱いた。「どんなにおまえが恋しかったか！」

　神よ、感謝します。彼女をわたしに返してくださったことを。

「やあ、フィッツアラン」

　そう声をかけて、男がやぶの奥から出てきた。ウイリアムはキャサリンを背後に押しやり、剣を引き抜いた。

「大丈夫よ」キャサリンはウイリアムの剣を持った腕を掴《つか》んだ。「彼はメアダッド・チューダーです。わたしにとてもよくしてくれました」

「おまえを家に帰すほどよくはしてくれなかった」ウイリアムはその男の鋭いはしばみ色の目を、硬い目で見つめた。

「メアダッドがいなかったら、わたしは今もハーレフにいたでしょう」キャサリンが言った。「彼はわたしを精いっぱい守ってくれたわ」

　メアダッド・チューダーは愉快そうな笑顔をウイリアムに向けた。ウイリアムは彼を倒すことができたし、信用するつもりもなかった。それでも、なんらかの借りはあるように感じた。

「今日グレンダワーの部下があなたの計画を変えさせる前は、わたしの妻と何を交換条件にするつもりだったのだ？」ウイリアムは尋ねた。

メアダッド・チューダーは静かに言った。「将来のことを約束してほしいと考えていた」

ウイリアムは頷《うなず》いて、メアダッドに続けるよう促した。

「グレンダワーが君主となって、ほんの一部の城を除けば、ウェールズ全土を支配することができた。だが将来も、我々の支配を維持できるかどうか案じている」

「維持できないだろう」ウイリアムは言った。「フランス軍の援助なしに、我々に勝つことはできない。フランス軍は援助を約束するだろうが、再び援軍を送ってくることはないはずだ」

メアダッド・チューダーは頷いた。「フランス軍がいないなら、我々はヘンリー王を存続させることになるだろう。彼の敵は多いから、その注意はウェールズ以外にそらされる。しかし、ハリー王子の代になれば違ってくる。王子は最後には我々を打ち負かすだろう」

このように敗北を認めることが、誇り高い反乱兵には辛いものであることを、ウイリアムは感じた。彼は相手が要求を口にするのを待った。

「反乱の前は、我々チューダーはイングランドの王に仕えて高い地位にいた。反乱が終わったとき、我が息子のオーウェンがイングランドの世界で成功してほしいと思っている。そのときが来たら彼を援助するという、あなたの誓約を取り付けたいと考えていた」

不安定な世界で息子を守る手段を求めるメアダッドの気持ちを、ウイリアムは尊重した。彼は誓った。

「あなたに求められたときには、あなたの息子を助けよう」

「感謝するよ」メアダッド・チューダーは取引に合意して頷いてから言った。「ここはまだウェールズの土地だ。あなたが追い払った者たちが警報を発する前に、立ち去ったほうがいい」

ウイリアムはキャサリンのほうを向いた。「彼の言うとおりだ。急いで逃げなければ」

「ありがとうございました」キャサリンはメアダッドを抱擁して言った。「あなたは最高の監視役でしたわ、メアダッド・チューダー」

彼女が身を引くと、二人はともに笑い声をあげた。

「マージとオーウェンによろしくおっしゃって」

「我々はあなたがいないのを寂しく思うでしょう、キャサリン。神のご加護の下に行かれんことを」

キャサリンとウイリアムはボーマリスに向かって出発した。間もなく、霧雨が再び降り出した。最後の二、三キロになると、それは冷たい雨に変わった。

ボーマリスに着いたとき、楼門でロバートが待っていた。ウイリアムはこれ以上濡《ぬ》れないように、キャサリンをロバートが開けてくれた横手の入り口から急いで入れた。

「いったいどうして、こんなに遅くなったのですか?」ロバートが尋ねた。「何時間も前に帰ってくると思っていたのに」

「あとで事情を話す」ウイリアムは、キャサリンをキスで迎えようとしたロバートの前に、足を踏み出した。「まず彼女を火のそばに連れていかなくては」

ウイリアムはロバートの骨折りのすべてに感謝していた。しかし、彼のキャサリンに対する馴れ馴れしい言動には堪忍袋の緒も切れそうになる。

「馬を連れていってくれないか、ロバート」

ロバートの返事を待たずに、キャサリンの冷たい手を握り、松明《たいまつ》を摑んで城壁を通り、楼門と塔を結ぶ暗い廊下へと彼女を導いた。

27

部屋に着くとすぐに、ウイリアムはキャサリンを小さくなりかけた火の前の長椅子《ながいす》に座らせ、焚き付けをくべ始めた。

火を燃やしているとき、火明かりがウイリアムの顔をちらちらと照らし、髪を金色に輝かせるのを眺めて、キャサリンは満ち足りた思いを味わった。どれほど彼の顔を、姿を見たいと思ったことだろう！　彼が肩越しに一瞥《いちべつ》するたびに、キャサリンはほほ笑みかけた。彼女が本当にここにいることを再確認したいというウイリアムの気持ちがわかったし、その思いは彼女も同じだった。

燃え盛る炎が部屋の湿っぽい寒気を追い出すと、キャサリンは濡れたマントを脱ぐために立ち上がった。彼女が向きを変えてマントを脱いだとき、ウイリアムは目を上げた。そして唖然《あぜん》として彼女のおなかを見つめた。まだそれほど大きくなくても、これだけ近くで見れば、誰の目にも彼女が妊娠していることは明らかだった。

すぐにその表情は消されたが、鋭い苦痛がウイリアムの顔をゆがめたのをキャサリンは見た。彼女は一撃をくらったように感じた。どうしてわたしはこれほどの思い違いをしたのだろう？　彼がわたしと会っても喜ばないかもしれないと不安だった。でも、子供は？　彼が子供のことは喜んでくれるものと、キャサリンは一瞬たりとも疑っていなかったのだ。

ウイリアムはキャサリンに近づいて、その両手を取った。「子供のことは心配しなくていい。その子を俺の息子だと言って育てるつもりだ」彼の声は優しかった。「おまえを責めはしない。俺がおまえを救い出せないかもしれないと思っても仕方のない状況だったんだ」

キャサリンはショックのあまり言葉を失った。

「その男を愛していたのか？」ウイリアムは喉《のど》を締めつけられたような声で聞いた。ごくりとつばをのんで、さらに聞いた。「今も愛しているのか？」

キャサリンは彼をたたきたいのか、泣きたいのかわからなかった。

「この子は夏に、連れ去られる前に、身ごもったのよ」彼女の声は氷のように冷たかった。

「では、俺の子なのか？」とたんに、ウイリアムは顔をほころばせた。

「もちろん、あなたの子よ」キャサリンはぴしゃりと言った。「そして彼が父親のような馬鹿者《ばかもの》にならないように、神に祈るわ」

「それなら、赤ん坊が女の子であることを願おう」そう言って、ウイリアムはキャサリンを長椅子からすくい上げた。彼女を胸に抱き、笑い声をあげてくるっと回った。彼女の顔にキスを浴びせると、そっと立たせて、彼女の両手を取った。「今日の幸せは、おまえが奪われてから味わった悲しい日々のすべてを埋め合わせてくれる」彼は目を輝かせて言った。「神は俺の頑固さを罰されたのだ。でも今は、二重の意味で幸せだよ」

ウイリアムの喜ぶ顔を見ると怒り続けることもできず、キャサリンは彼に両腕をまわして抱いた。妊娠を知った瞬間彼が誤解したことにこだわって、この再会を台無しにしたくなかった。結局、彼はわたしの言葉をすぐに受け入れてくれたのだ。

「心から、おまえを愛している」ウイリアムは彼女の髪に口を寄せてささやいた。「この数カ月、おまえなしでどうして生きてこられたのかわからない」

キャサリンは彼の顔を引き寄せて、その口にキスした。たちまち彼のキスは、飢えた、激しく求めるものに変わった。ウイリアムは彼女の全身をまさぐり、背中を、尻《しり》をなで、彼女の体を強く抱き寄せた。

突然、彼は体を離した。「赤ん坊は大丈夫だろうか？」

キスにぼうっとしていたキャサリンは彼の言ったことを理解するまで、一瞬目をしばたたいた。

「大丈夫よ」彼女は微笑した。「もしも女性が健康なら、子供が生まれる直前まで夫とベッドをともにできると、マージは言っていたわ」爪先立《つまさき》ちになって、彼の耳に口を近づけた。「わたしはものすごく健康よ、ウイリアム」

それ以上の励ましはウイリアムには必要なかった。いつの間にか、二人は互いの服を脱がせてベッドの上にいた。

彼はキャサリンを裸にすると、体を後ろにそらして彼女の全身を眺めた。そしてかすれた声で言った。「おまえは俺が覚えているよりも、もっと美しい」

「こんなおなかでも?」キャサリンは彼にほほ笑んで、片手をおなかに置いた。

「前よりもふくよかになったね、いとしい人。腹だけでなく……」ウイリアムはいたずらっぽく微笑した。「胸も」

自分を抑えきれずに、彼女の胸の谷間に顔をすりつける。

「今のほうがいいと思ってほしくないわ」キャサリンは言い返した。「だって、いつも妊娠しているわけではないもの」

ウイリアムは顔を上げて言った。「どんなときもおまえは俺のケイトだし、美しいと思う」

彼の目に浮かぶ欲望を見て、キャサリンの脈は速くなった。

「どれほどおまえを恋しく思ってきたか」彼女の首の曲線に顔を押しつけて、ウイリアムはつぶやいた。「いく晩も、いく日も」

「わたしもよ」キャサリンもささやき返した。彼の濡れたキスがゆっくりと首を上へ下へとたどる。

「夜の間、これをすることを想像して眠れずに横たわっていた」ウイリアムはじらすようにゆっくりと、彼女の乳首に舌で弧を描いた。「それにこれも」そうつぶやいて、乳首を口に含む。

ようやく、この日が来たんだわ……。キャサリンは目を閉じた。

しばらくすると、愛撫《あいぶ》はキャサリンの腹部へ移った。おなか中に優しくキスされるのを、彼女は眺めた。

彼はキャサリンの目を見つめ、片手を彼女の腿《もも》の内側まで動かした。「俺がしたかった他のこともやって見せようか？」

キャサリンは唾《つば》をのんで頷《うなず》いた。

ウイリアムは彼女の脚から爪先までキスでたどった。それから時間をかけて、上へ戻っていった。期待でキャサリンの心臓は激しく鼓動し、息遣いが速くなる。彼の手は口よりも先に彼女の腿の内側まで進んだ。ついに彼の指が、触れてもらいたくて疼《うず》いている彼女の中心に達する。

両脚の間で弧を描く彼の手に反応しながら、キャサリンは彼の口と舌も脚の内側を少しずつ上ってくるのを意識した。徐々に中心に近づいてくる間、彼女は息をするのを忘れた。

彼の口が手に変わったとき、新たな刺激が彼女の全身を揺さぶった。それはすばらしい快感だった。ああ、神さま、ああ、神さま……わたしは声に出して言っただろうか？　神の名を口走ったことで、天の雷に打たれないことを、キャサリンはすばやく願った。だがそんな思いも他の思いとともに消えていった。彼女がわかっているのは、彼の舌が両脚の間で動いていることだけだった。彼の指が出たり入ったりし、口も愛撫を続ける。

体内の興奮が高まるにつれ、キャサリンは頭を大きく左右に振った。彼に言いたかった。やめないで、やめないで。だが、言葉にならなかった。すべての筋肉が張り詰め、全神経が彼の舌と口に集中する。興奮はますます高まり、もどかしさのあまり叫びたいほどになった。

その瞬間激しい快楽の波に襲われ、キャサリンの体は痙攣《けいれん》した。二度ともとに戻れないような気がした。手足は萎《な》え、ぐったり横たわった。

ウイリアムが隣に横たわると、キャサリンは弱弱しく横向きになった。背後から抱かれ、耳元で彼の激しい息遣いが聞こえる。

「愛しているよ」ウイリアムは彼女の肩に唇を押しつけた。

彼の指が肌の上を軽やかに走って、キャサリンの全身をぞくぞくさせた。首、頰《ほお》、髪に口づけされる。彼の手に胸を包まれたとき、腰に興奮の印を感じて身を寄せた。もっと執拗《しつよう》に体を押しつけられると、彼を体内に感じたいとキャサリンは思った。彼の手は脚の間にあり、耳に感じる彼の息は熱かった。

「おまえだけだ、ケイト。俺が欲しいのはおまえだけだ。これから先も欲しいのはおまえだけだ」

ウイリアムが入ってきた瞬間、キャサリンは彼の熱い欲望に包まれた。どこで彼が終え、どこで自分が始めたのか、もはやわからなかった。二人は一つになって動いた。彼が声をあげ、彼女の声が重なって、二人はともに恍惚《こうこつ》の波に押し流された。

キャサリンは彼の腕の中で安らかな幸福感に包まれ、まどろんだ。彼はわたしに戻ってほしかったんだわ。彼はわたしを愛している……。

ふとキャサリンは目覚めた。ウイリアムの腕の中で向きを変え、彼を見つめた。火明かりに照らされた彼の長身はどこも無駄な肉がなく、肌は金色に輝き、強靭《きょうじん》な筋肉からなっている。この姿をどれほど見たいと思ったことだろう。あまりに美しい体に、彼女は息ができなくなった。

ウイリアムの手が彼女の頰を包んだ。彼女の目をのぞき込む濃い蜂蜜《はちみつ》色の瞳《ひとみ》は、真剣で力強かった。

「おまえがいなくなったとき、俺は死にそうになった」彼はささやいた。「二度とあんな思いには耐えられない」

慰め安心させたくて、キャサリンは彼に両腕をまわし、頭を彼の首元に埋めた。やがて二人は口づけを交わした。長く、熱く潤ったキスをいく度となく繰り返した。互いに溶け合うような深いキスを。再びウイリアムは彼女の中に入り、二人はともに動いた。今度は激しい情熱が二人を圧倒せんばかりになった。キャサリンは自分の中の壁をすべて取り除いた。自らを解き放ち、すべてを彼に捧《ささ》げた。彼の愛と情熱に身をゆだね、ついに欠けたところのない完全な姿に作り上げられたのだった。

数時間後、冷気が吹きつけて、キャサリンを目覚めさせた。伸びをして体を起こすと、ウイリアムが料理を山盛りにした大皿と水差しを抱えて、ドアから入ってくる。彼女は上掛けを引っ張り上げ両肩に巻きつけて、ほほ笑みかけた。

「天候は悪化している」ウイリアムは濡れたマントを火のそばの椅子に掛けながら言った。「ロバートは昨日嵐《あらし》をおして出ていったらしい」

温かいパンとあぶった肉の匂《にお》いは、キャサリンのおなかをぐうっと鳴らした。彼女はウイリアムと小さなテーブルについた。朝食の食べっぷりから察するに、彼も同じく腹ぺこだったらしい。しばし二人は無言で食べた。やがて彼が再び話し出した。

「おまえが家に帰って、ジェイミーに会いたくてたまらないのはわかっている。だが、この嵐が過ぎるまでもう一日待たなくちゃならない」

キャサリンは唇を結んで頷いた。

「もう一日妻を自分だけのものにできるのが嬉《うれ》しいと告白したら、おまえは怒るだろうか？」ウイリアムはテーブルの上に身を乗り出して、彼女にゆっくりと長いキスをした。「あっという間に時は過ぎて、明日になるさ。そして服を着て、皆と出発するんだ」

ボーマリス城の寝室に落ち着いている間は、キャサリンにいろいろ質問したり、その答えを聞いたりしたくないと、ウイリアムは思った。そのために、二人の満ち足りた幸福が損なわれるかもしれないからだ。二人は情熱に我を忘れ、睦言《むつごと》以外はほとんど口にしなかった。

それで、ロス城への長い帰路に踏み出してから初めて、二人は離れていた間のことを話し始めた。まずウイリアムがロス城の日常の話をした。そして徐々に、キャサリンが捕らわれていた日々のことに話を向けていった。

彼女が不当な扱いを受けなかったことは知っていたので、最初はチューダー家の暮らしについてウイリアムは尋ねた。しばし、キャサリンは小さなオーウェンのおどけた仕草のことなど話して彼を楽しませた。それから、真顔になって言った。

「もしもあなたが来るのが一日遅れたなら、わたしはハーレフに連れ戻されていたでしょう」キャサリンは外套《がいとう》をぎゅっと体に巻きつけ、遠く地平線に目をやった。「危ないところだったわ」

ウイリアムはグレンダワーについて尋ねた。キャサリンの話しぶりから、彼女が反乱軍のリーダーを高く評価していることは明らかだった。

「グレンダワーは常に嘘《うそ》を見抜くことができるとメアダッドに言われたけれど、わたしはなんとか騙《だま》すことができたわ」キャサリンは明るい笑い声をあげた。その声が誇らしげなのを、ウイリアムは感じた。「回を重ねるごとに、嘘をつくのがうまくなったの。妊娠していないと言ったときも、彼の目をまっすぐに見つめたわ。彼は人の心の奥まで見通す目を持っているけれど」

彼女は再び真顔になった。「もちろんわたしがハーレフに戻っていたら、彼にも妊娠を気づかれて、二度と信じてもらえなくなったでしょう」

時刻は昼になった。ウイリアムは部下たちを止めて、小川の近くで昼食をとり、馬には水を飲ませるように言った。彼はキャサリンの手を取って、他の者たちから離れたところに連れていった。小川の端に落ち着ける平らな巨石を見つけて、そこで食事をとることにした。日は出ていたが、まだ寒かった。キャサリンは彼に寄り添い、二人で飲もうと、彼が蜂蜜酒を注いでくれたカップを受け取った。

「グレンダワーは、おまえが王子の子を身ごもっていると考えたのだろうか？」ウイリアムは布の上に干し肉とパンとチーズを並べながら尋ねた。その問いは気まずいものので、そんなことは聞くべきではなかったのかもしれない。

「グレンダワーは王子とわたしの噂《うわさ》の真偽を疑い始めていたわ」キャサリンは考えながら言った。「でも、イングランドの王位継承者の唯一の子が手中にあるという可能性に賭《か》けて、彼はわたしと生まれてくる子供を投獄していたでしょうね」

もしもそんなことになったなら、この不幸な反乱が鎮圧されるまで、ウイリアムは妻を取り戻せなかっただろう。

「ウイリアム、手が痛いわ」

はっとして、彼はキャサリンの手を握っていた手をゆるめた。彼女の指にキスしながら言った。「すまない」

「おまえたちが連れ去られたとき、エドマンドは重傷を負ったんだ」

キャサリンは目を見張った。「彼が？」

「回復するには時間がかかった。だが今では元気になっている。片脚を除いては」

二人は無言で座っていた。その間にウイリアムは、何カ月も自分を苦しめていた疑問を口にする勇気を奮い起こした。部下たちが食事を終え、荷物をまとめてがさがさと音を立てるのを聞いたが、そのざわめきも気にしなかった。彼女と向き合って、この質問をしなければならなかった。馬に乗るまで待って聞くことができなかった。

「あの朝おまえたちを連れ去ったウェールズ人は……」キャサリンを非難しているように聞こえずに知りたいことを尋ねるには、どう言ったらいいか考えあぐねて、彼は言葉を途切れさせた。「彼らはおまえが尼僧院に向かうのを知っていたと、エドマンドもスティーブンも言っている」

「それは本当よ！　わたしもそのことについてさんざん考えたわ」キャサリンは彼の腕に片手を置いて身を乗り出した。「ロス城か村に、裏切り者がいるはずよ」

ふと、グレンダワーにうまく嘘をついたと話したとき、笑い声をあげた妻の姿がウイリアムの目に浮かんだ。

「どうやって知ったのか、メアダッドに尋ねたの。彼は密告者に会っていなくて、リース・ゲシンが会ったと言っていたわ」

キャサリンが何をしたのか、あるいは何かをしたのかどうか、ウイリアムは確信できなかった。だが、彼には嘘をつかなくていいと知ってほしかった。このことも、どんなことも。

「今、二人の間に嘘がないことを望んでいる」ウイリアムは片手を彼女の膝《ひざ》に置いて言った。「俺にはレイバーンよりもっと傷つけられたと、おまえに言われた。だから、おまえは出ていきたい、俺から離れたいと思い、あとで考えを変えたのかもしれない。

それがどういう状況であっても、理解するつもりだ。むしろ、おまえが考えを変えたことを感謝するだろう」

キャサリンの顔にショックと怒りが浮かんだのを一目見て、ウイリアムはすぐに前言を撤回し始めた。「そんなことがあったと言っているんじゃないんだ」彼は両手を上げて言った。「言いたいのは、何があろうと、おまえが何をしようと、俺は気にしないということだ。おまえが俺のそばにいてくれるかぎりは。他のことは問題じゃない」

蜂蜜酒を彼の顔にぶちまけて、キャサリンはさっと立ち上がった。「そんなことが問題なんじゃないわ!」彼女の目はひどく細められ、声は低く威嚇的になった。

ウイリアムは彼女が怒ったのを見たことがあったが、これほど怒ったのを見たのは初めてだった。一瞬、彼女が常に短剣を携えているのを思い出して、ウェールズ人がその短剣を奪ってくれていることを願った。

「嘘がないですって? あなたは、わたしたちの間に嘘がないことを求めるの?」キャサリンは激しい口調で言った。「あなたは二日間もわたしを抱いて、その間ずっとわたしがこの誘拐を仕組んだと思っていたの? わたしが自分の意志で出ていき、〝残忍な者〟と結婚させるとグレンダワーに脅かされて、自分のしたことを後悔したと、考えていたの?」

「彼が何をしたって？」ウイリアムもさっと立ち上がった。その答えが聞きたいあまりに、キャサリンに浴びせられた非難の言葉さえしばし忘れた。彼女がきびすを返して、足音も荒く歩き出すと、彼は走って追いかけ彼女の腕を摑んだ。

「〝残忍な者〟とおまえが呼んだ人間は誰なんだ？」

キャサリンは振り向いて、彼の胸を両手で強く押しのけた。「あんなひどい言いがかりをつけて、わたしを侮辱しておいて、言うことは『残忍な者とは誰だ？』だけ？」

あの誘拐事件に彼女はいっさい無関係なら、とんでもない言いがかりをつけてしまったことに、遅ればせながらウイリアムは気づいた。なぜ俺はこの女性のこととなると、冷静に考えられないのだろう？　他の人間に対してなら、こんなへまはやらかさなかっただろうに。

「本当に、本当に、すまなかった、キャサリン」ウイリアムは口ごもりながら言った。「他に納得のいく説明を思いつかなかったのだ。何があろうと、おまえを愛していると知ってほしかったんだ」

「おまえが誰であろうと何をしようと、おまえを愛する、などと言ってほしくないわ」キャサリンは彼に向かってどなった。「愛のために、愛してほしいのよ。わたしが愛している者を裏切り、約束を破り、最悪にも、我が子を見捨てる人間だと考えているなら、あなたはわたしのことを何も知らないわ」

彼女は最後に言い放った。「あなたが愛していると思っている人間は誰か知らないけれど、ウイリアム・フィッツアラン、それはわたしでないことは確かだわ」

怒りの奥で、キャサリンの心は傷つき、苦い失望で張り裂けていた。離れていた何カ月もの間わたしはウイリアムを恋しく思っていたのに、彼はわたしをあんなくだらない女だと思っていたのだ。

キャサリンは彼女の馬を捕まえている男のほうに歩いていき、その手から手綱を受け取った。彼が馬に乗るのを手伝おうとするのを手を振って断り、一人で馬にまたがって、一気に走らせた。

追いつけるものなら、追いついてみるがいい。わたしはぐずぐずしすぎた。息子がわたしの帰りを待っている。

28

キャサリンが道に出る直前にウイリアムは追いついて並んだ。やがて、あとに続く他の馬たちが二人から安全な距離を置いているのに、キャサリンは気づいた。ウイリアムの部下たちは勇敢だったが、この種の厄介ごとは彼一人に任せるつもりなのだろう。

ウイリアムは話しかけようとしたが、キャサリンは前方の道を見すえたまま無視した。しまいに、彼も話をするのをあきらめた。

長い道のりの途中まで来た頃には、ウイリアムへの怒りで帰郷の喜びを台無しにするのはやめようとキャサリンは思った。このときをどれほど長い間待ったことか。ようやくロス城が見えてくると、彼女の胸は感激ではじけそうになった。身を乗り出して馬に拍車をあて、全速力で走り出す。

「その体でそんなに激しく走らせるのはよくないんじゃないか?」ウイリアムも並んで馬を走らせながら、声をかけた。

キャサリンは彼を一瞥《いちべつ》もしなかった。家まであと一、二キロなのに、馬を歩かせるなんて、とんでもないわ。門楼横の城壁の上で、一人の人間がぴょんぴょん飛び、手を振っている。きっとスティーブンだわ。彼女も手を振り返した。

開かれた城門を通るとき、キャサリンは胸がいっぱいになって泣いていた。城中の者たちが皆、彼女を迎えようと中庭に走ってくる。スティーブンは城壁の階段を走り下りて、一番に彼女のところに駆けつけた。

キャサリンは馬を止め、彼の腕の中に落ちるように降りた。

「すごく会いたかった」彼女はスティーブンを見るために、あとずさった。「まあ、十五、六センチは背が伸びたわね！ それにもっとハンサムになったわ」

スティーブンの顔は当惑と喜びで真っ赤になった。

「ジェイミーはどこ……」

「お母さま！」

キャサリンは振り向きジェイミーが走ってくるのを見て、両腕で受け止めようと片《かた》膝《ひざ》をついた。勢いよく飛び込まれて、ひっくり返りそうになる。息子が彼女の首に顔を埋めてしがみついたとき、マージの言ったことは正しかったと知った。彼は母を忘れていなかった。

その夜中皆がキャサリンをちやほやした。暖炉のそばに坐り、肩を毛布でくるむようにと、エイリスが言い張る。トマスは彼女の足の下にスツールを置く。他の者たちは彼女のところにケーキや甘く温かなスパイスワインを運んでくる。キャサリンの目頭は熱くなった。家に帰り、家の者たちに囲まれていることを、心から感謝した。

使用人たちがキャサリンの世話をする間、ウイリアムは無言でかたわらに立ち、その様子を見守っていた。しばらくしてから、彼は皆に去るように合図した。「レディ・キャサリンは長旅で疲れている」

彼の言葉を聞いて、キャサリンはどっと疲労感を覚えた。彼女は両腕をジェイミーに差し伸べた。彼は母の膝に這《は》い上がって胸に抱かれ、じきに眠りに落ちた。

息子を抱く感触は実にすばらしいものだった。キャサリンは眠ってぐったりした愛らしいジェイミーの顔を見つめて、留守の間にいくらか細くなったことに気づいた。彼の髪も以前より長く、黒っぽくなっている。彼女はその髪をかき上げて、失った時間のすべてを思い、ため息をもらした。

それでも今、わたしは息子を腕に抱いている。わたしは家にいる。

キャサリンはまどろんでいたにちがいない。ウイリアムに腕に触れられ、はっとして目覚めた。

「二人ともベッドに入ったほうがいい」そう言って、彼は彼女の膝から眠っている少年を抱き上げた。

温かな重みに、さっとひんやりした空気が取って変わり、キャサリンは喪失感を強く感じた。見上げると、ウイリアムは片方の肩にジェイミーをのせている。彼はもう一方の手を彼女に差し伸べた。彼女はその手を取って、立ち上がるのを手伝ってもらった。

階段を上りながら、ウイリアムはキャサリンの手を握り締めて言った。「おまえがいなくなったとき、このようにジェイミーをベッドまで運んで、おまえも一緒にいるんだと想像していた」

彼は仲直りをしようとしていたが、キャサリンはまだ許す気になっていなかった。二人は無言で階段を上り、夫婦の部屋のある二階を過ぎ、ジェイミーの寝室まで行った。ウイリアムがジェイミーをベッドに寝かせると、キャサリンは息子の体に上掛けを引き上げ、彼におやすみのキスをした。

「お父さま」ジェイミーは眠そうな声で呼んで、両腕をウイリアムのほうに伸ばした。ウイリアムは少年を抱いて頬《ほお》にキスした。ジェイミーが寝ついてから、二人はそっと寝室の外に出た。

「数週間前からジェイミーはあんなふうに呼んでくれるんだ」ウイリアムは弁明するように言った。「彼がそうしてはいけない理由もないと思ってね」

「そのことで、あなたに文句をつけたりはしないわ」

　実のところ、ジェイミーとウイリアムの温かな絆《きずな》を見て、ウイリアムが犯した間違いを許したいとキャサリンは思った。だが怒りは薄れていても、彼の言葉はとうてい忘れることはできなかった。彼がキャサリンをあんなつまらない人間だと考えていたと知ったときの失望は、彼女の胸に疼《うず》きを残していた。

「今夜はここでジェイミーと一緒に寝ます」キャサリンは言った。

　彼女はウイリアムと目を合わそうとしなかった。彼の目に浮かんでいるとわかっている、傷ついた表情を見たくなかった。彼が与えてくれたものはすばらしかったけれど、大事なものが、妻への信頼が欠けていた。それでもこの幸せを受け入れ、彼に感謝するべきなのだ。だが今夜は、心の傷が生々しいうちは、まだ譲歩する気にはなれなかった。

　ウイリアムは反対はせず、身をかがめて彼女の頬にキスした。彼の温かな息と髪についた木の煙の匂《にお》いをかぐと、キャサリンは彼に身をゆだねたい思いに駆られた。だが、そうするには彼女の心はあまりに傷ついていた。今に、ウイリアムとともに暮らしながら、彼にはわかってもらえなくとも、自ら誇りに思っている自分の心根を、守っていけるほどには強くなれるだろう。

　でも、今夜は無理だ。

　ジェイミーの子守係がやって来たので、キャサリンは服を脱ぐのを手伝ってもらってから、今夜は下がらせた。

彼女は息子の隣に置かれたベッドに入って、彼の匂いをかいだ。湿った土や犬の臭い、そしてかすかな赤ん坊くさい匂い。その日いく度もしたように、家に帰れたこと、息子が無事でいたことに感謝して、神に祈りを捧《ささ》げた。

彼女は横たわって、家内の数々の変化について思いを巡らせた。ウイリアムとジェイミーの絆が強まっただけでなく、ウイリアムとスティーブンの間にも、以前は見られなかった親密感があった。

使用人たちのウイリアムに対する態度も変わっていた。とくにエイリスは、主人に対して愛情を深めたように見える。彼がひどくやせたことに、彼女は何度も不満を述べた。

問題なのは、キャサリンは夫の多くの長所を認め、評価しているのに、夫のほうは妻の長所を認めてくれないことだった。キャサリンはため息をついて、ジェイミーの髪に頬を寄せた。おのずと、この夏、尼僧院長に言われた言葉が思い出された。夫があなたの息子を大事にしてくれる立派な男であることに、あなたは感謝すべきです……。それで十分なのだ。十分なはずだわ。

数時間後、服を着たままのウイリアムが、ベッドの自分の後ろにそっと入ってきたのを感じた。キャサリンはあまりに眠くて、文句をつけることができなかった。心地よい温かさに包まれ、その中に身が溶け込むままにした。夫の腕に抱かれ、息子を腕に抱き、深い眠りに落ちていった。

翌朝キャサリンが目覚めたとき、ウイリアムはいなくなっていた。彼が寝ていた跡をさわったが、温もりは残っていなかった。ため息をついて、眠っている息子の頭にキスしてからベッドを出た。

夜着の上にローブをはおって、その日のドレスに着替えるために階段を下りた。踊り場を一歩下りたところで、私室の扉の前に立っているエドマンドを見た。本能的に戻ろうとして、キャサリンは階段を一歩あとずさった。しかし、すでにエドマンドに気づかれていて、手遅れだった。

キャサリンは彼の体のことを尋ね、負傷を気の毒に思っていると言うつもりだった。しかし彼の目はゆっくりと無遠慮に彼女の体を眺め、自分の髪が乱れ、ローブの前が開いていることを彼女に意識させた。キャサリンは体にローブをぎゅっと巻きつけ、彼をにらんだ。

エドマンドが近づいてくるとき、片脚を引きずっているのにキャサリンは気づいた。彼女が立っているすぐ下の階段に達するまで、彼は足を止めなかった。彼の臭いがして、顔に彼の息を感じるほど接近されても、キャサリンはあとに引かなかった。彼の目と彼女の目が同じ高さになる。

「奇妙なことだ」エドマンドは言った。「これほど長い間離れていたのに、夫と寝ていないとは」

「どいてください」

「あなたが他の男の子供を身ごもっているので、ウイリアムが抱こうとしないからですか？」彼は耳ざわりな声でささやいた。「それとも、夫を退けているのはあなたなのかな？　おそらくウェールズの男たちとふしだらな行為をしたあとでは、善良な男のよさがわからなくなっているのだろう」

キャサリンは彼をたたこうと振り上げた腕を摑《つか》まれた。二人はにらみ合い、どちらもあとに引かなかった。

「どちらなの、エドマンド？　以前あなたはわたしのことを氷のように冷たいと言い、今度はふしだらな女だと言う」キャサリンは彼に向かって目を細め、かすれた声で言った。「でも、なぜあなたがわたしに敵意を抱いているか、本当の理由を二人とも知っているわ」

「それはなんですか？　言ってみてください」

「それは、あなたは決してわたしを手に入れることができないからよ。最初から、あなたがわたしを欲しがっていたことを、わたしが気づいていないとでも思っていたの？」

エドマンドの両まぶたがぴくぴくしたのを見て、自分の言葉が図星だったことをキャサリンは知った。彼女は目に満足げな表情を浮かべた。

「あなたがどんな目でわたしを見ているかを夫が知ったら、あなたの両目をえぐり出すでしょうね」キャサリンは一方の肩でエドマンドの胸を強く押し、彼を押しのけて進んだ。

「それなら、なぜ言わないのですか?」エドマンドは彼女の後ろから声をかけた。

「彼があなたの言うことを信じないからだ、そうでしょ?」

昨日なら、帰路につく前なら、ウイリアムに話していただろう。でも、今話すのは? これよりもっと重大なことでわたしに騙《だま》されたと、彼は思い込んでいるのだ。

そのとき、私室の戸が開いた。ウイリアムの濃い琥珀《こはく》色の目がキャサリンをさっと見やって、彼女の赤くなった顔、乱れた髪、夜着、裸足の足を捉《とら》えた。それから視線は彼女を通り過ぎ、エドマンドに向けられた。

「おまえは身づくろいをする前の妻を見て、彼女をうろたえさせた」ウイリアムは言った。「これからは、広間で待っていろ」

ウイリアムはキャサリンに頷《うなず》いてから、階段を下りていった。エドマンドは彼のあとを追う前に、キャサリンの全身に視線を走らせた。彼女はエドマンドの後ろからものを投げつけたかった。私室の戸を荒っぽく閉めても、怒りを鎮めるにはまるで足りなかった。

キャサリンは憤りで心臓をどきどきさせて、部屋を歩き回った。もうエドマンドは不快な人というだけではすまない。危険かどうかはともかく、わたしの敵であることは明らかだわ。キャサリンはなんとかして、エドマンドを自分の城から出ていかせようと考えた。

キャサリンが帰ったというウイリアムの手紙を受け取ってすぐに、タルコット院長は尼僧院を出発したにちがいない。夫婦が昼食の席についたときには、もう院長は到着していた。

「妊娠しているのね！」キャサリンが彼女を抱擁しようと立ち上がると、院長は声をあげた。「なんて嬉《うれ》しい驚きでしょう。あなたが身ごもったことを、ウイリアムは言ってくれなかったわ」

「彼は知らなかったのです」キャサリンは言った。「捕らえられてから、妊娠に気づきましたから」

ウイリアムはキャサリンの声にぎこちなさを感じて、彼女は本当のことを話しているのだろうかと訝《いぶか》った。いなくなる前に、俺の子供を身ごもっていることを知っていて、俺に言わなかったのか？

院長はキャサリンの隣に座って、彼女の手を握り締めた。「ウイリアムが知らなくて幸いでしたよ。このかわいそうな人はいっそう苦しむだけだったでしょう」

「ウイリアムはあなたも味方に引き入れたようですね」キャサリンはからかった。

「今ではエイリスでさえ彼にすっかり好意を寄せていますもの。ウイリアムが彼の好物を食べてくれないと、しきりにこぼしていますわ。わたしがウェールズの荒野で硬い土の上に寝て、料理のできない反乱兵が用意した食料で、おなかの子を育てていたことは忘れて！」

キャサリンは冗談のつもりで言ったのだが、院長は彼女の手を摑んで尋ねた。「そんなにひどかったの？　わたしたちはあなたのことをとても心配したのよ」

「いいえ、そうひどくはありませんでした」キャサリンは友を安心させた。「悪路を延々と移動しなければならなかったので、旅は少し大変でしたけれど。でも、グレンダワーと一緒の間はいつも家の中で眠れました。その後メアダッドと二人で旅したときだけ、野外で寝て、彼のうんざりする料理を食べなければならなかったの」

ウイリアムは熱心に話を聞いていた。妻が耐えてきた過酷な旅の詳細を聞くのは、これが初めてだった。彼女はたいしたことはなかったように話そうとしたが、彼は騙されなかった。

「メアダッドは彼の家に連れていく前に、わたしを西ウェールズ中連れ回したんです。

ようやくアングルシーに向かったとき、再びスノードン山脈を通る道をたどったわ」

「まあ」院長はキャサリンの腕をなでた。「大変な旅だったでしょうね」

「お風呂に入って、清潔なドレスを着られるなら、悪魔とだって契約を結んだでしょうね」キャサリンの声から明るさが消えた。「でも、メアダッドを恐れたことはなかったわ」

自責の念に駆られて、ウイリアムのこめかみはずきずきした。彼女が自分を捕らえた者を心から恐れていたとは思いもしなかったからだ。

キャサリンは青ざめていた。遅ればせながら、院長は自分の質問がキャサリンに苦痛を与えているのに気づいて、話題を変えた。

「今、あなたは無事に戻ってきた。では、スティーブンの婚約について話すことができそうね」

スティーブンの赤くなった顔を見て、キャサリンは立ち上がった。「私室に行きませんか、院長さま？　今日のように陽が差していると、あそこは快適ですわ」

広間を出ていきしなに、院長の声が食卓の男たちにまで届いた。「境界地方で適当な年頃の跡取り娘全員のリストを作ったのよ。たぶんあなたは、彼が近くにいてほしいのじゃないかと……」

スティーブンはウイリアムに不安そうな顔を向けた。

「心配しなくていい」ウイリアムは内心よりも自信ありげに言った。「俺が最終的に決めるのだから」

ウイリアムはいらだっていた。幸福だと思える理由はいくらでもあるのに、キャサリンとの仲はひどく気まずいものになっていた。ボーマリスで二人で過ごした時間は、彼が望んだとおりの、いや、それ以上のものだった。それなのに、彼はたった一つの質問をして、そのすべてを失ってしまったのだ。

帰宅した最初の晩、キャサリンは彼と眠ることすら望まなかった。それでも夜中にウイリアムが彼女のベッドに入り込んだとき、少なくとも追い出されはしなかった。それはキャサリンが彼に優しい気持ちになった印だと思いたかったが、あまりに疲れていて逆らえなかっただけかもしれないとも思えた。

尼僧院長が帰ったあと、ウイリアムはキャサリンと話をしたかったが、機会がなかった。使用人たちは彼女につきまとって、かいがいしく世話を焼くし、スティーブンとジェイミーを遠ざけることもできなかった。キャサリンがそばにいることを再確認したいという彼らの気持ちが、ウイリアムにもよくわかった。

だが、キャサリンと二人きりになっても、俺は何を言ったらいいのだろう？

その晩ウイリアムが夕食の席につくと、スティーブンがにじり寄って、耳元でささやいた。「何をしでかしたんですか?」

「おまえはまだ十三なのに、俺に忠告できると思っているのか?」

「顔に蜂蜜酒《はちみつ》をぶっかけられたことはありませんよ」

こいつめ、口を慎むことを学ばなければ、それが命取りになるぞ。

「どうやってそのことを知ったんだ?」ウイリアムは聞いた。

スティーブンは肩をすくめた。この少年はすべて聞いているらしいが、情報源は決して明かさなかった。

「レディ・キャサリンを怒らせたくないんだ」スティーブンは言った。「もしもぼくがお兄さんなら、彼女が償ってほしいことをなんでもしますよ」

「相手が女性なら、全面降伏を勧めるのか?」

「お母さまから学んだことですよ」スティーブンはにやりとした。「でも、レディ・キャサリンはお母さまよりずっといい人だもの、幸せにしたいと思うはずだよ」

「それしか願っていない」広間に入ってきたキャサリンを見ながら、ウイリアムは言った。「この世で俺が願っているのはそれだけだ」

夕食後キャサリンはウイリアムに顔を向け、低い声で言った。「今夜もまた使用人たちに付きまとわれるのは、息が詰まって耐えられないわ。ジェイミーと一緒に私室に戻ります」

彼女はウイリアムを誘わなかったが、来ないでくれとも言わなかった。ウイリアムはキャサリンのあとに続き、彼のあとにスティーブンが続いた。スティーブンは、必要な場合は、さらに役立つ忠告を兄に耳打ちしようとついてきたらしい。四人で楽しい時間を過ごすうちに、ウイリアムもくつろいでいた。その後、ジェイミーを寝かせるために少年たちと上に行くと、キャサリンは告げた。

彼女は戻ってくるだろうか？　それともまたジェイミーのそばで寝るのだろうか？　階段を下りてくるキャサリンのかすかな足音を聞いて、ウイリアムはほっと胸をなで下ろした。戸口でためらっている彼女を見て、戻ってくると決めるのは彼女にとってたやすくはなかったと知った。

キャサリンに戻ってきたことを後悔させないように、ウイリアムは急いで部屋を横切り、彼女の手を取った。

「ありがとう」そう言って、彼女の手を持ち上げ口づけた。

キャサリンの目を見つめたまま、彼女の手を引っくり返し手のひらにも口づけた。彼女は手を引こうとしなかったので、それは了解の意味だろうとウイリアムは自分に言い聞かせた。

さらに舌でキャサリンの手のひらに軽く弧を描いた。彼女の手首の脈が速まるのを感じる。少なくともベッドの中では、俺は彼女を幸せにできる。キャサリンのまなざしから判断すると、ベッドに連れていってもいいのではないかと思った。

キャサリンは拒まなかった。彼女の肌の感触に、彼の愛撫《あいぶ》に応える彼女の体に、彼女の中に入ったとき彼の名を叫ぶ声に、ウイリアムは陶然として気づかなかった。あるいは気づかないようにした。

しかし、ことを終えたあとで気づいた。息苦しいほど強くキャサリンを愛していたので、気づくまいとあらがった。それでも、二人ともまだ荒い息をして抱き合っているさなかに、彼は知った。ボーマリスで二人が愛し合ったときとは何かが変わっていた。何かが違った。

何かが欠けていた。

ボーマリスでの二日間、キャサリンはあらゆる抑制を解き放って、彼女のすべてをウイリアムに捧げた。彼は両手に彼女の心を抱いたように感じた。彼女が彼の心を手にしたように。もしもボーマリスでの経験がなかったなら、今キャサリンが彼女の一部を抑制していることに、彼は気づかなかったかもしれない。

その後いく晩もウイリアムは壁を打ち壊そうとしながら、何度もキャサリンを抱いた。彼女の心を取り戻せる言葉を探せないなら、自分の強い愛情と欲情で手に入れようとした。しかし二人の情熱がどんなに熱くとも、ウイリアムは彼女のある部分には触れることができなかった。壁を乗り越えて、彼女が彼から防護している部分に達することはできなかった。

ウイリアムはキャサリンの体を満足させ歓ばせた。それはわかっていた。だが愛していると彼に言われると、彼女は動揺した。あまりにも動揺したので、愛していると言うのはやめた。

彼女の中に深く入っているとき以外は。そのときは、思わず口走るのを抑えられなかった。おまえを愛している、愛している、愛している。

キャサリンは、わたしも愛しているとは言わなかった。

29

「キャサリン、この内乱をより早く終わらせるように、反乱軍のリーダーたちのことを教えてくれ」ハリー王子は言った。「このようなウェールズの同胞との戦いは、避けられない対フランス戦に立ち向かう我々の力を弱めるだけだ」

王子がロス城に来てキャサリンに質問をするのは、彼女の体を休ませるために一週間先にしてほしいと、ウイリアムは頼んだのだった。

「グレンダワーは立派な人物だわ」キャサリンは王子に言った。「ウェールズの民のために最善を求めているのよ」

「彼が民にもたらしたものは、破壊された村々と荒らされた畑だ！」王子はいらだたしげに言った。「この反乱がもたらすものはそれだけだろう。彼は勝利することはできない。したがって、民の苦しみは無駄になる」

「グレンダワーは神が味方してくれると信じているわ、あなたと同じように」キャサリンは理性的な声で言った。「簡単には降伏しないでしょう」

　キャサリンが捕らわれている間に少しずつ得た情報をすべて聞き出そうと、王子が彼女を質問攻めにするのを、ウイリアムは聞いていた。反乱軍のリーダーたちの人柄から、フランスの教皇に関するグレンダワーの思惑、アベリストウィス城とハーレフ城を守る兵士の数にいたるまで、王子はすべてについて尋ねた。二人はチューダー家に関しても詳細に話し合った。

　二人のやり取りを見聞きしているうちに、明らかに王子がキャサリンの報告の正確さを信用していることを知って、ウイリアムは驚かされた。これまで彼女に与えられた情報をもとに王子が戦略を立ててきたことが、容易に推測できた。

「リース・ゲシンのことはどう思う？」ハリー王子が尋ねた。

　ウイリアムは身を乗り出して、妻を注意深く見つめた。ボーマリスからの帰路の会話で夫婦間に亀裂《きれつ》が入って以来、ゲシンという反乱兵、あるいは彼女が接したどの反乱兵についても尋ねることを恐れていたのだ。

「リース・ゲシンが恐れ知らずの優れた指揮官であることは知っている」王子は続けた。「だが、どんな人間だ？」

　初めて、キャサリンは答えを躊躇《ちゆうちよ》しているように見えた。

「ゲシンはグレンダワーやチューダーよりも荒っぽい男よ」ようやくキャサリンは口を開き、王子から目をそらして語った。「誰よりも危険だと思ったわ」

じっと遠くを見つめながら、彼女は続けた。「わたしの結婚をフランスの教皇の手で無効にして、リース・ゲシンと結婚させるかもしれないと、グレンダワーに脅かされたの」

そうか、ゲシンが〝残忍な者〟なのか。キャサリンが奴隷のように扱われ、贈り物としてやり取りされることを思うと、ウイリアムの頭の中で血管がずきずきと脈打った。

「グレンダワーはメアダッド・チューダーに命じて、わたしをハーレフから連れ出し、ゲシンの目の届かないところに移動させたのよ。ゲシンがわたしをかどわかして、村の司祭の背中に短剣を突きつけ結婚を強行するのではないかと、グレンダワーは恐れたのでしょう」

「それでは、グレンダワーはあなたをゲシンから守りたかったのか？」王子が尋ねた。

「ゲシンの強行を許さないというだけの理由ではなかったでしょう」キャサリンは悲しそうな笑みを浮かべた。「グレンダワーはわたしをどうするかまだ決めていなかったのよ」

もう少しでキャサリンを失うところだったと知って、ウイリアムの背骨に冷たいものが走った。彼はキャサリンの青ざめ、やつれた顔を見て、リース・ゲシンについて語ることも彼女には辛かったのだと気づいた。

「妻は疲れているようです」ハリー王子がさらにキャサリンに質問する前に、ウイリアムは口をはさんだ。

「許してくれ、ケイト」王子はさっと立ち上がって言った。一瞬キャサリンのふくらんだ腹に視線を落として、かすかに顔を赤らめた。「どれほど長い時間話していたのか気づかなかった」

王子は軍のリーダーであり、戦闘できたえられた指揮官だ。しかし、他の面では経験に乏しい十八の若者でもあることを、周囲はつい忘れてしまう。

キャサリンは王子の腕に触れて、ほほ笑みかけた。「わたしは病気じゃないのよ、ハリー。身ごもっているだけ」

「では、気分は悪くないんだね？」王子は不安げな声で聞いた。

「実際、この頃は気分上々よ」キャサリンは満面の笑みを浮かべた。「初めの数週間よりもずっとよくなったわ。初めは吐き気がして、ひどく疲れたけれど」

王子の表情を見ると、そこまでは聞きたくなかったらしい。彼はキャサリンにそそくさとおやすみを言って、部下と話すために席を立った。

妊娠して具合の悪いキャサリンが、悪路を何百キロも旅したことを思って、ウイリアムの胃は締めつけられた。雨に濡《ぬ》れ、泥で汚れ、野宿したのだ！　生きているかぎり、俺は自分を許さないだろう。

彼はキャサリンを抱いて運びたいという衝動と闘いながら、彼女に手を貸して立たせ、階段を上らせた。寝室に入ると、彼女の抗議には断固として耳を貸さず、ベッドに寝かせ上掛けでくるんだ。

そしてベッドの端に座り、彼女の頬《ほお》を指の関節でこすった。「俺がその場にいて、おまえを守り、苦痛を和らげることができなくてすまなかった」

「あなたを責めたりしないわ」キャサリンは請け合ったが、彼の大きなあやまちも許すとは言わなかった。

「あの誘拐事件に、おまえがかかわったかもしれないと言ったことも謝る」

その言葉は本心か推し量るように、キャサリンは目を細めてウイリアムを見た。長い間を置いてから言った。「誰がわたしを敵に引き渡したのか知りたいわ、ウイリアム。誰かが情報を流したはずよ。あの日わたしが尼僧院に行くと反乱軍に伝えたのよ」

ウイリアムを許すことはできないけれど、彼が少しでも名誉を回復する手段は教えておいたわ。

「おまえを裏切った男を全力で捜すつもりだ」そしてその男に彼女を苦しませた代償をしっかり払わせてやる。「もう一度、城と村の者全員に聞いてみよう」

「小作人のタイラーのことを聞いてみて」キャサリンは言った。「彼がレイバーンのために、反乱軍に密書を運んでいたのではないかと、常に疑っていたの」

もしもタイラーがこの件に協力していたなら、彼は日が沈むのを二度と拝めないだろう。

ウイリアムはキャサリンの額にキスして、彼女を休ませるために部屋を出た。

広間に戻ったウイリアムは、暖炉のそばで、ハリー王子とともにキャサリンが与えてくれた情報を検討して、遅くまで話し合った。

「なんという女性だ！」王子はにやりとして、かぶりを振りながら言った。

「そうですね」ウイリアムも静かな声で同意した。

「これ以上の密偵を持った王子はいないだろう」ハリー王子はほくそえんだ。「彼女は勇気があり大胆で、限りない忠誠心の持ち主だ」彼は両腕を大きく振って、繰り返した。「限りないほどのね。彼女は敵に真っ赤な嘘《うそ》をついて、なんだって信じさせてしまう。だが、自分の命を救うためでも、わたしやあなたに嘘をつくことはできなかったんだ！」

ウイリアムはたじろいだ。王子には彼を苦しめるつもりはなくても、この若者のキャサリンに対する絶大な信頼を目《ま》の当たりにして、ウイリアムは妻を疑った自分を虫けらのように感じた。

「あなたもご存じのように、国王は今年もエルタム城でクリスマスの謁見を行われる」王子は言った。「モンマスに寄ってくれ。二人で出かけることにしよう」

ウイリアムも出席を期待されていることを、王子は思い出させた。スコットランドではノーサンバーランドが今も反乱を起こしている状況なので、国王はウイリアムの忠誠を確認したいのだ。二日後にモンマスで王子に会うことを、ウイリアムはしぶしぶ承諾した。


「タイラーが犯人だった」

ウイリアムの声にキャサリンは目を上げ、私室の戸口に立っている彼を見た。

彼はキャサリンの横に来て坐り、彼女の手を取った。「今朝王子が発たれたあと、俺は村に行った。そして、二、三週間前にタイラーが牡牛《おうし》を一頭購入したと、村の者たちから聞いた。彼がどこからその金を得たのか、誰も知らない」

「それは疑わしいわね」

「ああ。そして今彼が姿を消しているのが、容疑を裏づける。おまえが戻ってきた日以後彼を見た者はいないんだ。おそらくおまえが、捕らえた者から彼の役割を聞いたかもしれないと恐れたのだろう」

「あるいは、彼がかかわっているとわたしに疑われることがわかっていたのかも」

「部下たちに彼を捜させる。最後には見つけ出し、連れ戻してくれるだろう」

キャサリンは心から安らげるように、裏切り者の情報を得たいと思っていた。しかし、ウイリアムはまだ落ち着かない様子だった。

「どうしたの？」キャサリンは聞いた。

「エルタムにスティーブンも同行させようと思っている」

「それを聞いて嬉《うれ》しいわ。彼をただカールトンの息子としてではなく、ウイリアム・フィッツアランの弟として、国王や他の方々に紹介するのはいいことだわ」

ウイリアムが目を合わせないのに気づいて、キャサリンの微笑は消えた。

「いつものように、俺が留守の間、城の警護にエドマンドを残していく」

キャサリンは片手を腰に当てて、彼をにらんだ。「あなたはそのことを言いたくなかったのね。わたしがいやがることがよくわかっていたから」

「彼は俺の軍隊の副指揮官だ。彼を信頼しているからこそ任せるんだ。もしも任せないなら、彼をひどく侮辱することになる」

辛抱強く言っているような彼の声がキャサリンの神経を逆なでした。

「わたしは彼を信頼していません」彼女はいらだちを隠そうとしなかった。「彼の世話になりたくありません」

「彼はおまえを守ろうとして死にかけたのに、どうしてそんなことが言えるんだ？彼はなんの躊躇《ちゆうちょ》もせずに、またおまえを守ってくれるだろう。彼は俺の信頼を真摯《しんし》に受け止めている」

「他の者ではいけませんか？　誰かに任せて、エドマンドを同行させることもできるでしょう」

ウイリアムはキャサリンの頭飾りからはみ出た一房の髪をかき上げようと、手を伸ばした。彼女はその手を払いのけた。

「他にもいい部下はいる。だが、エドマンドが誰よりも優れた戦士なのだ」ウイリアムは声を和らげた。「彼はおまえに対して言動を改めるように努力すると言っている。なぜ彼をそれほど嫌う？」

「彼を信頼しないと言ったはずです」キャサリンは横目で彼を見やって、その言葉だけでは頑固な夫を説得できないと知った。不本意ながら、彼女は言った。「彼のわたしを見る目つきが好きじゃないんです」

ウイリアムは深いため息をついて、両腕を広げた。「キャサリン、兵士たちがおまえを見ないように追い払うことなどできないし、出ていかせるつもりもない。部下たちは皆おまえを見ている。それは仕方のないことだ」

怒りで全身が熱くなり、キャサリンはすっくと立ち上がって、彼をにらみつけた。

「あなたはわたしの言葉を誤解している。こんなこと言わなければよかったわ」彼女は人さし指を彼の顔に突きつけた。「言っておきますが、エドマンドがどんな目でわたしを見ているか知ったら、あなたも気に入らないでしょうね」

ウイリアムの鼻孔がふくらみ、目は氷のように冷たくなった。危険なほど静かな声で、彼は尋ねた。「彼はおまえに触れたのか?」

何カ月も前のことを除いて、彼に触れられたことはない。そのときでさえ、彼がしたことは、わたしの腕を人さし指でたどっただけだ。そのせいで彼が殺されるのを見るだけの覚悟は、キャサリンにもなかった。彼女は口を結んで、しぶしぶ首を振った。

ウイリアムの表情はゆるんだ。「おまえを怒らせるようなことを言ったり、したりしないように、エドマンドに注意しておく」

「では、まだ彼をここに残すつもりなのね?」キャサリンは子供のようにじだんだを踏みたくなるのを、かろうじてこらえた。

「俺が留守の間、俺の代わりに最適の男を残さなくてはならない。おまえを守るという約束を果たすためだ」

「あなたはすでに、その約束を果たせなかったわ」キャサリンは思わずかっとなって、口走った。二人の間の空気が互いの憤りで熱をおびる。

「本気で言ったんじゃないのよ」キャサリンは彼を傷つける言葉を発したことを悔いたが、怒りのあまり両手は震えていた。「でも、わたしにとって重要な問題について意見を聞いてもらえないので、耐えられないほど辛い思いをしているの」

「国王は俺の防衛力を信頼してくださっている」ウイリアムの声は嘆願するように聞こえた。「なぜおまえは信頼してくれない？」

「あなたはエドマンドよりもわたしを信頼すべきじゃないかしら」キャサリンは鋭く言った。「でも、あなたはわたしを信頼したことはなかったわね？」

そう言い捨てて、キャサリンは決然とした足取りで寝室に入り、戸をばたんと閉めた。

ウイリアムはその戸をたたいた。だが返事はなかったので、声をかけた。「エドマンドをよそへやるつもりだ」

キャサリンは少しだけ戸を開けた。「いつ？」

「今日、出ていってもらう」

彼女はそれ以上戸を開けなかった。「なぜあなたがそうするのかわたしが知らないとでも思っているの？」

「おまえの希望にそいたいんだ」

「わたしが怒って、今夜あなたのベッドに来ないという事態を避けるためでしょ」

それも理由の一部だと認めるべきか？　いいや、認めないほうがいいだろう。

「エドマンドがここにいることで、おまえが不幸になるなら、彼を出ていかせるよ」

戸はばたんと閉じられた。彼の答えがまずかったことは明らかだった。どうすればいいんだ！ 他に何を言えばいいのか考えようとして、ウイリアムは彼女の寝室の外を歩き回ったが、何も思い浮かばなかった。

彼は深いため息をついて、手紙を書きエドマンドと話をするために、階下に下りた。

「おまえは妻にうとまれているようだ」その後すぐに、ウイリアムはエドマンドを呼び出して言った。

「妊娠している女性はおかしなことを考えるものです」エドマンドは肩をすくめた。

「どういうわけかわかりませんが」

「国王の弟君に仕えるように、おまえを推薦しようと思っている。トマス・ボーフォート卿《きょう》だ。彼は国王とハリー王子双方の近親で、立派な男だ」

「長年あらゆる苦楽をともにしてきたわたしを、彼女のせいで追い出すのですか！」

「もし二人のどちらかを選ばなければならないなら、妻を選ぶと言っておいた」ウイリアムは言った。「それにおまえを追い出すのではない。よりよい主《あるじ》を見つけてやるのだ。トマス・ボーフォートに仕えるのは名誉なことだ」

「彼女はあなたをだめにした。それがわからないのですか？ 彼女は嘘つきで……」

ウイリアムはエドマンドの喉首《のどくび》を摑《つか》んだ。「命が惜しいなら、そんなことは言うな」

憤ったウイリアムの耳のあたりで、血がどくどく流れる。エドマンドがキャサリンにこんな口をきいているなら、どうして彼女は言ってくれないのか？

　エドマンドは両手を上げて、しわがれた声で言った。「わかった、わかりましたよ！」

　ウイリアムはしばし彼を締めつけた後、放した。

　エドマンドは息を整えようと喉をなでた。「あなたの言うとおりだ」再び口がきけるようになってから言った。「彼女を傷つけるつもりはなかった。もちろん奥方が第一でしょう。トマス・ボーフォートに推薦していただけて感謝しますよ」

「今日、発ってもらいたい」ウイリアムはボーフォート宛《あ》ての封をした羊皮紙を、エドマンドの手にぞんざいに渡した。「ボーフォートも、エルタム城のクリスマスの謁見に参列するはずだ」

「友人のままお別れしたいものです」エドマンドは言った。

「これからも俺の妻のことを話すときは言葉に気をつけろ。さもないと、ボーフォートに解雇されるだろう、俺に殺されていないならな」

　エドマンドを解雇したことは、ウイリアムに後味の悪さを残した。しかもその夜は、みじめにも一人寝になった。それぞれの寝室の間にあるのは居間だけだが、キャサリンはハーレフに捕らわれていた頃と同じほど遠くにいるように感じられた。

　翌朝モンマス城に着いたときも、ウイリアムは不快な気分だった。

30

エドマンドがいなくなって、キャサリンはほっとしていたが、同時にやましさも感じていた。ウイリアムにきつく当たりすぎたかもしれない。だが今も、ボーマリスからの帰途彼の言葉に傷つけられたところが疼《うず》く。彼はエドマンドに対する彼女の意見を聞かず、その傷に塩を擦り込んだだけだった。譲歩したのは、キャサリンともめたくないからで、彼女の意見を信頼しているからではなかった。

ジェイミーはなんでこんなに遅いのかしら？　生まれたばかりの子猫を見せようと、ジェイコブが厩舎《きゆうしや》に連れていったが、もう戻ってきてもいいはずだ。そろそろ夕食の時間なのに。

キャサリンは縫い物の手を止めて、首をかしげた。あの音はなんだろう？　がたんという音とぞっとするような悲鳴。さらに悲鳴と叫びが続く。彼女はさっと立ち上がった。戸口に行く前に、戸が開いた。

戸口いっぱいにエドマンドの姿があった。狼狽《ろうばい》のあまり、キャサリンの喉《のど》は締めつけられた。彼女はゆっくりあとずさった。開いた戸から、階下の叫びや物音が先ほどより大きく聞こえる。

エドマンドは戸を閉め、それに寄りかかった。「俺を追い出したと思っていただろうね？」彼は満面の笑みを浮かべて言った。

キャサリンはあえぎ、めまいに襲われた。

エドマンドはテーブルまで来て、自分の銀製のフラスコから手近にあった空の杯にワインを注いだ。

「こちらへ、キャサリン。俺の成功に祝杯をあげよう」彼は二つの椅子《いす》の一つに座るよう手招きした。

キャサリンが示された椅子に座ると、杯を彼女のほうに押しやって、フラスコを持ち上げた。彼女は杯に口をつけ、エドマンドもフラスコのワインをごくごく飲んだ。

キャサリンは努めて深呼吸をゆっくり繰り返してから、尋ねた。「わたしたちは何を祝っているのか聞いてもいいかしら？」

エドマンドがどんなゲームをしているのかわからないが、考える時間を稼ぐために、とりあえず彼に合わせなければならない。

「この城を手に入れたんですよ」

予想していた答えだったが、キャサリンは息をのんだ。

「俺の部下は使用人たちを閉じ込めたらすぐに、ここのエールを一樽《たる》広間に運んでくるだろう」エドマンドは言った。「でも、俺はあんたと二人で祝いたかったんでね」

階下の喧騒《けんそう》が静まっても、キャサリンは安心するどころではなかった。ジェイコブがジェイミーとどこかに隠れていてくれることを、神に祈った。

「あなたはトマス・ボーフォート卿《きょう》に会いにいっていると思っていたわ」

「その代わりに、ロード・グレイに会いにいきましたよ」エドマンドは彼女にウインクした。「あの古狐《ふるぎつね》は生まれてからずっと、この領地の一部を欲しがっていた。彼は喜んで、階下の荒くれ者たちの費用を出してくれた」

いかにもグレイのしそうなことだと、キャサリンは思った。明日夜が明けたら、グレイは奪った領地をできるだけ多く自分のものにしようとするだろう。

「どうやってこの城を手に入れたのですか？」時間を稼がなければならない。キャサリンはエドマンドの虚栄心をくすぐろうとした。

「兵士たちは俺がウイリアムの右腕だと知っているので、城門を開けてくれた。それで一人か二人の喉を掻《か》き切って、瞬く間に衛兵たちの大部分を楼門に拘束したんだ」

「国王があなたをロス城の城主にするとは考えられないわ」

「そうかもしれない。だが、ウイリアムに城を返すこともないだろう」エドマンドの声に激しい怒りがあふれる。「たった半年で城を失ったら、国王のお気に入りでいられると思いますか？」

国王の怒りにふれ、刑場まで引いていかれ四つ裂きにされないですんだなら、ウイリアムは幸運と言えるかもしれない。

「城を失った上に、ウイリアムは妻も失うことになる。一度でなく、二度も！」エドマンドは耳ざわりな笑い声をあげて、テーブルをたたいた。「以後国王は彼を尊重しなくなるだろう。他の皆もね」

「でも、どうして？　どうしてあなたはそんなことをするんですか？」

「俺は彼のためにさんざん働いたのに、追い出されたんだ！　彼はしっぽを巻いた犬のような姿で俺を追い出した。だから城を奪って、破滅させたのだ」

キャサリンから目を離さずに、エドマンドは戸口まであとずさって、片手を後ろにまわした。キャサリンはかんぬきが掛けられる、きしむ音を聞いた。

「さあ、彼の妻をいただくことにしよう」

ハリー王子が急に入った仕事をかたづけている間、ウイリアムは半日もモンマスで待たされた。まいったな。さっさとクリスマスの謁見をかたづけて、早く帰宅したくてたまらないのに。ようやく王子がエルタムに出発できるようになったのは、午後三時過ぎだった。

「こんな時間に出るとは」ウイリアムはスティーブンにぐちをこぼした。「二時間もすれば日も落ち、一晩泊まらなければならなくなる」

彼らが馬に乗ったとき、ランカスター家の獅子《しし》の旗を掲げて、四十人ほどの武装兵が、正門から重々しく入ってきた。

王子は目を細めて彼らを見た。「叔父のボーフォートだ」

ウイリアムは馬を降りた。今日エルタムには行けないだろう。彼はボーフォートの部下たちに視線を走らせたが、エドマンドの姿はなかった。

挨拶《あいさつ》を交わしてから、ウイリアムはボーフォートに話しかけた。「昨日、部下を一人あなたのもとに送りました。ロンドン・ロードを来られたなら、彼と出会ったはずですが」

「エルタムからずっとその道を通ってきた」ボーフォートは言った。「二、三人と出会ったが、誰も呼び止める者はいなかったよ」

ウイリアムは胸騒ぎを覚えた。

「見過ごすはずはない。あなたの部下は本当にロンドン・ロードを通ったのか?」

エドマンドがエルタム城に行くにはその道しかない。

途中で彼の身に何かがあったのかもしれないと、ウイリアムは自分に言い聞かせた。彼の馬が脚をくじいたのか。賊に襲われたのか。それとも酔って、途中で女としけこんだのか。

十年間も、ウイリアムはエドマンドともに闘ってきた。数えきれないほど何度も、彼に命をゆだねてきた。しかし、ウイリアムの耳に聞こえるのはキャサリンの言葉だけだった。わたしは彼を信頼していません。

彼はここモンマス城で、彼女に出会った夜のことを思い出した。婚約者は信頼できる男ではないと、彼女は言ったのだ。経験の浅い十六の少女だったが、キャサリンはレイバーンの本性を見抜いていた。他の誰も見抜けなかったのに。

心臓が早鐘のように打ち、ウイリアムは馬に飛び乗った。

「キャサリンが危険かもしれません」彼はハリー王子に言った。「国王に失礼する旨お伝えください」

彼は王子の返事を待たなかった。

部下たちについてくるよう合図して、全速力で城門を出た。

31

「わたしの誘拐の手引きをしたのはあなただったの？」エドマンドの注意を当面の目的からそらそうとして、キャサリンは尋ねた。

「ああ、ウイリアムを救うためにしたことだ。初めから彼はあんたに夢中だった。あんたが彼の鼻先で王子から吟遊詩人まであらゆる男と寝て、彼を破滅させるのは目に見えていたからだ」

エドマンドは小テーブルの向かいの椅子《いす》に座り、再びフラスコのワインをごくごく飲んだ。

「俺が、ハリー王子はあんたのためならいくらでも払うだろうと言うと、すぐさまウエールズ人はあんたを欲しがったよ」彼は冷笑を浮かべた。「そしてウイリアムには、あんたは愛人と逃げたと信じさせた。本当だとも。とりあえず疑惑の種を蒔《ま》く必要があったんでね」

その嘲《あざけ》るような口調の奥に、怒りがくすぶっているのをキャサリンは感じた。

「ウイリアムにあんたがどんな女か確信させるために、王子に身代金の要求がいくようにしたんだ」かぶりを振って、エドマンドは言った。「そうなれば、ウイリアムはあんたをウェールズで朽《く》ち果てるままにして、幸せになったはずだ。彼からあんたを取り除くつもりだった。俺がウェールズ人から大金を受け取ったとしても、何がいけない？」エドマンドはこぶしでテーブルを打った。「ウイリアムは領地と富を手に入れた。俺はそのような幸運に値しなかったのか？」

エドマンドの感情の激変は、彼の言葉と同じほどキャサリンを怯《おび》えさせた。

「だが報酬の残りを払う代わりに、あのリース・ゲシンの野郎は、部下に俺を殺させようとしたんだ！」

リース・ゲシンには、味方を裏切る人間を信用しないだけの分別がある。

「でも、どうしてウイリアムにそんなことができたのですか？」キャサリンは尋ねた。「あなたは彼の友で、副指揮官だった。彼に信頼されていたのに」

エドマンドは窓の外の暗い空に目を向けた。「俺は彼を兄弟のように愛していた」彼は頷《うなず》きながら言った。「二人はすべてが似ていたときもあった。最高の軍人だが、領地は持たず、家族の絆《きずな》もない」

キャサリンは彼の声に悲哀をおびた願望を感じた。

「俺たちの暮らしには自由があった。いつもたくさんの女がいた。ウイリアムには女たちが蠅《はえ》のように群がった」エドマンドは深い息を吐いて、首を振った。「だが、彼は満足しなかった。いつも自分にないものを求めていた」

　彼はフラスコを持ち上げたが、空なのに気づいて脇《わき》に放った。そしてキャサリンの杯を取り、ごくごく飲んだ。外見はほとんど変わらなかったが、彼は酔っているはずだとキャサリンは思った。

「その後国王はウイリアムに城、領地、称号と、すべてを与えた。彼が父親に従って王を裏切ることを拒絶したからだ」エドマンドは唾《つば》をテーブルに飛ばして言い募った。

「まったく、彼に与えられた褒美は多すぎる！」

「あなたなら、あの人が本当に欲しいものは領地でも富でもなかったと知っているでしょう」キャサリンは静かな声で言った。「彼の欲しいものは自分の家族や家庭だったことを」

「それだけなら、ウイリアムの幸運をねたむことはなかっただろう」エドマンドはキャサリンを焼き尽くすようなまなざしで見つめた。「だがそれに加えて、あんたも手に入れた。そのために、彼はなんの代償も払わなくてよかったんだ」

　エドマンドの言葉に、キャサリンは恐怖に襲われ押しつぶされそうになった。

「あんたが何者であろうと、どんな容姿であろうと、あんたを救うために、ウイリアムは結婚しただろう。その行為が信義にかなうなら、彼は両親のように損得を考えないのだ。もしも醜い跡取り娘と結婚しなければならなかったなら、俺は彼の他の幸運は許せただろう。だが不身持な女の息子は、他の女たちを取るに足りないと思わせるほどの妻を手に入れた」彼の声には苦々しさがあふれた。「それは一人の男には多すぎる幸運だった」

レイバーンとの結婚生活で、キャサリンは迫害される者の鋭い勘を身につけていた。エドマンドが今にも彼女を襲おうとしているのを感じた。

「タイラーは？」再び彼の注意をそらしたいと思って、彼女は聞いた。

「タイラーには反乱兵の知り合いがいた。だから、リース・ゲシンと俺の仲介役をしてもらった」

「彼はどうなったの？」想像はついたが、キャサリンは尋ねた。

「ウイリアムがあんたを取り戻したとき、ここに裏切り者がいると考えることはわかっていた。だから、タイラーを裏切り者に仕立てた」エドマンドは肩をすくめた。「春になれば、彼の死体が見つかるだろう」

鋭い声でキャサリンは聞いた。「ウイリアムに追われる身になることを、なぜ心配しないのかしら？」

「もっともな疑問だな！」そう言って、エドマンドは笑ったが、その声が不安をおびているのを彼女は感じた。「ウイリアムが戻ってくる前に、はるか遠方まで逃げているさ。本当だとも」

よかった。彼はじきに暴徒たちを連れて出ていくんだわ。キャサリンはエドマンドに向かって目を細めた。「では、そろそろ出発したいでしょう」

「知らせを受けて彼が戻ってくるまでに、三日、あるいはもっとかかるだろう。それでも、明朝には発つことにする」

では、朝までなんとか生き延びなければならない。

「あんたを連れていくことはわかっているのかな?」エドマンドが言った。

キャサリンは目に浮かんだ恐怖を隠すために下を見たが、遅すぎた。彼は満足げに微笑した。

「あんたは常に男たちを魅了する。誰かが金を払ってくれるはずだ。全員に身代金を要求して、最高額を出す者にあんたを売ることにする。ゲシンには他の者の倍払わせてやる。俺をあんな目にあわせたのだからな」エドマンドはまたワインを飲み、ひどく目を細めた。「だがロス城を失ったあと、金を用意できたとしても、ウイリアムにはあんたを渡さない」

キャサリンは憤りがこみ上げるのを感じ、怒りに体を震わせた。そのとき、おなかの中で子供が動いて、彼女の頭を冷やし明晰《めいせき》にした。わたしは自分と子供を救わなければならない。

「リース・ゲシンのような男にあんたをやるなど、とんでもない話だ。あいつはベッドでは無粋そのものにちがいない」エドマンドの思考がどこに向いているかは明らかだった。「おそらく闘い方と同じようなものだろう。全速力で敵に突入するのさ」

彼はテーブルの上に身を乗り出して、キャサリンの顎《あご》を摑《つか》んだ。彼女は全身を緊張させて、じっと坐っていた。

「金を諦《あきら》めて、あんたを自分のものにするかもしれない」彼の目はぎらぎら光り、息遣いは荒くなった。「本当だとも、キャサリン。あんたが俺の名を叫び、もっととねだるような思いをさせてやるよ」

キャサリンは思わず顔に嫌悪感を浮かべたが、ぬぐうのが遅すぎた。エドマンドは彼女の顎から手を離して、手首を摑んだ。

「なら、あの卑しいウェールズ人のところに行くんだな。やつはあんたを売春婦のように手荒に扱い、あんたの子供を見捨てるだろう」

彼の怒りが刃先のように肌に刺さるのを、キャサリンは感じた。手を彼の手から引き抜こうとしたが、がっしりと摑まれた。

「だが、まず俺があんたをいただく」エドマンドはキャサリンを引っ張って立たせた。「帰宅したウイリアムに、あんたのシーツについた他の男の臭いをかがせてやりたい」

32

午後の光が灰色がかっていく中、ウイリアムは部下たちとともに黙々と馬を走らせた。その間ずっと、自分が間違っていることを、キャサリンが無事であることを祈った。エドマンドが自分を恐れて裏切れないことを祈った。もし裏切ったなら、俺に地上の果てまで、いや地獄まで追いかけられて殺されることを、彼は知っているはずだ。太陽が地平線の下に沈み、あたりの空気がひどく冷たくなる。しかし、ウイリアムの背骨に震えを走らせたのは寒気ではなく、不吉な予感だった。

ようやく冬の夕刻の薄闇《うすやみ》を通して、ロス城の外観がぼんやりと見えてきた。最後のまっすぐな道に来ると、ウイリアムは疲れた馬をさらに走らせ、部下たちよりも先に城門に着いた。番兵に門を開けろとどなったが、なんの反応もない。返事は聞こえず、吊《つ》り上げ橋も下りてこなかった。彼は楼門と塔を見た。松明《たいまつ》の明かりがない。生きている者は誰もおらず、城は打ち捨てられたかのように、どこも暗かった。

なんということだ。俺の城は奪われた。中にはキャサリンとジェイミーがいる。城の者全員を守るのは俺の責任だ。どうにかして中に入らなければならない。ウイリアムは城の防御を強化するために、自分のしたことをすべて思い出した。何週間、いや何カ月もの包囲に耐えられる、穀物でいっぱいの貯蔵庫が目に浮かんだ。

城攻め用の移動やぐらを作るには少なくとも二日かかる。二日の間にはあまりにも多くのことが起こるだろう。そんなには待てない。他の馬たちのひづめの音といななきが聞こえ、部下たちも到着した。

「縄がないか？」動揺が喉《のど》にこみ上げるのを感じつつ、ウイリアムは彼らに向かって叫んだ。「壁を登る縄が必要だ」

部下たちは黙っている。一人か二人は持っていても、幕壁をよじ登れるほどの長さはないのだろう。

「ウイリアム」

闇の中から弟の声がして、ウイリアムはそのほうを向いた。

「秘密の通路を知っている」


エドマンドに寝室の入り口まで引きずられ、キャサリンは悲鳴をあげた。

「誰も来ないさ」彼は彼女の悲鳴より声を張り上げて言った。

高脚のベッドまで連れてこられると、キャサリンの脳裏にレイバーンの記憶がどっとよみがえった。彼女は叫び、蹴《け》り、エドマンドの顔をひっかいた。二度と、なんの抵抗もせずに無理やり体を奪われはしない。

エドマンドはキャサリンをベッドに押し倒して、上にまたがった。両手首を彼女の頭の上で押さえ、彼女の顔に顔を近づける。「荒っぽいやり方も、そうじゃないやり方もできる」彼は息を弾ませ、しゃがれた声で言った。「あんたが選べるんだ。ただし、二つのうちどちらかだ」

キャサリンは抵抗してもがいたが、しっかりと押さえつけられた。エドマンドは片手で彼女を押さえ、もう一方の手をチュニックに入れて、縄を取り出した。

どうしよう、わたしを縛るつもりだわ！

彼はキャサリンの耳元に口を寄せてささやいた。「さあ、キャサリン、あんたを縛ることもできる」

エドマンドは彼女を見るために身を引いたが、それでも彼の息を顔に感じられるほど近かった。その息はワインの酸っぱい匂《にお》いがした。

「俺に合わせて、自分も楽しんだほうがいい」彼の声はほとんど愉快そうに聞こえた。「そうすれば、俺がウイリアムよりいいかどうかわかる」

彼はキャサリンの頰《ほお》に手のひらを当て、親指で彼女の下唇をなぞった。「答えは、キャサリン？　どうするんだ？」

押さえつけられた状態で考えることはむずかしかったが、縛らせるわけにはいかないと彼女は思った。助かる機会を逃さないために、両手は自由にしておかなければならない。

「わたしの赤ん坊には気をつけると約束してくれますか?」キャサリンは甲高い声でささやいた。

「十分気をつけるよ」エドマンドは満足そうに喉を鳴らした。

キャサリンは唾《つば》をのんで、頷《うなず》いた。「いいわ、あなたと寝ましょう。でも、ひどく怖い思いをさせられたわ。気を静める時間をください……わたしも楽しめるように」

「俺はもうたっぷり待ってやった。あんたがウイリアムに、王子に、そしてあの吟遊詩人に抱かれるのを見ながら待った」

エドマンドの目が彼女の口に釘付《くぎづ》けになる。どうしよう、口にキスされたなら、我慢できない。キャサリンの手首を押さえたまま、彼はかがんで彼女の喉に口づけた。

キャサリンは唇を噛《か》み、やめてと叫ぶのをこらえた。

「だが、俺は物わかりのいい男だ」彼はうっすらと笑みを浮かべた。「ブーツを脱ぐ間は待ってやろう」

エドマンドはキャサリンも一緒に床に立たせた。

「俺がブーツを脱ぐ間に、蠟燭《ろうそく》をつけてくれ。暗くなってきた。あんたを見たいんでね」

使いかけの蠟燭に火をつけるとき、キャサリンの両手は震えた。火をつけてから、階下の音に耳をすました。彼女を救うために、衛兵が敵と戦って、主塔《キープ》に乗り込んできたような音は聞こえず、男たちの低い声とわずかな笑い声がかすかに聞こえるだけだった。助かりたいなら、自分でなんとかするしかない。

キャサリンは背中に視線を感じて振り向くと、エドマンドは長椅子《ながいす》に坐り、左右のブーツを宙に掲げていた。

「あんたはきれいだ」彼はキャサリンの全身を眺めて言った。「気を静める時間はやった。さあ、あんたの裸が見たい」

キャサリンは二歩あとずさったが、それ以上は下がれなかった。背中にベッドが当たる。どうにかして彼が目的を果たすのを先に延ばさせ、この状況の主導権を握らなければならない。

「あなたはどうなの？」キャサリンは口の両端を上げて、かすかに微笑した。「わたしを楽しませたいなら、あなたも服を脱がなくては」まつ毛をしばたたかせ、頭をかしげて言った。「きっとゆっくり時間をかけて、楽しませてくださるわね」

ありがたい、彼は思った以上に酔っているわ！　彼が水から出た魚のようにぽかんと口を開けたのを見ると、わたしの演技を信じたらしい。あるいは信じたふりをするほど欲情しているのか。

「わたしたちの時間は夜明けまであるとおっしゃっていたでしょ?」キャサリンは一語一語ものうげに言った。「それはとても長い時間よ」

エドマンドはブーツを床に落として、立ち上がった。無言のまま手際よく、衣服のすべてを脱ぎ去った。明らかに、彼は時間をかけるという部分を聞いていなかったらしい。

キャサリンは、うまくいった、と自分に言い聞かせようとした。だが前に裸で立つエドマンドの下半身は、すっかり興奮している。運のいいことに、彼はうぬぼれの強い男だったから、彼女が頬を赤らめた理由を誤解した。

エドマンドが近づいてきたとき、キャサリンは目を伏せたので、募る狼狽《ろうばい》は見られなかったはずだった。だが両腕をなで下ろされ、首にキスされたときには、恐怖で震え、冷や汗をにじませているのを気づかれたにちがいないと、キャサリンは思った。

しかし、その心配は無用だった。

エドマンドは彼女を後ろに向かせて、体を押しつけた。彼がうめいて下半身を動かすと、キャサリンは服の層を通して彼の固くなった高まりを感じた。

「大きくなった腹を見れば、欲望がそがれるものと思っていた」彼はキャサリンの耳元で荒い息をして言った。「だが、前にも増してあんたが欲しい」

これでは、ことが早く進みすぎる！　もっと時間が必要だわ。

彼は彼女の首にキスしながら、ドレスの背中の小さなボタンをはずしていった。

「ねえ、寒いわ」キャサリンはドレスが落ちるのを防ごうとして、両腕で胸を抱いた。

「それなら、俺が温かくしてやる。火のように熱くなっているんだ」

すばやい動きで、エドマンドは彼女の両手をはずし、一気にドレスを引き下ろした。ドレスは一瞬ふくらんだおなかと腰のところで止まってから、彼女の足元にするりと落ちた。キャサリンは下着の薄いチュニック一枚になった。

エドマンドは彼女を両腕で抱き上げ、見下ろした。

「約束するよ、キャサリン。俺たちに残された時間のほとんどを、愛し合うことを」

33

エドマンドは意外なほど優しく、キャサリンをベッドに寝かせた。彼女の腹を圧迫しないように気をつけて、かたわらに横たわり、片脚を彼女の両脚の上にのせ動けなくした。彼の臭いや熱気、男の体に囲い込まれ、キャサリンは捕らわれたように感じた。

彼に何をされたとしても、まだ十六の少女の頃レイバーンにもっとひどい目にあわされたのだと、キャサリンは自分に言い聞かせた。今のわたしは、男にとって以前より手ごわい相手になっている。

エドマンドは彼女の髪を一掴《ひとつか》みして鼻に近づけ、その匂《にお》いを深く吸い込んだ。「あの最初の日吊《つ》り上げ橋で見た瞬間から、あんたは他の女とは違うとわかっていた」

彼は掴んだ髪に頰《ほお》をすりつけ、目を閉じた。キャサリンの全身は張り詰め、反撃するばかりになる。だが、彼女はこらえた。まだ早すぎる。機会は一度しかないのだ。

「初めからあんたが欲しかった」キャサリンの横顔にキスしながら、彼はつぶやいた。

「だが、あの日髪をなびかせて城壁に立つあんたを見たとき、城で二人になれたら、まさにウイリアムの鼻先であんたを手に入れてやろうと思った」

エドマンドは片肘《かたひじ》をつき、人さし指で彼女の横顔から喉《のど》へとたどった。彼の目はチュニックの首元までたどる指を追い、呼吸が速くなる。キャサリンは彼の感情の変化を感じた。エドマンドは前かがみになり、指の止まったところ、チュニックの襟ぐりの一番深いところに口づけた。

それでも、キャサリンは待った。

胸を手で包まれて、彼女は鋭く息を吸った。その反応を誤解して、エドマンドは興奮し、うめいた。鎖骨をキスでたどられ、熱く湿った彼の息を感じる。

彼のやり方はレイバーンとはまるで違った。エドマンドが自分を抱き、歓ばせたいと思っているのを知って、キャサリンはショックを受けた。それにもかかわらず、暴力的に犯されているように感じた。両手を固く握り締め、目を閉じて数を数えた。

気がつくと、エドマンドは手と膝《ひざ》をついてキャサリンの上にかがみ、耳をなめている。狼狽《ろうばい》のあまり、彼女は理性を失いそうになった。悲鳴をあげ、こぶしで彼の胸をたたかずにいるために、全力で自分を抑えなければならなかった。

彼女の名をつぶやきながら、エドマンドは下方に動いた。薄い布を通して、彼の舌が乳首に触れるのを感じたときには、キャサリンは彼の髪を摑んで引き離したい衝動と闘った。そんなことをしても、自分を救えないのだ。キャサリンはそろそろと両手を頭の後ろにやって枕《まくら》の下に入れ、短剣に触れた。この動作はわずかに彼女の背を弓なりにした。

「そう、そうだ」エドマンドはうめき、彼女の胸に痛いほど口を押しつけた。高まりを彼女の下半身に押しつけ、彼女の胸を吸いながら下半身を動かす。

キャサリンは片手で短剣の鞘《さや》を持ち、もう一方の手で柄《つか》を持って引いた。剣が抜かれる。準備は整った。

ウイリアムは部下たちとともにスティーブンのあとから、城壁の川側のやぶや丈高い草の中を進んだ。冷たい水のくぼみに踏み入り、ウイリアムのブーツに泥がまといつく。

「ジェイコブじいさんが地下道を教えてくれたんだ」スティーブンが肩越しにささやいた。「城が築かれたときからあるらしい」

弟が人の秘密を詮索《せんさく》するのを叱《しか》るのは以後やめようと、ウイリアムは思った。

「この道のことは、彼とキャサリン以外は誰も知らない」スティーブンは言い添えた。

「それにロバート以外は」

そうだろうとも。

「地下道は厨房《ちゆうぼう》のそばの貯蔵室につながっている。もうすぐ入り口があるよ」

ウイリアムは城壁に近づいたのを感じた。伸びきったやぶの奥の城壁の下部に、割れ目があるのを見つけた。

「俺についてこい」ウイリアムは言った。「剣を抜いて、静かに進むように。スティーブンは最後尾につけ」

地下道は真っ暗で濡《ぬ》れていた。入り口は六十センチほどしかなかったが、這《は》って入ったところ、中はウイリアムがまっすぐ立って歩けるほど広かった。闇《やみ》を手探りで進んでいくと、棲《す》みついていた動物たちが慌てて逃げていく。五、六メートルほど先で通路は終わり、頭上に何かが当たるのを感じた。石ではなく、木の感触だった。跳ね上げ戸だ。ウイリアムは短剣を口にくわえて、その戸を押し上げた。

戸の隙間《すきま》から光がもれる。穀物の入ったかめや袋が見えた。ウイリアムは部屋に這い上がり、次に来た部下が上がるのを手伝ってから、ドアのところに行き耳をすました。スティーブンと部下の六人で小さな部屋がいっぱいになると、ウイリアムはゆっくりドアを開けた。蠟燭台《ろうそくだい》に灰黄土色の灯がともっていたが、誰の姿もなかった。

ウイリアムは手に剣を持って、廊下をすばやく進んだ。厨房を通り過ぎるとき、押し殺したような声が聞こえた。どういうわけか、エドマンドはキャサリンを使用人と一緒に厨房に閉じ込めたりはしないだろうと思った。

「戸を開けてやれ」ウイリアムは後ろにいる部下にささやいた。「だが、俺たちが助けに戻ってくるまで、彼らに動かず静かにしているように言ってくれ」

上階の広間から男たちの声が聞こえ、ウイリアムは階段を一段おきに駆け上がった。片手に剣を、もう一方に短剣を持って、部屋に突入する。酔っ払った愚か者どもは、武器を取ろうとして互いの体につまずいた。こいつらは、部下たちがさっさと始末してくれるだろう。俺はとどまって加勢する時間などない。

ここにはキャサリンもいないし、エドマンドもいないのだ。

ウイリアムは階段に走った。歩みを止めずに、阻もうとした男を一人斬り、もう一人を肩越しに放り投げた。

キャサリンは子供の頃一度、短剣で体のどこを刺せば心臓に達するか、ハリーに教えてもらったことがあった。そのことを思い出したが、エドマンドを殺すのにはためらいを覚えた。たぶん負傷させるだけで十分だろう。

急にエドマンドが彼女のチュニックを、狂ったように引っ張った。もうこれ以上は待てない。キャサリンは全力で腕を振り下ろし、鋭い刃を彼の肩深く突き立てた。なんとか短剣を引き抜くと、彼は苦痛の声をあげて、両腕を突き出し、背を弓なりにそらせた。

彼の顔が激怒でゆがむのを見て、大きな間違いを犯したことをキャサリンは知った。やはり彼を殺すべきだったのだ。

エドマンドは膝立ちになり、片手を伸ばして、反対側の肩の刺し傷をさわった。その手を戻すと、血だらけになっている。彼は血みどろの手を見つめてから、突き出た目でキャサリンを見た。腕を後ろに引き、目から火花が散るほど強く彼女をたたいた。キャサリンの目がまたはっきり見えるようになる前に、彼は彼女のチュニックの前を摑んで、二つにねじ切った。その行為は彼を消耗させたらしく、エドマンドは前かがみになって、胸の上部を両腕で抱いた。彼女がまだ短剣を握っていることに気づかないのか、先ほどの一撃で彼女が動けないと思ったのか、キャサリンにはわからなかった。

今度は、躊躇《ちゅうちょ》しなかった。キャサリンは両手で柄を握って、エドマンドの胸骨の下に刃をまっすぐ突き刺した。彼の悲鳴が一声、部屋に響き渡る。

長い身の毛もよだつ瞬間、顔に驚きの表情を浮かべて、エドマンドの体はキャサリンの上の虚空にとどまった。口から血が糸のように流れる。短剣を突き刺した胸の下から血が噴き出し、彼女の両腕に流れた。

エドマンドはどっとキャサリンの上に倒れ、彼の胸は彼女の顔に落ちた。短剣の柄が肩に痛いほど食い込んで、キャサリンは息ができなかった。半狂乱になって、腹から彼の体をどかそうと、信じられないほどの力で押した。うんうんうなりながら押して、エドマンドの体を脇《わき》に押しのけたが、横たわった彼と顔を突き合わせる体勢になった。彼の冷たい死んだまなこが彼女の目を見つめている。キャサリンは泣き叫び、両手足を使って彼をベッドの端から押し出した。エドマンドの体が床に落ちるどさりという音を聞いた。

キャサリンは両膝を抱いて、赤ん坊を守るように体を丸めた。やがて意識が遠のき、闇の中に落ちていった。

34

恐怖で心臓をどきどきさせて、ウイリアムは階段を駆け上がり、家族の私室に向かった。神よ、お願いです、遅すぎませんように。上がりながら、階下で闘う男たちの怒号や剣と剣のぶつかる音を聞いた。走って私室の扉まで行き、体当たりする。だが、開かなかった。彼はいらだってわめき、扉に何度も肩を打ちつけた。

こぶしで扉をたたいて、キャサリンの名前を呼んでいると、スティーブンが叫んだ。

「ウイリアム、どいてくれ！」

ウイリアムは振り向いて、スティーブンと三人の部下が、大槌《おおづち》代わりに使うために、暖炉から丸太を運んできたのを見た。彼はあとずさった。

三度目の突きで、かんぬきは壊され、重い木の扉は床をこすって開いた。彼らが丸太を置く前に、ウイリアムはその隙間《すきま》を通り抜けた。居間の中央に立ち、ほとんど真っ暗な中を半狂乱になって見回した。彼女はどこだ？　どこにいる？

スティーブンが彼を押しのけて、テーブルの上のランプに灯をつけた。ウイリアムは手がかりを探して、誰もいない部屋をさっと見回した。テーブルの上には空のフラスコがころがっている。キャサリンの刺繍《ししゅう》の枠が床に落ちている。ああ、神よ。彼の目は彼女の寝室の開いた戸に向けられた。

彼女はそこにいると、彼にはわかった。

そして血の臭いをかいだ。

ウイリアムは戦闘で恐怖を感じたことはなかった。闘っているときは冷静に腹がすわり、頭は鋭くさえていた。だが今は、体の隅々、骨の髄まで恐怖を覚えた。その開いた戸を通って闇《やみ》の中に足を踏み入れるのは、これまでのどんな行為よりも勇気がいった。

スティーブンに持たされた蠟燭《ろうそく》を摑《つか》んで、下がっているようにと、弟に手を振った。スティーブンはその合図を無視して、ランプを手にウイリアムのすぐあとに続いた。寝室に入ったとたん、床の黒い血だまりの中に、手足を広げて倒れているエドマンドを見た。

スティーブンはその死体の横に膝《ひざ》をついたが、ウイリアムにとってエドマンドなどどうでもよかった。死んだ男を殺すことはできないのだ。

彼の目はゆっくりと、動かない体から、ベッドの脇《わき》に垂れ下がった血で汚れたシーツに移った。さらにシーツを上って高脚のベッドに向かう。そこまでは、スティーブンのランプの光は届かなかった。

彼の目は、ベッドの脇に垂れた金髪の一房がきらりと光るのを捉《とら》えた。ウイリアムはその場に凍りつき、しわくちゃになった寝具の陰に目をこらした。ベッドの上に一つの体があった。その体はぴくりとも動かない。

ああ、神よ、神よ。蠟燭が手から落ち、ウイリアムはキャサリンの名を叫んだ。次の瞬間には、彼女の生気のない体を胸にかき抱き泣き叫んだ。

彼女は死んだ。キャサリンは死んでしまった。

兄の悲痛な叫びを聞いて、スティーブンはさっと立ち上がりベッドに走った。そして息をのんだ。大量の血を見て、ランプを落としそうになった。いたるところ血に染まり、黒っぽい血がベッドも染めている。そこには、ウイリアムの腕に抱かれたぐったりしたキャサリンの体があった。

スティーブンは扉のほうを振り返って、続いて私室に入ってきた部下たちがあとずさるのを見た。彼は視線をベッドに戻し、部下たちが目にしたものを見た。ウイリアムがキャサリンの上にかがみ込み泣いている。彼の腕から彼女の頭がだらりと垂れ、血で汚れたチュニックは引き裂かれ、ぱっくり開いていた。

スティーブンはすばやくマントを脱ぐと、彼女のむき出しになった胸とふくらんだ腹の上に掛けた。

「ありがとう」ウイリアムはつぶやいた。

ほんの一瞬目を上げたときの兄の悲痛なまなざしを、スティーブンは忘れることはできないだろう。

「姉上は生きているの？」彼はしわがれた声で聞いた。

ウイリアムは答えなかった。スティーブンに繰り返し尋ねられたが、それでも答えなかった。

スティーブンは腕を伸ばして、手の甲でキャサリンの頰《ほお》に触れた。死んだ人間はこんなに温かくないはずだ。エドマンドは冷たかった。希望が生まれ、彼はマントの下になった彼女の手を捜して、手首の脈を診た。

「生きているよ！」ウイリアムはぼんやりと弟を見つめたままだ。スティーブンは彼の腕を摑み、もっと声を張り上げて言った。「ウイリアム、レディ・キャサリンは生きているよ！」

スティーブンは戸口にいる部下のほうを向いた。「エイリスを捜して連れてこい。彼女なら、どうすればいいかわかるだろう」

数人の男が走って部屋を出た。

いつもならウイリアムが上に立つのだが、今は役に立たないのは明らかだった。スティーブンは、母やキャサリンが家内の病人や負傷者の世話をするのを、いく度となく見てきた。唇を噛《か》んで、彼女たちがしていたことを思い出そうとした。

「湯と清潔な布切れを持ってくるように、使用人たちに言ってくれ」彼は残っている部下に命じた。「どちらがいいかわからないから、酒と温かいスープを両方とも持ってくるように」

命令を聞き終わるやいなや、部下たちは走って出ていった。

エイリスがエドマンドをののしりながら部屋に入ってきたとき、スティーブンは胸をなで下ろした。

「あの悪魔の子はわたしたち全員を厨房《ちゅうぼう》に閉じ込めたんです！」

入るとすぐに、彼女がその場の指揮を執った。床にころがった死体には目もくれず、ウイリアムが今もキャサリンを抱いているベッドに急いだ。彼女はすばやくキャサリンの体をさわって調べ、こう告げた。「傷はありません！」

私室に浴槽を用意するよう使用人に指示するために、エイリスは出ていった。やがて、彼女が使用人を追い払う声をスティーブンは聞いた。「さあ、出ていきなさい。出て、出て」そして急いで寝室に戻りつつ、肩越しにどなった。「扉を閉めて！」

「ロード・フィッツアラン、居間まで奥さまを運んでください」エイリスはきびきびした声で言った。「血を洗い流して、奥さまの体をもっとよく診なければなりません」

ウイリアムはキャサリンを抱えたまま、聞こえなかったかのように彼女の体を揺すっている。

エイリスはベッドの足台に上がって、ウイリアムと顔を突き合わせた。「これは奥さまの血ではありません。あのあなたのろくでもない友人の血ですよ」

ウイリアムは目をしばたたくだけだったので、彼女は声を張り上げた。「ご主人さま、尻《しり》を上げて手伝って。すぐに！」

視線をエイリスからスティーブンに、そしてまたエイリスに戻したとき、ようやく彼女の言葉がウイリアムの脳に届いたのが、スティーブンにはわかった。彼がキャサリンを抱いてベッドから立ち上がる際に、張り詰めた肩からやや力が抜けたのをスティーブンは見た。

よかった、ウイリアムが正気に戻った。

ウイリアムは膝にキャサリンをのせて、居間に置かれた浴槽のそばの長椅子《ながいす》に坐った。エイリスに言われたように、スティーブンはテーブルから温かいスープのカップを取り、キャサリンの前に膝をついた。彼女の鼻の下にカップを支え、彼女が湯気を深く吸い込むのを見守る。そしてかすかに目を開け、スープを一口すすったのを見て、彼は嬉《うれ》しさのあまり叫びたかった。

スープはキャサリンをよみがえらせたらしい。さらに一口、もう一口と飲んだ。スティーブンがエイリスに目をやると、彼女はにっこりして頷《うなず》いた。

キャサリンは手を上げ、スティーブンの手首に触れてささやいた。「ありがとう」

スティーブンは泣かないように努め、彼女の手を取って口づけた。

「ジェイミーは？」キャサリンが尋ねる。

「彼は無事だよ。ジェイコブと厩舎《きゅうしゃ》に隠れていたんだ」

「さあ、スティーブン、外に出て」エイリスが口をはさんだ。彼が振り向いて不満を言おうとすると、彼女は言った。「奥さまをお風呂に入れるんです」

スティーブンははじかれたように立ったので、もう少しでスープの容器を蹴《け》飛《と》ばすところだった。「ぼくが必要になるかもしれないから、すぐ外にいるよ」

スティーブンがいなくなると同時に、エイリスはウイリアムに指示して、キャサリンの足を浴槽に入れさせた。「奥さまを温かくしておくことが肝心です」

彼女はキャサリンの脚へ向かって血を洗い流し、傷がないか調べ始めた。調べながら、頷いてつぶやいた。「よし……よしと」

「これはわたしの血じゃないの」キャサリンの声はあまりに小さかったので、ウイリアムは耳をそばだてなければならなかった。「怪我はしていないと思うわ」

ウイリアムは頬を彼女の頬に押し当て、目を閉じた。ありがたいことだ……神を称えよ、神を褒め称えよ。

「しぃー、まだ話さないで」エイリスはささやいた。「さあ、この汚れた服を脱いで、気持ちのいい湯に入りましょう。スープをもう一杯飲めば、ずっと気分がよくなりますよ」

ウイリアムは、エイリスが破れたチュニックを脱がすことができるように、キャサリンを膝から持ち上げた。そして彼女の体を冷やさないうちに、湯気の立つ浴槽にゆっくりと入れた。キャサリンの頭の後ろにたたんだリネンを押し込んでから、エイリスは再びカップにスープを注いだ。そして自分で持てることを確かめるまで、カップを持ったキャサリンの両手を支えた。

エイリスはウイリアムの腕に触れると、頭で部屋の片隅を指した。彼はしぶしぶ立ち上がって、彼女とともに浴槽から離れた。

「手首のまわりと片方の頬のあざ以外には、外傷はありません」エイリスは低い声で言った。「今度は、あの男が無理やり奥さまを抱いたかどうか聞かなくては」

「血まみれでベッドに横たわっている彼女を見つけた」ウイリアムは歯を食いしばって、ささやいた。「あの男が犯したと思うか?」

「わかっているのは、彼が犯そうとしたということです」エイリスは落ち着いた声で言った。「思い出してください。床に死んでいたのは彼だったことを。心臓に奥さまの短剣が刺さっていました」

エイリスは咳払《せきばら》いした。「さあ、ご主人さまは少しの間席をはずされたほうがいいでしょう。もしもあの男に強姦《ごうかん》されたなら、奥さまは手当てが必要な傷を負っています。赤ん坊が無事かどうかも調べなければ」

そうすれば恐ろしい考えをぬぐい去ることができるかのように、ウイリアムは両手で顔をこすった。「彼女が出ていってほしいと思わないかぎり、俺はここにいる」

エイリスは不満そうな顔をしたが、彼が妻のそばに腰を下ろしても文句は言わなかった。エイリスが低い声でキャサリンに話しかけている間、彼は湯の中で彼女の手を握っていた。

彼の手の中でキャサリンが手を握り締めるのを感じて、ウイリアムは言った。「出ていってほしいなら、出ていくよ」

彼女はもう一方の手で浴槽の縁を摑んで、彼のほうに身を乗り出した。「いいえ、わたしを置いていかないで！」

熱い思いで喉が締めつけられて、しばしウイリアムは口がきけなかった。ひどく失望させたのにもかかわらず、キャサリンは俺にそばにいてほしいと思ってくれる。それは俺が望める権利、俺にふさわしい扱いをはるかに超えている。

ウイリアムは湯の中から彼女の手を持ち上げて、濡《ぬ》れた指に口づけた。「おまえが望むだけずっとそばにいるよ」

妻への罪滅ぼしを、彼は真剣に始めた。エイリスがキャサリンに不愉快な質問の数々をする間、彼女の手を握ったまま窓の外の闇を見つめていた。エドマンドは顔以外のところをなぐりましたか？　あなたを床に放りませんでしたか？　本当におなかを打たれませんでしたか？

最後にエイリスは、エドマンドに犯されなかったかと、単刀直入に尋ねた。キャサリンは遠回しに答えた。「もしもわたしが処女だったなら、まだ処女のままよ」

ウイリアムは止めていた息を吐き出した。ただ彼女の婉曲《えんきょく》な答えは、実際には何があったのだろうと彼の気をもませた。しかし、エイリスはそれ以上質問せずに、両手をキャサリンのふくらんだ腹に置いた。しばらくすると、彼女はキャサリンを見てからウイリアムを見て、満面の笑みを浮かべた。

「赤ちゃんは無事ですわ！」

「神を称えよ！」ウイリアムはキャサリンの手を握り締めて言った。

ロス城に帰る道々ずっと、ウイリアムは妻をお守りくださいと神に祈ったが、まだ生まれていない子供のことは一度も祈らなかった。しかし、慈悲深い神は赤ん坊も守ってくださったのだ。

「将来の楽しみなことだけを考えるように努めるのですよ」エイリスはキャサリンの

頬に触れながら言った。「あなたはすばらしい夫と子供を持ち、じきにもう一人赤ん坊を抱くことになるんですもの」

キャサリンは唇を引き結んで頷いた。

「こんなに動くところを見ると、次も男の子だってことに賭《か》けますね」エイリスは強張った脚を伸ばして立ち上がった。「さあ、ベッドにまいりましょう。睡眠が一番の薬です」

エイリスは立ち去る前に、もう一度ウイリアムをかたわらに引っ張った。「奥さまはあなたが思っている以上に強い方です。これと同じか、もっとひどい経験を乗り越えてこられたんですから」最後に彼の腕を軽くたたいて言った。「奥さまは幸せですわ。今度のことを乗り越えるのを助けてくれる、あなたがいらっしゃって」

妻の世話をするために自分一人にしてくれたことを、ウイリアムは感謝した。彼はキャサリンが浴槽から出るのに手を貸して、手早く彼女の体を拭《ふ》き、頭からチュニックを着せた。そして彼女の寝室のベッドに運び、上掛けでくるんだ。彼は服を脱ぎ、その横に潜り込むと、両腕を彼女にまわし抱き寄せた。

ウイリアムはキャサリンの規則正しい寝息を聞きながら、その夜はほとんど眠れなかった。神は二人に何年与えてくださるかわからないが、俺は自分の腕の中で妻が眠る夜すべてに感謝するだろう。

35

キャサリンは寝室の外の人声に目を覚ました。ウイリアムの低い話し声、そのあとにジェイミーの泣きながら不満を言う大きな声が聞こえる。キャサリンは冷たい床に素足を下ろしてぶるっと震え、ローブをはおってドアに急いだ。

ドアを開けると、四歳の少年と夫が腰に手を当て、まるで同じポーズで、にらみ合っているのを見た。反対側に立っているスティーブンは彼女と目を合わせ、面白がっているのを隠そうともしない。

「ジェイミー!」

少年はキャサリンに駆け寄り、彼女の脚を両腕で抱いた。キャサリンは笑い声をあげ、膝《ひざ》をついて彼を抱いた。

「お母さまの体には気をつけるように」ウイリアムが鋭い声で注意し、キャサリンの腕を取って立つのを手伝った。「すまない。おまえが目覚めるまで待つように言ったんだ」

キャサリンはジェイミーににっこりして、大丈夫なことを伝えた。「服を着たらすぐに、みんなのいる朝食のテーブルに行くわ」彼女は三人に言った。「夕べはスープしか飲んでいないから、飢え死にしそうよ」

いつものように家族と食卓につくことは、キャサリンの気持ちを落ち着かせた。他の者たちは彼女が来る前から食べていたが、料理人の指示で、パンと肉をうずたかく盛った大皿、煮込んだ杏《あんず》と砂糖のかかったナッツの深皿が運ばれてきた。キャサリンが食べている間、ジェイミーはジェイコブや子猫と厩舎《きゅうしゃ》の藁《わら》の中に隠れていたことを話した。彼がすべて愉快なゲームだと思っていたと知って、彼女はほっとした。

ウイリアムの合図で、ジェイミーの子守係が少年を連れにきて言った。「犬たちは子猫にやきもちを焼いていますよ。寂しくて、しっぽを振るのをやめてしまったわ」「そんなことないよ！」ジェイミーは反論したが、さっと立ち上がって彼女とともに出ていった。

「子供にはあまり多くを聞かせないほうがいいと思ってね」少年がいなくなってから、ウイリアムは言った。

キャサリンも頷《うなず》いた。ジェイミーを安心させるには、母親に会わせるだけで十分なのだ。だが夫のほうは、目の下のくまと眉《まゆ》の間のたてじわを見ても、まだ心から安心していないことは明らかだった。

キャサリンはウイリアムの異議を手を振って制して、彼らの前日の行動を詳しく話すようスティーブンに頼んだ。

「あの地下道を思い出すなんて、あなたは賢いわ」彼が話し終わると、キャサリンは言った。

褒められて、スティーブンは赤くなった。

キャサリンは彼の腕を軽くたたいた。「ジェイコブからあの秘密を聞き出したのはもっとすごいわ。誰も聞き出すことができなかったはずよ」

スティーブンは顔を赤らめたまま、兄を横目で見た。ウイリアムは意味ありげに首をドアのほうに向けた。その意味を察して、スティーブンは立ち上がった。

「姉上が無事でお元気なのを見て嬉《うれ》しいです」そう言いながら、キャサリンに優雅なお辞儀をして、部屋を出ていった。

キャサリンはほほ笑んで、かぶりを振った。「あの子はわたしたち二人のために勇敢に行動したわ。それに人を引きつけるところもあるし」

ウイリアムは弟の話には興味がなかった。

「休息する時間だ」彼は立ち上がって、キャサリンに手を差し伸べた。「さあ、上に行くのに手を貸すよ」

「でも、起きてからまだ一時間しか経っていないのよ」キャサリンは抗議した。

だがしまいに彼女も折れて、ウイリアムに付き添われて二階に上がったが、ベッドに入ることは頑として断った。彼はキャサリンを窓辺の椅子《いす》に座らせ、足の下に足のせ台を置き、体に毛布をきっちり巻きつけた。

キャサリンは片腕を毛布から引き出して、椅子の横の空間をたたいた。「少しの間一緒に坐って」

彼女はウイリアムの心地よい両腕に身を預け、頭を彼の肩にもたせかけた。しばらくしてから口を開いた。「あなたは、まだわたしが話していないところを聞きたいはずよ」

ウイリアムのこわばった顔に目を向け、彼の顎《あご》の筋肉が締まってからゆるむのを見つめた。

「おまえがそのことを話したいなら」前方を見すえたまま、ウイリアムは言った。「話せるようになったときでいい。今ではなくて」

「昨夜のことが頭から離れないの。あなたに話せば、忘れられるかもしれない」

ウイリアムは頷いて、彼女の手を取った。「話すことが助けになるなら」

いったん話し始めると、キャサリンはやめることができなかった。彼女は昨日の恐ろしい経験について詳しく語った。エドマンドの言葉や目つき、彼にどんなことをされたか、などすべてを。話すことで彼女の心は浄化されたが、ウイリアムにとっては拷問になった。彼がすべてを聞かなければならないことが、キャサリンにはわかっていた。彼女とともに悪夢を再現することは、彼が自分を許せるようになる前にせねばならない罪の償いなのだ。

　ウイリアムは慎重に怒りを隠していた。しかし、短剣で最初の一突きをしたときエドマンドに何をされていたか、彼に逆手で打たれたときどれほど恐ろしかったか、キャサリンが語ると、ウイリアムは思わず飛び上がった。両こぶしを握り締め、悪態をつきながら部屋を行ったり来たりした。

　ウイリアムは彼女の横に座り込み、両手で顔をおおってささやいた。「俺はエドマンドが闘うのを何度も見た。彼に二度も機会を与えられて生き延びた者は見たことがない」

　彼は再びキャサリンを抱き寄せた。「おまえが彼に抱いた懸念を無視した俺は、傲《ごう》慢《まん》な愚か者だった」

　そうだ、俺は彼女の言うことに耳を傾けるべきだったのだ。

「エドマンドはあなたの友人だったんですもの」彼を見ようと上体を後ろにそらして、キャサリンは言った。「彼がこんなことをするなんて、あなたにわかるはずがないわ」

「俺はおまえを守ると誓いながら、一度ならず二度もしくじった」ウイリアムはしばし口ごもってから言った。「おまえが俺を許すことができるとは思えない」

「わたしは自分の力で助かったことが嬉しいの」

「お願いだ、キャサリン。俺の失態を許すために嘘《うそ》をつかなくていいんだ」

キャサリンは唇を噛《か》んで、どう言えば彼にわかってもらえるか思案した。「レイバーンのとき、最悪だったのは自分を無力に感じたことだった。でも、エドマンドのときは違ったわ。怯《おび》えてはいたけど、無力ではなかった。彼を出し抜くことができると思ったし、そうしようと決意していた」彼女は続けた。「自分を救えるほど、強く賢かった自分が誇らしいの。今後何かあっても、この経験のことを思えばたやすく乗り越えられるし、恐れたりしないでしょう」

キャサリンは頭をウイリアムの肩に預けた。前日の辛い出来事を語り終えて、疲労感を覚えた。ウイリアムは彼女の頭のてっぺんにキスすると、守るように両腕で抱いた。

「あなたが夫で嬉しいわ、ウイリアム」キャサリンはつぶやいた。

胸に感じる彼女の寝息が静かに規則正しくなってから、ようやくウイリアムは言葉を返した。

「だが、俺はおまえを助けられなかった」

二日間の休養をとったあと、キャサリンは日々の仕事を再開した。エドマンドに襲われたことは常に忌まわしい記憶として残りはするが、その記憶に支配されるつもりはなかった。彼女は城内の家事を取り仕切ることを楽しんだ。しかし、それはかなりの仕事量だった。そして振り向くといつもウイリアムがいて、仕事の邪魔をし、休むように言うのだった。

初めの一日二日は、目を上げるたびに夫の姿を見ることは、彼女を安心させた。しかし五、六日も続くと、絶えずそばをうろつかれるなら、今に気が変になるにちがいないと感じた。ウイリアムは、一瞬でも彼女が見えなくなるのをいやがるのだ。

その日の午後、キャサリンは一時間だけでも彼から離れたくて、縫い物をするために二階に上がった。戸の開く音がして、彼女は刺繍《ししゅう》を膝に置いた。もちろん、ウイリアムが来たのだ。

「朝から晩まで、わたしを見張る必要はないわ」キャサリンは声がとげとげしくなるのを抑えようとしなかった。「狩に出かけるか、男の子たちと馬で出かけるか、何かしてください！」

「おまえのそばにいるのが楽しいんだ」忍耐の人は答えた。

「わたしはうんざりよ」キャサリンはきつい声で言ってから、口やかましい女のような声を出したことにいらだちながら、ため息をついた。「あなたが善意でやっているのはわかっている。でも、一瞬でも監視をゆるめたら、わたしがばらばらに壊れてしまうかのようだわ。夜になっても、わたしに触れようともしないし」

言ってしまった。でも、言ったことを後悔しないわ。

「おまえに思い出させるんじゃないかと思って……」ウイリアムは言葉を途切れさせた。卑劣なエドマンドが彼女にしたことを思い出すのが、彼には耐えがたいことなのだと、キャサリンはわかった。

「まだ早すぎると思ったんだ」彼は自信なさそうに言い終えた。

「誰にとって早すぎるの、ウイリアム？　あなたがわたしに触れるとき、エドマンドが触れたことを思い出さずにはいられないってこと？」

キャサリンは刺繍をテーブルに放って、自室に駆け込み戸をばたんと閉めた。しばらくして彼女が戸を開けると、ウイリアムはまだ戸を見つめたまま立っている。

「こんなふうにわたしを怒らせるのは、赤ん坊によくないでしょ！」キャサリンは彼に向かって声をあげ、また戸を荒っぽく閉めた。

いったい俺が何をしたというのか？　ありがたいことにすぐ後ろにあった長椅子に、ウイリアムは崩れるように腰を下ろした。膝に両肘《ひじ》をついて、両手を髪にくぐらせ、顔をこすった。

今彼女の部屋に入るべきか、それとも彼女を一人にしておくべきか？　どちらを選んでも、間違っているのだろう。

私室の扉を小さくノックする音に、彼の物思いは邪魔された。

「畜生！」ウイリアムはつぶやくと、外にいるのが誰であっても、このいらだちをぶつけてやるつもりで、扉をぐいと開けた。

「おまえには少しも分別がないのか？」彼は外にいたスティーブンをにらんだ。「キャサリンが休んでいるかもしれないのに！」

彼の声音に他の者ならひどく恐れをなしただろうが、弟は例外だった。ウイリアムは一息ついて、弟をよく見た。スティーブンは服をもじもじといじり、足を落ち着きなく動かしている。

いつものスティーブンらしくない。

「どうした？」ウイリアムは尋ねた。

スティーブンはさらにもじもじするばかりで、ウイリアムは彼の体を揺さぶって、無理やり答えさせたくなった。

「客が一人来ています」ようやくスティーブンは答えた。

「キャサリンは来客を迎えられる状態ではない」ウイリアムはそっけなく言った。「追い返せ」扉を閉めようとしたが、スティーブンが立ち去る気配がないのを見て、閉めるのをやめた。

鋭い目で弟をにらみつけて、ウイリアムは聞いた。「何かまずいことでも？」

「彼女を追い返すことはできません」

「なぜだ？」ウイリアムは歯を食いしばって聞いた。

「来客はぼくらの母上だからです」

36

ウイリアムはスティーブンの手首を摑《つか》んで、私室に引っ張り込んだ。「なんて言った？」

「母上が広間に来ている」スティーブンは答えた。「お兄さんの花嫁に会いにきたって言っている」

ウイリアムは急にひどい頭痛に襲われ、目が痛くなった。以前なら母がわざわざ俺に会いにくることなどなかった。しかし、今度は来るかもしれないと予想すべきだったのだ。今や俺は国王に気に入られ、城主になっているのだから。

「できるだけ引き止めていたんだ」スティーブンは言った。「でももう、お兄さんが会いに下りていかないと」

攻撃は早いほうがいい、ウイリアムは自分に言い聞かせた。一戦交える覚悟で、足音も高く部屋を出た。

キャサリンは戸に耳を押しつけて二人の話を聞いていたので、ウイリアムと同時にレディ・エレノアの到着を知った。エドマンドの襲撃後彼女を苦しめていた怒りといらだちは、そのときだけは、強い好奇心と軽い興奮に取って代わられた。

義母は彼女にとって謎《なぞ》の人だった。ウイリアムとスティーブンは二人とも、レディ・エレノアのことを頑固な策略家だと語った。しかしウイリアムは彼女が嫌いで信用できないと言っていても、スティーブンのほうは母に深い愛情を抱いている。

キャサリンはエレノアのことをよく思いたい気になっていた。どんな短所があったとしても、彼女は、キャサリンが心から愛している二人の立派な息子を産んだのだ。だから、エレノアに会うのが待ちきれなかった！　ウイリアムの背後で扉が閉まる音を聞くやいなや、着替えを手伝ってもらうために女中を呼んだ。念入りに身づくろいしたように感じさせずに、最高の見栄えにしなければ。

キャサリンは、青い目を引き立たせるシルバーブルーのベルベットのドレスを着ることにした。大きくなっていく腹部に合わせて新調したドレスは、ぴったりした胴着《ボディス》から流れる柔らかな布のひだが、突き出たおなかをおおってくれる。襟ぐりと袖《そで》とハイウエストは、銀色のリボンで縁取りされている。頭飾りは同じシルバーブルーで、顔の両側に、三つ編みにした髪を包む銀色のネットがついていた。

磨かれた鉄製の鏡で最後の点検をしてから、キャサリンは急いで階段を下りた。広間の入り口の外で立ち止まり、状況を判断するために会話に耳をすませた。

「母上はもっとも不都合なときにいらっしゃいました」ウイリアムはしごく丁寧に言ったが、声はとげとげしかった。

「最近起きたご不幸の数々についてスティーブンから聞きました」低く豊かな女性の声が応えた。「それを聞いて大変遺憾に思います。奥さまの具合はどう？」

その言葉をきっかけに、キャサリンは広間に入っていった。

「レディ・エレノア」キャサリンは歓迎の挨拶《あいさつ》を言いかけたが、胸を片手で押さえて思わず口走った。「なんてお美しいんでしょう！」

今までこれほど美しい女性を見たことがなかった。豊かな茶色の瞳、赤褐色の髪、クリーム色の肌はスティーブンと共通していたが、顔立ちはもっと繊細で女らしかった。夫人は四十半ばのはずだが、十歳、いや十五歳は若く見える。体をぴったり包んだドレスは曲線を描き、人々を振り返らせることだろう。

キャサリンは思わず声をあげたことに気づいて顔を赤らめ、膝《ひざ》を曲げてお辞儀した。

「ようやくお目にかかれて嬉《うれ》しく存じます」当惑はしていたが、温かくほほ笑んだ。

「お越しくださって喜んでいますのよ」

レディ・エレノアは笑って、両手をキャサリンに差し伸べ、彼女の両頰《ほほ》にキスした。

「ありがとう。あなたの反応を見ると、息子たちはわたしのことをどのように話していたのかと思うわ」ウイリアムのほうをちらりと見て言った。「不愉快きわまりない横柄な女だと？」

キャサリンはエレノアの息子たちに顔を向けた。ウイリアムが敵意むきだしで腕組みしているのを見て困惑した。スティーブンは火がつきそうなほど、暖炉のそばまであとずさっている。

「お二人のご結婚にお祝い申し上げますわ」レディ・エレノアはキャサリンをさっと眺めてから付け加えた。「それに来たるべきおめでたにも！　あなたの頬が健康そうに輝いているのを見て嬉しいわ。それにお美しいこと」

「ありがとうございます。この上なく元気ですわ」

「今は、客人を迎えるには不都合なときだと、レディ・エレノアに話していたところだ」ウイリアムが口をはさんだ。

彼の無作法な言葉に、キャサリンはショックを受けた。「そんなことはありません」彼女は夫に、目で不賛成の気持ちを伝えた。「降臨節（キリストの降臨節。クリスマス前の約4週間）ですから、これ以上いい時季はないでしょう」

「辛い経験から立ち直っている最中に客人をもてなすことは、おまえには負担になるだろう」ウイリアムはキャサリンの腹に視線を落として言った。「健康に気をつけなければならないんだ」

「お母さまは負担ではないわ」キャサリンはこわばった笑顔で言い、エレノアのほうを向いた。「あなたのご訪問は、最近の厄介ごとから、わたしの気をそらしてくれますわ。女性の仲間ができて、きっと楽しいでしょう」

ウイリアムは妻に言いくるめられてしまった。諦《あきら》めたような顔つきから、彼自身もそれがわかっているらしかった。

ウイリアムがキャサリンだけに会いたいと思っても、母を避けるのは無理だった。非常に驚かされたことに、二人は一緒に過ごすことをおおいに楽しんでいるように見えた。エレノアがキャサリンの心を和ませているのは、彼も否定できなかった。二人のそばを通りかかると、よく声を合わせて笑っているのが聞こえた。

しかし相変わらず、キャサリンは夫にいらだった素振りを見せた。彼女に怒りの矛先を向けられても仕方がないと思っていたので、ウイリアムは不満も言わずに受け止めた。日ごとに彼女にうるさがられるのは、なぜなのか理解できなかった。彼女が安全に守られていると感じるように、できるかぎりのことをしているのだが。

ウイリアムは領地からグレイを追い出すために、兵士を送った。キャサリンが血だらけでベッドに横たわっているのを発見して以後、彼自身が城を空けることはなかった。あの夜の映像は彼の脳裏から消えることはないだろう。ほんの一瞬でも警戒を怠ったなら、再び彼女が奪われるのではないかと恐れて過ごしていた。

母の存在と緊張した夫婦関係の板ばさみになって、ウイリアムはひどく不機嫌だった。睡眠不足も一因だった。罪の意識や心配のせいで、夜眠れないわけではない。妻を抱きたくてたまらなかったのだ！　疼《うず》くような欲望と耐えられないほどの願望でキャサリンを欲した。それでも、彼は耐えた。あの晩のことを思い出させるのではないかと、彼女に触れるのを恐れた。キャサリンのほうは夫婦の営みを再開する気になっていることをあからさまにほのめかしたが、どうしても危険を冒す気になれなかった。

ある夜遅く、他の者たちが寝室に行ってしまったあと、広間にキャサリンが一人でいるのをウイリアムは見つけた。一度でもエレノアのいないときに彼女を捕まえられたことを喜んだ。

彼は慎重に近づいた。「少し疲れているようだね」そう声をかけて、彼女の体を気遣っていることを示そうとした。「もう部屋に戻ったほうがいいんじゃないか？」

「少しも疲れてなんかいないわ」キャサリンはきつい声で答えた。

ウイリアムは長椅子《ながいす》の彼女の横に腰を下ろし、何か他のことを話そうと考えた。

「ずいぶん久しく、小作人たちに会っていないわ」キャサリンは言った。「明日領地を回りたいから、連れていってほしいの」

キャサリンの提案は思いがけないものだったので、ウイリアムは彼女を怒らせないように忍耐するという決心を忘れた。

「それは許可できない」彼は断固として告げた。「城の外は危険が多すぎる」

キャサリンは読んでいた祈禱書《きとうしょ》をばたんと閉じて、テーブルにたたきつけた。

「わたしを自室に閉じ込めておくつもり?」怒りに燃えた目で彼をにらんだ。「あなたはわたしを捕らえたウェールズ人よりもひどい看守だわ!」

キャサリンはちらりとテーブルに目をやった。ウイリアムが危険を察知するより早く、彼女は水差しを摑んで彼に投げつけ、広間から飛び出していった。あまりに怒っていたので、入り口のそばにいたエレノアに気づかなかったらしい。

ウイリアムは水差しを受け止めたが、中のりんご酒は服に飛び散り、両手からしたたった。両手を振りながら目を上げ、部屋の向こう側からエレノアが見ているのに気づいた。彼女はウイリアムに向かって片方の眉《まゆ》を上げた。

「いつからそこにいたんですか?」彼は尋ねた。

「あなたがすべて間違ったやり方をするのを見るぐらいの間ね」

エレノアはウイリアムのところにやって来て、テーブルの上の布巾《ふきん》を渡した。「あなたを父親のもとに送るのが早すぎたのかもしれない」彼女はかぶりを振って言った。

「あなたは女性について、少なくとも妻について驚くほど知らないのね」

ウイリアムはできるだけきれいに服を拭《ふ》き、布巾をテーブルに放った。

「こちらに来て、坐って」エレノアは暖炉のそばの椅子を指した。「わたしが手を貸しましょう」

彼の母は自分の人生で大きな間違いを繰り返してきた。今まで、ウイリアムの人生に苦痛と厄介ごとしかもたらさなかった。それなのに彼が母の忠告を聞く気になったのは、いかに絶望しているかという証《あかし》だった。

「あなたは誰と結婚したかということを忘れています」二人で火のそばに坐ると、エレノアは言った。「王子のために密偵行為をして夫の計画を妨げるような女性は、他の女性とは違うのよ」

「もちろん、彼女は他の女性とは違う」ウイリアムはうなった。

「あなたは言いなりになる子供と結婚したわけじゃない。だから、彼女はあなたに子供のように扱われたくないはずよ」

「彼女を子ども扱いなんかしていない」ウイリアムは歯を食いしばって言った。「ただ彼女の身の安全を守りたいだけだ」

「キャサリンが自分の強さを誇りに思っていることを理解していないようね。その強さもあなたに認めてもらうことが、彼女には肝心なことなの」

「彼女一人で遠乗りに行かせろと言うんですか？　妊娠した身で、気まぐれに田舎中を回らせろと？」

エレノアは深いため息をついて、息子に忍耐強く接していることを知らせた。「わたしが言っているのは、彼女を過保護にしてはいけないということよ。そんなことをすれば、彼女はなんとかしてあなたに反抗するでしょう。もっと悪いのは、言いなりになって、あなたが愛している女性とは違う女性になることよ。どちらにしても、あなたは彼女を不幸にするわ」

ウイリアムは、この城を手に入れるためにやって来た日のことを思い出した。あの日、彼らに会うために吊《つ》り上げ橋に一人で現れたキャサリンは、大胆不敵で見事だった。

「初めから、彼女の勇気には感心しています」

「それなら、その気持ちをキャサリンに伝えなさい。女は容姿や魅力を認められるのを喜ぶものだけれど、彼女は自分の長所であり、大切にもしている心の強さを、愛してもらいたいのです」エレノアは息子の膝をたたいた。「すぐにキャサリンのもとへ行きなさい。彼女はあなたを愛しているわ。だから、関係を修正するのにそれほど時間はかからないはずよ」

幼少の頃を除くと初めて、ウイリアムは母の頬にキスした。彼がいなくなってしばらくしてから、エレノアは暖炉の火を見つめながら、息子の唇が触れたところをなでた。

ウイリアムは私室中捜したが、キャサリンの姿はなかった。彼女は夫に反抗するだろうという母の警告が耳に鳴り響く。彼女の寝室も念入りに調べた。急いで荷造りした形跡はない。尼僧院に逃げ出したときのように、端にドレスの掛かっているチェストは開けられていない。よかった……。

俺はなんて馬鹿《ばか》なんだ。彼女はジェイミーの部屋にいるにちがいない。彼は出ていこうとしてから、振り向いた。なくなっているものは何も……。

彼女の乗馬用のブーツがない。

ウイリアムはマントを摑んで、一段おきに階段を駆け下り、中庭を走った。冷たい夜気の中で吐く息が白く見える。彼女が広間を去ってからどのくらい経っただろう？　逃げ出せるほどの時間ではなかったことを、彼は祈った。

ウイリアムは厩舎《きゅうしゃ》にすばやく入り、奥のほうにランプの灯を見つけた。よかった、手遅れではなかった。

頭巾をかぶったキャサリンらしい人影を見て、モンマスで初めて出会ったときの記憶が脳裏をよぎった。あの晩厩舎で出くわした、率直で決然とした少女を思い出し、不意に、母の言葉が正しいことをはっきりと悟った。

当時の俺はもっと賢明だった。若く、彼女のことを何も知らなかったが、直感的に彼女を理解した。自分のすべきことをしようとする彼女の決意と、彼女を守らなければならないという同じほど固い俺の決意が、妥協点を見出したのだ。

二人でまた同じようにできるはずだと、ウイリアムは希望を抱いた。

彼は音をたてないように気をつけて、厩舎を横切った。キャサリンのすぐ後ろまで来て声をかけた。「暗い中で馬に鞍《くら》をつけることを、まだ覚えていないね」

キャサリンは短い悲鳴をあげて、くるりと振り返った。

しばらく間を置いてから、彼女は片方の眉を上げて言った。「今回は、あなたに地面に押し倒されなかったことを感謝するべきかしら」

「同じく、心臓に短剣を突きつけられなかったことを感謝するよ」頭をかしげて、ウイリアムは言った。「おまえはそうしたいと思っているかもしれないが」

「そんな状況にわたしを追い込まないことを祈るわ」キャサリンの声音は、彼女が短剣を置いてきたことを願いたくなるようなものだった。

それ以上は言わずに、彼女はかたわらに掛けてある自分の馬の馬具を取ろうと、向きを変えた。

ウイリアムは彼女の両手を握り、静かな声で言った。「俺にやらせてくれ」

キャサリンはウイリアムを鋭く見た。しかし彼の顔を見て、表情を和らげた。「一緒に行ってくださるの？」

「俺も行く。そうでなければ、行かせない。あのときと同じように」

あまりにも昔に初めて彼に見せた、あの心からの笑顔で、キャサリンが応えたので、ウイリアムの胸は締めつけられた。

城門の番兵はウイリアムに門を開けるよう命じられ、驚きを隠せなかった。ウイリアムは危険などないと自分に言い聞かせて、キャサリンの手綱を摑んで後戻りしたい衝動と闘った。やれやれ、反乱兵だって、こんなに寒い夜に出かけようと思うほど愚かではないだろう。

キャサリンは城の外をぐるっと回って、川沿いの小道を進んだ。妊娠している体に配慮しながら馬を歩かせるのを見て、ウイリアムはほっとした。十二月の真夜中に俺を遠乗りに連れ出そうとも、分別を失ったりはしない女性だ。

二人は馬を降り、黒っぽい川を見下ろせる土手まで歩いた。夜空に月と星が輝いている。ウイリアムは着ているマントで彼女もくるんで、抱き寄せた。

「寒くないか？」

「うーん」キャサリンはつぶやいて、彼に寄りかかった。

「あの夜モンマスで、なぜあなたが一緒に出かけたのかわかっているわ」キャサリンは言った。「蹴《け》ったり悲鳴をあげたりするわたしを主塔まで運んだら、どんな誤解を

「かんぬきが掛けられた扉の向こうに、エドマンドがおまえといるのを知ったときまウイリアム・フィッツアラン。なんでそんなことを言うの？」

キャサリンは振り返って、彼と顔を合わせた。「あなたは腰抜けなんかじゃないわ、

「自分が弱い人間だとわかっていたからだ」

ウイリアムは深く息を吸ってから吐き出した。「おまえが弱い人間だと思って、そばをうろついていたわけじゃない」容易ではなかったが、彼は自分の弱さを認めた。

しばらくして、キャサリンは尋ねた。「どうしてわたしと一緒に来たの？　わたしを城に閉じ込めておこうとしたのに、なぜ気が変わったの？」

せなかったはずだ」

殺し、国王にもはむかったかもしれない。だが、決しておまえを他の男のものにはさのようにおまえのもとを去ることなどできなかっただろう。必要なら、レイバーンをの父親の態度はとうてい信じられなかった。もしもおまえを一度でも抱いたなら、彼思った」彼は目を閉じて、キャサリンを強く抱き締めた。「だからこそ、ジェイミー「だが別れ際のたった一度のキスで、俺は道義心を忘れて、おまえを奪い去りたいと彼女の頭のてっぺんに顎《あご》をこすりつけた。

「ああ、それも理由の一つだ」そのことを思い出して、ウイリアムはくすくす笑い、されるかわからないと恐れたからでしょ」

で、真の恐怖を感じたことはなかった。だが、おまえが血まみれで横たわっているのを見て、死んでいると思ったとき……」その情景を思い出して、彼はごくりと喉《のど》を鳴らした。「闇《やみ》の奥深くに迷い込んで、二度と出られないように思えた。そして出られなくても、かまわないと思った」

キャサリンは彼の手を取って、胸に当てた。「あのような姿のわたしを見て、あなたがどんな思いをしたか察してあげなくちゃいけなかったわ」

「おまえが、俺の愛している強く勇敢な女性であることを変えようとは思わない。だが、俺が自分の道を進むのを助けてくれないか」彼女に理解してほしいと思いながら、ウイリアムは言った。「二度も、おまえを失いかけたんだ。またおまえに災いが降りかかるのではないか、またおまえを失うんじゃないかと恐れて暮らしている」

「あなたは立派な人だわ、ウイリアム。道義心の篤い人よ」キャサリンは両腕を彼の胴にまわして、その胸に頭を預けた。「あなたを夫にすることでわたしを幸せにしようと、どうして神が思われたのかわからないけれど、とても感謝しているの」

城に戻る頃には、重荷が取り除かれたかのように、ウイリアムの心は軽かった。身内には幸福感があふれた。最後に川を眺めようと、二人は空き地で馬を止めた。突然キャサリンが両腕を空に向かって広げ、彼と同じほど幸せそうに笑い声をあげたとき、自分が欲しいものをすべて手にしたことをウイリアムは知った。

二人は暖炉の前で手を温めるために、広間に立ち寄った。凍えた手足が感覚を取り戻すとすぐに、キャサリンはウイリアムに向かって片方の眉を上げ、頭で階段を指した。

私室に入ると、ウイリアムは彼女のマントを脱がせ、肩に毛布を巻きつけた。

「もう遅い」彼女の額にキスして言った。「おまえは疲れているはずだ」

キャサリンは彼から離れて、私室の扉まで行きかんぬきを掛けた。それから彼のほうを向いて、最高にいたずらっぽい笑みを投げた。

「なんだい?」ウイリアムが尋ねる。

この人ときたら、鈍いんだから。キャサリンはくるりと目を回しそうになった。

彼の目を見つめたまま、彼女は毛布を足元に落とした。そしてドレスの背中のボタンをはずし始めた。手伝おうと駆け寄ったウイリアムのチュニックの前を、摑んで引き寄せた。

「キスして」それは要求ではなく、命令だった。

ウイリアムはゆっくり笑みを浮かべて、前にかがみ、彼女の唇に軽く口づけた。

キャサリンはそんなキスなど認めなかった。両手で彼の首すじを摑んで、忘れられないようなキスをした。ついに息をするために二人の唇が離れたとき、キャサリンは彼が離れる前にそのベルトを摑んだ。そしてベルトをゆるめ、チュニックとシャツの下に両手を滑り込ませた。温かい肌と粗い胸毛に触れて、ほほ笑んだ。

勝利はキャサリンの手中にあった。

ウイリアムは彼女の手首を摑んで止めた。「何をしているんだ？」

「自分の道を進むのを助けてほしいと言ったでしょ」キャサリンは笑みを押し殺した。

「あなたはこの言葉を思い出すだろうと思ったのに」

ウイリアムは彼女の手首を放して、両手で彼女の顔を包んだ。「おまえにはまだ早すぎる」

「いいえ、大丈夫よ」キャサリンはさらにキスを求めて、顔を仰向けた。きっと彼はあらがう気力をなくすはずだと確信して。

ウイリアムがキスにのめりこんでいくのを感じると、彼女は彼の下半身の高まりをなでた。彼は息をのんで、身を引こうとした。だがキャサリンはキスを深め、彼の手を自分の胸まで持ち上げた。

ありがたいことに、それ以上彼を導く必要はなかった。

ウイリアムはキャサリンを後ろに向かせ、髪を持ち上げてドレスのひもをゆるめた。彼女は興奮で息苦しくなり、首にキスされたときには、背骨に震えが走った。

「本当にいいのか？」ウイリアムは彼女の肌に顔を埋めてささやいた。

「ええ」ドレスのボタンをはずしてもらいながら、キャサリンはため息をついた。「あなたを待つのはもううんざりよ」

ウイリアムはくすくす笑って、彼女の肩にキスしようとゆっくりドレスを下げた。キャサリンは待ちきれずに、自分でドレスをウエストまで引き下ろした。もはや躊躇《ちゅうちょ》することも、軽口をたたくこともなかった。抑え込まれていた彼の情熱は一気に爆発した。ウイリアムは彼女を激しく引き寄せて、両手で彼女の胸を包み、首に熱く潤ったキスをした。キャサリンは目を閉じ、頭をのけぞらせて彼の肩に預けた。エドマンドに触れられた記憶をぬぐい去るには、これこそが必要だったのだ。

ウイリアムは彼女をすくい上げて、寝室に運んだ。その夜中何度も、おまえを愛していると彼は言った。

そのとき、キャサリンは彼の言葉を信じた。

エピローグ

一四一七年

ウイリアムは妻の腕をなでて言った。「今日の午後は、足手まといの子供たち抜きで過ごせる。おまえはあの子たちのことを話して過ごしたいのかな?」

キャサリンは笑い声をあげ、彼の手を握り締めた。十二年経っても、二人の間の愛情と情熱は変わらず強いものだった。

「本当にわたしたちは神の恩恵を授かっているわ」

「今日の神の恩恵は、子供たちを出かけさせてくださったことだ」ウイリアムは彼女を引っ張って立たせた。

階段に着く前に、背後から男たちの笑い声がするのを、キャサリンは耳にした。スティーブンとジェイミーが広間に駆け込んできた。

「なんて嬉《うれ》しい驚きでしょう!」二人を迎えるために広間を横切りながら、キャサリンは声をかけた。「二週間後にしか会えないと思っていたのに」

「あなたに会いたくて待ちきれなかったんです」スティーブンはかがんで、彼女の頬《ほお》にキスした。

「宮廷のレディたちは、あなたの嘘《うそ》をすべて信じるんでしょうね」キャサリンは優しくたしなめた。「こんなに早く帰郷した本当の理由を、あとで聞かせてちょうだい」

彼女は彼らを暖炉のそばに座らせ、使用人にワインを取りにやらせた。

「王がカールトン一族の領地をおまえに返還するお考えであることは確かだ」ウイリアムが言った。「だから、おまえの婚約を先延ばしにする理由はなくなる」

キャサリンはため息をもらした。ウイリアムときたら、ワインを勧めもしないうちに、この話題を始めるなんて。スティーブンに身を固めてほしいという意見は夫婦とも一致していたが、キャサリンはもっと静かな時間まで待って、スティーブンだけと話したいと思っていたのだ。

「どちらにしても、急ぐ理由はありませんよ」スティーブンが答えた。彼の口調は明るかったが、目にはかたくなな表情が浮かんでいるのをキャサリンは見た。

「でも」彼女は口をはさんだ。「このことを話してもさしつかえはないでしょう」

「子供たちに贈り物を持ってきたんだ」スティーブンの彼女の気をそらそうという意図は、見え見えだった。「どこに彼らを隠したんですか？」

「あの子たちは尼僧院を訪問しているの」キャサリンは腕組みして言った。「ねえ、スティーブン……」

「実を言うと、キャサリン、あなたたちが勧めてくださった若いレディは皆、ひどく退屈なんです」キャサリンが困惑したことに、彼はジェイミーのほうを向いて、聞こえよがしにささやいた。「しかも、すべて間違ったふうに従順でね」

「もっと前に、俺たちに婚約を整えさせるべきだったんだ」ウイリアムが言う。「今や、母上とタルコット院長はおまえの縁組のことで頭がいっぱいだぞ」

「母上は新しいご主人のことで頭がいっぱいだと思っていたのに」スティーブンはこぼした。レディ・エレノアはスティーブンの父親の死後、十二歳年下の男と結婚していた。

ウイリアムの目が愉快そうに光った。「すぐにこの件をかたづけるように勧めるよ。さもないと、あの二人は、おまえを自分たちの計画に巻き込むことは確かだな」

「ずっと前に、兄上に言いましたよね」スティーブンはキャサリンにウインクした。「姉上のような女性を見つけてくださるなら、結婚予告が公示されると同時に結婚しますよ」

キャサリンはくるりと目を回して、打ち消すように手を振った。「あなたが付き合っているらしい愚かな女性たちのために、そんな見え透いたお世辞はとっておくのね」

男たちが話している間、キャサリンは唇を噛《か》んで火を見つめていた。適齢期の娘たちがスティーブンを退屈させるだろうと、気づくべきだったのだ。たぶん異国の花嫁なら、彼の興味を刺激するだろう。それとも若い未亡人か……。

再びスティーブンに目をやったところ、彼女の表情の何かが彼の笑みをこわばらせた。キャサリンは、彼の母と尼僧院長が手を組んだよりもっと手ごわい相手であり、彼はそのことをよく知っている。

「知らせたいことがあるんだ」ジェイミーが報告した。「メアダッド・チューダーが赦免を願い出たらしい」

「よかったわ！」キャサリンは胸を手で押さえた。八年前ハーレフ城が落ち、反乱軍が鎮圧された際に、メアダッドは姿をくらましていたのだ。「かわいそうなマージ。この何年かは辛いものだったはずだわ」

「彼は十分に待ったよ」スティーブンが言う。「四年前に王位に就いたとき、ハリーはグレンダワーとウェールズ反乱兵全員に特赦を与えたのだから」

「メアダッドが息子のことを援助してほしいと思うなら、我々がノルマンディに遠征する際息子をよこすはずだ」ウイリアムが言った。「フランス軍と戦うことは、国王への忠誠を示すためにおおいに役立つだろう」

キャサリンは手をウイリアムの腕に置いて尋ねた。「そんなにすぐに戦うことになるの？　ハリーが二度目の遠征を行うのはもう一年先にしてほしいわ」

「国王は冬の間中、遠征の準備をしている」ウイリアムは静かな声で答えた。「先王がフランスに奪われた領地を奪還しないまま、また夏を越すことはないだろう」

「宮廷の誰もが遠征の話をしているよ」ジェイミーは目を輝かせた。「国王が二、三週間後臣下全員集まるように命令されたことを伝えるために、ぼくたちは帰ってきたんだ」

キャサリンは目を閉じた。二年前、彼らが最初の遠征に出かけたときはひどく辛い思いをしたものだ。

「ジェイミー」スティーブンがささやく。「尼僧院からおまえの弟や妹を連れ戻しにいこう」

二人の若者が逃げ出していく足音が広間に響く。

ウイリアムはキャサリンを膝《ひざ》の上に抱き寄せた。「俺たちに危害が及ぶことはないはずだ」彼女の顎《あご》を持ち上げて言った。「我々が人々に恐れられる三人組だということを忘れないでくれ。俺たちを見たら、フランス兵は脱兎《だっと》のごとく逃げ出すさ」

神さま、お願いです。彼らを今度の戦争から無事に帰還させてください。

再三、わたしの人生の進路はどれほど変わったか……キャサリンは思いを巡らした。

たった一日の出来事で、すっかり変わってしまったのだ。ウイリアムがどんなにわたしを守ろうとしても、またすべてが変わってしまうかもしれない。だが今は、自分の数々の幸福を思い、ウイリアムと一緒にいられる時間に感謝しよう。

その一日でも無駄にしたくない。

「ウイリアム、二階に連れていって」キャサリンは立ち上がって、ウイリアムに手を差し伸べた。

何時間か経った。キャサリンはウイリアムの胸に頭を預けて横たわりながら、子供たちが階下の広間に入ってくる音を聞いた。子供たちの笑い声や、夫の心臓の力強い規則的な鼓動を聞いて、心の安らぎを覚えるのだった。

作者あとがき

六百年前のウェールズの大反乱に関する資料を読めば読むほど、ウェールズの君主オーウェン・グレンダワーと、青年時代のほとんどを反乱軍の鎮圧に費やした若き王子ハリーを高く評価するようになりました。

グレンダワーはウェールズ全土を統一して、十年にわたる反乱を起こし、諸外国から認められ、進歩的な改革案を主張しました。わたしはおのずと反乱軍びいきになるのですが、歴史は彼らに味方しませんでした。

ヘンリー五世（本書ではハリー王子）も、すばらしい功績をあげたリーダーでした。一人の青年として彼を描くとき、シェイクスピアが描いたような軽薄な青年だとは思えませんでした。十八で、彼はすでに、対ウェールズ戦でイングランド軍を率いる熟練した指揮官だったのです。王位に就くと、就寝時間以外のすべての時間を職務に捧《ささ》げたそうです。リチャード二世とヘンリー四世のはかばかしくない治世のあとで、彼は愛すべき戦う王であり、熟練した疲れを知らない統治者としてイングランドを統一しました。貴族間の争いを和解させ、宮廷ではイングランド語を公用語にして、各階級に愛国心を育て、フランスとの百年戦争の情況を決定的に変えたのです。

本書に登場するもう一人の歴史上の興味深い人間は、ウェールズ反乱兵の息子で、本書ではまだ幼児のオーウェン・チューダーです。一四二二年、ヘンリー五世が亡くなったとき、オーウェンは王妃付き納戸係という低い地位に就きました。そして王の若き未亡人と関係を持ち、五人の子供を産ませて、ランカスター家を憤慨させます。皮肉にも、このウェールズの反乱分子とヘンリー五世のフランス人王妃の孫が、一四八五年にヘンリー七世として王位に就き、チューダー朝が始まるのです。

わたしは、この三人や他の歴史上の人間たちの人物像を、史実に基づいて描き、他の部分は創作しました。とくにウェールズの反乱兵リース・ゲシンに関しては、ストーリー上必要なために好ましくない人物として描写をしたことを、彼の子孫にお詫《わ》びするしだいです。

訳者あとがき

本書は、今をときめくアメリカのロマンス小説作家マーガレット・マロリーが二〇〇九年七月に発表したデビュー作です。

著者は米国太平洋側北西部に住み、夫と大学生（二〇〇九年当時）の子供が二人います。ロースクール（法学大学院）等で学位を取得後、長年福祉にかかわる仕事に従事していましたが、子供が大学に入学した頃、ロマンス小説の執筆のために仕事をやめたいと言い出して、家族や友人たちを驚かせます。

マロリーは日頃から、英雄の物語やハッピーエンドで終わるロマンティックな物語を愛読していました。小説家となった今では、物語の中で悪人を罰し善人に報いることで、持ち前の正義感を満たしているようです。

この物語の背景は、ハリー王子の父ヘンリー四世（在位一三九九〜一四一三）治世の時代です。そこでヘンリー四世が王位に就いたいきさつ、そしてイングランド王家が置かれていた当時の情勢について簡単に説明しておきましょう。

ヘンリー四世は、イングランド、リンカンシャーのボリングブルックで生まれたため、ヘンリー・ボリングブルックと呼ばれています。彼はランカスター公ジョン・オブ・ゴーントの長子として出生しました。ランカスター公は先王リチャード二世（在位一三七七〜一三九九）の叔父にあたり、当時絶大な勢力を誇っていました。

一三九九年早々ランカスター公が病没すると、リチャードは広大なランカスター領を没収しました。ランカスター公の強大すぎる勢力を削《そ》ぐためと、アイルランド遠征の戦費を得るためだと思われます。

ランカスター家の跡継ぎだったヘンリーは、王族としての権利と財産を剝奪《はくだつ》され、リチャードへの復讐《ふくしゅう》を決意します。そしてリチャードがアイルランドに遠征した機を捉《とら》えて、北部の最有力貴族ノーサンバーランド伯爵一族らとともに反乱を起こしました。反乱軍は急ぎ帰国したリチャード二世軍を打ち負かし、リチャードを捕らえます。議会はリチャード二世の廃位を決議、ヘンリー・ボリングブルックに王位を授与し、ヘンリー四世が誕生すると同時に、ランカスター朝が始まることになります。幽閉されたリチャードは一四〇〇年に死去しましたが、餓死させられたと言われています。

本来、リチャード二世後の王位継承者はヘンリーではなく、五代目マーチ伯エドマンド・モーティマーでしたが、当時わずか八歳で、権利を主張する力はありませんでした。したがってヘンリーは王冠を強奪したことになり、その王座の危うさゆえに、生涯、ウェールズやスコットランドの反乱及び謀反《むほん》に苦しめられるのです。

とくにウェールズの英雄オーウェン・グレンダワー（一三五九？～一四一六？）には苦しめられました。

ウェールズは、一二八二年イングランド王エドワード一世に征服されて以来王政は絶え、イングランドの支配下にありました。オーウェンは、最後のウェールズ皇太子(Prince of Wales) ルーウェリンの子孫です。彼は北ウェールズの裕福な地所を相続し、リチャード二世の臣下として仕えました。そして前述のヘンリー・ボリングブルックとの戦いで負け、リチャードとともに逮捕されますが、オーウェンは郷里の領地で隠棲《いんせい》するよう釈放されます。

しかしリチャード二世虐待死の報を聞くと、ヘンリー四世の仕打ちを許せませんでした。一四〇〇年、オーウェンはイングランド王の圧政から独立すると宣言し、自らウェールズ皇太子を名乗るようになり、以後イングランドに激しく抵抗しました。今もオーウェン・グレンダワーの名は、自由と独立の象徴としてウェールズの人々の心に残っています。

またヘンリー王が王座に就くのに大きく貢献したノーサンバーランド伯一族も、王に十分報いてもらえなかったために不満を募らせ、反旗を翻します。ノーサンバーランド伯の長子で父と同名のヘンリー・パーシーは、本書の設定では主人公ウイリアムの異母兄になっていますが、早くから戦闘で勇名を馳せ、その直情的な性格ゆえに、人々から〝ホットスパー（炎の拍車の意）〟と呼ばれました。一四〇三年シュルーズベリで、ノーサンバーランド伯とその息子ホットスパーはグレンダワーらと共謀して、国王軍に戦いを挑みました。しかし反乱軍は敗れ、ホットスパーは敗死します。これが本書にも出てくる〝シュルーズベリの戦い〟です。

本作のヒロイン、キャサリンの幼なじみという設定で登場するハリー王子は、ヘンリー四世の長子で、のちにヘンリー五世（在位一四一三〜一四二二）として即位しました。彼は軍事的才能と指導力に富み、一四一五年フランスとの百年戦争を再開し、ノルマンディーを征服します。しかしフランス太子との戦争継続中に、三十五歳の若さで病没しました。さて、本書で魅力的に描かれているハリー王子について、エピソードを一つ紹介しましょう。彼は、英国史上、大学で学んだ将来の英国王としては第一号になります。事情があって短期間にはなりましたが、オックスフォード大学のクイーンズ・カレッジで学んだそうです。知性的な一面もうかがえて、彼の株がさらに上がるのではないでしょうか。

マロリーの第二作〝*Knight of Pleasure*〟は、ウイリアムの異父弟スティーブンが主人公です。本編ではまだ十二歳の少年でしたが、エピローグでは二十三、四歳の青年になり、ヘンリー五世に仕えています。そして母似の美貌と魅力で、宮廷のレディたちを悩ませているようです。二〇一〇年の全米ロマンス協会賞の最終候補にもなった本書で、はたしてどんな物語が展開されるのか、こちらもご紹介できると幸いです。

（二〇一一年三月）

〈参考資料〉
石井美樹子　著　『イギリス王妃たちの物語』　朝日新聞社
森護　著　『英国王室史話』　大修館書店
世界大百科事典　㈱日立システムアンドサービス
Wikipedia

◉訳者紹介　**柚木　千穂（ゆうき　ちほ）**
学習院大学イギリス文学科卒。主訳書に、クイン『涙がかれるまで』、マレリー『砂漠に降る雪』、ブレイク『秘密のメロディ』（いずれもハーレクイン）など。

月光のプロローグ

発行日　2011年6月10日　第1刷

著　者　マーガレット・マロリー
訳　者　柚木千穂

発行者　久保田榮一
発行所　株式会社 扶桑社
〒105-8070　東京都港区海岸1-15-1
TEL.(03)5403-8870(編集)　TEL.(03)5403-8859(販売)
http://www.fusosha.co.jp/

印刷・製本　図書印刷株式会社
万一、乱丁落丁（本の頁の抜け落ちや順序の間違い）のある場合は
扶桑社販売宛にお送りください。送料は小社負担にてお取り替えいたします。

ISBN978-4-594-06409-9　C0197
Printed in Japan（検印省略）
定価はカバーに表示してあります。